반야

5
반야

제2부 ┃ 조선의 별들

송 은 일 대하소설

문이당

차례

사람은 저마다 좋아하는 바가 있고
사물에는 애당초 꼭 그래야만 하는 법도 없어
누가 너를 일러 춤을 잘 춘다 하는가
한가롭게 서 있을 때만 못한 것을

—백거이,「학鶴」

능라도의 눈물

장약방이라 불리는 서문약방西門藥房에 찾아오는 환자들이나 약을 지으러 온 사람들은 삼삼오오 둘러앉아 자신들의 병에 대해 이야기하고 의원의 처방이며 시술에 대해 논하길 좋아한다. 평양 부중의 여러 약방들을 비교하며 시시비비 따지기도 즐긴다. 그들의 수다와 더불어 부중에 떠도는 소문들과 한양에서 넘어온 소문들에 새로운 이야기가 덧붙고 소문은 기정사실인 양 또 퍼져나가곤 한다. 발 없는 말이 천리 간다는 속설은 참말이다.

지난 이월과 삼월에 연거푸 국상이 났다. 곤전과 왕대비가 승하하여 내명부의 최고 어른은 이제 세자빈이다. 늙은 임금이 손녀 나이 뻘의 총첩을 끼고 사는데 과연 총첩에게 새장가를 드실 것인가. 후궁을 왕후로 올리지 못하는 법이 있는데 임금은 그 법을 작파하고 총첩이나 세자의 늙은 모궁을 곤전으로 올릴 것인가. 임금도 남정인데 새 마누라가 좋으시지 수년, 수십 년 함께 산 후궁들을 곤전에 올릴 턱이 없지 않은가. 그렇게 한양 부중 백성들이 내기를 걸고 있다

하므로 평양 부중 백성들도 내기를 하며 킬킬거렸다. 와중에 그림자 도둑 회영에 관한 말이 나왔다.

두 국상의 사이에, 도성 안 고관대작들 집만 찾아다니며 도적질을 해온 그림자도둑이 잡혔다. 홍길동 같이 신출귀몰하여 십 년 넘게 도성 안의 양반 부자들을 떨게 만든 그를 작은 임금이 잡았다. 그림자도둑이 도적질로 깔고 앉았던 금품 수십만 냥은 도적을 잡은 작은 임금의 내탕고로 들어갔다. 그림자도둑을 참수형에 처하기로 했으매 형 집행 날짜가 삼월 그믐밤이라고 소문이 났다. 헛소문이었다. 그림자도둑은 알려진 날짜보다 엿새나 앞선 이십사일 새벽에 시구문 밖에서 참수되었다. 몰래 치른 형임에도 구경꾼이 떼구름처럼 몰렸는데 구경꾼 중에는 그림자도둑한테 돈을 뺏겼던 벼슬아치들이 많았다. 종자들을 잔뜩 끌고 나온 그들이 달려들어 회영을 찢어 죽이려하는 바람에 그 새벽 시구문 근방이 난장이 되었다.

건성으로 듣던 무슬은 그림자도둑 회영의 이름에 놀랐다. 회영이 처형된 뒤 그 사실이 도성 안 곳곳에 방으로 나붙었는데 실명이 정효맹이라고 하지 않은가. 설마 스승이셨던 그 정효맹이랴. 그럴 리가 없지 않은가. 동명이인일 테지. 도리질을 하면서도 무슬은 수다쟁이들한테 캐묻지 못했다. 회영이 스승일 것 같기 때문이었다. 스승이 도둑이었다는 건 상관없었다. 어쩔 수 없다면, 남의 목숨도 훔칠 수 있었다. 비휴는 그리하라 만들어진 족속이었고 효맹은 그 족속들의 스승이었다.

무슬도 삼 년 전까지 비휴였다. 생각 속의 효맹은 아직 스승이다. 스승이 도둑으로 잡혀 참수형 당했다는 사실을 믿고 싶지 않았다. 스스로는 배신하고 숨어살고 있을지라도 스승이나 사형들이나 만단사의 모든 사람이 무사하기를 바랐다. 자신의 배신이 터럭 한 올만큼의 가치도 없어 만단사에 어떤 파장도 일으키지 않았기를 원했다. 그렇지만 모르지는 않는다. 자신에 의해 비휴의 스승들과 사형들이 모두 사신계에 파악되었고 그들과 관계 맺은 만단사자들이 드러났다는 것을. 사신계 현무부에 입계하여 삼품에 이르렀고 장약방의 막내아들이자 의원 수련생으로 살고 있으면서도 무슬이 떳떳할 수 없는 까닭이다. 꽃님 김경 앞에서도 마찬가지다.

정축년 칠석날 유시酉時 초. 일 년 중 가장 한가하고 굶어 죽거나 더워 죽거나 얼어 죽는 사람이 없는 계절의 가장 좋은 날. 꽃님 김경이 해 질 녘 유릉원 안채 마당에서 계례를 올린다. 하얀 차일 아래 떡시루와 술병 차려진 예식상이 놓였다. 노랑 저고리와 다홍치마 위에 초록색 당의를 받쳐 입은 꽃님이 상을 앞에 놓고 북향을 향하여 삼배하고 난 뒤 앉는다. 당의에 매달린 자주색 안고름과 겉고름이 사뭇 선명하다. 한성에서 왔다는 부인이 꽃님 뒤에 앉더니 그의 머리끝에서 댕기를 풀어내고 땋인 머리를 푼다. 푼 머리를 얼레빗으로 찬찬히 빗긴 뒤 다시 땋는다. 다시 땋은 머리를 동그랗게 말더니 상에 올라 있던 칠보비녀를 꽂아 쪽을 찌운다. 머리가 길어 비녀 찐 쪽머리가 꽃님의 머리통만 하다. 쪽머리를 하고 있는 꽃님의 맞은편으로 영혜당을 비롯한 세 명의 나이든 여인들이 나란히 앉는다. 꽃님이 일어나 여인들을 향해 큰절하고 앉으니 영혜당이 환히 웃으며 입을 연다.

"방산, 우리 꽃님 김경에게 자字를 내리시구려."

꽃님 뒤에 앉아 그 어깨에 두 손을 얹은 방산이 말했다.

"옥돌처럼 아름답고 단단하라고 수璲, 불빛처럼 환하라고 앙烑을 붙여 수앙이라 지었습니다. 어떠십니까, 마님. 따님의 새 이름이 마음에 드십니까?"

"흡족합니다. 뜻이 좋거니와 듣기 좋고 부르기도 좋지 않습니까. 수앙아, 어떠냐. 이제 네 그토록 원하던 성인이 되었는바 너의 새 이름이 맘에 드느냐?"

수앙이 된 꽃님 김경이 대답한다.

"예, 어머님. 그리고 방산 스승님, 월심당 스승님, 순일당 스승님. 소녀의 새 이름이 마음에 쏙 듭니다. 내려 주신 새 이름에 걸맞게 단단하고 밝은 사람으로 살아가겠습니다."

옳거니! 여인들이 가가대소하며 꽃님 김경의 수앙 됨을 축하한다. 방산과 순일당이라는 스승은 도성에서 오셨고 월심당은 무슬도 여러 번 뵌 적이 있는 평양분이다. 원래 기생이었는데 속량된 뒤 유릉원의 향료 공장을 맡았다. 수앙이 혼인을 하지는 않았으므로 쪽진 머리를 다시 풀어 댕기를 물려 주는 것으로 계례식이 끝난다. 중문간 그늘에서 수앙의 계례식을 지켜본 무슬은 음식이 나눠지는 것을 보고 돌아선다.

여인들의 자리거니와 수앙이 되어 버린 꽃님 김경은 낯설다. 꽃님이 수앙이되 수앙은 꽃님이나 김경이 아닌 것 같다. 머지않은 날에 수앙은 한양으로 가거나 혼인을 할지도 모른다. 김경이 이따금 한 말이 그랬다.

"나는 계례 올리고 나면 한양 가서 큰언니하고 혼인할 거야."

큰언니하고 혼인하겠다고 말할 만큼 꽃님이 어렸으므로 무슬은 김경이 계례를 치를 날이 요원하리라 여겼다.

꽃님 김경이 말한 큰언니는 유릉원의 셋째 아드님인 김강하다. 그는 무과시에 장원 급제하여 세자익위가 되었고 지난 사월에는 정칠품의 좌부솔로 승차했다. 작금 유릉원을 반족가문으로 만들어가고 있는 재원이자 자랑인 그는 경과 친남매가 아니라 했다. 꽃님 김경에게는 생모가 따로 계시는데 유릉원의 딸로 위탁되었다고 했다. 모두 꽃님 김경이 한 말이었다.

"나는 도성에 엄마가 따로 계셔. 우리 엄마는 몸내가 참 좋아."

그렇게 말할 때 꽃님의 눈에는 눈물이 아롱아롱 맺히곤 했다. 몸내가 참 좋다는 어머니가 따로 계시므로 수앙은 강하 서방님과 혼인할 수 있을지도 몰랐다. 비록 강하 서방님에게 한양의 대단한 집안에서 혼담이 들어왔다고는 해도 꽃님이 말한 대로 될지도 몰랐다.

"그냥 가는 거야?"

꽃님 김경, 아니 수앙이다. 무슬은 듣지 못한 척, 유릉지柳綾池를 돌아 내처 걷는다. 이르게 잎이 지는 버드나무 가지들이 연못에서 흔들리며 이파리를 날려댄다.

"딱 서지!"

꽃님의 으름장에 무슬은 걸음을 딱 멈춘다. 아직 어둡지 않다. 바람이 제법 불 뿐이다. 당의를 벗어 버린 꽃님의 붉은 치맛자락이 춤추듯 흔들려 하얀 비단 속치마가 얼찐거린다. 그 치맛자락을 멈추게 하고 싶은 무슬은 주먹을 꾹 쥔다.

"저녁 먹고 가지, 어찌 그냥 가?"

수앙이 아니라 꽃님의 질문이다. 잠깐 사이에 사람이 달라지지는 않는 모양이다. 픽 웃고 돌아서던 무슬은 웃음을 그친다. 꽃님 뒤에 호위 둘이 붙어 있다. 그들은 무슬이 꽃님과 스스럼없이 말을 트고 지내는 것을 볼 때면 눈살을 찌푸렸다. 꽃님이 무슬을 끌고 호위들에게서 몇 걸음 멀어지며 말했다.

"그대한테 부탁할 게 있어."

"뭔데?"

"들어줄 테야?"

"내가 할 수 있는 것이면 뭐든지."

마주서면 무슬의 목 아래에 닿는 꽃님이 다가든다. 꽃님의 금박물린 붉은 댕기가 등에서 나부낀다. 왼손잡이인 꽃님이 왼손 새끼손가락을 내민다. 어제 그림을 그렸는지 물감의 흔적이 새끼손톱 둘레에 노랗게 남아 있다.

"반드시, 꼭 들어 줘야 해. 약조해?"

무슬이 새끼손가락을 마주걸며 고개를 끄덕인다.

"약조해."

손가락을 풀고 난 꽃님이 바싹 다가들며 속삭인다.

"오늘 밤에 큰비가 오신대."

칠석에는 원래 비가 잦거니와 오늘 밤에는 큰비가 내릴 것 같다는 말을 무슬도 어제부터 여러 번 들었다. 강이 범람하여 강가의 인가와 논밭들을 덮칠 정도만 아니라면 가끔 큰비도 내려 줘야 한다. 큰비들은 땅 속 깊이 스며들어 고여 있다가 샘물로 솟아난다. 이번 큰비를 예고하는 바람이 이미 시작되었다.

"큰비 오시면 뭐?"

"능라도가 떠내려갈지도 몰라."

"무어?"

"능라도는 원래 저 웃녘 성천강에서부터 떠내려 와 대동강에 있는 건데, 큰비님 오실 때마다 어디로 갈까 생각한대. 대동강에서 떠내려가면 바다 아니야? 바다로 가 버리면 어찌 찾아? 찾는들 무슨 수로 데려오고?"

대동강에는 여러 개의 섬이 있다. 강의 북쪽 모란봉과 을밀대 앞에 있는 능라도는 그중 큰 섬이고 남쪽으로 가면서 반월도와 양각도와 이암도 등이 있다. 능라도가 떠내려간다면 남쪽의 섬들을 다 떠밀면서 강남을 거쳐 남포 지나 황해까지 가야 할 것이므로 천년이나 만년쯤은 걸릴 터다.

"그래서?"

"음, 사람이 하나만 더 얹혀도 능라도가 못 움직이나 봐."

"누, 누가 그래?"

"우리 지난겨울에 연경에서 돌아오다가 심양에 다시 들렀잖아? 거기 조선 사람이 많았어. 생각 안 나?"

물론 생각난다. 그 석 달여 동안 잠 잘 때를 제외하고는 노상 붙어 살았다.

"조선 사람 많았어. 그런데?"

"운진약방 갔을 때, 그 안에서 한참 놀았잖아. 내가 지엔위엔하고 병사를 둘러보는데, 어떤 여인이 나한테 조선 사람이냐 물어서 내가 조선 평양 사람이라고 그랬어. 그랬더니 그 사람이 평양에 능라도는 잘 있냐고 했고, 내가 잘 있다고 하니까 그 사람이 나한테 그랬어. 능라도가 떠내려 갈 수 있다고. 내가 놀라서 그게 무슨 말이냐니까 그 사람이 다시 능라도에 대해 말하면서 가르쳐 주었어. 그대도 옆에 있었잖아. 생각 안 나?"

꽃님이 말하는 그때 무슬은 아마 통문관인 양명일과 함께 운진약방의 규모가 얼마나 대단한지에 대해 이야기하고 있었을 것이다. 눈길은 운진약방의 이모저모를 뜯어보느라 바빴고.

"난 생각 안 나지만 아무튼 그렇대?"

"그렇대. 해서 오늘 밤에 내가 가서 엎혀 있으려고. 그대가 나를 능라도로 건네 줘. 내가 노를 젓지 못하잖아. 헤엄도 못치고. 나도 진작 헤엄치는 걸 배울걸 그랬어."

맞장구를 치는 데에도 분수가 있는 법이다. 바보 정도가 아니라 천치 같은 말에 무슬은 저편에 서 있는 꽃님의 호위들을 바라본다. 그들은 꽃님의 터무니없는 말을 듣지 못했으므로 여상하게 무슬을 노려보고 있을 뿐이다.

"능라도가 떠내려갈까 싶어 그리 걱정이면 그대 어른들께 말씀드리면 되지 않을까? 그대를 건네 달라든지, 집안사람들 중 아무나라도 건너가 있게 해달라든지."

꽃님이 고개를 저었다.

"이런 말을 들어주실 리가 없잖아. 들어주신다 해도 그리 떠들썩하게 하면 아니 돼. 능라도 저도 모르게 살짝 사람이 엎혀야 하는 거야. 그래서 내가 살짝 가려는 게고."

꽃님의 눈빛이 기이하게 반짝인다. 꽃님은 지금 분명히 이상하다. 모르는 게 없는 어른들이 꽃님의 이상함을 왜 모르시는지 이해할 수 없는 무슬의 맘이 불안으로 욱어 든다.

"이보세요, 꽃님 아기씨."

"응?"

"내가 어제 능라도 다녀왔거든?"

"어제 능라도에 갔어? 왜에?"

"약방 사형들하고 같이 약초하러 갔다 왔어. 간 김에 내가 아곱 할배한테 물어봤는데 아곱 할배가 말씀하시기를, 능라도는 천년 동안은 아무 데도 안 가고 거기 딱 있을 거라고 했어. 아무리 큰비, 큰 눈이 쏟아져도 천년 동안은 움직이지 않기로 했대. 그러면서 꽃님 아기씨한테 전하라고 했어. 햇살 좋고 바람 없는 날 능라도로 무슬이랑 같이 건너와 달라고."

아곱 할배는 김경의 도성 집에 사는 할아버지라 했다. 나이가 얼마나 된 할아버지인지는 김경도 알지 못했다. 꽃님 김경의 말을 미루어 보자면 천 살은 됐을 것 같았다. 천 살쯤 되니 도성 집에 살면서도 능라도의 물푸레나무가 되어 꽃님에게 할아버지로 불릴 수 있을 것이다.

"아곱 할배가 참말로 그리 말했어? 선신이는?"

선신은 금수산 모란봉과 을밀대 사이 숲속에 묻은 선해의 도반이다. 그 묻던 자리에서 함께 울었던 꽃님은 아곱 할배 나무 곁에 있는 젊은 물푸레나무에게 선신이라는 이름을 붙여 놓았다. 선해인 무슬은 나무한테 선신이라 부르지 못하지만 꽃님은 그 나무들 곁에 가면 사람인 양 손을 들어 인사했다.

"할배 잘 계셨어? 선신이 너도?"

그렇게 나무들한테 인사할 때의 꽃님도 이상하긴 할지라도 지금만큼은 아니다.

"이보세요, 아기씨."

"응?"

평소 꽃님 김경의 모습은 세 가지 양상으로 뚜렷하다. 장차 유상의 한 상단을 이끌기 위해 부지런히 공부하는 영민하고 의젓한 김경, 나무한테 이름붙이고 그림 그리며 노는 천진한 꽃님, 저자거리나 점포 앞에 나가 좌판을 벌여 놓고 약재며 향료, 미장품이며 옷감 등을 파는 활달한 꽃님 김경. 꽃님 김경이 점포 앞에 펼친 가판 옆에 붙어서 호객하면 손님들이 슬금슬금 몰려들었다.

"의젓하신 나리님! 이거 좀 보고 가시어요."

"아름다운 마님, 이 옷감 한번 걸쳐 보세요."

"멋지신 서방님, 이 미백분美白粉 사셔서 고운님께 드리시어요."

그렇게 꽃님 김경한테 홀린 손님들은 빈손으로 돌아서지 못했다. 작년 겨울 연경 행에서는 청국인들까지 홀려 오천여 병에 달하는 향료를 팔아치웠다. 연경에는 유리창이라 불리는 번화한 거리가 있는 바 그곳에 평양 의주 유상의 점포가 있었다. 꽃님 김경은 그곳에 남아 있던 작년 향료는 물론 이번에 가지고 들어간 향료까지 다 팔아치웠다. 거기서 장사를 할 때는 사내 복색이 아니라 지니고 간 제 옷을 입었다. 청국인들이 좋아하는 붉은 치마에 흰 저고리, 흰 꽃잎 수놓인 붉은 두루마기에 붉은 꽃잎이 수놓인 흰 아얌을 쓰고 서서 익숙하지 않은 청국 말로 호객을 했다. 꽃님 김경이 희고 붉은 옷을 입고 유리창이라는 거리에 서 있을 때 겨울 무지개 같았다. 유릉원으로 귀환한 뒤 김경의 칠성부 품계가 또 올라갔다.

"대체 몇 품이야?"

무슬이 농담인 양 물었을 때 꽃님이 으스대며 손가락 여섯 개를 펴 보였다. 그런 모습들이 수시로 교차하는 꽃님 김경이었다. 지금 꽃님은 어린아이 같을 뿐이다. 여느 때의 김경이 아니고 수앙도 아닌 것 같다.

"능라도는 비가 암만 내려도 그 자리에 계신다더라고 했잖아요. 그러니까 아무 걱정 마시고, 아기씨는 별당에 딱 계시라고요. 아홉 할배랑 선신이, 비가 지나가고 맑게 갠 날 저랑 호위들이랑 같이 오라고 했다니까요."

"같이 못 간다고?"

"오늘 큰비님 지나가시면, 내일이나 모레 가지요."

"꼭 들어준다며? 손가락 걸었잖아!"

"아기씨는 비 맞으면 항상 아프잖아. 펄펄 열나고 기침하고. 아기씨를 그리 만들어 놓으면 나는 어른들한테 맞아 죽어. 알잖아. 다시는 우리가 같이 놀지 못한다고. 그러니까 나 살려 주는 셈치고 모레쯤 가. 또 곧 가을꽃을 따게 될 터인데, 실컷 다니지 않겠어? 정 가야겠으면 내가 홀로 다녀올게. 다녀와서 내일 아침에 말해 줄게."

"알았어."

알았다는 말이 몹시 의심스럽다. 눈빛이 기이하게 번득이지 않은가.

"뭘 알았다고?"

"능라도가 천년 동안은 게서 살 거라고 아곱 할배가 말했다면서?"

"분명히 그랬어. 그리고, 정말 가야 한다면 내가 다녀오겠다고."

"허면 됐어. 나는 들어가 잘래. 본이 너도 잘 자. 엄마나 스승님들께 이르면 내 손에 죽는다. 꿈속에다 칵 집어던질 거야. 이 고자질쟁이야."

이상한 소리를 지껄이고 새침하게 돌아선 수앙이 호위들과 함께 집 안으로 사라진다. 아곱 할배는 알아도 본이 누군지 모르는 무슬은 전신에 소름이 돋아 움직이지 못한다. 저토록 눈부신 옷차림에 눈빛을 반짝이며 턱없는 말을 태연히 늘어놓는 김경 혹은 수앙이라니. 더구나 본이를 물속도 아니고 불속도 아닌 꿈속에다 칵 던져 넣는다는 게 무슨 말인가.

무슬은 불길한 생각을 애써 떨치며 서문약방으로 돌아온다. 작은 형 무항이 장의원의 문하생 둘과 병사의 마당을 치우는 중이다. 장의원의 큰아들 무현은 도성 보제원거리의 금강약방에서 의원으로 일한다. 그의 식구들은 도성에서 산다. 장약방 집에는 장의원 내외와 무항 내외와 그 아이 둘과 할아범 내외와 그들의 자식인 아범 내외와 그 자식 셋 등이 함께 산다. 무슬과 문하생들까지 아울러 열여섯이나 되는 대식구다. 무항이 실실 웃으며 무슬에게 농을 걸어온다.

"덜 뜬 청국 메주 모양 얼굴이 어찌 그러냐? 왜, 아기씨 계례 자리에서 못 볼 것이라도 봤냐?"

스물여섯 살인 그다. 부친의 의업을 착실히 따라가고 있으면서도 장난을 좋아하고 짓궂었다.

"무슨 그럴 일이 있겠어요?"

"아기씨가 어른이 되는 걸 구경하고 나니 좋으냐?"

"그냥 보고 왔을 뿐인데요. 그런데 형님, 오늘 밤에 정말 큰비가 오신답니까?"

"환자들이 모두 귀가했고, 비 먹은 바람이 불잖아? 모기도 사라졌고."

그가 평상을 가리키며 맞잡아 들라고 신호한다. 네 사람이 평상들을 처마 밑으로 들이고 약재 창고의 안팎을 살핀다. 방방의 문들을 여며 닫고 샘의 덮개를 덮고 비설거지를 끝낸다.

사랑에서 남정네들끼리 상을 받고 여인들과 아이들은 안에서 저녁을 먹는다. 아직 가을걷이를 안 한 철이라 밥에는 보리쌀과 콩과 감자 투성이다. 흰쌀은 장의원의 밥에만 몇 알 더 섞여 있다. 그래도 푸성귀는 흔해 반찬은 그득하다. 장의원만 독상에서 식사하고 무항과 무슬과 문하생들은 두레상에서 식사를 한다.

무슬이 장의원의 셋째 아들이 된 지 삼 년째다. 개똥이나 선해였을 때는 없던 부모와 식구가 무슬이 되자 생겼다. 만단사와 비휴를 등짐으로써 생긴 식구였다. 장의원과 유릉원의 몇 사람을 제외한 다른 사람들은 무슬이 배신자라는 사실을 모른다. 그저 부모 없이 떠돌던 놈을 장의원이 거둔 것으로 여긴다. 그나마도 잊혀 요즘은 처음부터 장의원의 셋째 아들이었던 양 되었다. 무슬 자신조차도 원래 여기서 살았던 것처럼 익숙해졌다. 그럼에도 배신자라는 사실은 수시로 떠올라 무슬의 가슴을 후볐다. 이런 마음을 어른들은 미리 아시는가. 사신계에 입계하고 난 직후 유릉원의 도방어른이 따로 불러 말씀하셨다.

"네 아직 어리나 속이 깊은 걸 내 안다. 하여 네가 떠나온 곳에 대한 죄스러움과 부끄러움으로 자책하게 될 것이다. 네가 자랄수록 사람으로서, 장부로서 충분히 고통스러울 게야. 사는 동안 내내 그럴 수도 있으리니, 그럴 때마다 생각해라. 네가 그곳으로 돌아가지 못할 때의 맘과, 이곳에 남고자 할 때의 마음을. 그 맘이 네 평생의 지표이자 근본이다. 사람, 삶의 근원이라는 말이다."

비휴로 돌아가지 못한 마음을 형언하기는 어렵다. 도반이며 친형제 같던 선신을 금수산 중턱에다 묻을 때 서러웠다. 비휴에는 서러움 같은 게 없었다. 그게 서러웠다. 그래서 그냥 여기 있기로 했다. 이곳에 남기로 한 까닭은 김경 때문이다. 김경을 만났는데 김경이 여기 살고 있으므로 그 곁에서 살고자 했다. 여기서 살고자 하매 조건이 만단사에서 벗어나야 한다는 것이었다. 선신이 죽기 전에 김경에게 말했던가 보았다. 선해를 살려 달라고. 만단사와 비휴로 보내지 말라고. 죽어도 입밖으로 내지 않기로 서원한 만단사와 비휴라는 말을 선신이 죽으며 김경에게 털어놓았는데 꽃님 김경이 들어 있는 세상이 난생 처음 들어본 사신계였다. 사신계와 만단사는 양존하지만 양쪽을 겸하여 살 수는 없으므로 한 세상을 선택해야 한다고 했다. 선해였던 무슬은 꽃님 김경을 선택했고 지금에 이르렀다. 그 덕에 선해로 살았다면 누리지 못했을 온갖 호사를 누린다.

물린 상을 부엌으로 내다놓은 뒤 무슬은 사랑으로 다시 들어간다. 지난겨울 꽃님이 연경에서 돋보기 세 개를 샀다. 그중 한 개가 눈이 어두워져 글씨 보기 어려웠던 장의원에게 건네졌다. 하나는 영혜당 마님에게 드렸다고 하는데 마지막 한 개는 어디로 갔는지 알 수 없다. 콧등에 돋보기를 걸치고 『본초강목』을 들여다보고 있던 장의원이 게슴츠레한 눈으로 무슬을 건너다본다.

"왜에. 무슨 할 말이 있느냐?"

"아버님, 어떤 사람이 평소에 몹시 영민하고 논리도 정연한데 가끔 천치 같은 말을 하는 것은 어찌된 일이옵니까?"

"사람이 대개 그렇지 않더냐?"

"대개 그렇사옵니까?"

"그렇지 않고. 완전해 보이는 사람도 살짝만 달리 보면 허술한 면이 있기 마련이지. 넉넉한 사람도 옹색한 구석이 있고, 타인에게 뭐든지 잘 베푸는 자도 절대 내놓지 않고 움키는 게 있다. 정연한 논리를 펼치는 사람의 말을 조금만 유의해 들으면 자가당착이나 아전인수의 억지가 발견되기 일쑤고."

"하면 강의 섬이 바다로 달아날까 봐 염려하는 것은 여상한 일이옵니까?"

"누가 그런 심오한 염려를 하는데?"

"소, 소자가요."

"강섬이 바다로 달아날까 봐 걱정이 되느냐? 강섬을 떠메 다니고도 남을 네가?"

"예."

"왜, 어제 능라도 갔더니 섬이 움직였더냐? 능라도가 청류벽진에서 더 벌어져 있기라도 했어?"

"그렇지 않은데 갑자기 걱정이 되더이다."

장의원이 버럭 소리친다.

"네 이놈! 궁금한 게 있으면 자초지종을 설명하고 두서를 잡아 물을 것이지, 어디서 늙은 아비를 살살 떠보는 못된 짓을 하느냐. 당장이실직고 못해?"

"아, 아기씨가 그렇습니다. 오늘 밤 비에 능라도가 바다로 밀려내려갈까 저어된다며 소자더러 능라도로 데려다 달라 하였습니다. 사람이 살짝 가서 얹히면 능라도가 움직이지 않을 것이라고요. 아기씨가 연전에 연경 갔을 때, 심양에서 누군가한테 그리 들었다 합니다. 게 살고 있는 평양 사람이 그리 말했다고요. 그 곁에 소자도 있었는데, 소자는 듣지 못한 소리였습니다."

장의원이 크허허, 웃음을 터트렸다.

"해서, 너는 아기씰 모시고 능라도로 들어가려고?"

"아기씨가 가끔 이상한 생각을 하고 엉뚱한 일도 잘하는 것 같아서요. 기어이 나서면 어쩌나 싶고요. 꼭 가야겠으면 소자가 홀로 다녀오겠노라 했더니 믿지 않는 것 같더이다."

"허면 네가 지금 능라도로 들어가겠다는 게냐?"

"아기씨는 고자질 말랬지만 소자가 어찌할 줄을 몰라 아버님께 말씀드리는 겁니다."

"이미 너울이 높아져 배들을 다 거둬들였을 터이다. 네가 능라도까지 익숙히 헤엄쳐 다니는 것을 모르는 바 아니다만 오늘 밤에는 어림없다. 생각도 마라."

"아기씨가 참말로 나서면 어찌하옵니까? 저를 본이라는 아이로 착각하는 것 같았고요. 자신이 이런 말한 걸 어른들한테 이르면 꿈속에다 콱 던져 넣겠다고 협박하던데요."

"꿈속에다 던져 넣어?"

장의원이 어허허 웃더니 가까이 다가들라 손짓한다. 무슬이 다가들자 머리통을 탁 쥐어박는다.

"그 말에 이리 사색이 되어 있느냐? 에라, 이놈아! 꽃님이 워낙 천진한 데다 활달하여 그런 상상을 한 게지. 제가 한 말 벌써 잊고 이미 잠들었을 터이다. 이제 더 많은 일을 하면서 더 크게 움직이면 그런 엉뚱함이 스러질 게다. 너도 쓸데없는 걱정 말고 건너가 공부해라. 아비가 분명히 말하노니, 오늘 밤은 강가에 나가지 마라. 영명사에도 올라가지 말고. 아! 지금까지 너와 꽃님이 격의 없이 어울리는 것 같더라만 이제 두 사람이 다 컸으므로 거리를 좀 두도록 해라. 아기씨가 계례를 치렀다고는 하나 섬이 떠내려갈까 봐 걱정하는 사람이니, 네 쪽에서 조심을 해야겠지. 아비 말뜻 알아듣느냐?"

"예, 아버님."

행여 꽃님을 여인으로 보는 허튼 생각을 하지 말라는 말씀, 알아듣지 못한다면 차라리 나을지도 모른다. 꽃님이 하루에도 천 번씩 그리웠다. 보고 있으면 만져 보고 싶어 몸이 저렸다. 만지지 못하므로 숨이 막혔다. 밤마다 강변으로 나가 미친 듯이 뛰고 구르며 홀로 몸을 혹사하는 것은 막힌 숨을 틔우기 위해서다. 스승이신 수운스님을 핑계 삼아 영명사에 올라가 아닌 밤중 홍두깨처럼 사형들에게 무술 대련을 청하고 곤죽이 되게 얻어맞고 내려오는 것도 그 때문이다.

병사 한 구석에 있는 자신의 방으로 건너온 무슬은 등불을 밝히고 『동의보감』, 「잡병편」 제 일권이 펴진 책상 앞에 앉는다. 아침 식전에 읽던 대목을 다시 읽는다.

'밤과 낮에 따라 병이 경해지거나 중해지는 것凡病晝夜輕重.'

'병이 낮에 중해졌다가 밤에 안정되는 것은 심한 양병陽病이다. 이것은 기가 병든 것이지 피가 병든 것은 아니다. 밤에 중해졌다가 낮에 안정되는 것은 심한 음병陰病이다. 이것은 피가 병든 것이지 기가 병든 것은 아니다.'

'낮에 열이 나다가 밤이 되면 안정되는 것은 양기가 양분養分에서 왕성해진 것이다. 밤에 오한이 나다가 낮에 안정되는 것은 음혈陰血이 음분陰分에서 왕성해진 것이다.'

'낮에는 안정되었다가 밤에 열이 나면서 번조煩燥한 것은 양이 극성해지고 음이 없어진 것이다. 이런 것을 보고 열이 혈실血室에 들어갔다고 한다. 밤에 안정되었다가 낮에 오한이 나는 것은 양 부분에 음기가 들어간 것이다.'

지난 삼 년 동안 스물다섯 권에 이르는 『동의보감』을 세 번 읽고, 한 번 필사하고, 지금 네 번째 읽는 중이다. 알려진 기본 의서들을 세 번씩 필사하고 서른 번쯤 읽으며, 그렇게 읽는 동안 스승의 처방과 시술을 지켜보고 수발하면 의원 흉내는 낼 수 있게 되리라 했다.

무슨 일이나 의지를 가지고 시간을 들이고 정성을 쏟아야만 문턱에라도 이를 수 있다고.

무슬에게 무예는 끼니때 차려진 밥상 앞에 앉는 것처럼 자연스러워 따로 의지를 세울 필요가 없었다. 매해 동짓달이면 사신계 승품 심사가 이루어지는데 재작년에는 연경 가느라 승품 심사를 받지 못했다. 올 동짓달에는 사품에 도전할 것이고 승품할 것이었다. 한 해에 승품 심사가 두 번씩 치러진다면 내년에는 칠품에 닿을 수 있을지도 몰랐다. 꽃님 김경이 어느새 육품이므로 무슬도 품계가 높아지고 싶었다. 하지만 한꺼번에 두 품씩 올려주는 법은 없고, 한해에 시험을 두 번 치는 법도 없다.

무슬이 의원이 되기 위한 수련에는 굳센 의지가 필요했다. 날이 새기 전에 일어나 책을 읽고 외우고, 약방 일을 거드는 틈틈이 외우기를 반복하고 날이 저물면 다시 읽고 외기를 했다. 밤이 되어 이경쯤에 이르면 조급증이 났다. 도저히 앉아 있을 수 없게 뭔가가 치받쳤다. 그럴 때면 강변으로 내달아 어둠 속에서 발광하듯 몸을 지치게 했다. 달빛 밝은 밤이면 청류벽 나루까지 달려가 능라도나 반월도까지 헤엄쳐 갔다 돌아오곤 했다.

쾅쾅 우레가 친다. 번쩍번쩍 번개가 지나간다. 바람 불고 비가 쏟아진다.

무슬은 발딱 일어나 방문을 연다. 병사 반대편 구석방의 사형들도 문을 열고 내다보고 있다. 언제 구해 왔는지 술병을 가운데 두고 장하게 쏟아지는 빗발을 눈안주 삼아 놀다가 무슬을 보고는 건너오라 손짓한다. 무슬은 손사래를 치며 자겠다고 외치고는 방문을 닫고 불을 끄고 옆문을 통해 빗발 속으로 나선다. 담을 넘어 고샅으로 내려선 뒤 유릉원으로 내닫는다.

유릉원 대문은 닫혀 있다. 무슬은 담장을 돌아 별원 쪽에 이른 뒤 담을 넘는다. 유릉원 별원 뜰은 꽃씨를 얻는 꽃밭이라 넓다. 별원 본채에는 방이 두 칸이다. 대청을 가운데 두고 왼쪽 방은 경의 침소이고 오른쪽 방은 향료 실험실이자 공부방이다. 별원 바깥채에도 방이 두 칸이고 꽃님의 호위들이 산다.

꽃님의 침소와 호위들 방에 불이 켜져 있다. 몸이 약한 데 비해 많이 움직이는 꽃님은 보통 초경 중간 참에 잠자리에 들어 묘시 초경에 일어난다. 무슬은 꽃님의 방문을 톡톡 두드리다 열어 본다. 서안 옆에 등불만 켜져 있고 방주인이 없다. 어두운 공부방도 열어 본다. 수많은 물건들이 정리되어 있을 뿐이다. 뜰을 건너 호위들 방 앞에 다가들어 귀를 기울인다. 호위들이 말하고 있을 뿐 꽃님의 목소리는 들리지 않는다. 꽃님이 내원이나 외원 등에 가 있다면 호위들도 그쪽에 있는 게 마땅하므로 지금 꽃님은 유릉원 안에 없는 것이다.

아무리 사태가 급해도 월담했다는 사실을 들키면 안됐다. 김경의 큰오라버니 김인하가 평양 현무부 선원의 무진이자 무슬의 또 한 분의 스승이다. 예사로 별원 뒷담을 넘나든다는 걸 들키는 날에는 다시는 꽃님을 볼 수 없게 될 터. 무슬은 넘어왔던 담을 다시 넘어 대문으로 내닫는다. 설렁줄을 당겨대다 대문을 마구 흔들자 등불 든 행랑아범이 마지못한 기색으로 나왔다.

"네 이놈, 한밤중에 비를 철철 맞고 무슨 짓이냐."

"대행수님을 뵙고 싶습니다. 당장요."

"이런 무도한 놈을 보았나. 어른께 보일 일이 있으면 밝은 날 예를 갖춰 와야지. 야밤에 두억시니 형상으로 당기나 해?"

"급한 일이에요, 아저씨. 정말로 급합니다."

행랑아범이 등불을 들어 무슬의 얼굴을 비쳐본다.

"그리 급하다니 일단 들어오너라. 별것 아닌 일이면 경을 치게 되리라, 이놈."

꽃님 김경이 집안 어딘가에 멀쩡히 있다면 자신이 경을 치는 건 아무렇지도 않다. 외원 행랑 마당을 지나 큰사랑으로 들어선 행랑아범이 대청 아래서 큰소리로 대행수를 찾았다. 김인하가 큰사랑의 대청으로 나온다.

"무슨 일인가?"

행랑아범이 무슬을 가리키며 이놈이 뵙고 싶단다고 아뢨다. 김인하가 말해 보라고 고갯짓을 했다.

"아까 계례식 직후에 아기씨하고 잠깐 이야기를 나누었사온데, 아기씨가 소제한테, 오늘 밤에 능라도로 데려다 달라고 하셨나이다."

"그 무슨 해괴한 소리냐?"

"농담으로 여겼사온데 소제가 갑자기 불안한 생각이 든지라 달려왔습니다. 아기씨가 집안에 계시는지, 비로가 마구간에 있는지 확인해 주시길 간청하옵니다. 확인해 주소서."

비로는 경의 말이다. 경이 말을 잘 타지는 못해도 비로와 친하므로 함께 나갔을지도 모른다.

"이런 뜬것 같은 놈을 보았나. 그 아이가 이 우중에 말 타고 밖으로 나갔을 것이라 그 말이냐? 제 방에서 쌕쌕 자고 있을 시각에?"

"부디 한 번만, 잠시만 확인을 해주십시오. 예? 대행수님."

그가 마루 끝으로 나와 무슬을 들여다본다. 어처구니없는 말일지라도 제자인바 무시하지는 못하겠는가 말한다.

"경이 집안에서 놀고 있거나 제 방에서 자고 있다면 너를 석등에다 거꾸로 매달아 놓으리라, 이놈."

엄포를 놓은 김인하가 마당으로 나섰다. 빗발 속을 걸어 도방께서 거하시는 중사랑을 조용히 건너 내원으로 들어섰다. 내원은 위아래, 좌우 채 할 것 없이 불야성이다. 꽃님의 계례식에 온 손님들과 그들의 수행들과 집안 여인들이 어울려 대청에서 쌍륙놀이를 하고 있다. 탄성과 한탄과 웃음소리가 너울처럼 일렁인다. 그들 사이로 들어선 김인하가 여인들에게 꽃님이 어디 있냐고 물으니 영혜당이 대답한다.

"저녁 먹고 곤하다며 제 방으로 건너갔지. 어두워지면 기신을 못하는 아이 아닌가? 벌써 잠들었을 아이를 자네가 어찌 찾는 게야?"

김인하가 마당에 선 채 비를 출출 맞고 있는 무슬을 가리켰다.

"저놈이 무작스레 쳐들어와 아이가 집안에 있는지 확인해 달라고 달달 볶지 뭡니까. 잠시들 계십시오. 아이 방에 다녀와서 저놈을 매달아 구경거리를 만들어 드리겠습니다."

김인하가 별원으로 향했다. 아래채에서 김경의 호위들이 놀라 뛰어나오는 사이 김인하가 불 켜진 방문을 열어 보고 불 꺼진 공부방을 살폈다. 있어야 할 사람이 없으므로 그가 해쓱해져 무슬을 돌아본다.

"꽃님이가 어딜 가고 싶다 했다고?"

"느, 능라도요."

"능라도는 왜?"

"그, 그, 그것이 그러니까……."

"당장 말하지 못할까?"

김인하의 대노에 안채에서부터 따라온 방산이 손짓으로 말리며 무슬에게 다가들었다.

"얘야, 숨을 가다듬고 차분히 말하거라. 응? 찬찬히."

무슬은 꽃님과 나눈 이야기를 고스란히 읊는다. 능라도가 떠내려 갈까 봐 걱정되어 오늘 밤 건너가 엎혀 있겠다고 하더란 말부터 잇꽃밭 언덕의 아홉 할배 나무와 본이라는 이름이며 본이를 꿈속에 칵 던져 넣겠다던 말까지. 말하는 와중에 울음이 치밀어 목이 막힌다.

꽃님의 말 비로가 마구간에 그대로 있다는 게 확인됐다. 김인하가 즉시 온 집안에 경보를 울리고 수색대를 조직했다.

능라도는 서문에서 십여 리 길인 청류벽진清流壁津에서 배를 타고 들어가는 게 가장 빨랐다. 김경이 최소한 한 시진 전에 집을 나갔을 텐데 그때는 비가 오지 않았다. 계집아이 걸음으로 십여 리 밖에 있는 청류벽 나루에 닿지는 못했을 것이다. 안식구들이 집안을 샅샅이 뒤지는 사이 방산과 그 호위 무사들과 김인하와 유릉원 무사들이 말을 달려 청류벽진으로 향했다. 남은 사내들이 우장을 갖추고 청류벽 나루를 향해 내달았다. 김경이 능라도로 갈 때마다 통하는 청류벽진에는 유릉원의 배들과 뗏목 십수 척이 있었다. 큰비가 내리므로 강물이 불어나고 거세질 터라 모조리 나루 밖으로 끌어올려서 꼭꼭 매놓았다. 김경의 힘으로는 뱃줄을 풀지도 못했을 터, 홀로 배나 뗏목을 띄웠을 리 만무다.

무슬은 청류벽진을 향해 뜀박질 하면서 주변을 살핀다. 길은 일부러 돌지 않는 한 강변으로 이어진 외길이다. 강변 언덕에 드문드문 앉아 있는 집들은 모두 잠들었다. 천지가 깜깜하다. 무슬의 맘도 깜깜하다. 깜깜한 맘에 폭우가 쏟아진다. 몰래 나갔으므로 꽃님은 우산도 도롱이도 쓰지 않고 걸었을 것이다. 오뉴월을 지난지라 비가 이미 싸늘하다. 대체 어떻게 섬이 떠내려가리라 불안해할 수 있으며 섬이 떠내려가지 않게 하려 밤길을 홀로 나설 수가 있을까. 그리 여길 수 있는 그 속내가 무슬은 불안하다. 옥돌처럼 단단하고 불빛처럼 환하라고 붙여진 수앙이라는 이름에 혹시, 꽃님 김경의 마음속에 든 컴컴한 멍울을 떨쳐 내라는 소망이 담겼던 것인가.

무슬이 청류나루에 닿으니 나룻가의 집들마다 불이 켜졌고 곳곳에서 꽃님을 부르는 외침이 났다.

"아기씨, 꽃님 아기씨, 경이 아기씨!"

목이 쉬게 부르며 선창에 매인 배들마다 살피고 선창 주변을 뒤적이고 있었다. 흔적은 찾지 못한 듯했다. 김인하가 뒤쫓아 온 무슬을 발견하고 불렀다. 선창 안쪽의 곳집이다. 밖에서는 쓰기도 어려울 횃불을 연신 만들어 내는 사람들과 김경의 스승 방산이 함께 있었다.

"이 나루에 사는 사람들은 아무도 경이를 못 봤다 한다. 배들은 모두 제자리에 있는바 경이가 강으로 들어선 것은 아닌 것으로 보인다. 여기는 오지 않은 것으로 볼 수밖에 없어. 허니 무슬아, 네가 다시 한 번 잘 생각해 봐라. 경이는 봄부터 가을까지 무시로 능라도를 건너다니매 너와 자주 동행하였고, 와중에 나무에다 이름까지 붙이며 놀았다. 둘이 자주 어울려 놀므로 너는 경이 수상하다는 것을 감지하기까지 하였다. 덕분에 우리가 지금 찾고 있기라도 하지. 그러니 네가 생각을 해봐. 경이 지금 어디에 있겠는지."

"한양에, 아곱 할배를 향해 가지 않았다면 여기 왔을 것입니다."

"아까부터 아곱 할배라 하는데 그가 누구라고?"

"아기씨가 살던 한양 집에 계신 할아버지라고 했습니다."

김인하 옆에 있던 방산이 무슬한테 재우쳐 묻는다.

"그러니까 저 섬 안에 있는 나무 한 그루에 아곱 할배라는 이름이 붙어 있단 말이냐?"

"예, 마님."

"경이가, 아곱 할배가 돌아가셨다는 사실을 알고 있더냐?"

"도, 돌아가신 분이옵니까?"

"오 년 전쯤 돌아가셨다. 경이가 이곳으로 온 직후에."

무슬처럼 방산의 목소리도 떨려 나온다. 아곱 할배는 효종임금 시절부터 살았다던 분이었다. 반야의 할머니인 동매 무녀의 신모, 달도지 만신의 동무였다던가. 그는 내시였던지라 자식을 낳을 수 없고 다른 내시들이 모두 들이는 양자도 들이지도 않았다. 일점의 후사도 없던 그는 관직에서 은퇴한 뒤 사신계원들의 스승으로 살았다. 말년에는 소소원의 강원에서 불목하니로 지냈다. 그는 아이들과 반야가 소소원을 떠난 직후 저세상으로 돌아갔다. 어느새 기억조차 희미해진 그가 느닷없는 곳에서 출현하였다. 살아 계시면 일백 살이 넘었을 그는 소소원 강원에서 살 때도 심경과 한본의 동무거나 장난감 같았다.

도무지 이해할 수 없는 일이 벌어져 방산은 생각을 해야 했다. 심경이 몹시 예민한 아이이긴 하나 이런 느닷없는 일을 벌일 아이가 아니다. 제가 이렇게 돌발할 제 어떤 일이 벌어지는지 모를 아이가 아니다. 그런데도 일을 친 건 아이가 앓고 있었다는 뜻이다. 아이가 지닌 신통한 재주들에 감탄하며 박수만 치느라 아무도 아이의 병을 눈치채지 못했고 아이 스스로도 몰랐던 것이다.

"문산."

"예, 마님."

"제 사람들과 문산의 사람들을 섞어 한양 가는 길로 가 보게 하고, 나머지는 이 주변부터 다시 찾아보지요."

"아이가 한양으로 향했을 것이라 보시옵니까? 아이가 길을 어찌 알고요?"

"만약을 모르니 갔다 오라는 게지요. 십 리, 아니 오 리 길만 좇아 보면 되지 않겠습니까."

김인하가 말 탄 사람들에게 세 갈래 길을 가리키며 십 리쯤만 갔다가 이곳으로 돌아오라 지시했다. 남은 사람들과 나루터 사람들에게 다시 샅샅이 뒤지라 외쳤다.

방산은 앞이 캄캄해져 빗속으로 다시 나섰다. 몸이 덜덜 떨린다. 두어 식경쯤 맞은 비 때문이 아니다. 가랑잎 같이 야윈 아이가 창황중에 발을 헛디뎌 강물에라도 휩쓸렸다면 어찌할 것인가. 지금 아무도 차마 입에 담지 못하는 걱정이 그것이었다. 칠요 반야의 유일한 피붙이가 경이다. 지난 유둣날 만난 반야는 계례를 치르게 될 아이를 대견해 하고 안쓰러워했을망정 이런 일이 벌어질 것에 대한 예시 같은 것은 하지 않았다. 자식으로 삼은 아이들의 앞날을 한사코 예진해 보지 않는 그였다. 자식들에게 신경씀으로 하여 욕심을 부리게 되면 숱한 사람을 위해 써야 할 영기가 흐려질 것을 저어하는 것이었다. 자식들을 맡은 사람들을 믿기 때문이기도 했다. 반야의 자식들을 맡은 몇 사람 중 한 사람이 방산이다. 이 밤에 이런 어처구니없는 일로 아이를 잃고 나면 무슨 일이 벌어질지 방산은 상상하고 싶지 않다.

어두운 선창의 끝에 무슬이 서 있다. 만단사에 비휴가 있다는 사실을 고함으로써 이록의 속내를 알게 한 아이다. 열네 살이라던 아이가 열여섯의 청년으로 자라 검은 장승처럼 비를 맞는다. 저를 키운 제 곳을 버리고 돌아섰으므로 그 마음이 오죽할 것인가. 심경 하나를 의지하여 지탱해 왔을 놈의 지금 마음이 방산보다 덜하지 않을 터이다.

방산이 다가가는데 선창 끝에 있던 무슬이 느닷없이 달려온다. 달려온 그가 방산 옆에서 멈추지 않고 내달리며 소리친다.

"잠깐 가 볼 곳이 있습니다, 마님. 아기씨가 어디 있는지 알 것 같아요."

놈이 그렇게 외치고는 삽시간에 나루터 오른쪽 어둠 속으로 사라진다. 을밀대 방향이다. 방산이 유릉원 무절들에게 무슬을 따라가라고 소리친다. 걸음 빠른 무절 넷이 무슬을 뒤쫓아 어둠 속으로 들어갔다. 김인하도 뒤따라간다.

무슬은 선창 끝에서 강으로 뛰어들 셈이었다. 배를 띄우자고 청해도 들어주지 않을 테지만 배 띄우고 노를 저어 간다고 해도 더딜 것이라 헤엄쳐 능라도로 건너가 보려 했다. 어쩌면 꽃님이 미리 준비했지 않았을까 싶었다. 뱃사공과 배를 알아두지 않았을까. 청류벽진이 아니라 백암나루에서 건너간 게 아닐까. 지금쯤 능라도 한 중간의 어둔 곳집에서 추위와 두려움에 달달 떨고 있지 않을까. 온갖 생각을 해보다가 불현듯 을밀대를 떠올렸다. 그 위쪽 선신의 무덤을.

무슬이 한두 달에 한 번씩 찾아가 보는 선신의 평평한 무덤에는 이제 어린 소나무가 자라고 있었다. 저절로 떨어진 솔씨가 싹을 틔워 김경의 무릎 높이만큼 컸다. 평양의 양반들이 기생들과 하속들을 끼고 수시로 을밀대와 모란봉 꼭대기의 모란정을 드나드는지라 길은 잘 닦여 있었다. 서너 마장 정도의 길이 사뭇 가팔라도 밝을 때는 어려울 일이 없었다. 지금은 비가 철철 내리고 바람이 숲을 흔들고 캄캄했다. 꽃님에게는 헤엄쳐 능라도로 가는 것이나 진배없는 길이다. 무슬은 숨 가쁘게 을밀대를 향해 뛴다. 멀리서 소리쳐 부르며 뒤따라 올라오는 기척들이 느껴졌다.

"여기, 이쪽입니다."

무슬도 연신 소리치며 오른다. 선신의 무덤은 을밀대를 백여 보 지난 곳에서 오른쪽으로 들어간 숲 속에 있다. 한두 달에 한 번 무슬 홀로 드나들 뿐이라 오솔길 같은 건 만들어져 있지 않다. 강 건너의 흐릿한 불빛들을 의지하여 방향을 잡은 무슬은 나뭇가지들을 정신없이 헤치며 선신의 무덤에 이른다. 어두워 보이는 게 없으므로 땅바닥을 더듬거리며 소리친다.

"아기씨, 꽃님 아기씨 여기 있어요? 아기씨! 김경! 경아. 꽃님아!"

정신없이 헤치다 보니 말캉한 뭔가가 무슬의 손끝에 닿는다. 더듬어 보니 모로 구부려 누운 사람이고 계집이다. 긴 저고리에 쾌자를 걸치고 말군바지를 입고 겯은신을 신은 꽃님은 정신을 잃었다. 무슬은 꽃님을 끌어안고 싸늘하게 젖은 그 얼굴에 자신의 얼굴을 댄다. 숨은 쉬고 있다. 미약하나마 온기도 느껴진다. 그 얼굴에 나뭇가지에서 뭉쳐 내린 빗물이 우박인 양 내려친다. 무슬은 꽃님을 당겨 가슴팍에 넣으며 외친다.

"대체 왜 이러는 거야, 어쩌자고 이래!"

꽃님을 더 끌어안으며 울부짖는다.

"살려 주세요, 살려 주세요. 여깁니다, 여기!"

심봤다

어떤 집과 어떤 집이 혼인을 맺고자 할 때 부모들끼리 정하는 수가 있고 매파를 상대 집으로 보내 의사를 타진하는 방법이 있다. 인편으로 청혼서를 보낼 수도 있다. 제일 조용한 방법은 청혼서를 보내는 것이다. 청혼 내용을 담은 봉함 편지를 하속에게 들려 보내매 청혼 받은 집안에서도 혼사의 가부를 편지로 알려오기 마련이다. 혼사가 이뤄진 경우에는 상관없지만 혼사가 이뤄지지 않았을 때는 혼담이 오고갔다는 사실에 대해서 서로 함구하는 게 예의다. 소문이 나지 않으므로 양쪽 집안에 알음아리가 없는 경우 흔히 이뤄지는 청혼이다.

이록은 금강약방을 통해 김강하의 부친인 김상정에게 청혼서를 보냈다. 지난 유월 초순이었다. 달포나 지나 답신이 왔다. 사과의 말로 시작된 답신이었다.

보제원거리 금강약방과 평양 유릉원을 오가는 상단의 인편에 문제가 생겼다. 그 때문에 서신을 늦게 받은 터라 답신이 늦어졌음을 부디 용서하시라. 그랬다. 답이 늦어지기에 이록이 예상했던 대로, 청혼을 거절하는 내용이었다. 김강하가 이미 정혼하였는바 귀댁의 황송한 제안을 받들 수 없음을 혜량하시라, 했다. 김상정은 거절 편지에 비단 한 동을 붙여 보내왔다. 거절하는 측의 형편에 따라서 사죄의 뜻으로 물건을 보내기도 하는데 그런 의례까지 김상정은 깍듯이 치렀다.

김강하가 혼인 만기를 지나 스물세 살이나 되지만 스물세 살은 정칠품 벼슬아치로서는 어린 나이라 할 수 있었다. 그가 여태 혼인하지 않은 게 이상할지언정 그의 정혼은 당연했다. 그럼에도 이록은 허어, 한숨 쉬며 자조했다. 중인 김상정이 종친 이록의 청혼을 거절한 게 어이가 없어서였다. 그쪽이 이미 정혼했더라도 파혼하고 이쪽의 청혼을 받아들일 것이라 자신했던지도 몰랐다. 이록은 자조하며 뇌까렸다. '이자가 나를 저와 같은 장사치로 아는 게지!' 어쨌든 이록은 거절을 받아들이고 청혼 말이 없었던 일로 하자는 뜻으로 금오당한테 뭔가를 금강약방으로 보내게 했다. 금오당은 능단綾緞 한 동을 보냈다.

온은 저간의 일들을 두 달이나 지나서 들었다. 금오당을 통해 그 얘기를 들은 온은 황당해 웃다가 머리를 흔들었다. 청혼하고 거절당한 게 서운하지는 않았다. 부친이 그런 계량을 했을 줄 어찌 알았으랴. 부친의 그런 의중을 미리 알았더라면, 말렸을까. 그런 의문이 든 것은 청혼서에 관해 듣고도 여러 날 지나서였다. 동시에 김강하 측으로부터 거절 당할 게 틀림없을 것이라 청혼을 말렸으리라고 생각했다.

작년 흔훤사의 밤 이후 팔월 초사흘 밤, 구월 초사흘 밤에 보현정사에서 윤홍집과 대련할 때 어둠 속에서 지켜보는 김강하의 눈길을 분명히 느꼈다. 그 시선을 충분히 의식하면서 온은, 나는 너 김강하를 이렇게 베어 내는 것이라고 과시하고 선언했다. 스스로를 걷잡기 힘든 분노에 휩싸여 있을 때였다. 김강하 따위에게 목매여 행여 만날 수 있지 않을까, 서성이며 살기 싫었다. 김강하가 그걸 몰랐을 리 없다. 이온이 다른 사내와 더불어 아이 낳은 사실을 몰라도 혼인 제의에 응하지 않았을 것이다. 그런 것들을 감안해 가며 간신히 마음을 다스렸는데, 그가 정혼했다는 사실을 듣고 나서부터 심란이 그치질 않았다. 먼저 포기하고 끊어 냈다 여겼던 그가 끊겨 나가지 않고 그 자리에 그대로 있지 않는가.

"아씨, 임 행수님과 수의首醫께서 뵙기를 청하십니다."

난수다. 난수는 안성 동백약방에서 왔지만 유년 시절 오륙 년을 허원정에서 살았다. 동백약방의 딸로 심겨져 자라다 약방 일꾼과 혼인했는데, 혼인하고 보니 서방의 처자식이 나타났다. 난수와 양부모는 서방을 관에 고발했다. 서방은 안성군수로부터, 벌금을 물고 난수에게 배상하고 이의異議라는 처결을 받았다. 지난 사월 말에 온이 심양에서 귀환하는 양 집으로 돌아왔더니 서방과 이의하고 홀몸이 된 난수가 먼저 와 있었다. 온은 난수를 청호약방으로 나간 사비의 자리에 놓았다.

"드시라들 해. 그대도 같이 들어오고."

온은 펴놓고 있던 장부를 덮고 책상 앞에서 일어나 원탁으로 옮겨 앉는다. 요즘 추계 약령시가 막바지라 보제원거리가 떠들썩했다. 문이 열리고 수의 도손과 임 행수와 난수에 이어 낯선 사람이 들어선다. 낯선 자의 손에 보자기에 싸인 네모난 궤짝 하나가 들렸다. 궤짝을 수의 도손에게 안긴 자가 문 앞에 무릎을 꿇고 엎드린다.

"저 사람은 어찌 저럽니까? 그 궤짝은 뭐고요?"

도손이 궤짝을 온 앞의 탁자 위에 놓더니 보자기를 풀고는 입을 연다.

"산삼입니다, 아씨. 손수 궤짝을 열어 보시지요."

별나기도 하다. 속으로 뇌까린 온이 일어나 궤짝의 뚜껑을 들어냈다. 마르기 시작한 참나무 잎들이 가득 찼다. 온은 두 손으로 이파리들을 움켜내 궤짝 뚜껑에다 옮긴다. 세 움큼의 이파리를 덜어내자 종이에 싸인 뭉치가 드러난다. 뭉치를 들어내 여며진 종이를 펼치니 이끼 뭉치가 나타난다. 손수건 넓이로 떠낸 이끼 보를 여섯 장이나 헤치고 나니 세 줄기의 이파리를 매단 산삼이 나타난다. 화안한 향내가 금세 방안을 메운다. 온이 이따금 보아온 산삼보다 월등히 큰 산삼은 영락없이 사람 형상, 그것도 하초를 곧추세운 남정네 형상을 하고 있다.

"산신령께서 현현하신 것 같은데, 이럴 때 심봤다, 하는 거죠? 절을 해야 한다고 들은 것도 같은데?"

온의 말에 다들 웃음을 터트린다. 온은 산삼에 손을 대지 않은 채 말한다.

"좀 요상하게 보이지만 참 멋지시네요. 아름다워요. 이리 아름다운 심을 저 사람이 가져왔다는 거지요? 거기 심마니! 일어나서 내 건너편 좌대에 앉으시게. 이리 장엄한 분을 모셔왔는데 그리 엎뎌 있으면 아니 되지."

"황송하옵니다, 아씨!"

난수가 심마니를 일으켜 온의 맞은편에다 앉혔다. 임 행수와 수의

가 양쪽에 앉는다. 수의 도손이 입을 연다.

"여드레 전에 강원도 오대산 호령봉 아래 동파골에서 발견됐다 합니다."

"그랬군요. 어찌 발견했고, 몇 년이나 잡수신 산신이신지, 심마니한테 직접 들어보고 싶네요. 심마니, 자네가 말씀해 보시게. 자네 이름부터."

사흘쯤 굶은 얼굴인 심마니가 온과 눈을 맞추지 못한 채 입을 연다.

"소인은 어든노미라 하옵고 오대산 아래 평창 땅 사부랑골이라는 곳에 사옵는데, 환갑이 넘은 어미아비와 처와 자식 다섯 놈이 있나이다. 소인의 아비와 열세 살 난 아들, 셋이서 함께 약초를 캐다 팔며 식구들이 연명하고 있사옵니다. 보름 전, 구월 초사흘 날에 소인 부자 삼대가 가을 산에 들었습지요. 소인이 사는 곳에서 가까운 황병산이라는 곳으로 들어가 사흘을 헤맨 끝에 황병산에 이어진 오대산으로 접어들었삽고, 이틀 뒤 해 질 녘에 동파골에 닿았나이다. 가을비가 내려서 삼부자가 덜덜 떨며 밤을 새고 날이 밝았사온데, 소인의 아들놈이 소피를 보다말고 느닷없이 휘이, 휘파람을 불더이다. 그러면서, 노래하는 것처럼 나는 심을 본 거 같네요, 하는 겁니다. 놈이 소피를 보려다 멈춘 곳이 노숙지에서 열댓 걸음이나 떨어진 등성이의 바위 근방이었는뎁쇼, 거기가 산삼 아홉 뿌리가 옹기종기 묻힌 두둑시라였던 겁니다."

"자네 아버지와 조상들이 큰 덕을 쌓았던 게로군. 해서?"

"아비가 우선 산신령께 고하자 하여 아홉 번 절하며 심봤다고 아홉 번 외쳤지요. 그게 약초꾼들의 법도라서요. 예를 갖추고 나서 땅을 헤집었더니 아홉 뿌리가 나왔습니다. 그중 작은 두 분은 그 자리에 도로 심어 놨사옵고, 그중 제일 크신 한 분이 아씨 앞에 놓이신 분입니다."

"두 분은 도로 심어놨고, 한 분은 여기 계시고, 나머지 여섯 분은 어디 계시는데?"

서른댓 살이나 됨직한 심마니가 손을 덜덜 떤다. 떠는 제 손을 꼭 쥐고 몸도 떨어댄다.

"왜에? 누구한테 뺏겼나? 산적들한테? 아니면 동료 심마니한테?"

"아, 아니옵고 소인 부자가 신령들을 속이고, 동료 심마니들을 속였나이다."

"어찌 속였는데?"

"약초꾼이 심을 발견하면 누구든 심봤다, 아홉 번을 외쳐야 하옵고, 그 아홉 번을 외치는 동안 그 산에 있는 누군가는 그 소리를 듣게 마련이라 심본 사람이 집으로 돌아가면 이미 근동에 다 알려져 있습지요."

"그런 건 나도 들어서 알아. 헌데 자네 부자가 동료들을 속였다는 건 뭐야? 아홉 번 절하면서 아홉 번 소리쳤다며?"

"여, 여기 모셔온 분이 원래 아니 계셨던 것처럼, 원래 여덟 분만 계셨던 것처럼 심마니들한테 알렸나이다."

"아아! 여기 계신 분을 애초에 못 뵌 셈치고, 여섯 뿌리만 캔 것으로 했단 말이지? 그 여섯 뿌리는 자네 삼부자가 집에 당도하기 전에 벌써 임자가 정해졌던 것이고?"

"예, 아씨."

"자네는 이 한 분을 모시고 곧장 한양으로 향했고?"

"예, 아씨."

"이 거리에는 약방이 백열일곱 개나 있는데, 자네가 우리 약방으로 온 까닭은, 이 거리에서 우리 약방이 제일 크다 들어서이고?"

"예, 아씨."

"그건 아주 잘했네. 결과적으로 나를 찾아와 준 것이니 나는 고맙고."

"황송하여이다, 아씨."

"산신령께서 자네 식구를 어여삐 여기셔서 자네 식구들 앞에 나타난 것이니, 산신령님을 속였다고 자책하지 않아도 될 성싶어. 그나저나, 이 산신께서는 대체 몇 살이나 잡수셨는데?"

"소인의 아비 말로는 삼백오십 년은 잡수셨을 거라 하더이다."

삼백오십 년? 한 이백년근이나 되겠거니 했던 온은 뒤늦게 놀라 임 행수와 도손을 번갈아 쳐다본다. 도손이 대답한다.

"소인이 보기에 최소한이 삼백오십 년이옵니다."

"최대한으로 잡으면요?"

"삼백팔십에서 사백 년까지도 볼 수 있지 않을까 하나이다."

백 년 안짝의 산삼 시세는 홍삼과 비슷하고 백 년에서 이백 년 정도는 나삼의 대여섯 배에서 열 배 정도다. 이백년근 한 뿌리는 보통 삼백 냥가량 친다. 삼백 년이 넘은 경우의 시세는 온이 알지 못한다. 캔 사람이 부르는 게 값이라는 말만 들었다.

"심마니 어든노미!"

"예, 아씨."

"이분을 나한테 모셔온 자네는 얼마나 받기를 바라?"

"화, 황공하여이다."

"이 정도의 산심님 앞에서 함부로 나대면 아니 되는 걸 자네도 알고 나도 알아. 그러니까, 자네가 부친으로부터 들었을 값을 솔직하게 말씀하시게. 자네의 부친께서는 얼마나 받았으면 하시던가?"

"아비가 삼천 냥쯤 받았으면 하더이다."

온이 도손과 임 행수를 쳐다봤다. 그들이 동시에 고개를 끄덕인다. 연해 끄덕인다. 그 정도는 내줘야 우리 약방 체면이 선다는 것이고, 터무니없는 액수는 아니라는 확인이다.

"알겠네. 삼천 냥 주지. 헌데 삼천 냥이 사뭇 거액이라 자네가 받아들고 가려면 어떤 돈이 좋겠는지 결정을 해야겠구먼. 삼천 냥을 한 냥짜리 은전으로 치면 삼천 개라, 혼자서는 들고 다닐 수도 없을 테고. 열 냥쯤 은자로 계산하면 삼백 개라 그 무게도 만만치 않거니와, 메고 다니다 보면 도적놈들이 졸졸 따라 붙겠지. 돈은 어째도 냄새가 나서 개들이 따르기 마련이니까 조심해야 할 게야. 백 냥쯤은 병으로 치면 삼십 개인데 그 무게도 적다 할 수는 없고. 오십 냥, 백 냥, 천 냥 등의 어음이 있는 바 이 자리에서 당장 써 줄 수 있으나 어음은 자네가 쓰기 불편하겠지? 어쨌든 열 냥쯤 은자는 한 시진, 백 냥쯤 은병은 두어 시진은 있어야 챙겨 줄 수 있겠고, 한 냥짜리 은전은 내일 아침은 돼야 모을 수 있을 거야. 우리가 돈을 쌓아 놓고 사는 게 아니니까. 어떤 게 좋겠나, 심마니?"

"열 냥쯤 은자로 주시옵소서."

"그럼 그리하지. 시방 신시 중경이나 됐을 테니 유시 중경, 해 넘어가기 전에 치러 주겠네. 그사이, 한 시진 정도 나가서 약방거리 구경이나 하고 오라 해도, 자네는 어렵겠지? 산신님을 예다 두고 못나갈 테니."

"화, 황공하여이다, 아씨."

"알겠네. 돈 마련될 때까지 우리 약방 안에서 여기저기 둘러보며 시간 때우도록 하시게."

"은혜가 깊으시옵니다, 아씨."

"자네가 찾은 산삼이니 내게 고마워할 것 없네만, 고마워해 주는 그 맘은 고맙게 받겠네. 나가서 이리저리 기웃거리면서 시간 보내시게."

"예, 아씨."

난수가 심마니를 데리고 나갔다. 도손도 따라 나간다. 온과 임 행수와 산삼만 남았다.

"내가 이 산심님을 삼천 냥을 주기로 하고 샀는데, 임 행수!"

"예, 아씨."

"우리는 얼마에 팔 수 있어요?"

"최소한 오천 냥은 받아야겠지요."

"이걸 오천 냥에 살 사람이 있을까?"

"산삼 잘 보는 자들을 죄 불러 감별을 시키고 나서, 사백 년 묵은 산삼이 있노라 온 도성에다 소문을 내야지요."

"소문을 내면?"

"오천 냥을 지불하고라도 일 년이나 십 년쯤 더 살고 싶은 사람이 열 손가락에 꼽을 만하게는 찾아들 겝니다. 그저 구경이라도 하고 싶은 자들도 적잖이 올 테고요. 한 열흘쯤 소문을 낸 뒤에 일시 정해서 경매를 붙이지요. 얼마에 팔리는지 지켜보는 재미도 있지 않겠나이까."

"정말 팔릴까?"

"팔리지요. 반드시 팔립니다."

"팔리지 않으면?"

"태감께서 드시면 되지요. 아씨가 드시던가요."

온이 흐흐흥 웃고 나서 묻는다.

"임 행수, 솔직히 말씀해 보세요. 삼백년근 산삼을 먹으면 당장 죽을 사람이 일 년이나 십 년쯤 더 살 수 있소? 무자식인 사람이 자식을 낳을 수 있고? 앉은뱅이가 일어설 수도 있어? 혹은 장님이 눈을 뜰 수도 있나?"

임 행수도 흐흐흥, 웃으며 대답한다.

"소인, 이 약방거리에서 삼십여 년을 살고 있습니다만, 그와 같은 말은 들어보지 못했습니다."

"그런데도 이 삼을 오천 냥 이상 받고 팔 수 있노라, 장담하오?"

"이 정도의 산삼은요, 아씨! 산삼이라는 약초가 아니라 욕망인 겁니다. 불치의 병을 낫고 싶다거나 오래 살고 싶다거나 하는 사람한테 돈이 오천 냥, 오만 냥이 있다할 때 그 사람이 원하는 게 무엇이겠습니까. 집안과 자손의 만복이요? 아니지요. 자신이 더 살면서 만복을 누리는 게 우선입니다. 그게 인지상정이지요. 며칠 후에, 보십시오. 이 산신님이 어디로 가시는지."

"알았어요. 모시고 나가서 잘 간수하세요. 그리고 심마니한테 주기로 한 열 냥쭝 은자를 모아 보세요. 집에는 하마 이백 개쯤 있을 거예요."

"하오시면 난수를 보내 가져오게 하시렵니까?"

"아니요. 지금 내가 집으로 가서 보낼게요. 태감께서 내일 상림으로 가실 거라 하니 이런저런 말씀도 드려야 하고요. 산삼 이야기도 해드려야죠. 태감께서 드시거나 쓰시겠다고 하면 파느니 마느니, 수선 피울 일도 없겠죠. 어쨌든 산삼에 관한 말이 오늘은 밖으로 나가지 않게 하세요."

삼백오십년근인지 사백년근인지 모를 산삼을 임 행수한테 맡긴 온은 약방을 나와 집으로 들어섰다. 큰사랑 마당에서 부친의 호위들이 난장을 피우다가 온이 들어서자 일제히 멈추며 큰사랑의 기단 밑에 도열한다.

온은 약방에서 만난 산삼에 대해 부친께 아뢨다. 산삼을 캐 온 심마니 일가의 내력이며 산삼이 있었다는 자리와 오늘 약방에서의 정황들을 설명했다. 다 듣고 난 부친께서 사방침에 놓은 손을 쥐었다 폈다 하며 한참 묵묵하다가 입을 연다.

"내가 써야겠다."

"드시는 게 아니라, 쓰십니까? 어떻게요?"

"진상해야지."

"성상께요?"

"청국 황제한테 갖다 줘야겠다."

"어떻게요? 아버님이 괜히 청국으로 건너가신 담에 청 황제를 만나 진상하십니까?"

"그렇게 해서는 청 황제를 만날 수도 없지."

"하오면요?"

"이번 동지사단에 끼어갈 방법을 찾아야겠다."

"어떻게요? 내달 초순이면 동지사행사들이 정해질 텐데요."

동지사행사는 시월 하순이면 연경을 향해 떠나므로 보통 시월 초순에 사신단으로 갈 사람들이 정해진다.

"방법을 찾아봐야지. 그전에 내 직접 가서 그 산삼을 봐야겠다."

"아버님께서 쓰시겠다고 작정하셨는데 몸소 나가실 필요없지요. 집으로 가져오라 하겠습니다. 어차피 지금 은전을 내보낼 참이니까요."

"그러면 그리해라. 나가면서 문 앞에 있는 놈 들여보내고."

온이 일어나 읍하고는 나간다. 나간 문으로 황동보가 들어와 읍한다.

"찾아계시옵니까."

"수비대의 윤홍집을 찾아오너라. 도성 안에 있으면 오늘 밤 안으로 내게 들라 해라."

"예, 태감."

"내일 상림으로 내려가려던 계획은 수정해야겠다. 네 동료들한테 당분간 이화헌에서 대기라고 이르거라."

"명 받잡겠나이다, 태감."

황동보가 읍하고는 나간다. 이록은 삼백오십 년 이상 묵은 산삼을 떠올려 본다. 그걸 먹을 수도 있을 것이나 먹는 것보다 더 많은 것을 얻자면 연경으로 갈 공식적인 방법을 찾아야 한다. 삼천 냥이 헛되이 사라지지 않게끔 해야 하는 것이다. 연경으로 향할 공식적인 방법은 동지사단에 끼는 것인데, 동지사단의 정사와 부사와 서장관을 정할 때 이록이 조정에 들어 있어야 한다. 그래야 동지사단의 삼사三司로 지명될 가망이 있는 것이다.

어의동에는 별궁이 있다. 세자빈 등을 간택해서 가례를 올리기 전에 머물게 하여 궁궐의 법도 등을 익히게 하는 곳이다. 현재는 비어 있는 어의별궁의 오른쪽으로 작은 숲이 있고 그 숲에 면하여 돈녕부의 정삼품 정正인 서행석의 집이 있다.

"사흘 안에, 아무도 모르게 서행석을, 저세상으로 넘겨라."

이록이 사령 특별수비대장 윤홍집한테 내린 첫 번째 명령이 그러했다. 사흘 전인 이십일에 명을 받았으므로 오늘까지다. 그저께 밤에는 탐찰을 겸해 왔다. 어젯밤에는 실행하러 왔으나 서행석이 밤늦은 시각에 안방으로 건너가서 자는 바람에 못했다. 오늘은 밤이 깊어가면서 비가 내린다. 현재의 빈궁전이 간택되어 입궐하기 전에 머물렀다는 어의별궁, 그 텅 빈 누마루에 앉아 비가 그치기를 기다린다. 자정이나 되었을까. 온갖 사념들이 맥락 없이 왔다가 어느 결에 사라진다. 사념 중 한 가지가 홍집 자신의 손으로 죽인 사람들이다.

죽어 마땅한 자를 찾아 죽여라.

스승 효맹이 그렇게 말한 게 홍집이 열다섯 살이 된 삼월 초였다. 살인 명령과 함께 나침반과 석 달간의 시간과 돈 한 냥을 받았다. 그때 홍집은 여덟 살에 떠나온 함경도 회령으로 갔다. 고향이랄 수 있는 회령에 대해 기억하는 건 그때 주인집이 큰 저자거리에 인접했고 멀지 않은 곳에 향교가 있다는 것뿐이었다. 양주 화도사를 나서서 김화역에 닿은 뒤 서수라까지 이어지는 역로에 올랐다. 한양과 서수라 간에는 역이 서른 개나 되었다. 회령에서 서수라까지는 다섯 개의 역이 남아 있을 뿐이라 도성에서 회령은 참 먼 길이었다. 밥을 벌어먹으며 회령까지 가는 데 한 달이나 걸렸다. 초파일에 회령 일동에 있는 향교 앞에 닿았다. 회령 향교 대문 앞에서 읍내 저자를 향해 걷다 보니 어릴 때 살았던 집이 어디였는지 떠올랐다.

회령은 청국과의 무역이 활발했다. 이름 하여 회령 개시였다. 양

국의 관헌이며 장사치들, 가축들까지도 뒤섞여 살았다. 홍집이 살던 집의 주인은 청국 장사치들을 상대하는 거간꾼이었다. 옛 주인은 물론 그의 하속들 누구도 탁발중 행색의 홍집을 알아보지 못했다. 알아봤더라면 달아난 종놈이라 외대며 다시 붙들어서 종으로 삼고도 남았을 옛주인은 물 한 모금 적선하지 않고 소년 탁발승을 내쫓았다.

무슨 고집이었던지. 사흘 내리 옛 주인 집 앞에 갔다. 나흘째 되던 날은 옛 주인이 청국 상인과의 거래에 실패한 날이었던가. 그는 하속들한테 자신의 문간에 들어선 탁발승을 붙들게 하더니 직접 화풀이를 했다. 뺨을 치고 발로 차며 뭉개 놓고 하속들로 하여금 들어내다 버리게 했다. 대문 밖에 버려지며 깨달았다. 옛 주인, 그가 아비였다. 어미는 기억에 없으므로 벌써 죽었을 것이나 그의 집에서 개똥이라 불리며 종자로 키워지던 기억들이 주르르 떠올랐다. 여종을 범하여 자식을 낳게 하며 종을 늘리는 자가 아비였다.

그날 밤에 홍집은 아비의 목을 돌려 죽였다. 첫 살인이었다. 동시에 아비 곁에서 자다 일어나 비명 지르려던 젊은 여인의 숨통을 끊었다. 두 번째 살인이었다. 아비와 아비의 첩을 죽이고 한양을 향해 돌아선 지 사흘 만에 북청 땅에 이르러 비적 셋을 만났다. 북청 역참 못 미친 고갯길에서였다. 당시 홍집이 지닌 것이라곤 나침반과 보릿가루 한 줌과 오가다 주워 담은 마른 알밤 몇 개와 박달나무로 만들어진 주발 한 개뿐이었다. 모두 다 내어 줄 수 있는데, 고분고분 얻어맞아줄 수도 있는데 비적들이 열다섯 살 소년 중의 빈천함을 조롱했다. 내놓을 게 없으면 궁둥이라도 내밀라고 웃음거리로 삼았다. 회령에서의 살기가 금세 되살아났다. 그 셋을 죽였다. 그 이후 살인은 온과 함께 흔훤사에 침입했을 때였다. 무녀 셋을 저세상으로 넘겼다. 그즈음에 온이 회임했고 그로 인해 스승 효맹을 죽게 만들었다.

이제 돈녕부 정 서행석을 죽여야 한다. 이록은 그 자리로 들어가 동지사의 삼사 중 한 명으로 지명될 것이고 청국으로 가서 사백 년 된 산삼을 가져다 청 황제에게 바칠 것이다. 언젠가 이록이 왕과 세자와 세손을 죽이고 왕위에 앉을 때 청 황제는 조선의 새 왕 이록을 기꺼이 승인하게 될 것이다.

그리하기 위해 윤홍집이 된 선일은 오늘 밤 열 번째 살인을 해야 한다. 앞으로 몇 명을 더 죽이게 될지 알 수 없으나 현재까지만 해도 윤홍집은 갈 데 없는 살인귀다. 선신과 선해가 돌아오지 않은 까닭을 비로소 깨달았다. 열네 살, 열다섯 살의 그들은 죽여 마땅한 자들을 만나지 못했던 것이다. 그건 살인을 못했다는 의미고 이후로도 과제를 수행치 못하리란 뜻이다. 하여 그들은 달아나 버렸다. 선유와 술선이 거든히 해낸 일이므로 선신과 선해도 충분히 가능했다. 그들은 못한 게 아니라 하지 않았다. 같은 상황에서 윤홍집은 했다. 내가 살기 위해 죽일 수밖에 없노라. 그리 여겼지만 그건 스스로에 대한 기만이다. 여덟 사람, 효맹까지 아홉을 죽이는 동안 아무 자책도 없다고는 할 수 없으나 죽은 누구를 위해서도 진정으로 아파하지 않았다. 그 결과 살인귀가 됐다.

홍집은 서행석이 죽어 마땅한 자이기를 바랐다. 그렇지 않은 것 같았다. 쉰일곱 살의 서행석은 벼슬 못한 큰아들에게 자애로운 듯했고 부인과 화목해 보이고 첩실도 없었다. 손자 손녀들에게 다정하고 하인들한테는 인자해 보였다. 높은 벼슬에 비하면 집이 소박하고 하인은 몇 되지 않는다. 죽여 마땅한 자이기는커녕 보호하고 싶은 사람이다.

어찌할까. 어찌해야 할까. 선신과 선해처럼 달아나고 말까? 어디로? 갈 데가 없다. 더구나 미연제를 잃어버린 상태다.

지난 유월 말 홍집이 미연제를 보러 청계변 유모 집에 갔을 때 다른 사람들이 살고 있었다. 강담네로부터 집을 사 들어온 지 보름쯤 됐다는 말에 기가 막혔다. 홍집이 사령의 명을 따라 팔도의 일급사자들을 살피러 다니는 사이에 강담네가 사라진 것이었다. 온에게 물었더니 그 식구가 경기도 연천으로 가게 되어 되었다며 온양댁을 통해 알려왔더라 했다. 강담아비의 본향이 연천인데 아기가 멀리 가는 게 안타깝다면 내놓고 가겠노라 했다던가. 온양댁이 허원정을 나가 애오개집에서 미연제를 키우겠다고도 했지만 온은 강담네에 열 냥을 건네주고 아기를 데려가라 했다. 연천이 고작 삼백 리 길이거니와 이왕 아이를 숨겨 키울 바에는 도성 밖에다 두는 게 나을 듯해 허락했노라, 그랬다. 연천 전곡 고을의 한탄강가 한실마을이 찾기에도 쉬우므로 허락치 않을 이유가 없었노라고.

홍집은 한실마을로 찾아갔다. 그 마을에 강담이라는 아이를 가진 집이 없으며 장사치로 나섰다가 돌아온 서른 살 안팎의 내외도 없었다. 오래전에 마을을 떠났던 김가네의 아들이 와서 살 집을 알아보고 간 적은 있으나 돌아오지는 않았다고 했다. 홍집은 허원정으로 돌아와 온양댁한테, 강담네를 어찌 알았느냐고 물었다. 온양댁은 강담네가 살던 집의 이웃 아낙이 동무라서 연결되었다고 했다. 강담아비가 장사치라 수시로 집을 비우므로 강담네가 유모 노릇을 오히려 잘 할 수 있을 것 같았다고. 그뿐 온양댁과 온양댁 동무는 강담네가 연천으로 갔다는 사실 이외에 아는 것이 없었다.

강담네가 어디로 갔는지 모른 채로 석 달여가 지났다. 강담네가 아이를 데리고 사라질 이유가 없으므로 어딘가에 자리잡으면 기별을 보내오겠거니, 기다리며 석 달여를 보냈다. 예감이 나빴다. 그들이 기별해 올 것 같지 않았다. 미연제가 생기고 태어나고 사라지기까지의 과정이 전부 기이하지 않은가. 미연제의 실종도 그 기이함의 연장선에 있을 성싶었다.

미연제라는 아기 이름을 홍집이 지었다. 「신묘장구대다라니」에 나오는 범어 단어인 미연제는 위대한 존재나 거룩한 불꽃이라는 뜻이었다. 숨어 자라야 할 계집아이 이름으로는 턱없이 거창하다 싶었으나 홍집이 아비로서 해줄 수 있는 게 그밖에 없어 이름이라도 크고 환하게 지어주자 했다. 제 아비에게만은 유일한 불꽃이자 거룩하고 위대한 아이라는 의미이기도 했다. 그 불꽃이 종적 모르게 사라진 상태였다. 아이 행방을 모르는 상태에서 아비가 어디로 갈 것인가.

홍집이 홀로 옹송그리는 사이 빗발이 다소곳해지는가 싶더니 그친다. 비를 핑계 삼아 미적거리고 있을 수도 없게 되었다.

"하는 수 없다면 하는 거지."

혼잣말을 소리 내어 뇌까린 홍집은 비 젖은 모래자루처럼 무거운 몸을 일으킨다. 어젯밤과 그젯밤에는 별궁과 서행석의 집 사이에 있는 숲을 통해 양쪽을 오갔지만 지금은 숲이 젖었을 것이므로 별궁 앞쪽의 담을 넘어 골목을 걷는다. 별궁 대문과 서행석의 집 대문은 고작해야 이백여 걸음이다. 서행석 집의 사랑채 쪽 담장을 넘은 홍집은 서행석이 사랑채 자신의 방에 없기를 바란다. 그가 방에 없다면 이대로 나가서 실패했노라, 아뢸 참이다. 실패한 대가가 무엇이든 감당할 것이다.

방주인이 없기를 바라며 신을 벗어 섬돌 안쪽에 넣어 놓고 마루로 오른 뒤 방문을 연다. 그가 어젯밤처럼 안채로 들어가 자기를. 하여 도저히 그를 죽일 상황이 아니기를. 홍집의 바람을 무지르듯 어둠 속에 반듯하게 누워 잠든 형상이 보인다. 그리 넓지 않은 방의 아랫목 이부자리에 홀로 누운 사람. 방바닥이 따스하다. 그의 몸도 따뜻할 터이다. 따뜻할 그의 몸에 닿고 싶지 않은 홍집은 이불을 끌어올림과 동시에 그를 타고앉아 숨통을 막는다. 솜이불 속에서 그가 숨을 쉬기 위해 버릇거리는 게 홍집의 두 손을 타고 전신에 울린다. 생지옥이다.

　이윽고 그의 움직임이 느껴지지 않는다. 그의 몸에서 내려와 이불을 벗겨낸다. 어두워 그의 얼굴을 볼 수 없는 게 다행이다. 아직도 반듯하게 누워 있는 그의 몸을 움직여 얼굴이 베개에 닿게 모로 눕힌다. 이불을 약간 흐트러뜨려 놓고 나서 그 곁에 무릎을 꿇고 앉은 절을 하며 엎드려 중얼거린다. '죄송합니다, 영감. 죄송합니다. 부디 편히 가소서.' 용서 받을 수 있는 짓을 한 것이 아니므로 용서를 구하지는 않는다. 할 일을 다 했는데 몸이 천근만근 무겁다. 머리에 무쇠덩이가 얹힌 듯 고개를 들 수가 없다.

손거울

이태 전 동짓달 보름 밤, 보현정사에서의 만남 이후 첫 대면이다. 정식으로 만난 게 그렇지 강하는 온의 소식을 무시로 들어왔다. 이 따금 어둠 속에서 지켜보기도 했다. 마지막 본 게 온의 출산 전일 밤 애오개 온양댁 집 앞 자귀나무 위에서였다.

"오랜만이지요?"

강하가 마주앉자 차를 따라주며 물어오는 온의 얼굴은 잔잔하다. 그사이 아무 일도 겪지 않은 사람 마냥 모습도 여전하다. 이록으로 부터의 혼사 제안은 거절했으되 온으로부터 보원약방으로 와 달라는 기별에는 응하기로 했다. 시작이 있었으나 끝이 없었다는 생각이 들었고, 이제 그 끝을 부드러이 맺어야 한다고 여겼다.

"오랜만입니다. 아씨에 관한 말은 가끔 듣습니다. 작년 여름 돌림병 때 하신 일들이며, 하속들에게 베푸신 행하들, 연경에 다녀오시고 향료 출시를 준비하신다는 이야기 등. 참 장하시다 생각했지요."

"한번 오셔 달라는 제 기별이 뜻밖이셨을 거예요."

"그랬습니다."

"제 부친께서 그 댁으로 청혼서를 넣고 거절 받으신 걸 저는 뒤늦게, 한가위 때야 들었습니다. 몹시 부끄러운 한편으로 생각이 참 많더이다. 부친께서 그리도 생각하게 되실 줄 어찌 알았겠어요. 그때 짐작이라도 할 수 있었더라면 어땠을지."

이태 전 그 밤에 보현정사의 마당에서 수백 결을 겨룰 때 얼마나 뜨거웠는지. 그때 합의하여 달아났으면 지금 두 사람은 어떤 모습일지, 강하는 상상되지 않았다.

"초사흘 밤이면 어느 문 닫힌 절의 담장을 넘던 시절이 있었지요. 동지섣달을 지나고 봄을 지내고 여름을 지내는 동안 초사흘 밤이면 몸이며 마음이 그 폐사로 향하던 시절이요."

"꽃 한 송이와 편지 두 장을 주셨지요. 뭐라 쓰셨는지 기억하셔요?"

"기억합니다. 아씨께서는 저한테 편지 한 장을 주셨지요."

"그리 오래 전도 아닌데 그 시절이 까마득하니 참 이상하지요?"

"미안합니다."

"그게 무슨 말씀이세요?"

"더 많이 맘 써드리지 못하여, 제가 이만큼밖에 되지 못하여 미안합니다. 한 번은 이 말씀을 드리고 싶어 온 겁니다."

작년 초가을에 보현정사 어둠속에서 지켜보며 무언으로 작별했는데 또 한다. 그때 제대로 못해서 일 년 넘게 마음이 아프고 신경이 쓰였다. 이제 정말 작별이다. 얼굴 보며 작별할 수 있어 다행이다.

"그리 따지면 저도 사죄를 드려야할 텐데, 저는 그리하고 싶지 않아요. 번번이 어긋나 여기까지 왔지만 제 나름 최선을 다했으니까요.

어쨌든, 서방님! 혼처를 정하셨다고요? 혼처를 정하고 저를 거절하신 건지, 거절하기 위해 혼처를 말씀하신 건지, 여쭤 봐도 될까요?"

이록으로부터의 청혼서가 금강약방을 통해 혜정원으로 들어갔다가 유릉원과 임림재로 전해진 게 유월 중순이었다. 혼인은 어긋난 것이었으나 방산이 유릉원과 임림재의 뜻을 확인하고 유릉원에서 정중한 거절의사를 전달케 하기까지 시일이 좀 걸렸다.

그런 와중에 이록의 혼사 제안은 칼날이 되었고 그 칼날이 찌르고 들어간 곳은 어이없게도 심경의 마음이었다. 심경은 큰언니 강수와 혼인하게 되리라는 사실을 의심치 않고 자랐던가 보았다. 혼인 자체라기보다 제 그리움의 대상 모두를 강수에게 투사하여 그러안고 살았던 것이다. 그러다 강하의 혼담 운운하는 어른들의 말을 듣게 되면서 아이 맘이 베였다. 경은 계례를 올린 밤에 사라져 유릉원을 뒤집어 놓았고 산송장이 되어 금수산 을밀대 숲 속에서 발견되었다. 나중에 내려진 결론이 그랬다. 아이가 어릴 때부터 큰언니와 혼인할 거라는 말을 수시로 하며 맘을 키웠다가 상처를 받은 거라고. 그렇지 않다면 경의 기이한 행동을 납득하기 어렵기 때문이었다.

"실제로 혼약한 상태였고 규수의 몸이 약해 내년 봄을 기다리던 참이었습니다."

"규수가 어디 아파요? 몇 살이나 됐는데요?"

"크게 아픈 적이 있는데 이후 튼튼치 못한 모양입니다. 열여덟 살이라 하고요."

"혼인이 늦었네요. 반가의 규수예요?"

"반가이되 규수의 부친이 작고하셨고, 살림도 그리 넉넉한 댁은 아니라 하더이다. 어머님들끼리 잘 알고 지내시던 댁이라 하고요."

"서방님, 그 혼약 파기하고 나와 혼인하실래요?"

어조를 바꾸어 말한 온이 농담이라는 것을 강조하듯 환히 웃는다. 강하도 마주 웃는다.

"이태 전에는 아씨 아버님 무서워 혼인하지 못했으나, 이제 제 어머니 무서워 파혼 못합니다. 제 어머니가 아씨 아버님 못지않게 무서운 분이신지라."

온이 큰소리로 웃는다. 농담을 나누며 마주 웃는 강하의 마음이 아리다. 두 사람이 만나 헤어지는 오늘까지 이태가 걸렸다. 그동안 의지대로 한 일이 없었던 듯했다. 스스로도 어쩌지 못하는 사이에 몰리듯 세월이 지나온 것 같았다. 그렇게 핑계대고 싶은 것인지도 몰랐다.

"농담이었습니다. 내 열다섯에 미혼과부가 되어 이리 살게 된 처지에 다른 규수한테 그와 같은 멍에를 씌우고 싶은 맘 없습니다. 오늘 서방님을 청한 까닭은, 가마골에 계시던 분들에 대해 여쭤 보려 함입니다. 지난 한가위 무렵에 가마골에 갔더니 거기 계시던 분들이 모조리 떠나고 아니 계시더이다. 삼덕아주머니와 할아버지, 할머니들이요. 그들이 다 어디로 간 것입니까?"

온의 수태가 확인된 직후부터 가마골 사람들의 이거가 준비되었다. 온의 출산이 임박했을 때 삼덕과 깨금네 내외와 얌전네 내외 등은 옛날 미타원 자리로 옮겨가 있었다. 온이 낳을 아기의 유모가 무녀 정덕으로 정해진 뒤였다. 온은 출산한 지 보름 만에 정덕과 문수 내외에게 미연제를 안겨 놓고 청계변을 떠났다. 강하가 아는 것은 거기까지였다.

"저도 문안에서 거처하기 시작한지 꽤 된 터라 나중에야 알았습니다. 작년 여름 돌림병이 가마골에도 지나갔던가 봅니다. 아랫골, 중골, 웃골에서 병자가 속출하므로 관에서 가마골 출입을 통제했고요. 돌림병이 스러진 뒤 삼덕아주머니가 먼저 신모가 계시는 어느 곳으로 옮겨간 것 같고, 할아버지 할머니들은 남한산성 근방 옹기마을로 옮겨갔다고 들었어요. 그분들이 떠나시는 모습은 저도 못 뵈었습니다. 아씨께서 그분들을 어찌 찾으시는 겝니까?"

"그 시절이 그리운 탓이겠지요. 이따금 오가며 살고 싶었던 것인지도요. 모처럼 다시 갔더니 옛날의 자취가 모두 사라졌더군요."

"그 시절은 이제 잊으십시오. 늘 그러셨듯이 장하게 사시는 겝니다. 저도 멀리서나마 잘 지내신다는 소식 들으며 살겠습니다."

"혼례는 언제 치르셔요?"

"오는 정월 하순이라고 들었습니다. 날짜는 아직 정하지 않았고요."

"남 일처럼 말씀하시네요."

"혼인하기 전까지는 어른들 간의 일이지 않습니까. 그만 가 보겠습니다. 강령하십시오."

"지척에 살므로 어떻게든 다시 마주치게 될 것인데 다시 못 볼 것처럼 인사를 하십니다. 혹시 마주쳐도 아는 체 말라는 말씀이셔요?"

"혹여 마주친다면 모른 체할 수야 있겠습니까. 눈빛으로나마 안부를 묻게 되겠지요."

"장차 어찌 지내든 서방님, 사흘 뒤 보름밤에 보현정사로 와 주세요. 이경 즈음에요. 다시 못보고 살게 될지라도, 마지막인 셈으로 대련 한번 해요."

"아니요, 아씨. 아씨와 저는 원래 어긋난 사람들이었지 않습니까.

그리 마십시오. 저도 그리하지 않겠습니다."

온의 눈을 직시한 채 단호히 말한 강하는 방을 나와 마당으로 나선다. 박하와 마타리라는 온의 두 호위가 강하를 배웅한다. 이들은 어디서 나타난 것일까. 스무 살 안팎인데 온이 자신을 대신하여 심양까지 다녀오게 한 처자들. 고도의 수련으로 단련된 듯 몸이 가벼운데 이들이 어디서 왔는지는 온양댁도 알지 못한다. 온의 보위 대장인 난수는 어린 시절을 허원정에서 보내고 안성으로 내려가 자란 사람이라 하는데, 즈믄은 어디서 나타났는지 파악되지 않았다. 이록이 어디에선가 불러온 것만 알 뿐이다.

난수와 즈믄에게 온의 호위자리를 넘겨준 윤홍집은 만단사령 특별수비대장이 되어 한강방에 있는 양연무에서 비휴들과 함께 지낸다. 만단사령 보위부는 이화헌을 거점으로 활동하고 있다. 이록은 한 달 전쯤인 시월 하순에 사은겸 동지사의 부사로 연경을 향해 떠났다. 삼사에게는 비장裨將을 지명할 권한이 생기는데 이록은 비장으로 군기시에 재직 중인 김제교를 지명하여 사신단에 대동했다.

그 직전에 이록은 돈녕부敦寧府 정삼품 관직인 정正에 제수되었다. 전임이 밤에 잠을 자다 급사하는 바람에 생긴 자리였다. 새로운 돈녕부 정에 누구를 앉힐 것인가. 대전께서 경연經筵 자리에서 하문하자 경연관들이 몇 명을 천거했는데 천거된 사람 중 한 명이 이록이었다. 이록을 천거한 사람은 이조판서로 경연에 참석해 있던 홍인한이었다. 홍인한은 빈궁전의 친정 숙부인지라 발언권이 컸다. 대전께서는 돈녕부 정 자리에 이록을 낙점했고 이록은 대전을 알현하는 자리에서 금년 사은동지사의 부사로 명받았다.

보원약방의 대문을 나온 강하는 금강약방에 들러 볼까 하다가 시전 쪽으로 발길을 돌린다. 비번날이라 비연재에 있다가 나왔다. 오늘도 여전히 집에서 나올 때부터 뒤따르는 자가 있었다. 효맹이 참수 되고 난 뒤로 미행이 생겼다. 효맹을 잡기 위해 모였던 화양동반들과 조엄 대감에게까지 붙은 미행이 여덟 달 넘게 계속되고 있었다. 화반 사람들은 아무도 미행을 눈치채지 못한 듯이 평소대로 살았다. 미행 때문에 혜정원을 대놓고 드나들 수 없게 되기는 했다. 강하의 출입이 뜸하므로 답답해진 방산 무진이 필요할 때면 양쪽 집 사이에 뚫려 있는 지하 통로를 걸어 비연재로 와서 한탄하곤 했다.

"내 다 늙어 이게 무슨 꼴인지 모르겠구나. 널 따라다니는 놈들의 다리라도 분질러 놓으려무나. 다릴 분질러 놓으면 못 따라다닐 게 아니냐."

그 세월을 다 겪은 온이 이제 와서 보현정사와 대련을 운운할 줄 예상 못했다. 오지 않는 게 나았을지도 모른다. 오라 하여 오니 또 올 줄 아는 게 아닌가. 오라 하매 올 줄 알던 자가 가지 않으면 그 맘이 어떨 것인가. 그 맘을 헤아리자 들면 끝이 없을 터. 강하는 그 맘을 더 헤아리고 싶지 않다. 그럴 여유도 없다.

조선 제일의 장사꾼이 될 수도 있었을 평양 서문내 버드나무집의 막내딸 김경은 죽었다. 을밀대 숲속에서 간신히 숨은 건져졌으나 평양에서는 죽은 것으로 되었다. 그날 방산 무진과 순일당이 유릉원에 가 있었던 덕에 속발하게 결정이 났다. 어른들은 아예 간소한 장례를 치르고 무덤까지 만들어 김경의 죽음을 선고했다.

김경은 죽었으되 수앙은 순일당의 딸 은재신으로 다시 태어났다. 순일당은 승문원承文院 교리를 지낸 적 있는, 작고한 계원의 부인이자 소소원 시절의 수앙에게 그림을 가르치던 스승으로 칠성부 칠품

계원이었다. 순일당을 네 번째 어머니로 삼게 된 수앙은 지금 도솔사에 있었다. 방산 무진으로부터, 섣달그믐 날까지 도솔사에서 한 발짝도 벗어나지 말라는 엄명을 받았다. 징벌이었다.

김경은 죽었으므로 그가 누려 왔고 누릴 수 있었을 모든 것이 경으로부터 사라졌다. 몸이 회복된 수앙을 도솔사에 데려다놓은 방산 무진은 아이한테 아무도 붙여 주지 않았다. 계례를 받고 성인이 되었으므로 아이로서도 보호받지 못했다. 수앙은 머리에 회색 두건을 쓰고 긴 회색 저고리에 회색 바지를 입고 목에 백팔염주를 걸고 팔목에 합장염주를 끼고 묵언수행에 든 비구니처럼 지낸다고 했다. 공양간 일을 배우고 경문을 익히며 필사를 하고 온갖 잡일을 한다던가. 섣달그믐날 아침까지 무사히 버티면 수앙의 징벌수행이 끝날 것인데 그때까지는 강하도 수앙을 볼 수 없었다. 수앙이 그때까지 견디지 못하면 어찌 되는지는 듣지 못했다.

수앙이 찔찔 짜면서도 그럭저럭 견딘다 하므로, 육품이나 되는 품계를 그저 얻은 게 아니므로 그에 대한 걱정은 심하지 않다. 정월 대보름날 혼례를 치르게 될 터. 강하는 요즘 안해가 될 수앙을 어찌 대할지가 걱정이었다. 미타원에서 심경이 태어나는 날 강하는 그 방 밖에서 놀고 있었다. 아기가 태어나 초이레를 지내고 여드레째 되던 날 방으로 들어가 아기의 볼이며 손가락을 만졌다. 그 작은 손가락들의 촉감이 강하의 몸 어디엔가 새겨져 있었다. 이후 어린 누이로 안아주며 살았다. 강하가 어른들의 결정을 납득하기 어려운 이유였다. 남녀지간에 나이 차는 중요하지 않다고 전제하더라도 강하와 수앙은 남녀지정을 나누기엔 남매로서의 친애가 너무 깊었다. 떨어져 지낼 때도 함께 있는 것과 다름없고 일이 년씩 만에 만나도 떨어져 지낸 시간에 대한 스스럼이 전혀 없지 않은가. 그런 심경이 수앙이 되었다 한들 어찌 여인으로, 안해로 대한단 말인가. 지난 팔월 말 수앙과 혼인하라는 말씀에 강하가 의문을 말하자 방산이 대답했다.

"아이를 능라도 따위한테 뺏기는 것보다야 네가 품고 사는 게 낫지 않니?"

물론 능라도 따위한테 아이를 앗기는 것보다야 안고 사는 게 백 번 나았다. 그렇더라도 혼인할 것까지는 있는가, 누이로 데리고 살면 되는 거 아니냐고 강하가 반문했다. 방산이 강하를 직시하며 말했다.

"수앙은 별님과 사뭇 닮았다. 점점 더 닮아가고 있다. 무슨 뜻인지 아니?"

"어머니가 같으니 닮는 게 당연하지 않습니까?"

"그걸 물은 게 아니다. 별님처럼, 어쩌면 별님보다 더 어여쁘게 자라고 있다는 뜻이다. 네게는 아직 아이로 보일지 모르나 수앙은 성년이 됐다. 계집으로서 몸이 좀 늦자란 편이긴 해도 이제부터 그 아이가 피어나기 시작할 것인바 천지사방의 사내놈들이 그 아이를 쳐다보게 될 것이다. 쳐다보면 홀리겠지. 홀리면 탐심을 낼 터이고. 우리는 물론 눈에 불을 켜고 아이한테 알맞은 녀석을 찾아 짝을 지어주게 될 것이나 너 김강하, 한번 생각해 봐라. 어느 사내가 그 아이한테 맞을지. 아니, 어떤 틀에도 맞춰 살 수 없는 그 아이의 분방함을 평생 고이 여겨줄 사내가 있을지."

"계원 집안의 계원 중에 수앙에게 맞춤한 짝이 있지 않겠습니까?"

강하가 한 번 더 뻗대보는데 방산이 흐흥, 웃으며 말했다.

"다 떠나서, 네 속을 솔직하게 들여다보렴. 그 아이가 다른 사내

품에서 계집이 되어갈 것이 네게 아무렇지도 않은지!"

방산이 그리 물었을 때 강하는 내가 싫어하는 누군가가 내 몸을 만지는 듯 흠칫했다. 수앙이 다른 사내 품에 안기는 게 싫은 자신을 대번에 깨친 것이었다. 누이를 여인이자 안해로 대할 일은 내 문제이므로 둘이 살면서 풀면 되는 것. 다른 사내가 아이한테 손대는 건 상상조차 하고 싶지 않았다. 혼인이 마땅했다. 아이를 안해로 안고 살게될 제 한점의 그늘도 드리우고 싶지 않았다. 지난 인연도 깨끗이 매듭지어야 할 것 같았다. 그래서 보원약방에 간 것인데 온이 인연을 다시 잇자고 나왔다. 한치 앞도 못 보는 청맹과니가 김강이었다.

"서방님 나오셨어요?"

시전 행랑 다섯 칸을 하나로 터서 사용하는 금강비단 점포 안에서 다루가 소리친다. 더 안쪽에서 다루아비와 점포 일꾼들이 물건을 정리하다가 눈인사를 해온다. 온갖 색깔과 재질의 직물들로 꽉 찬 점포 안이 영롱하고 화려하되 서늘하다. 워낙 불조심을 해야 하는 점포라 동지섣달에도 얼어 죽지 않을 만큼의 난방만 하며 지내는 탓이다.

"날이 추워 그런가. 거리에 사람이 드무네. 대목을 보고 있나?"

"추우니 사람이 드문 게 당연하고 설 대목이 살아나려면 한 열흘은 더 있어야겠죠. 어디서 오시는 길이세요?"

반야가 화개를 떠나면서, 무사로서의 자질이 모자란 것으로 결정난 다루는 점포 일에 집중하게 되었다. 무술보다 장사가 더 체질에 맞는지 어느새 장사꾼으로서의 품새가 몸에 배었다. 화개를 오르내리며 단아를 좋아했는데 좋아한다는 말 한마디 못 건네더니 화개로 갈 일이 없어지자 그 맘도 스러진 듯했다. 눈에서 멀어지면 마음도 멀어지는 것인지, 일방적인 감정이라 그런 것인지, 맘이 약했던 것인지. 요새 다루는 금강약방에서 일하는 어느 처자와 정분이 나서 뻔질나게 드나드는 것 같았다.

"보원약방."

"금강약방이 아니라, 보원약방이요?"

"그럴 일이 있었어. 요즘 규수들이 제일 좋아하는, 갖고 싶은 물건이 뭔지 혹시 아나?"

"규수든지 처자든지 낭자든지, 여인들이 대개 갖고 싶어 하는 건 거울이라던데요. 손거울이요. 값이 원체 높으니까 아무나 못 갖죠."

"값이 얼마나 높은데?"

"보통 한 냥이요. 석 냥짜리도 있고요. 일곱 냥짜리도 있다고 들었어요."

"그렇게 비싸?"

"서방님 녹봉으로 사기에는 심히 높죠?"

작년에 정팔품의 우시직이었던 김강하가 녹봉으로 받은 게 백미 세 석에, 현미 열두 석, 차조 두 석, 백태 다섯 석, 밀 네 석, 정포 여덟 필이었다. 돈으로 환산하면 육십 냥 정도 되는가 보았다. 육십을 열두 달로 나누면 한 달에 닷 냥. 올해 정칠품으로 승급했으므로 내년부터는 녹봉이 약간 오를 테지만 그래봐야 정포 한 필 값 정도일 것이다. 매달 이십칠일에서 이십구일 사이에 비연재로 들어오는 녹봉을 방산 무진이 처리하므로 강하는 육십 냥 정도의 돈이 얼마나한 쓰임새를 가질 수 있는지 잘 몰랐다.

"그러네."

"어느 옹주님이 가진 손거울은 일곱 냥이 아니라 칠십 냥짜리라는 소문도 있는데요."

"그런 거울을 보고 살면 호박이 참외로도 변할까?"

온을 만나러 보현정사에 드나들던 무렵, 지금처럼 손거울이나 댕기나 머리꽂이라도 사다 선물할 생각을 못했다. 그런 생각을 미리 할 줄 알아 마음을 더 많이 썼더라면 온이 키우지도 못할 자식을 낳았을까. 키우지 못할 자식까지 낳은 처지에 옛정을 불러내려는 생각을 하게 됐을까. 아니! 강하는 머리를 젓는다. 그랬더라면 수앙이 지금쯤 능라도 귀신이 되어 있을지도 모르지 않는가.

"그럴지도 모르죠. 어쨌든 거울 뭐 하시게요? 기생오라비가 아닌 터, 소매에 넣고 다니실 것도 아니고, 어디 맘에 드는 규수라도 생기셨습니까?"

다루는 수앙이 사고치고 한양으로 온 걸 아직 모른다. 강하와 혼인하게 되리라는 사실도 마찬가지다. 유릉원에서도 어른들과 장의원과 무슬 정도만 경이 죽지 않은 것을 알고 있다고 했다.

"어른들께서 내게 혼인을 명하셨다."

"언제요? 언제 하라고요?"

"정월 보름에."

"와아! 몽달귀신을 면하게 되셨네. 누구한테 장가드시는데요? 신접살림을 어디다 차리실 건데요? 필동에요? 비연재?"

요즘 비연재 오른쪽의 담이 헐리고, 예님네 식구가 살던 옆집이 비연재로 들어왔다. 여섯 간짜리 안채와 다섯 간짜리 옆채, 네 간짜리 아래채로 된 기와집이 비연재의 내원이 될 것이라고 했다. 두 집 사이 담을 헐어낸 돌과 흙이 비연재 내원의 오른쪽으로 옮겨져 담장이 높아졌다. 아래채는 수앙의 공부방으로 쓰기 위해 내부를 다 털어내고 큰 방 하나로 만들고 있었다. 일 년에 녹봉 육십 냥 정도 받는 강하가 자력으로 마련하려면 이삼십 년 뒤에도 가능할지 의심스러운 집이지만 김강하는 유릉원의 셋째 아들이고 수앙은 그 내당이 될 것이라 안겨진 집이다. 그 값을 하며 살라고 주어지는 집이기도 했다.

"내당 될 사람은 나중에 알게 될 테고, 살림집은 비연재가 될 성싶어. 헌데, 한 냥짜리와 석 냥짜리 거울은 무슨 차이가 있나? 우리 점포에도 그게 있어?"

"에이, 우리가 거울까지 팔다가는 큰일나죠. 거울은 저 건너편 장신구 점포에 있어요. 정말 사시게요? 그만한 돈이 있으세요?"

당장 수중에 지닌 돈이 사십 전 정도나 될까. 방산은 강하가 출사하게 된 이래 매달 백 전씩의 용돈을 주었다. 의식주를 다 혜정원에서 해결해 주는 데다 밖에서 사람들과 어울리는 일이 드문 탓에 강하한테는 백 전도 넘쳤다. 매달 쓰고 남은 용돈을 모아놓은 게 닷 냥쯤 될 터이다. 작은 돈이 아니지만 수앙에게 선물을 주고 싶으니 선물하고 싶은 여인들이 줄줄이 떠오른다. 반야와 방산과 혜원과 영혜당과 깨금네까지, 거울이든 뭐든 사자고 들면 최소한 여섯 개는 사야한다. 뭐가 됐든 다들 좋아하실 것이다.

특히 섣달 그믐날 수행이 끝나 함월당으로 들어올 수앙에게 손거울을 내밀면 환하게 웃을지도 모른다. 둘이 어울려 어떤 모양으로 살아가게 되든지 그 눈에서 눈물 철철 흐르는 것만은 보고 싶지 않았다. 더욱이 능라도 따위에 혹해 폭우 속으로 나서게 하고 싶지 않다. 수앙이 벌인 짓이 무의식중에라도 지금과 같은 결과를 의도한 것이라 해도 마찬가지다. 천진하되 머리가 비상한 아이라 일부러 사고를 친 게 아닐까 하는 의혹이 없지 않았다. 그 일이 만약 아이가 부러 친 사고라면, 제 목숨을 걸고 한 일이므로 더 두려운 일이었다. 수앙은 스스로는 전혀 의식치 못할지라도 모든 일에 매순간 제 전생을 거는 사람인 것이다. 어른들이 대번에 꼼짝없이 강하에게 수앙을 맡으라 한 이유도 그 때문이었다.

"일단 가서 보고 거울이든 뭐든 결정해야겠다."

아무래도 거울은 안 될 성싶다. 돈이야 모자라면 방산께 청해도 될 테지만 거울은 수앙에게 어울리지 않을 것 같다. 미타원에는 거울이라는 게 없었다. 소소원에서도 못 봤다. 미타원 어머니가 거울을 보지 않고 사셨듯 별님 또한 장님이 되기 전에도 거울을 지니지 않았다. 그 모녀가 그러했을 때는 까닭이 있었을 것이다. 수앙도 그리해야 할지도 모른다. 거울 대신 어여쁜 가락지나 살펴보는 게 어떨까 싶다.

"제가 좀 꿔 드려요? 한 석 냥 정도 있는데요."

"네가 그런 큰돈을 가지고 있다고? 어떻게?"

다루가 안쪽에 있는 제 부친의 눈치를 살피더니 다가들어 제 왼턱을 내보인다. 멍이 들었다가 가시려는 참인지 턱에서 귀밑까지 걸친 보랏빛 멍울이 있다.

"네가 가진 석 냥과 이 멍이 무슨 상관있어? 너 혹시, 밤에 남문 밖, 동문 밖 등의 칠패거리에서 열린다는 권전拳戰 시합장에 드나드는 거냐?"

"귀신이시네요. 제가 검술은 안 되는데 주먹질은 되더라고요, 글쎄. 닷새 전 시합에서 우승했잖아요. 석 냥 땄고요."

순간 강하의 주먹이 다루의 복부를 사정없이 내지른다. 아무 경계심 없이 자랑삼아 나불대던 다루가 진열장에 쌓인 녹포 두루마리 무더기에 부딪치며 무너진다. 다루가 배를 감싸쥐는 순간 녹포 두루마리 몇 개가 넘어져 놈을 친다.

"어, 어찌 이러세요?"

다루의 외침에 안에 있던 부친과 일꾼과 손님 둘이 돌아보았다. 일꾼이 다가오려는 기색에 강하는 손을 들어 보이며 웃는다. 둘이 장난질하는 것으로 여기는지 다가오지 않는다. 다루가 배를 감싸쥐고 일어선다. 흩어진 두루마리를 제자리에 올려놓은 강하는 다루에게 따라오라 신호하고는 점포를 나선다.

피마골목으로 들어선다. 피마골목은 팔도에서 도성으로 온 사람들이 싼값으로 끼니를 해결하고 잠자리도 구하는 곳인지라 저녁이면 훨씬 붐빈다. 강하는 최갑, 백일만 등을 따라 몇 번 가 본 주막으로 들어선다. 초저녁에는 국밥을 팔고 밤이 되면 몇 닢을 받고 잠을 재워 주는 객방이 둘뿐인 작은 주막이다. 최갑의 눈치로 보면 주인이 계원인 성싶었다.

"국밥 두 그릇 주십시오."

아직 손님이 없는 작은 방으로 다루를 밀어넣고 주문하자 주인이 눈을 찡긋한다. 술을 마시겠느냐는 신호다. 주막이며 거리에서 술을 마시지 말라는 왕명이 아무리 지엄해도 술을 팔지 않는 주막은 없다. 술이 없으면 아예 장사가 되지 않으므로 눈 가리고 아옹 하듯 손님은 술을 찾고 주인은 판다. 강하는 주머니에서 엽전 여섯 닢을 꺼내 주인한테 내민다.

"저녁만 먹겠습니다."

방문을 열어놓은 채 마주앉은 두 사람 사이에 침묵이 이어진다.

뾰로통하게 입이 내밀어져 있던 다루의 얼굴이 제 모습을 찾는다. 형 같은 선진으로부터 주먹다짐을 받은 까닭을 스스로 깨쳐가는 것이다. 무술로 사품에 오르지 못했을망정 다루는 열세 살에 입계하기 훨씬 전부터 무술 수련을 해왔다. 계율에 계원이 권전 시합 같은 데에 나가면 안 된다는 조항은 없다. 그렇지만 계에서 이룬 몸과 기술을 돈 몇 푼이나 재미를 위해 쓰지 않는다는 건 누구나 다 알고 지키는 불문율이다.

"터진 데는 없지?"

"물주먹이던데요, 뭐!"

어이없어 강하는 웃는다. 권전 같은 게 아니라도 삼가고 삼가며, 생각하고 또 생각하며 살아야 한다는 걸 수시로 뼈에 사무치게 배운다. 지금은 김문수가 되어 살고 있는 평양의 박고준을 구한 일로 강하는 방산과 무량 스님께 종아리를 맞았다. 그 일을 시작했던 중하는 부친과 형으로부터 서른 대씩의 종아리를 맞고 닷새 동안 연금되어 굶는 벌을 받았다. 아무리 급박하고 중요한 일일지라도 웃전과 의논치 않은 것에 대한 징벌이었다. 만의 하나라도 일이 잘못되어 옥청을 깬 사람들이 들통났다면 어떤 사태가 벌어졌을지. 평양 감영 담을 넘을 때 강하는 솔직히 자신만만했다. 누굴 죽이는 것도 아니고 살리자는 것인데 명분도 그럴듯하지 않은가. 그게 오만이었다는 걸 강하도 스승들로부터 거듭하여 종아리를 맞으면서야 깨쳤다. 누구를 막론하고 계원의 몸은 그 자신만의 것이 아니므로 신중하고 더 신중해야 하는 것이었다.

뚝배기 두 개와 무청김치 한 접시 달랑 오른 소반이 들어와 둘 사이에 놓인다. 강하가 다루의 수저를 들어주며 먹자, 한다. 다루가 치이, 입을 내밀고 수저를 받아든다. 돼지 창자로 끓인 국밥을 듬뿍 떠 입에 넣으며 웃는다. 강하도 씩 웃고는 국밥을 떠먹는다. 제 스스로 자신의 잘못을 깨쳤으므로 저녁이나 먹으면 될 것 같다. 같은 세상에 속해 있다는 것, 같은 편이라는 건 참 좋은 일이다. 주절주절 떠들지 않아도 서로의 심중을 느끼고 말없는 말도 알아듣지 않는가.

나를 오라하던 그대들

미연제를 잃어버린 셈이었다. 한탄강가 한실에 강담네가 없다는 사실을 홍집이 확인했고, 홍집이 확인한 걸 온은 난수를 통해 재차 확인했다. 현재로서는 미연제의 종적이 없었다. 그렇더라도 온은 걱정하지 않았다. 젖이 돌지 않아 젖 한 모금 먹이지 못했지만 어미로서의 맘이 작지는 않았다. 미연제를 찾지 않는 까닭은 버리기 위함이 아니다. 강담네에 열 냥을 건넸으므로 그 돈의 효력이 다하는 날 그들이 돌아와 손을 내밀 게 아닌가. 그게 몇 달 후일지 몇 년 뒤가될지 몰라도 미연제가 돈이라는 걸 알므로 소중히 키울 것이고 찾아올 터였다. 백 냥, 혹은 천 냥을 건네지 않고 열 냥만 준 것도 그 때문이었다.

"잘 키우다가 돈이 필요하면 찾아올 테니 걱정할 거 없어."

온이 그렇게 말했을 때 홍집이 노려보았다.

"자식조차 저버린 채 어떤 모양의 삶을 원하시는 겁니까? 그 삶은 무얼 위해서인데요?"

그리 내쏘곤 나가 버렸다. 내가 언제 자식을 저버렸느냐. 그가 나가 버렸으므로 따질 겨를이 없었다. 그 이후 홍집은 온 앞에 나타나지 않았다. 온도 그에게 화가 났다. 미연제가 내 자식이라고 세상 사람들 앞에 내놓지는 못했으나 계속 키우는 셈인데, 내놓고 키우지 않는다고, 품어 키우지 않는다고 화를 낸단 말인가. 그리 안타까우면 첨부터 제가 안고 달아나지! 사령 무서워 그리 못한 거 아니야? 제가 한 맹세를 깨뜨리지 못해서, 제 삶의 명분을 버리지 못해서 한치도 변하지 못하고 사는 놈이, 이제 와 내게 어미 노릇 하지 않는다고 화를 내며 뻗대? 그렇게 홍집에게 퍼부은 욕설은 결국 스스로를 향한 것이었다.

"아씨, 도련님 오셨습니다."

난수의 말에 온은 펴 놓고만 있던 장부를 덮는다. 금세 열세 살이될 곤이 들어서므로 방이 꽉 차면서도 환해진다. 어릴 때는 무던하게 생긴 것 같던 곤은 제 누이처럼 환하고 단정한 용모로 자라고 있었다. 온이 기억하는 한 조부 이연은 그리 훤한 인상이 아니었다. 부친도 생김새로는 그리 별날 것 없다. 그들과 피를 나눈 곤은 제 어미쪽을 닮았는지 살빛이 희고 이목구비가 반듯하다. 근 반년 홍집을 스승으로 삼아 무예를 익히기 시작하면서 눈빛이 단정해지니 제 누이처럼 빛나기 시작했다. 절하려는 곤을 온이 말린다.

"되었어. 그냥 앉아."

곤이 그냥 앉는다. 부친은 금년 사은동지사사단의 부사로 연경으로 향하면서 오대산 산삼을 품고 가셨다. 훗날을 위한 예비였다. 만단사령으로서의 부친은 그렇게 준비가 철저했다. 한 집안의 가장으로서도 필요한 일을 때맞춰 하였다. 부친은 서제인 곤을 양자로 들였다.

계실繼室들이 자식을 낳지 못하고 연이어 죽은 뒤 새로 들인 영고당도 자식을 낳기는 어려울 것이라 판단한 것이었다. 양자란 일가 집안의 자식들 중에서 들이기 마련인데 허원정에는 일가가 없거니와 일가가 있다고 해도 어차피 남이었다. 남의 자식을 들일 바에는 천출일지라도 피붙이인 곤을 양자로 삼는 게 낫다는 데 온도 찬성했다.

온은 곤과 한집에 살았어도 그가 바보가 아니라는 걸, 그가 허원정 안에 있는 책들을 뜻도 모른 채 거의 다 읽었다는 걸 몰랐다. 무예를 배우지 않았으되 몸놀림이 사뭇 가볍다는 것도 알지 못했다. 곤이 양연무에 다니기 시작하면서야 알게 되었다. 제 아우를 그렇게 가르쳐 놓고 왕대비전으로 들어갔던 병희는 두 달여 전에 세자궁으로 옮겨졌다. 아직 대전에서 병희의 존재를 모르고, 병희가 자식을 낳지도 않았는지라 내명부 첩지를 받지는 못했으나 아들만 낳으면 봉작封爵될 것이다. 세자의 총애가 온통 병희에게 쏠려 있다 하지 않은가.

"녹은당께서는 침수드셨고?"

"예, 아씨."

"누님이라 해야지."

"예, 누님."

녹은당이 곤을 끼고 키운 보람이 있는 성싶었다. 몹시 노쇠하여 허리까지 굽어가며 술주정과 변덕을 일삼는 녹은당의 성정을 금오당도 다 받아내지 못했다. 곤은 무난하게 받아냈다. 노인의 비위를 잘 맞췄고 온갖 냄새 풍기는 노구를 스스럼없이 안거나 안긴다. 녹은당의 상머리 수발도 잘한다. 반주를 따라 드리고 양치를 돕고 잠자리에 들게 했다. 근자에는 곤이 아침 일찍 양연무로 나가므로 아침밥은 할머니와 함께 못 먹어도 저녁밥상에는 마주앉는다.

"공부는 많이 늘었고?"

"늦게 시작한 것에 비하면 잘들 하고 있다, 스승님께서 말씀하십니다. 사숙師叔들께서도 저희들을 귀애해 주시고요."

"칭찬 듣고 공부한다니 다행이고 좋은 일이다. 장해. 그런데 이곤, 네 스승께서는 오늘 양연무에 계시더니?"

"아니요, 누님. 아침에 저희들이 갔을 때 스승님은 양연무에 아니 계셨습니다."

"어디 가셨기에?"

"스승님이 어디 가셨는지 저희는 알지 못합니다. 원행 시 지니시는 행장이 남아 있는 것으로 미루어 근행을 나서신 게 아닐까 했습니다. 출사를 타고요."

죽음을 물리치라는 뜻의 출사는 홍집이 타는 말의 이름이다. 홍집은 출사를 탄 채 팔도에 산재한 각부 일급 사자들과 그 휘하들의 동정을 살피고 다닌다. 작금의 만단사가 그의 머리 속에 팔도 지도처럼 그려지고 있었다.

"알았어. 그나저나 무슨 일이야?"

곤이 복건 쓴 이마를 긁다가 말했다.

"누님, 청이 하나 있습니다."

"말하렴."

"매일 저녁 참에 집에 와서 어마님을 뵙고 어마님 침수드신 뒤에 다시 양연무로 가고 싶어요. 그리할 수 있게 허락해 주세요."

"이제 어마님이 아니라 할마님이시지!"

"예, 누님."

온양댁이 전라도 장성에 있다는 친정을 다녀오고 싶다고 청한 게 지난 팔월 초였다. 한가위에 맞춰, 날이 추워지기 전에 다녀오고 싶노라 했다. 허원정으로 돌아올 것이냐 물으니 받아 주신다면 돌아오겠노라 했다. 당연히 돌아오기를 바라노라. 온은 그랬지만 온양댁은 그동안 돌보던 곤과 늠이 다 컸으므로 문서 없는 종살이를 그만하고 싶은 눈치였다. 곤은 어미처럼 저를 돌봐주던 온양댁의 빈자리가 허전한지도 몰랐다.

온양댁이 미심쩍다고 여긴 적이 없었다. 심지어 미연제가 사라졌어도 온양댁을 의심하지 않았다. 온양댁이 허원정을 나가 애오개의 제 집으로 돌아갔어도 마찬가지. 온양댁이 허원정을 나가고 사흘째 되던 날 문득 온양댁에게 소주 내릴 때의 비법을 다 배우지 못했다는 생각이 들었다. 소주는 물론 증류주이되 온양댁의 증류법은 매디의 증류법과 뭔가가 달랐다. 온양댁이 언제까지고 곁에 있을 것이라 여겨 무심코 보았던 것들을 한번은 제대로 지켜보며 기록을 보충해놔야겠다고 생각했다. 넉 달간 숨어 지냈던 그 집을 당당하게 다시 보고 싶기도 했다. 갔더니 온양댁 집에 어느새 다른 식구가 들어와 살고 있었다. 그들은 마포나루 쪽에서 애오개로 이사온 지 한 달이 가깝고, 온양댁은 바로 어제 지게꾼을 데려와서 마지막 짐을 챙겨갔노라 했다. 이사온 식구가 살림살이를 모두 물려받은 터라 온양댁이 가져간 것은 옷 보퉁이 몇 개뿐이었다고도 했다.

그때서야 뭔가 이상했다. 미연제를 낳는 과정에서 온양댁을 통해 낯을 익힌 사람들. 예님네를 비롯해 유모네 식구가 어디서 돌출한 사람들이며 산파나 의녀들이 어디서 그렇게 나타났다가 사라졌는가. 청호역의 사비 일성에게 수하들을 시켜 전라도로 향하는 나루들을 건너가 온양댁을 찾아보고 길목을 지키라 하였다. 발견하면 뒤를 따라가라 했다. 사비 측에서는 열흘 동안이나 길목을 지키고 찾았음에도 온양댁을 발견치 못했다고 했다. 어쩌면 미연제를 아주 잃어버린 것인지도 몰랐다. 한편으로는 급작스레 미연제가 죽어, 온을 두려워한 유모네 식구가 달아난 게 아닐까 싶기도 했다. 원래 아기들이 죽기 다반사인 데다 미연제는 팔삭둥이라서 보통 아기들보다 잘못될 확률이 더 높았다. 그 사실을 알고도 숨긴 온양댁이 덩달아 달아난 것일 수도 있었다. 어쨌든 유모 식구가 돈을 구하러 찾아오지 않는다면 아이의 생사나 소재를 알 길이 없어진 것이었다.

"아씨, 아니 누님. 허락하여 주세요."

"양연무에 사람이 없는 밤도 허다할 터인데, 그런 날은?"

"늠이하고 둘이잖아요. 오늘은 약방거리에서 일하는 사숙들이 들어와 계실 것입니다."

"오늘 밤부터 가겠다?"

"허락해 주시면 가겠습니다."

"허락하마. 하지만 이제부터 저녁이 아니라 새벽에 집으로 돌아오너라. 새벽이면 집으로 와서 씻고 옷 갈아입고 할머님과 아침을 함께 먹는다는 조건이다."

"예, 누님."

"나가 봐. 따뜻이 입고 다니고."

"예, 누님."

햇빛처럼 밝아진 얼굴로, 샘물처럼 낭랑한 목소리로 대답하고 훈풍처럼 날렵하게 나간다. 진작 좀 헤아려 봐줄걸 그랬다. 핏줄인데 천출이라고, 멀쩡한 아이를 천치로 몰아 뒤채에다 처박아 두고 돌아보지 않았다.

"이래저래 떠나가는 철인 게지."

　무심코 뇌까리던 온은 찬바람이 들이친 듯 진저리를 치고는 웃는다. 사흘 전 김강하가 더 많이 맘 써주지 못해서 미안하다 했다. 온화하고 정중한, 일고의 여지없는 작별선언이었다. 아찔했다. 새해 열아홉 살이 된다는 그의 신부감을 맹렬히 질투했다. 이 무슨 망발이냐고 스스로를 욕하고 질책해도 마음이 다스려지지 않았다. 문안에 있다는 그의 집이 어딘지 알고 싶고 당장이라도 그 집으로 찾아가 그 혼인 그만두라고 소리치고 싶었다. 그의 집을 알게 되면 정말 쳐들어가게 될 것 같아 알아보지 못했다. 쳐들어가 그 혼인 그만두지 않으면 네 안해를 죽일 거라 소리치게 될까 봐 아무 것도 못하고 홀로 끓었다. 무엇보다 오늘 밤 김강하가 보현정사에 나타나지 않으리라는 것을 알기에 화가 난다.

　'그대가 오라 하면 나는 오는데 나를 오라 한 그대는 오지 않는다.'

　그렇게 편지 쓰던 때의 김강하가 아니었다. 바람이 불 적마다 이온을 그리워한다던 그가 더 이상 아니다. 그걸 확인하게 될 것이 화가 나 갈등하고 갈등한다. 가서 그가 오지 않음을 확인하고 말 것인가. 가지 않고 그가 다녀갔을 것이라 상상하고 말 것인가. 상상 속의 그는 아직도 내가 오라 하면 오는 사람이다. 혼인을 하든지 하지 않든지, 벼슬이 높아지든지 낮아지든지, 한양에 살든 평양에 살든 한결처럼 이온을 바라고 기리며 살 사람. 확인하러 가지 않는 게 스스로를 위한 최선이다, 백 번 천 번 다짐해도 소용이 없다.

　온은 일어나 옷을 갈아입고 후원의 담을 넘고 만다. 보름달이 떴으되 희미하다. 구름이 많이 낀 탓이다. 흐린 보름달에서 매정한 삭풍이 불어나온다. 추위를 이길 수 있는 방법은 서둘러 걷는 것뿐이다. 서둘러 걸으면 보현정사까지 한 식경가량 걸린다.

보현정사는 이제 황폐하지 않다. 공사 중이라 어지럽기는 하여도 내년 칠월에는 충분히 사용할 수 있게 될 것이다. 만단사 칠성부령의 본원이 될 보현정사가 완성되면 무극無極들을 데려올 수 있을 것이다. 박하와 마타리가 무극이다. 좁은 불영사에서 살다 큰 세상으로 나온 그들은 사뭇 즐겁게 소임을 수행했다. 그렇듯이 다 큰 사람들은 일을 해야 한다. 그 일을 찾아 주는 게 주인의 소임이다. 불영사에서 아이들을 데려오면 새 보현정사에서 살며 이온의 명을 따르게 될 터이다.

기왕의 보현정사는 아직 작년 모임 때 사용한 그대로다. 법당 문들의 아귀를 맞췄고 창호에 두터운 종이를 발랐다. 요사의 방들에 불이 들도록 손을 봤고 공양간에서는 수십 명이 한꺼번에 밥을 지어 먹을 수 있게 해뒀다. 부싯돌과 부싯쇠, 부싯재며 화약종이, 인광노까지 두어 언제든 등불을 밝힐 수 있었다. 새로 짓는 전각들이 얼추 완성되면 요사를 뜯어내고 그쪽의 담을 허물어 양쪽을 연결시킬 것이었다. 보현정사 편액을 그대로 둘 것이므로 법당도 그냥 둘 것이다. 정문도 현재의 문을 그냥 사용할 참이었다. 현재의 보현정사로 들어와 법당에서 절하고 한층 넓어진 마당을 통해 새 집으로 건너가면 되는 것이다. 그전에 보현정사를 관리하며 살아갈 사람들을 들여앉힐 작정이다. 절처럼 꾸려갈 집이지만 비구니를 들이기는 싫다. 승려들이 계율을 운운하는 게 생리에 맞지 않거니와 중들을 하속처럼 부리기는 아무래도 껄끄러웠다.

온은, 내 밑으로 들어와 내게 온전히 복명치 않는 자들은 곁에 두고 싶지 않았다. 어떠한 경우에도 만단사에 대해 침묵하고 어떠한 경우에도 만단사령의 명을 따른다고 할 때 겉으로만 그러라는 게 아니다. 마음을 다해 복명하라는 것이다. 그건 만단사 안에서만이 아니라 현실세계에서도 그래야 한다. 최소한 이온의 세상은 그래야 하는 것이다. 그래서 비구니가 아닌 무녀를 생각해냈다. 유수화려의 중석이나 흔훤사의 노고지리처럼 도도한 무녀가 아닌, 주인에게 복명할 수 있는 보드라운 심성을 가진 무녀. 그런 무녀를 찾아다 보현정사에 앉힐 참이다. 신기는 높지 않아도 되었다. 굿판을 벌일 수 있다면, 칠성사자들이 모였을 때 그들을 위로하는 굿을 열어 주고 춤판을 벌여 줄 수 있으면 된다. 마땅한 무녀를 아직 찾지 못했다. 만단사 연통망을 통해 전국 일급사자들에게 칠성부령을 보필할 무녀를 찾아봐 달라고 통문을 돌려 놨다. 마땅한 무녀가 있다는 기별이 오면 직접 찾아가 볼 것이다.

김강하는 와 있지 않다.

온은 공양간으로 들어서서 아궁이에 불부터 지핀다. 마른 나뭇잎에다 불을 붙이고 솔가지 등의 나뭇가지를 올리고 불이 달아오른 뒤 작은 등걸을 쌓고 장작을 올린다. 불길을 높여 놓고 물 항아리를 열어 본다. 물이 그득하다. 바가지로 물을 떠서 빈 채 데워지는 솥에다 붓는다. 솥을 사용하지 않을 때는 녹이 슬지 않도록 물기를 말끔히 없애 둔다는 걸 온양댁 집에서 은거하는 동안 배웠다. 아궁이에 불을 지피는 것도 그때 익혔다. 그 넉 달을 지낸 이온은 예전의 그 이온이 아니다. 예전의 내가 아닌 내가 지금 여기 폐사의 공양간에서 불을 지피며 예전의 사내가 오기를, 늦게라도 와 주기를, 날이 새기 전에라도 와 주기를 기다린다.

보현정사 법당 지붕 위에는 칼바람이 불어 살을 엔다. 법당 서쪽에 세워진 일성헌一星軒은 장차 보현정사의 중심전각이 될 것이다. 일성헌 서쪽의 항성재恒星齋, 항성재 맞은편의 인송정仁松亭, 일성헌 뒤쪽의 태극헌太極軒, 그 곁의 칠미원七美苑, 현재 요사의 남쪽 마당 아래쪽으로 경사진 지형을 따라 내려앉힌 가연당佳緣堂까지. 만단사 칠성부의 본원이 될 새 보현정사의 형태가 거의 갖춰졌다.

　이 거창한 집의 주인이 야밤에 단신으로 들어오더니 어울리지 않게 낡은 공양간으로 들어갔다. 들어갔는데 나올 줄을 모른다. 아궁이에 불을 지피는지 문 닫힌 공양간에서 주황빛 빛줄기가 새 나온다. 불빛이 고독해 보일 수도 있다는 걸 홍집은 비로소 느낀다.

　'이온은 고독하구나.'

　속으로 뇌까린 홍집은 공양간 쪽을 바라보다 외면하고 기왓장 위에 드러눕는다. 금강약방에서 일하는 선오를 통해 김강하가 보원약방의 온을 찾아가 만났다는 말을 들었다. 사흘 전 해 질 녘 약방 집 무실에서 그들이 무슨 이야기를 나누었는지는 알지 못했다. 오늘 온이 홀로 이곳으로 올 줄도 몰랐다. 온과 함께 보현정사를 드나들게 된 이후 홍집은 갑갑할 때면 홀로 이곳에 와서 몸을 굴리곤 했다. 오늘도 그래서 왔다가 인기척을 느껴 지붕으로 몸을 숨겼다. 제 집임에도 홀로 담을 넘어와 불을 피우는 온을 지켜보면서 깨쳤다. 김강하와 이온은 윤홍집이 끼어들기 한참 전부터 알던 사이였음을.

　두어해 전 문밖골 주막에서 오위의 군관을 죽인 사람은 온이었을 것이다. 그날 밤 온은 가마골 웃실에 살던 김강하를 찾아가던 길이었을 터다. 이후 몇 번인가 느꼈던 온의 야행이 이 보현정사에서 이루어진 김강하와의 만남 때문이었다. 그들은 제대로 정분을 나누지 못했고 와중에 온은 윤홍집과 얽혀 아이를 낳았으며 그 아이를 버린 온은 다시금 김강하한테 옛 인연을 계속하자 청했다. 그렇지만 지금 김강하는 오지 않고, 온은 홀로 아궁이 앞에 앉아 불을 지피고 있다. 오는 봄이면 헐려 나갈 요사. 그 안 아궁이 앞에서 불을 아무리 많이 때도 김강하는 오지 않을 것이다. 자신이 고독한 줄 모르는 여인은 밤새 아궁이 속에다 외로움을 밀어넣을 터이다.

홍집은 지붕에서 담장 밖으로 뛰어내려 산을 내려온다. 통금이 시작되어 버린 거리는 사람이 모조리 사라진 양 적요하다. 미연제가 사라진 이후 온에 대한 뜨거움과 그리움은 마음에 낀 얼음장 아래로 가라앉았다. 아이가 꿈속으로 사라진 듯했고 홍집 또한 길고 긴 꿈속으로 들어선 듯했다. 온양댁이며 유모네 식구를 찾을 수 없으리란 걸 실감할수록 모든 정황이 점점 더 기이하게 느껴졌다. 어떤 거대한 손길이 미연제 주변을 주무르다 그 손길을 거두어간 듯했다. 그 아이가 세상에 태어나긴 한 건지도 의심스러웠다.

지난 유월 초, 강경상각을 살피러 갔다가 거북부령 황환이 밤이면 주로 익산으로 간다는 걸 알게 됐다. 새룡동의 임림재. 그때가 처음이었고 이후 두 번을 더 갔다. 두 번째 갔던 밤에 연화당이라 불리는 임림재의 안주인이 마당을 거니는 모습을 멀리서 한 번 봤다. 연화당을 한 번 봤을 뿐이지만, 그이가 화개 유수화려의 주인인 중석임을 대번에 알아봤다. 얼굴을 알아봤다기보다 그에게서 풍기는 그 고요한 기운으로 인해 그이라고 느꼈다. 현실의 사람이 아니라 그림 속의 인물 같은 그이. 그때 홍집은 놀라지 않았다. 스스로 이상하리만치 담담했다. 고도로 정련된 임림재 사람들은, 밤이면 지붕위에서, 낮이면 근처 숲에서 누군가가 자신들을 탐찰하는 것을 매번 알고 있는 듯했다. 살피는 것을 알면서도 내버려둘 만큼 그들은 은밀히 막강했다. 임림재 아래로 펼쳐진 새룡동은 돌림병의 직격탄을 맞은 마을이었다. 그 마을이 임림재에 새로 들어온 사람들로 인해 명랑하고 평화롭게 살아나고 있었다.

그들 가운데에, 거북부령 황환의 내당으로 앉아 있는 연화당이 그 어떤 세상의 중심이라는 걸 그래서 깨달았다. 그 어떤 세상이 사신계라는 것. 홍집이 온과 더불어 무녀 셋의 숨을 끊어 놨던 흔훤사는 연화당을 가리기 위한 장막이자 그의 성곽이라는 것. 흔훤사의 세 무녀를 죽인 직후 이루어진 온의 수태가 우연이 아닐 수 있다는 것. 사령이 찾는, 하여 효맹이 쫓던 화개 무녀 중석이 연화당이라는 것. 효맹이 그런 사실들을 다 알고도 함구한 채 참수되었다는 것.

그러한 가정이 가상이든 실제이든 홍집은 사령에게 자신의 생각에 대해서는 말하지 않았다. 느낌도 아뢰지 않았다. 세자의 측근을 탐찰하면서 사신계에 대해 파고드는 것은 보위부의 일이지 내 몫이 아니라는 핑계로, 환한 데서 본 것만 보고했다. 가정과 예상과 추측과 느낌을 말하지 못함으로써 앞으로도 말하지 못할 것들이 생기리라 예감했다.

미연제가 태어난 게 우연이 아니라면, 임림재의 연화당이 사신계의 칠성부령이라면, 화개 무녀 중석이 연화당으로 변하여 만단사 거북부령의 품속으로 들어가 있는 것이라면, 그 모든 일이 거대한 계획에 의한 것이라면, 미연제가 연화당의 품속 어디엔가 들어 있다고 가정한다면, 미연제를 데리고 사라진 유모 식구가 아이 키워 주는 값을 요구하기 위해 돌아올 일은 없는 것이다. 홍집이 자신이 아는 것과 생각하는 것과 느낀 것들을 두 달 뒤 연경에서 돌아올 사령에게 말할 이유도 없었다.

양연무 안은 대문 밖에서도 느낄 수 있을 법한 훈기로 그득하다. 약방거리에서 일하는 선진과 사선, 선오와 미선이 들어와 있고, 선신과 술선, 곤과 늠이 함께 있는 덕이다. 약방거리에서 일하는 아우들한테 의술 공부를 권한 지 두 해가 넘었다. 무술 연마는 계속하되 언젠가 의원 취재 시험에 응할 수 있도록 어떻게든 공부하라고 당부했다. 약방 의원들이 쉽사리 가르쳐 주지 않을 것이므로 도둑공부라도 하라고 했다. 가능하다면 약방 의원의 제자가 되라고 했다. 약방거리 아우들은 그렇게 나아가고 있었다.

곧 열여덟 살이 될 선유와 술선은 어디다 꽂아야 할지를 고민 중이다. 좌우포청과 어영청과 총융청으로 들어간 자선과 선축, 인선과 선묘는 아직 군졸이다. 원래 품계 있는 벼슬이 아니므로 올라갈 곳도 없다. 전쟁통이 아닌바 특출한 무술이 필요 없는 일들이다. 무공이 아무리 높아도 평민 신분으로 무과시험에 응할 수 없거니와 무과가 무술만으로 되는 게 아니다. 혹시 무과시험에 든다 하여도 품계받는 관헌이 되기도 어렵다. 사령이 작정하고 키운다면 모르지만 사령은 비휴를 그런 목적으로 만든 게 아니다. 이록은 비휴들을 효맹이나 홍집과 같은 소용품, 혹은 무기로써 갈았다. 그리고 그 무기를 한꺼번에 쓸 날이 결정돼 있었다. 동지사절단 부사로써 연경을 향해 떠나게 된 이록이 출발 전날 밤 홍집에게 명을 내렸다.

"내가 명년 일월 말경에 돌아올 것이다. 그전까지 네 휘하를 데리고 강경상각을 쳐라. 그곳을 칠 때 너희들은 명화적으로 가장하고, 명화적은 곧 사신계인 것으로 위장하여라. 그리고 그 사실은 너와 나만 알아야 할 것이다."

이록은 거북부 본원을 치고 그 죄를 사신계에 덮어씌우기로 했다. 양연무 비휴들이 명화적으로든 사신계로든 위장하여 강경상각을 쳐야 하는데, 그 시한이 내년 일월 말까지였다. 한 달 반이 남았다. 명화적은 도적 떼이다. 비휴들이 그들로 위장하기 위해서는 황환 한 사람을 암살하는 것만으로 끝나지 않는다. 떼도적으로서의 행태가 널리 알려져야 한다. 때문에 홍집이 홀로 할 수 없거니와 비휴들을 데리고 하라 명받았으므로 홀로 해서도 안 된다.

홍집은 강경상각을 치기 위한 아무런 계책도 아직 세우지 못했다. 거북부에서는 총을 자체생산하므로 강경의 무사들은 총이며 폭탄을 다룰 줄 알 뿐만 아니라 소지하고 있다. 비휴들은 화약무기를 다뤄본 적이 없다. 정면승부에서 칼과 활은 총을 당하기 어렵다. 결국 전면전인 셈인데, 와중에 누구를 잃게 될지도 몰랐다. 그 누군가가 윤홍집 자신이면 차라리 나을 수도 있었다. 홍집은 자신도 모르게 양연무의 담장을 넘으려다 진저리를 친다. 수시로 어둠을 헤치며 남의 집 담을 넘어 다니는지라 내 집에서도 담을 넘으려 하고 있지 않는가. 홀로 웃은 홍집은 한숨과 함께 설렁줄을 잡아당긴다.

아들들의 세상

　박새임에게 온양 용문골 이대감 댁으로 가 보라고 할 때 방산이 한 말은 단순했다. 이대감 댁 홍외헌 마님께 무녀 별님이 아이를 보고 오라 했노라, 여쭈라는 것이었다. 해서 새임은 홍회헌 마님에게 오래전의 꽃각시 보살 별님이 아이를 보고 오라 했다고 아뢰었다. 마님이 기꺼이 작은사랑으로 나가 보라 하며 덧붙인다.

　"자네가 한양 사람이라니 문암골이 어딘지 알려나? 예서 이십 리 밖에 있는 동리인데, 그 문암골에 사는 아이가 와서 우리 아이들과 함께 놀고 있네. 다섯 녀석이 마당에서 어지러이 놀고 있을 터이니 작은사랑 중문간에서 보게. 요령껏 방으로 밀어넣어 뜯어보든지."

　문암골 아이가 와 있다는 말에 새임의 가슴이 철렁 내려앉는다. 문암골은 반촌이라 반족들이 사는 여러 집이 있고 도령이라 불릴 만한 아이들도 많을 터인데 문암골이라는 말만으로도 속이 떨린다.

　"섣달에, 눈까지 내리는데 도련님들이 마당에서 노십니까?"

　"학당이 방학에 든 데다 우리 사랑어른이 도성 살이를 접고 들어

오시어 아이들을 가르치시는바 문암골 아이가 공부하러 드나든다네. 공부는 잠깐이고 우리 영로, 긍로, 외가에 와 있는 우진이까지, 다섯이 붙어 노상 장난이지. 가뜩이나 눈까지 내리니 아이들이 방안에 앉아 있겠는가. 건너가 보게."

천하에 모르는 게 없는 방산조차도 용문골의 이극영과 문암골의 김국빈이 형제지간이라는 걸 몰랐던가. 그 둘이 한 학당에서 공부한 인연으로 동무가 되어 있다는 사실도 알지 못한 것 같다. 알았더라면 분명히 예고를 했을 것이므로 자식을 보러 나선 새임이 이렇게 놀랄 일도 없었을 것이다. 마님에게 읍하고 안방을 나서는 새임의 걸음이 후들거린다.

섣달 이십일일. 용문골 작은 사랑은 왼쪽에 누마루, 오른쪽에 방이 달린 집이다. 함박눈이 내린 마당 가운데에서 움직이는 다섯 아이는 설인들처럼 하얗다. 아이들이 복건이고 쾌자고 벗어부치고 저고리에 바지만 입은 채 뛰어 노는데, 한 아이는 머리에 붉은 조바위를 쓴 계집아이다. 극영임에 틀림없을 제일 큰 아이가 말한다.

"숨을 꾹 참고 훅 뛰어 차."

네 아이가 일제히 대답한다.

"그게 안 되잖아!"

눈송이들을 하늘로 도로 올려 보내려는 것처럼 아이들이 눈을 찬다. 극영은 시범을 보이듯 휙휙 날며 눈을 차고 국빈은 쿵쿵 뛰며 눈을 찬다. 영로는 통통 튀며 차고 우진은 쿵쿵 뛰고 제일 어린 긍로는 훅훅 입소리 내며 헛발질만 한다.

극영은 기골이 억세던 제 아비 동마로를 타겼다. 국빈은 기골이 순하던 제 아비 김근휘를 닮았다. 씨 도둑질은 못 한다더니 사내놈들이라고 제 아비들을 닮아가고 있다. 눈을 차기보다 땅을 차던 영로가 중문간에 서 있는 새임을 발견하고 주춤 발을 내린다. 몸을 한 바퀴 돌려 눈을 차던 극영이 새임을 보고는 몸을 세우더니 다가온다. 볼이 발갛다.

"누구신지요? 내원은 저쪽인데요."

사뭇 긴 몸피가 변성기에 들었는지 목소리가 굵다. 이태 전 동짓달 혜정교에서 강수를 만난 이후 새임은 오직 이 순간을 위해 살았다. 그때 방산이 어미로서 당당해져야 한다기에 어찌해야 당당한 어미가 될 수 있느냐 물었다. 타인의 목숨을 돌볼 수 있을 만치 품이 넓고 너그러워야 한다고 했다. 한본이 그런 사람들의 세상 속에서 자라고 있노라 했다. 어디에 그런 세상이 있는가 물었더니 어디에나 있다고, 스스로 찾기만 하면 된다고 했다. 사신계가 그런 세상이었다. 어디에나 있으나 그 안에 든 사람만 만날 수 있는 세상. 성씨도 없던 한본이 이극영으로 살고 있는 세계. 천지가 개벽한다고 해도 무녀 집에서 태어난 아이가 사대부가의 아들이 될 수 없는데 극영은 그렇게 되었고 제 스스로 아우를 찾아내 곁에 두고 있다.

"치, 침모 한성댁입니다. 마님께서 도련님 설빔을 지으라 하시어 치수를 보러 왔습니다."

"옥련네가 엊그제 치수를 봐 갔는데 또 잽니까?"

"소인이 옥련네를 돕는지라, 직접 보고 싶어서요."

"아아, 그러면 보세요. 추우신 것 같은데 들어와서 보시고요. 영로는 그만 내원으로 가고, 어이, 빈 씨와 진이, 궁로는 안으로 들어가자."

극영의 말에 국빈이 대답한다.

"영 씨 설빔이니 영 씨나 들어가구려."

"땀났는데 찬 데서 식으면 고뿔들어. 만병의 시작은 고뿔이라 했고. 들어와들."

영로가 저만 빼놓는다고 입을 내밀고는 내원으로 가고 국빈과 우진과 궁로가 극영의 뒤를 따라 방으로 들어간다. 국빈의 아버지가 사라지고 나서 홀이 된 일 년 뒤 온양댁은 문암골에 내려와 면발치서 아이를 본 적이 있었다. 몇 해 전에도 봤다. 그때까지도 아기 같더니 지금 국빈은 성큼 컸다.

자식들의 몸피 크기만큼 마음이 졸아든 온양댁이 아이들을 뒤따라 들어서며 문을 닫는다. 닫고 보니 아자살문이다. 돌아서 아이들을 보기 전에 숨을 다스리다 보니 문살까지 살피는 것이다. 가운데가 장지문으로 나누어진 방이다. 웃방에 자그만 서안 다섯 개가 동그라니 마주보게 놓였고 책들이 펼쳐져 있다. 아랫방에는 요가 깔려 있다. 세 아이가 아랫방으로 건너가 요 속으로 다리를 쑥 밀어 넣고 장난을 친다. 작은 아이들 둘이 요 속으로 들어가 숨바꼭질을 하는데 국빈이 말한다.

"나도 엊그제 설빔 짓는다고 치수 재는데, 간지러워 혼났어. 우리 어머니는 내 옷을 손수 지으시거든. 옷 지으실 때마다 내가 장승만큼 크겠다고 하셔."

우진이 끼어든다.

"우리 어머니는 바느질을 못하시는 것 같아. 나는 우리 어머니가 침선하시는 걸 한 번도 못 봤어."

극영이 대답한다.

"사람마다 잘하는 일이 다른 거잖아. 진이 네 어머니께서는 책을 쓰시는 거고."

우진이 맞다며 고개를 끄덕이자 극영이 새임을 돌아본다.

"아주머니, 솜저고리라 벗어야 하지요?"

"예, 도련님."

극영이 솜저고리의 고름을 풀고 속저고리 바람이 된다. 속저고리
는 고름 없이 매듭이 지어져 몸에 붙은지라 몸피가 드러난다. 말랐
으되 강단이 생겨가는 몸이다. 새임은 줄자의 눈금을 읽듯이 극영의
양 어깨를 만져본다. 두 팔을 들어 보게 하고 내려 보게 하며 남들이
키운 내 자식의 몸을 더듬어 본다. 열흘 후면 열다섯이 될 극영이 간
지러운 듯 몸을 비틀자 저쪽 방의 국빈과 아이들이 킬킬거린다. 두
자식을 앞에 두고 있는 새임의 눈에 눈물이 차 앞이 흐리다.

사신계 칠성부원으로서의 박새임은 방산 무진의 휘하다. 혜정원
이 사신계 칠성부의 수십 선원 중 하나라고 하므로 방산과 같은 여
인들이 수십 명이나 있다는 뜻이다. 그뿐 입계 절차를 밟고 사신계
에 대하여 절대 침묵하겠다고 맹세한 박새임은 아는 것이 없다. 혜
정원의 일꾼들이 모두 계원일 것이며, 강하도 계원일 것이라는 것.
그리고 어디서 어떻게 사는지 알 수 없는 별님도 칠성부원일 것이라
고 짐작할 따름이다.

허원정을 나온 팔월 하순에 백 일간의 묵언수행을 명받고 도솔사
로 들어갔다. 사십 년 동안 해왔던 말과 지나왔던 길들과 자신이 했
던 일들이 묵언하는 동안 모두 되살아났다. 그 옛날의 동마로와 친
정오라비 박정생도 사신계 계원이었을 것이라 짐작할 수 있게 됐다.
그게 아니라면 동마로가 담양 땅 창평까지 왔을 턱이 없거니와 중도
아닌 그가 그 깊은 산속의 연동사에서 머물렀을 까닭이 없었다. 그

모든 인연의 결과로 두 자식들 앞에 이르렀다.

"아주머니, 어디 편찮으세요?"

새임의 눈물을 눈치챘는가 극영이 돌아서며 묻는다.

"아닙니다. 갑자기 눈이 껄끄러워 그렇습니다. 다 되었습니다, 도련님. 이제 저고리 입으십시오."

저쪽 방에서 이쪽을 쳐다보던 국빈이 새임을 향해 묻는다.

"한성댁 아주머니, 어디 사세요?"

두 아이가 다 양반집 자제들인데 침모라고 나타난 아낙한테 하대를 하지 않는다. 큰 아이가 그리하므로 작은 아이도 따라 하는 모양이다.

"저는 한양에서 쭉 살다 최근에 이쪽으로 왔습니다. 왜요, 도련님?"

"혹시 저를 아세요? 저는 아주머니를 여러 번 뵌 적이 있는 것 같은데요."

제 기억 속에 생모가 있을 턱이 없는데 그래도 당기는 것이 있는가. 온양댁의 속이 속절없이 무너진다.

"쇤네는 도련님을 처음 뵙습니다만 쇤네가 무던한 인상이라 그런 소리를 흔히 듣습니다."

국빈이 아아 하며 고개를 끄덕이는데 극영이 이쪽저쪽을 번갈아 보다 웃더니 말한다.

"그러고 보니 빈 씨 너와 아주머니가 좀 닮은 것 같은데?"

국빈이 응수한다.

"영 씨도 아주머니와 닮았네요. 긍로야, 그렇지 않냐? 네 삼촌도 아주머니하고 닮았지?"

궁로가 대답했다.

"나도 아주머니하고 닮았잖아요? 눈 두 개, 코 하나, 입 하나. 똥꼬도 똑같이 하나일걸요?"

크고 작은 네 아이가 우스워 못 견디겠는지 낄낄거린다. 새임은 터지려는 울음을 한사코 삼키며 방을 나선다. 네 아이의 신짝들이 섬돌의 위아래에 마구 흐트러져 있다. 신짝들을 맞춰 털어 마루 위로 올려놓는데 울음이 쏟아진다. 서둘러 아이들 방 앞을 떠나며 울음을 추스른다. 저리 반듯하고 어여쁘게 자란 아이들을 보며 울 일이 무엇인가. 우는 대신 생각을 해야 할 때다.

한양 떠나 열흘 만에 천안 이르러 주막에 들었다가 문득, 용문골에 앞서 문암골로 가 봐야겠다는 생각을 했다. 사흘 전이었다. 국빈의 얼굴 한번 보고 돌아설 작정으로 몇 번이나 골목을 돌던 중에 구경당 대문 앞에 당도한 한 무리의 남정네들을 보았다. 대개 넓은 갓 쓴 늙은 선비들 같았는데 그중 한 사람이 허원정 태감의 보위대장인 홍남수였다. 그를 드문드문 보았어도 허원정에서 예닐곱 해를 지낸 터, 보위대장 홍남수를 모르랴. 효맹이 죽은 뒤 대장이 되어 태감을 보위하는 그는 곧 태감의 대리인 셈이었다.

깜짝 놀란 새임은 구경당 대문 반대편 골목으로 꽁지가 빠져라 도망쳐 나왔다. 대체 태감의 수하가 어떻게 구경당에 있을 수가 있는지 백방으로 따져도 알 길이 없었다. 알 수 없으므로 그 사실을 어디다 어떻게 알려야 할지도 몰라 어지러웠다.

"그래, 아이를 잘 살펴봤는가?"

안방에 다시 들어 부복한 새임에게 묻는 홍외헌 마님의 어조는 다감하다.

"예, 마님."

"자네 주인한테 말미를 얼마나 얻어왔는가?"

"한정되지는 않았사옵고 다녀오라고만 들었나이다. 하여 마님께 소청이 있나이다."

"말해 보게."

"도련님께 옷 한 벌 지어드릴 동안, 한 닷새만 댁에서 머물게 하여 주십시오."

"왜, 별님이 옷을 지어주고 오라 하던가?"

"예, 마님. 쇤네가 천안 큰장거리에서 옷감을 끊어 왔나이다."

"그리하게. 대신 절대, 아이한테 별님이 보냈다는 사실을 눈치채게 하면 아니 되네. 까닭은 알 터이지?"

"아옵니다, 마님. 명심하겠나이다."

마님이 밖을 향해 한남네한테 들어오라 했다. 한남네라 불린 여인이 들어오자 마님이 한성댁이 당분간 머물 방을 마련해 주라 명한다. 새임은 극영의 옷 한 벌 지을 옷감이 든 보따리를 들고 한남네를 따라 대청으로 나선다. 몸채도 그렇더니 별당도 앞뒤 분합문들이 내려져 대청에는 찬바람이 들이치지 않는다. 새임이 지금까지 구경한 집들 중에 허원정의 규모가 가장 큰데 여기는 그보다 더 넓다. 칸살이 더 많은 게 아니라 전각들 사이의 마당들이 더 여유로운 것 같다. 이런 대감 댁에서 무녀의 아들로 아는 한본을 서자도 아닌 적자로 거두어 키운다는 사실에 새삼스레 가슴이 떨린다.

"이곳에 머무시구려."

한남네가 안내한 곳은 별당 행랑이 아니라 별당 본채다.

"뜨내기를 어찌 이 안으로 데려오십니까?"

"저쪽 방이 우리 영로 아기씨 처소인데 한 쪽에만 불을 들이다 보니 아무래도 한기가 드센 듯하오. 말만 처소일 뿐 아기씨가 노상 마님과 함께 주무시거든. 공부는 작은사랑에서 하시고. 한성댁이 이쪽 방에 머물면서 불이나 들여 주시구려."

"아기씨가 시방은 안에 계십니까?"

"다시 작은사랑으로 가셨을 것이오. 말괄량이라서 노상 도령복을 입고 도련님들하고 놀기를 좋아하시지 않소."

"아기씨가 조모님 품에서 자라십니까?"

"몇 해 전부터 영로 아기씨와 긍로 도련님, 우진 도련님까지 추석 쇠러 와서 설을 쇠고 한양으로 간다오. 가을 겨울을 본가에서 지내시는 셈이시오. 우진 도령은 아기 때 돌림병으로 형님들을 잃고 외동이가 되는 바람에, 형제의 정을 느끼며 자라시라고 외가로 오는 것이고. 이번 겨울에는 대감마님께서 와 계시어서 어찌하실지 모르지만. 여튼 당장 불을 좀 때야 할 테니 내 불씨 가져오는 동안 한성댁은 방구경이나 하고 계시구려."

별당 앞에다 새임을 데려다놓은 한남네가 휭하니 중문을 나간다. 새임은 마루로 올라서서 왼쪽 방문을 연다. 웃방과 아랫방 사이 장지문이 열려 있어 넓다. 소스라치게 차가울지라도 가구며 벽이며 문종이들이 흐트러진 데 없이 반듯하다. 새임은 보퉁이를 내려놓고 모과꽃이 수놓인 문 가리개를 여민다. 단출하지만 정갈한 방은 도솔사의 방 같다.

도솔사에 들어간 첫날부터 공양간 일을 거들라 하기에 갔다가 한 어린 수행자를 보았다. 고개를 숙인 채 일하는 그 어깨며 손이 유난히 가녀렸다. 제 날로는 두 손으로 쥐기도 버거운 확돌을 들고 돌확

에다 마른 버섯을 갈고 있던 열댓 살짜리. 아이를 첨 본 순간 새임의 가슴이 철렁했다. 여느 수행자들과 똑같이 회색 승복과 두건을 뒤집 어썼음에도 대번에 눈에 띄는 아이는 그 옛날의 무녀 별님과 흡사했 다. 별님의 어머니 유을해와도 닮아 있었다. 아직 덜 피었으나 그 어 머니나 형보다 훨씬 도드라질 얼굴을 가진 아이가 설마 심경 그 아 기이리야 싶으면서도 새임의 가슴이 뜨거워지고 눈물이 났다. 아이 한테 확돌을 뺏어 버섯을 대신 갈면서 어찌해야 돌확 속의 식재료가 잘 갈리는지 보여주었다. 소리 내어 말할 수 없으므로 몸짓으로 가 만가만 가르쳤다. 아이가 그늘에서 핀 난초꽃처럼 배시시 웃었다. 영락없는 미타원의 어머니였고 무녀 별님이었다. 심경이 틀림없던 것이다.

대체 아기 네가 어찌 여기 와 있느냐고, 능금 꽃처럼 환하게 피어 있을 열댓 살에 어찌 이리 창백하며 야위어 있느냐고, 언제까지 예 있어야 하느냐고, 소리 내어 물어볼 수 없는 걸 다행으로 여겼다. 아 침저녁으로 공양간에서 일하고 하루 두 번 예불하고 사이사이 불경 을 공부하고 주지스님의 거처 마루를 쓸고 닦느라 늘 볼이 얼고 손 등이 터가던 아이는 이제 갓 입계한 계원이 아니었다. 아이가 들어 가는 도솔사 심경와心經窩의 큰방은 글공부가 많이 된 수행자들이 들어가는 곳이었다. 새임이 경전을 읽는 방과 그곳은 소리가 달랐 다. 그곳에서는 헛기침 소리나 신음소리도 나지 않았다. 동안거에 든 스님들의 선방하고 똑같이 고요했다. 새임이 백일을 다 살고 나 오는 날 아이가 합장절로 배웅해 주었다. 이름이 뭔지도, 언제까지 거기 있어야 하는지도 몰랐지만 배웅하는 아이의 얼굴이 어둡지는 않았다. 아이가 속으로 하는 말이 들리는 것 같았다. 언젠가 또 만날 거예요, 아주머니.

새임은 한남네가 돌아온 기색에 방을 나와 허청으로 들어선다. 한남네가 아궁이에 불을 살리고 있었다.

"제가 하겠습니다. 불 때놓고 안채로 가서 부엌일을 돕겠습니다."

"그러시구려. 며칠이 되든지 한 식구로 어울렁더울렁 지내 봅시다그려."

"고맙습니다, 아주머니."

이집 사람들은 위아래 할 것 없이 뭘 묻지 않는 게 습관이 된 듯하다. 사신계원들의 버릇인 것이다. 새임은 허원정에서 사는 동안, 강수를 만나고 사신계에 입계하기 전까지 만단사가 뭔지 몰랐다. 사신계도 물론 몰랐다. 둘 다 상상 불가능한 세상이었다. 내가 원하는 대로 살 권리가 있다거니, 모든 사람이 동등하다거니. 그렇게 말도 안되는 기치를 세우고 수백 년 동안 지속되어 왔다는 세상이 어느 날 불현듯이 닥쳐왔다. 방산 무진이 박새임을 군이 혜정원으로 불러들인 까닭은 박새임이 허원정에서 일한다는 걸 알았기 때문이었다. 사신계에서 만단사를 살피고 있던 참에 새임이 김강하가 되어 있던 강수를 만났던 것이다.

새임이 사신계 칠성부의 일품일 뿐임에도 만단사의 계보도를 상세히 듣게 된 까닭이 세작 노릇을 하기 위함이었다. 이태 가까이 세작 노릇을 하다 허원정을 물러났다. 꼬리가 길면 밟히기 마련. 정효맹의 도적질이 탄로난 것도 꼬리가 너무 길었기 때문 아닌가. 허원정 금오당의 눈빛에 의혹이 서리기 시작한 걸 느꼈다.

"혹시 밖에 정분 나누는 남정이라도 생겼는가?"

금오당이 그리 물었던 것이다. 자칫하면 탄로 날 성싶었다. 방산에게 그 말을 했더니 허원정에서 물러나라 했다. 도솔사로 들어가 백일 묵언수행을 한 뒤 이품계를 받고 천안 칠성선원으로 가라 했다. 그곳에 가면 열음 무진이 살 마련을 해주리라고. 그러면서 한본이 천안에 이웃한 온양에 살고 있다는 것을 비로소 알려 주었다. 옛날 미타원에서 반나절 길인 용문골에 있노라고.

두 지아비를 통해 낳은 두 아들이 있다. 문암골의 구경당에 만단사령 이록의 보위대장이 드나들고 있다면 그 집은 만단사의 세상이라 봐야 한다. 용문골에 한본이 살고 있으므로 여기는 사신계의 세상이다. 그 두 세상은 서로 적대하고 있는 게 분명했다. 두 아들을 만난 동시에 두 아이가 다른 세상에 속해 있음을 알게 되었다. 이 노릇을 어찌할 것인가. 새임은 불이 벌겋게 타오르는 아궁이 앞에 앉아서 몸을 떤다.

눈이 내리는 탓에 구경당에서는 여느 날보다 이르게 국빈을 데리러 왔다. 할아범이 바깥행랑방에 몸을 들이고 있다고 하여 극영이 국빈에게 어서 옷을 차려입고 나가라 하는데 국빈은 책을 펴놓은 채 서안 앞에서 일어날 줄을 모른다.

"왜 그러는 거야?"

"형님, 아까 그 한성댁 아주머니 말이야, 나는 아무래도 어디선가 만난 적이 있는 것 같아."

"더러 그런 사람도 있지 않아? 여럿이 있는데도 유난히 눈길이 가고 친밀감이 생기는 사람이 있는 것처럼. 우리도 학당에서 그랬잖아? 덕분에 동무가 되었고."

"그렇겠지?"

"그렇지. 어서 가. 일찍 어두워질 터인데 할아범이 눈길에 수레 몰기 어려워. 설 지내고 대보름 지나서 학당에서 보자."

"설이 열흘이나 남았는데?"

"섣달이잖아. 날마다 오고가기에는 너무 추우니 조부님 밑에서 얌전히 공부해. 나는 설 지내고 형님 따라서 한양 갔다가 이월 개학에 맞춰 돌아올 거야."

"뭐? 어제까지도 그런 말 없었잖아."

지난 추석에 귀향한 무영이 이번 설을 지내러 와서 한양에 데려가 주겠다고 약속했다. 한양에 머물 날이 기껏해야 보름 정도겠지만 설이 다가오면서 극영의 마음이 바람 타는 연처럼 떠오르고 있었다. 간밤에는 어머니 꿈을 꾸었다. 화월처럼 어여쁘시나 앞을 못 보는 가여운 어머니. 꿈속의 어머니는 지팡이를 짚은 채 어디로 가야 할지 몰라 소소원 마당에서 극영을 기다리고 있었다. 이제 그 어머니를 업어 드릴 수도 있을 만큼 몸이 자랐다. 혹시라도 이번에 뵈지 못하면 기어이 어머니 계신 곳을 물어 잠시라도 뵐 작정을 했다. 평양에도 기어코 다녀올 참이었다.

"벌써 과거 볼 것도 아니고, 도성엔 왜 가느냐고 묻잖아? 더구나 사랑채에 아버님이 계시는데?"

도성에서 고양과 파주 지나 개성을 거치면 평양. 고작해야 육백여 리 길이라는데, 말을 타면 이틀이면 닿는다는데, 어른들이 보내 주시지 않으면 혼자서라도 평양으로 가 심경을 볼 작정이었다. 그 맘을 알아채셨는지 아버님께서도 허락하셨다. 그 새침때기 누이가 어떻게 자랐을지. 끄덕하면 내 손에 칵 죽을 줄 알아, 헛 엄포를 놓던

경이었다. 제 뜻대로 안되면 앙앙 울다 그도 통하지 않으면 속에 것을 토해내던 어리광쟁이. 그런 밤에는 여지없이 신열이 올라 집안을 뒤집어 놓곤 했다. 몸피는 어머니만큼 컸겠지만 그처럼 고울지는 모르겠다. 어머니와 누이를 만난다는 상상만으로도 극영의 가슴이 두근두근 뛰었다.

"내후년에는 소과 볼 것이고, 그 다음에는 대과 볼 것인데 멀기는 뭐가. 이번에 가서 성균관 구경을 해볼 참이야. 그리하면 공부가 훨씬 잘 될지도 모르지 않아? 내, 잘 보고 와서 성균관에 대해 말해 줄게. 소과 치자마자 도성으로 가서 성균관에 입학할 거니까. 내가 나이가 많으니 내가 먼저 입학하게 될 터이고, 내가 가서 자리잡고 있으면 너도 입학하게 되겠지?"

"아휴, 향교와 서원에서 공부하고 있는 선비님들이 형 얘기 들으면 기분 되게 나쁘겠다. 손자 본 선비님들도 계시다는데."

"그분들이 아니 들으시니 하는 말이잖아?"

낄낄 웃으며 일어난 국빈이 솜저고리며 솜두루마기를 입고 복건을 쓰고는 방을 나선다. 국빈이 내원으로 들어가 홍외헌과 영로와 우진과 긍로 등에게 내년에 뵙겠다고 인사하고 나오는데 침모라던 한성댁이 부엌 쪽에서 나와 건너다본다. 어느 새 홍외헌 사람이 된 듯 행주치마에 머리 수건까지 둘렀다. 국빈이 씩 웃으며 한성댁한테 손을 들어 보이고는 대문간으로 향한다. 국빈네의 할아범이 수레를 대령한 채 기다리고 있다가 국빈이 올라앉자 소에 매달린 수레를 몰고 떠난다. 함께 배웅하러 나선 긍로가 극영에게 물었다.

"삼촌, 빈씨 형네 집은 멀어?"

"삼십 리 가까우니 멀다 할 수 있지. 특히 오늘처럼 눈이 쌓였을 때는. 헌데, 긍로씨, 항렬 정리를 하라 이르지 않았어? 국빈은 내 동무이니 네게는 삼촌 격이지 형이 아니라고 했지 않아? 너보다 한 살 많은 우진이는 국빈한테 삼촌이라 하는데 넌 어찌 그래?"

긍로가 에잉, 하고는 극영의 등으로 뛰어오른다. 극영은 아이를 받쳐 업고 안으로 들어온다. 국빈이 사뭇 맘을 쓰던 한성댁은 부엌으로 들어갔는지 보이지 않는다. 국빈이 맘을 쓰므로 극영도 맘이 쓰였다. 아니 사실 낮에 처음 봤을 때 국빈이 그랬듯이 한성댁을 어디선가 만난 적이 있는 것 같았다. 치수를 재겠다고 극영의 몸을 쓰다듬던 한성댁의 손이 몹시 떨리던 것도 맘에 걸렸다. 그 손길에서 눈물이 배어날 것 같다고 느꼈다. 침모의 손길이 아니었다. 한성댁의 손길이며 눈에는 금세라도 터질 듯한 슬픔이 그득 차 있는 것 같았다.

설움이 많으신가. 극영은 부르르 진저리 치고는 긍로를 업은 채 큰사랑으로 향한다. 사온재께서 사직하시고 귀향하신 뒤 집안이 꽉 찬 듯했다. 이제 관헌 노릇은 그만하고 막내아들 공부나 살피련다고 하시고선 날마다 극영의 공부를 점검하셨다. 덕분에 요즘 극영은 나날이 뿌듯하고 스스로가 자랑스러웠다. 이번에 한양 가서 어머니와 누이만 보고 돌아오면 걱정 하나 없이 공부가 쑥쑥 자랄 성싶었다.

청사초롱 불이 밝으니

왜국에서 화폐 주조용 동을 수입하기로 결정한 것은 작년, 왕대비 께서 승하하신 다음 달이었다. 연경으로부터의 청포靑布 수입을 금한 것도 그때였다. 연경의 청포 대신 국내에서 생산한 목면木棉에다 염색하여 쓰라는 전교였다. 그 즉시 당하관堂下官들의 관복이 녹포綠 袍로 변했다. 그때 내려진 전교의 내용은 십 개월여 만에 결과로 나타났다. 그에 관한 장계狀啓들이 줄줄이 모여들어 소전 앞에 쌓였다. 소전은 장계나 상소들을 일일이 다 읽고, 읽었다는 표시를 해야 했다. 알았다거나, 잘 했다거나, 어찌 그리했냐거나, 그리해도 무방하리라 하거나.

소전이 읽고 처결해야 할 사안이 너무 많은 게 문제였다. 근래 들어 소전은 신경써서 읽어야 하는 장계나 계문이나 상소들에 갑갑증을 내기 일쑤였다. 신료들 앞에서는 물론 시강원의 교관들, 내관들 앞에서도 그런 스스로를 드러낼 수 없는 소전이 찾아낸 방편이 입직 위사한테 소리 내어 읽게 하는 것이었다.

보름날이라 수유일이지만 강하는 오늘 번이 들었다. 혼례 날이라는 말을 하기 쑥스러워 정해진 번을 그대로 서기로 했고 소전을 대신하여 장계와 상소들을 소리 내어 읽었다. 왜국에서 수입하는 동은 개성부와 총융청에서 돈으로 만들어 내게 될 것이며, 전국 곳곳에서 염청목면染靑木棉이 생산되고 있으므로 연경 청포가 아쉽지 않다는 장계들은 내용이 틀에 박힌 듯 단조로워 강하가 읽기에도 지겹기는 했다. 삼십여 편의 장계문과 상소문을 듣고 난 소전이 으으으, 몸서리를 치며 기지개를 켰다.

"이봐, 김강하."

"예, 저하."

"정월 대보름이라 밤거리에 사람이 많겠지? 오늘 야행 나가자. 운종가나 칠패는 번거로운 일이 생기기 십상이고, 마포나루로나 나가 볼까? 강에 뜬 달을 볼 수 있지 않겠어? 풍등들도 동동 떠오를 테고."

소전의 말씀을 당연히 따라야 하지만 지금 강하는 약간 초조하다. 유시 중경에 혼례를 치를 터인데 그 시각이 한 시진 앞으로 닥쳐 있었다. 오늘 낮번이 함께 든 우익찬에게는 혼례에 대해 말하고 교대 시간보다 조금 일찍 나가게 해달라 청해 놓았다. 대답을 못하고 미적거리는 강하를 향해 소전이 되물었다.

"어째 답이 없어?"

"저하, 황송하오나 오늘 밤 잠행하심에 소신 대신 금일 야번에 들윤 우익찬이나 정 좌세마를 대동해 주시기를 간청드리옵니다."

"왜에? 오늘 밤 그대 비번이라 그거야?"

혼인 때문이라 아뢰기가 여전히 어렵다. 유릉원의 어른들, 스승들, 명일과 극영까지 죄 비연재에서 신랑이 오기를 기다리고 있을 터였다. 별님께서는 오시지 못했어도 자그마치 육 년 만에 사남매가 만나 더불어 며칠을 지내고 있었다. 명일과 극영은 강하가 심경인 수앙과 혼인하게 된 사실을 듣고 잠깐 놀라는가 싶더니 곧 배를 잡고 웃었다. 새침때기한테 잡혀 살아야 하다니, 언니 안됐다며 웃느라 방을 굴렀다. 수앙은 다시 심경이 된 양 어려져 형제들 사이에서 찧고 까불고 있었다.

"어찌 다른 사람과 동행하라는 것이냐고 물었지 않아? 내가 그들을 불편해하는 걸 알면서."

"소신, 오늘 저녁에 혼례를 치르나이다."

"뭐, 장가간다고?"

"망극하여이다, 저하."

"장인 되실 분이 누군데? 어느 집안이고?"

"장인은 경오년 돌림병 즈음에 작고하였다 하옵고 그 즈음하여 한미해진 집안인지라 마땅히 아뢸 것이 없나이다."

"왜? 그대 정도면 상당한 집안으로 장가들 법한데 그대 어른들께서는 어찌 아들을 한미한 집의 규수와 맺어 주신 게지?"

"규수의 자친과 소신의 어미가 어린 날의 동무이시라 사돈이 되기로 결정하였다 하옵니다."

"양가 자친들께서 결정하셨다 치면, 그대는 능히 그 결정을 따를 만해?"

"예, 저하."

"그대의 자친은 어떤 분이신데?"

"소신 집안은 누대로 장사치인지라 어미 또한 그러하옵니다. 소신의 어미는 삼십 년 쓴 비녀도 원래 값보다 곱절 높은 값으로 파실 만한 수완 높은 장사꾼이옵고, 자그만 주먹으로 다 큰 아들을 퍽퍽 때리시며 훈육하는 엄하신 분입니다."

"때리셔? 정말, 몸소 아들을 때리신단 말이야?"

"예, 저하."

"어마님이 매를 치실 제, 맞으면 아프냐?"

"어미의 매야 얼마나 아프겠나이까. 어미로 하여금 매를 들게 한 게 죄송하지요."

"그러니까 채찍보다 무서운 어마님께서 명하시어 가례 올리는 날이 오늘이라 이거지?"

"예, 저하."

"초례청이 어딘데?"

"장통방의 처가 될 집이옵니다."

홍문관 교리를 지내고 동래 부사를 거쳐 근자에는 암행어사로 충청도를 주유하는 조엄이 도성에 들어와 있는 참이라 주례를 맡았다. 충청어사 조엄은 삼 년 전 사신계에 입계하여 현재 백호부 삼품인 위품胃品이다. 기럭아비는 세자익위사의 우사어 설희평이 하기로 했다.

"식을 언제 치르는데?"

"유시 중경이라 하였나이다."

"지금 신시에 접어들었을 터인데? 한 시진여밖에 아니 남았잖아?"

"예, 저하."

"그대도 참, 늦장가 드는 푼수에 요량도 모자라다. 초례청이 가깝대도 그렇지. 해지기 전에 전안례奠雁禮를 치러야 할 터, 금세 해가

질 터인데. 하루쯤 수유를 내던가, 번차례를 바꿀 것이지, 노상 하며 사는 일에 그만한 미립도 없나? 당장 퇴궐해."

사돈이 남의 말씀하신다더니.

속으로 웃은 강하는 감읍하노라 인사한 뒤 소전 앞을 물러난다. 지난 동짓날 대전에서는, 소전이 승하한 왕대비전의 나인 병희를 세자궁으로 이거시킨 걸 알게 되었다. 병희가 자식을 낳은 것도 아닌데 그냥 왕대비전에 두었어도 될 걸 기어이 세자궁에 들여앉혔다가 성노聖怒를 샀다. 소원 문씨가 꼬아바친 듯했다. 대전에서 그 계집애를 잡아오라는 명이 떨어졌고 세자궁에서는 병희를 모궁에다 숨기고, 병희를 수발하는 내인을 대전으로 보내는 법석을 치렀다. 병희의 미태가 워낙 두드러지는 게 대전의 성노를 부채질할까 싶은 걱정때문이었다. 병희라고 보낸 내인의 인상이 수더분한 게 대전을 누그러뜨렸던가. 내인은 살아 나왔다.

대신 죄 없는 빈궁이 양정합까지 거둥하신 대전께 불려가 지아비 잘못 보필한다는 호된 꾸지람을 들었다. 신임 영의정 김상로까지 함께 한 자리였다. 대전께서는 아드님을 야단치기 위한 단 한 가지 목적으로 몸소 거둥하시면서 영의정이며 승지들까지 대동하신 것이었다. 소전은 부왕한테 당하고 나오던 길에 분을 못 이겨 양정합 우물로 뛰어드는 사달을 일으켰다. 우물에 물이 많지 않아 무사히 건져내기는 했으나 그 해괴한 행동을 대전께서 직접 목도한 셈이 되어버렸으니 진노가 온 궐을 뒤흔들었다. 그렇지만 아들의 행동이 워낙 극단적이었던지라 대전께서 소전을 더 꾸짖지는 않았다. 대신 그 밤으로 소전의 장인인 홍봉한의 의정부 좌참찬左參贊 벼슬을 떼어 버렸다. 홍봉한은 이십일 만에 복직되었으나 임금 부자는 어느 쪽이 먼저랄 것 없이 기이했다. 어쨌든 그 난리를 치른 뒤 병희가 수태한 게 밝혀졌다.

소전의 측근들은 작금의 소전이 노론들의 명백한 정적이 되어가는 것으로 분석하고 있었다. 소전이 원래부터 노론 권신들에 대한 반감이 심하려니와 삼 년 전 나주에서 발생한 괘서 사건 이후 소론을 옹호하는 것으로 비치고 있기 때문이었다. 삼 년 전 당시 소전은 노론들이 주장한, 소론의 나주 괘서掛書사건 연루설을 전면적으로 불용했다. 그뿐만 아니라 이후 노론의 주요한 주청들을 자주 거부했다. 지난 동짓달 하순부터 섣달에 이르는 동안 삼남 유림 일백 명이 동시 상소를 올렸다. 한결같은 내용이 노론의 영수 격이었던 송시열, 송준길의 문묘배향과 노론 사대신의 한 사람인 김창집의 서원석실 배향을 해달라는 것이었다.

유림들이 그런 상소를 올려 온 배후가 만단사령 이록일 수도 있으리라는 걸 사신계에서는 최근에야 알았다. 온양댁 박새임이 용문골에 극영을 보러 가기 직전에 문암골에 둔 아들을 보러 갔다가 그 집으로 들어가는 이록의 보위대장 홍남수를 보았노라고 천안 칠성부에 알린 덕이었다. 문암골 구경당의 생원 김창현이 만단사자로서 삼남 유림들을 동원하여 무더기 상소를 올리게 하였고 그 배후에 연경에 가 있는 이록이 있었던 것이다.

소전은 노론을 위한 상소들이 어떤 배경에서 나왔는지, 앞으로 어떻게 될지 모르고 관심도 없었다. 그저 노론 세상인 게 싫은 소전은, 문묘배향이니 서원배향이니 하는 상소들을 본 척도 하지 않았다. 부원군이 노론인바 걱정하여 찾아와 간하고, 측근들이 '그렇게 하라(依爲之)'는 전교를 내리셔도 무방하리라 말씀드려도 들은 척도 하지 않았다.

이한신 대감이 사직하고 도성을 떠난 이유도 소전의 요령 없는 정무 행사와 무관치 않았다. 이한신 대감은 일찍부터 소전을 감싸는 것으로 유명했다. 이한신이 파당과 무관한 중도파인 것도 작금 조정에서는 소용이 없었다. 소론의 대표 격으로 찍혀서 표적이 되었다. 소전을 밉보시는 대전에서는 소전의 사람이라 귀가 닳게 듣고 사는 이한신 어영대장의 사직 상소를 기꺼이 가납하고 물러나게 했다. 삼십 년 넘은 관직에서 물러난 사온재는 요즘 향리인 온양으로 돌아가 저작著作하면서 막내아들 극영과 손자손녀들의 글 선생 노릇을 하며 지내고 있다.

청사초롱을 들 동자들은 동자라기에는 너무 큰 설희평의 열네 살 짜리 아들 인준과 최갑의 열두 살짜리 아들 도현이다. 말고삐를 잡는 구종 노릇을 열다섯 살의 극영이, 말 뒤를 따르는 별배 노릇을 스무 살의 명일이 자청했다. 혼례복을 차려입은 강하와 기럭아비를 맡은 설희평이 완유헌의 내원으로 들어섰다. 영혜당이 붉은 보자기에 싼 기러기를 설희평에게 안겨 주고 강하에게 축수한다.

"곧 정월 만월이 뜨리니, 백년해로할 짝을 안아 오너라."

"예, 어머니. 다녀오겠습니다. 헌데, 어머님은 장통방에 아니 오십니까?"

"법도로는 시어미자리인 내가 초례청에 아니 가는 게 맞다. 허나, 내가 원래 세상법도 다 따져 모시는 아낙이 못 되거니와 예서 홀로 뭘 하고 있겠니? 네 앞서 가 있을 테다."

영혜당의 말에 웃은 신랑과 기럭아비가 대문으로 나서면서 행렬이 꾸려진다. 초롱동이 둘이 앞서고 기럭아비가 말 앞에 서고 신랑이 말에 올라앉고 구종과 별배가 말을 호위하고 평복한 최갑과 이무영과 김중하 등이 뒤에 섰다. 신랑측 혼주인 김상정 도방과 주례인 조엄 영감은 벌써 장통방으로 갔다.

"출발!"

기러기를 안은 설희평의 명으로 행렬이 움직이기 시작한다. 정월이라 해가 짧아 어느새 해 질 녘이다. 청사초롱에 불 밝히고 사모관대에 단령團領입고 목화木靴신고 말에 앉은 모습이 갈데없이 혼인하러 가는 신랑 행렬이라 걸음걸음마다 달맞이하러 거리로 나온 사람들의 시선이 쏟아진다. 그 시선들 때문에, 혹은 더 멀리서 지켜보고 있을 눈길들 때문에 강하는 필동에서 장통방에 이르는 사오리 길이 몇십 리 길인 듯 멀다. 신랑이 어떻든 앞선 설희평은 느긋이 걷고 소년들은 희희낙락이고 뒤따르는 사람들은 담소하며 간간히 웃기까지 한다. 공식적이라 당당하고 자연스러우므로 한껏 여유롭다. 만단사령 보위들의 미행이 너무 오래 계속되어 지겹다 못해 넌더리가 나므로 아예 대놓고 친한 사이라고 과시해 버리기로 했다.

행렬이 은교리 댁 대문 앞에 이르자 은교리 댁의 장주인 은재혁이 혼주 격으로 나와 맞았다. 은재혁은 내자시 종팔품의 봉사奉事로 있었다. 오래 전 어린 누이를 잃고 외아들로서 홀어머니를 모시고 있던 그는 난데없이 되살아난 누이 덕에 자신보다 벼슬이 높은 매제를 얻게 되어 흡족해 하고 있었다. 그는 최갑과 어린 시절부터 동무였다. 은재혁이 서쪽을 향해 읍한 다음 신랑과 기럭아비에게 말했다.

"들어오십시오."

설희평이 강하에게 눈을 찡긋하더니 들어가자, 한다. 사뭇 긴장하는 강하에게 장난을 거는 것이다. 집안에는 청사초롱이 줄줄이 매달려 환하고 사람으로 넘실댄다. 사람들을 지나 내원 중문을 넘어서자 기럭아비가 기러기를 신랑에게 넘겨주며 안채 기단 아래에 놓인 소반을 가리킨다. 소반에 청보자기가 깔려 있다.

"소반에 기러기 올려놓고 물러나 신부 모친께 두 번 절하는 거야."

강하가 기럭아비 시키는 대로 자리로 올라서 소반에 기러기를 올려놓고 물러나, 대청에 앉아 있는 순일당을 향해 두 번 절하고 앉는다. 대청에 앉아 웃고 있는 여인들이 십수 명이라 강하는 방산과 순일당 이외의 사람들을 알아볼 여력이 없다. 영혜당도 와 있을 텐데 두리번거려 찾아볼 용기도 안 난다. 혼인예식이 이토록 긴장되고 낯뜨거운 일인 줄 어찌 알았으랴. 시립하고 있던 어멈이 기러기 소반을 들고 올라가 대청 가운데 놓고 물러난다. 순일당이 기러기를 향해서 두 번 절하고 일어서 대청 끝으로 나와 말했다.

"평양 김문의 셋째 아들 강하, 그대에게 내 딸 은가 재신과의 초례청에 들 것을 허락하노라."

강하가 앉은절을 하고 몸을 일으키자 대청의 여인들이 박장대소했다. 몹시 소란한 와중에 교배례交拜禮가 시작되었다. 주례의 주관에 따라 신부의 수모手母들이 나와 초례청의 동쪽에 신랑의 자리를 깔았다. 신랑의 시반侍飯들이 나와 초례청의 서쪽에 신부의 자리를 폈다. 혼례포로 얼굴을 가린 신부가 나왔고 신랑이 다가들어 신부를 인도하여 제자리에 앉게 했다. 신랑이 제자리로 와서 앉았다. 신랑 신부가 손을 씻고 서로 읍하고 서로 절하고 술을 나눴다. 틈틈이 웃음판이 벌어지면서 교배례와 합근례合졸禮가 마무리 되었다. 달이 떠오르기 시작했다.

　방합례房合禮가 이어졌다. 주례가 신랑신부에게 신방으로 들어 가라 명했다. 신방은 별당이다. 안채 마당에서 별당까지 백포가 깔려 있었다. 예식 내내 한 번도 얼굴에서 혼례포婚禮布를 내리지 않은 신부가 수모들에 의지하여 앞서 걷고 시반들을 거느린 신랑이 뒤따랐다. 신부와 수모 둘, 신랑과 시반 둘, 여섯 사람이 방안에 들어서자 문이 닫힌다. 그리 넓은 방이 아니라 방안이 꽉 찬 듯하다. 시반들이 신랑의 사모紗帽와 각대角帶와 단령團領을 차례차례 벗겨 신부의 수모들에게 건넸다. 신랑의 예복들을 접어 갈무리한 수모들이 신부에게서 혼례포와 족두리와 앞댕기와 큰비녀와 도투락댕기와 대대와 원삼을 벗겨내 신랑의 시반들에게 건넸다. 신부의 예장과 예복들을 갈무리한 시반들이 요를 깔고 긴 베개를 놓는다. 수모들이 이불을 덮어 금침을 만든다. 금침이 완성되자 육각소반에 차려진 동뢰상이 들어왔다. 오색의 과자 접시 하나. 다섯 가지 과일이 함께 올려진 접시 하나. 오색의 전이 오른 접시 하나. 술 병 하나. 잔 하나. 수저 한 벌. 모든 게 하나씩인 동뢰상을 받아 금침 옆에 놓은 수모들과 시반들이 신랑신부를 마주앉게 하고 술 한 잔씩을 마시게 한 뒤 부부가 되었음을 하례하고 나간다. 방문이 닫혔다.

　밖에는 각 방에서 이루어지는 연석宴席을 준비하느라 난리다. 혼례식에 못 맞춰온 사람들도 연석에는 참석할 것이라 잔치는 지금부터 시작이다. 강하는 신랑이 동무들과 지인들을 대접하는 동상례東床禮를 위해 신방을 나가야 할 때다. 횃대에 걸린 청색 두루마기를 내려 마고자 위에 걸쳐 입는다. 두루마기 매듭을 지으며 수앙의 눈치를 살핀다. 쪽진 머리에 붉은 회장의 노란 저고리를 입고 금박 물린 붉은 스란치마를 받쳐 입은 수앙은 어깨를 늘어뜨린 채 서서 새침하다. 신랑인 강하를 쳐다보지 않는다. 부끄러워하는 게 아니라 화가 잔뜩 나 있다. 울음을 참고 있는 것도 같다.

"수앙 씨, 어찌 뾰로통해 있어?"

대답하지 않는다. 양볼과 이마에 빨간 연지곤지 종이를 달고서 휙 돌아서며 등을 보인다.

"화났어? 뭣 때문에? 몸이 힘들어 그래?"

강하가 다가들어 얼굴을 들여다보자 수앙이 강하를 휙 밀어내며 돌아선다.

"어찌 이러는 것이야? 주럽이 들어 그러는 것이면 앉거나 누우면 되잖아. 초례 치렀다고 평생 아니하던 내외 시작할 것도 아니고. 술 한 모금에 취했어?"

갑자기 두 손으로 얼굴을 감싸더니 윽윽, 운다. 강하가 놀라 수앙을 끌어안는다. 수앙이 강하의 가슴을 손바닥으로 퍽퍽 쳐댄다.

"왜 이러는 거야, 대체. 응? 왜 이러냐고."

"어머니가, 엄마가, 아니 오셨어. 끝끝내 아니 오셨다고!"

아아! 강하는 한숨 돌리는 한편으로 탄식한다. 수앙은 이번에는 어머니를 만날 수 있으리라고 기대했던 것이다. 반야가 칠요이므로 이 자리에 올 수 없음을, 칠요라는 존재에 대해서 알지도 못하는 아이한테 엄마가 오지 못하는 이유를 어떻게 납득시킨단 말인가. 그렇지 않아도 이 달 안에 수앙이 익산의 어머니를 뵈러 가기로 예정되어 있었다. 그걸 미리 알려 줄 수 없는 이유는 극영 때문이다. 한양에 온 날부터 어머니가 어디 계시는지 물어댄 놈이라 수앙이 어머니 보러 간다고 나서면 덩달아 나댈 것이 뻔했다. 극영이 며칠 뒤 온양으로 돌아갈 것인바 그 이후 수앙에게 알려 주려 했다.

"어머니는 몸이 불편하시잖아. 어찌 오셔. 그렇지만 우리 혼례를 다 알고 계셔. 어머니가 허락하시었기 때문에 우리가 혼인한 거고."

"스승님들이 번갈아 어머니를 안고 말 타고 오시면 되잖아. 큰언니가 가서 업고 와도 됐을 거야. 엄마는 낙엽처럼 가볍잖아. 해서 옛날에 큰언니가 만날 업고 다녔잖아. 백두산도 가고 금강산도 가고 묘향산도 갔어. 선인곡인지 칠성곡인지도 갔고. 이번에는 왜 아니 모셔왔어? 내가, 우리가 혼례를 치러도 엄마를 못 만나면 대체 언제 만나! 큰언니, 솔직히 말해. 어머니가 벌써 돌아가신 게지? 활활 타는 집 속에서 돌아가셨지? 이 세상 사람이 아니신 게지? 이 세상 사람이면 못 오실 리 없어. 큰언니가 가서, 업고 올 우리 엄마가 이승에 없는 거지? 스승님들부터 큰언니까지 전부 날 속이고 있는 거지, 그렇지?"

아찔한 강하는 자신의 품에 든 채 어이없는 소리를 쏟아내는 수앙의 얼굴을 떼어내 입술을 맞댄다. 어머니가 불에 타 죽었을 거라 여기는 황당한 생각과 입을 막아야 하는 것이다. 수앙은 미타원의 불길을 무의식 속에서 기억하고 있는 게 틀림없다. 제 평생 꾸어온 꿈, 불타는 집에서 제 몸이 활활 타는 가위 눌림에 시달린 게 그 때문이었던 것이다. 강하는 꽃잎처럼 부드러운 수앙의 입술을 깨물듯 누른다. 느닷없는 사태에 수앙이 움찔하더니 가만해진다. 강하가 입술을 떼어내면서 수앙을 안아 금침 위에 누인다. 뉘인 채 안고 귀에 대고 속삭인다.

"정신 차리고 잘 들어요, 수앙 씨. 불에 타는 집 같은 건 없어. 우리 어머니, 네 엄마 별님께서는 전라도 익산 땅에 멀쩡히 계셔. 어머니 곁에 혜원 스승님, 외순 할머니, 두레 아주머니, 화산 스승님 등도 다 계시고. 거기서 소소원 같은 선원을 꾸리면서 우리 세상을 넓히고 계셔. 또, 화산 스승님하고 혜원 스승님이 혼인하시고 아들 쌍둥이를 낳으셨어. 그 아이들 이름이 진솔, 달솔이래.”

“뭐어?” 하며 수앙이 강하를 밀어낸다. 강하는 밀려나지 않고 수앙을 들여다본다. 눈이 마주치자 수앙이 속삭인다.

“스승님하고 스승님이 혼인하신 게 참말이야? 쌍둥이를 낳으셨고?”

“참말이야. 해돌, 천우님도 다 혼인하여 아들딸들을 낳고 우리 어머니와 더불어 살면서 보필하고 있어. 또 어머니가 성아라는, 누가 내버린 아이를 나루터에서 구해 우리 아우로 삼으셨대. 너는 머지않아, 어머니를 만나고 성아도 볼 수 있어.”

“참말이야?”

“그래. 그러니 쓸데없는 생각 버려. 우리 어머니가 우리 세상에서도 보통 사람이 아니라는 걸, 게다가 어머니는 거동이 불편하시기 때문에 금세 눈에 띄시잖아. 이렇게 사람 많은 곳에 어찌 오셔. 그걸 알면서 이리 억지 부리면 못 써요. 계례 올리고 혼인까지 한 마당에, 이제 정말 아이가 아니잖아.”

“그러면 큰언니, 하나만 말해 줘.”

“뭘.”

“우리 어머니가 칠성부령이셔?”

“음.”

“어떻게?”

“뭐?”

"우리 엄마는 굿도 못하는 무녀시잖아. 그런데 어떻게 우리 엄마가 칠성부령이셔? 그리고 엄마 곁에는 어째서 화산이나 해돌, 천우, 그리고 큰언니 등의 다른 부 무절들이 계셨어?"

강하는 한숨이 터져 수앙으로부터 몸을 떼어 일어난다. 수앙이 덩달아 일어나 다시 품으로 들어온다. 아이처럼 엉겨 붙는다.

"이보세요, 수앙 씨?"

"응?"

"지금 우리 대화, 입밖에 내지 않아야 하는 건 알지?"

"물론. 절대침묵!"

수앙이 별님의 딸이라 해도 해와 달, 화성, 수성, 목성, 금성, 토성을 통칭하는 칠요라는 명칭에 대해서는 말해 줄 수 없다.

"잘 들어. 별님께서는 굿을 못하시는 게 아니라 아니하시는 거야. 어머니는 사실, 신기가 아주 몹시 높은 무녀이셔. 신기가 그리 높은 무녀는 그걸 함부로 쓰시면 아니 되고, 남 앞에 비쳐서도 아니 되기 때문에 어머니는 굿을 아니하시는 거야."

"그렇대?"

"그렇대. 네가 짐작한 대로 작금 칠성부령은 우리 어머니신데, 그 자리는 아주 오랜 옛날부터, 신기 탁월한 무녀가 되는 거래. 하여 칠성부령은 칠성부뿐만이 아니라 우리 세상 전반의 운세를 다 보셔야 한대. 우리 세상 사람들이 다 칠성부를 중심으로 움직이는 셈인데, 어머니가 그 한 중심에 계시는 거고. 다른 부 무절들이 어머니를 호위하는 이유야. 어머니가 우리를, 너희들을 떼어 내서 키우실 수밖에 없는 까닭, 여기 오실 수 없는 이유도 그 때문이셔. 어머니는 존재 자체가 비밀이어야 하기 때문이야. 알아들었어?"

"응."

"내가 이런 말을 하는 것도 우리 세상의 금기를 크게 어기는 것임을 알지?"

"응."

"그러니까 우리 어머니가 그와 같은 존재라는 사실을 입에 담으면 안 돼. 온갖 것을 넣고 사는 네 이 작은 머리통 속에도 담아 두지 말고. 알겠지?"

강하가 손가락 끝으로 수앙의 이마를 톡톡 두드리며 다짐 받았다.

"응."

"어머니가 어찌 우리 혼례식에 오시지 못하였는지, 이제 납득했지?"

"응."

"이제 안 울 거지?"

"응."

"허면 나는 동상례에 나가 볼 테니 너는 방안에서 쉬어. 혼례날 신부는 방안에서 얌전히 있는 법이라니 심심해도 나오지 말고, 좀 자. 내 이따 들어와 자장자장 해줄게."

신부의 법도보다 지켜보는 눈들이 있을 것이라 밖으로 못 나오게 하는 것이다. 혼례식 내내 수앙이 얼굴에서 혼례포를 내리지 못한 것도 그 때문이다. 영혜당을 비롯한 어른들의 결정이었다.

"큰언니, 아니 나가면 안 돼?"

"밖에서 신랑이 언제 나오나, 하고 다들 세고 계실 텐데, 아니 나가고 우리가 이 안에서 뭐해? 또, 배고프지 않아?"

"아참, 나, 배고프구나. 큰언니도 배고프고. 우리 우선 과자 좀 먹

자. 그리고 조금만 더 있다가 나가. 나 심심하잖아."

스스럼없이 품에 안겨 종알대는 아이가 언제 여인으로, 지어미로 자랄까. 영혜당과 방산에 따르면 수앙은 아직 달거리를 시작하지 않았다고 했다. 두 분이 따로 같은 말씀을 하셨다. 혼례는 치르되 달거리를 할 때까지는 아이 몸에 손대지 말라. 그러면서 덧붙였다. 몇 달만 참으면 될 게다. 귀애하며 어여삐 쓰다듬을수록 그 시간이 짧아질 것이다. 어여삐 쓰다듬되 손대지는 말라는 게 어불성설이란 걸 두 분은 모르시는 듯했다. 강하는 한숨을 삼키며 수앙의 얼굴에 붙어 있는 연지곤지 종이들을 떼어 낸다. 스물네 살 사내의 도도한 혈기를 알 리 없는 어린 안해의 눈동자는 한바탕 울고 났음에도 초롱초롱하기만 하다.

작금 사령 보위부는 보위대장 홍남수 아래로 네 개 조로 이루어졌다. 조마다 여섯 명으로 이루어졌는바 각조의 막내 넷은 사령을 따라 연경에 갔다. 그 위 넷은 사령의 명으로 허원정 외무 집사 박은봉을 따라다녔다. 박은봉이 하는 일이 허원정에서 팔도 처처에 깔아놓은 돈의 원금을 회수하거나 이자를 받는 일이었다. 나머지 열여섯 명은 허원정에 머물면서 사령의 명을 수행했다. 박두석이 조장인 제 일조는 의금부의 종사품 경력經歷 최갑을 파고 있었다. 황동보의 제 이조는 세자익위사의 우사어 설희평과 좌부솔 김강하를 맡았다. 나경언의 제 삼조는 정사품 충청어사 조엄을 살폈고 원양중의 제 사조는 시강원의 필선 이무영과 포도청 종오품 종사관 백일만을 살폈다. 세자의 측근들은 작년 봄 그림자도둑을 붙잡은 공로로 승차한 사람들이었다.

　보위부 네 조장은 열흘에 한 번 모여 각조가 알아낸 내용들을 주고받으면서 비교하고 분석했다. 세자 측근 여섯 명은 네 관청에 속해 있으며 벼슬 품계는 정칠품에서 정사품까지 분포했다. 중인 출신인 김강하를 제외하면 모두 반족가문 태생이고 문반이 둘이며 네 사람은 무반이다. 그들은 모두 분명한 집안의 출신들이고 과거시험을 통하여 당당히 입직하였으며 거느린 첩실들도 없다. 그뿐이었다. 오늘 밤 장가드는 김강하는 물론 다섯 사람 모두 기생집조차 찾아다닐 줄 몰랐다. 작년 사월부터 올 정월까지 그들을 따라다니며 살핀 결과 그들을 왜 살피는지 알 수 없다는 자괴감만 남았다.

　의외의 일이 없지는 않았다. 충청어사 조엄이 봉황부령 홍낙춘과 두 번 회동했는데 홍낙춘이 만단사 봉황부령인 까닭에 그의 시위들과 부딪힌 나경언 조와 신경전을 벌였다. 봉황부령 시위로 있는 작은아들 홍남준과 그 수하들이 홍낙춘이 탐찰되는 걸로 오해하고 날카롭게 굴었던 것이다. 부령들이 사령을 살피고 사령이 부령들을 살피는 걸 피차 아는 마당에 새삼스러운 일이었다. 조엄보다 봉황부령 홍낙춘을 더 눈여겨봐야 할 것 같은데 삼조장 나경언은 대수로이 여기는 것 같지 않았다.

　현재 보위부 네 조가 살피던 자들이 모조리 은교리 댁에 모여 있었다. 은교리 댁 이웃집의 초가지붕 위에 누운 채 잔치집의 은성한 불빛을 내려다보던 한부루가 돌아누우며 뇌까렸다.

　"달도 조오타. 장가가는 사람은 좋겠네!"

　한부루는 송도 거북부 일귀사자―龜嗣者 한우식의 서자들 중 하나다. 인삼을 생산하는 한우식에게는 적자, 적녀가 다섯이고 서자, 서녀가 여덟이나 된다고 했다. 송도에 갈 때마다 아버지의 자식이 불어나 있다고 웃는 부루는 부친에 대해 적의도 호의도 가지고 있지 않았다. 부친의 적장자인 한태루가 서제들을 사노 취급하는 것 같은데 그런 푸념도 없었다. 형인 황동재에 따르면 부루의 부친인 한우식 일귀가 차기 거북부령이 되기 위해 사령과 더불어 공작을 꾸미는 것 같다고 했다. 동재는 동보에게 가능한 한 한부루를 통해 한우식의 동태를 감지하라고 했다. 불가능했다. 제 부친에 대해 호오好惡가 없는 부루지만 부친의 동태에 대해 함부로 지껄이는 아들이 아니기 때문이다.

"황장은 장가 안 드오?"

부루의 질문에 동보는 돌아누워 밤하늘을 올려다본다. 대보름달이 둥실 떠올랐다. 강경상각에서 내려다보이는 금강에도 달이 떴을 것이다. 동보가 최근에 집에 간 게 지난 구월 하순, 부친과 형이 한양에 다녀간 뒤였다. 집에서 나흘을 머물고 상림으로 넘어갔다. 그 나흘 사이 강경 집에서 이틀, 임림재에서 이틀 묵었다. 계모 연화당과는 세 번째 만남이었다. 아버지가 푹 빠져 있는 연화당은 현실의 여인 같지 않았다. 고운 것이 그렇거니와 그가 풍기는 기운이 현실에서 유리되어 있는 듯 아스라했다. 젊은 계모로서의 연화당은 나이 든 아들들을 어려워하지 않았다.

"아드님, 지난번보다 야윈 걸 보니 먼 길 다니며 일하느라 노고가 크신가 보네. 모처럼 집에 왔으니 잠시라도 편했으면 좋겠구먼."

그의 말투가 담담하면서도 따스했다. 연화당의 권속들도 대개 그러했다. 연화당은 무녀라는데 무녀의 권속들이 집안에다 학당을 열고 스무 명이 넘는 인근 마을 아이들을 가르치고 밥을 먹이고 있었다. 임림재 외원의 전각 한 채가 통방으로 만들어져 탁상들과 의자들이 놓이고 집안 아이들과 마을 아이들이 함께 모여 공부했다. 그 광경은 낯설고도 신기했다. 연화당의 권속들도 하나같이 기이했다. 그들에게는 남녀가 유별하다는 의식 같은 게 없었다. 더불어 일하고, 공부하고, 자신들의 공부를 누군가한테 가르쳤다. 그런 이들이 함께 모여 있다가 부친 곁으로 와 있는 게 이상했다. 이상할지라도 싫을 건 없었다. 늘그막에 몇 해나 척신으로 지내던 부친이 연화당과 함께하면서 환해지고 젊어지는데 따질 게 없지 않은가.

"황장, 우리도 건너가서 한 상 얻어먹으리까?"

"재주 있으면 그리하던지."

"오늘은 그만 철수하자는 거 아니오. 신랑신부가 방에 들어갔고 우리가 뻔히 아는 하객들은 모두 먹고 노느라 바쁘고. 저 안에 끼어들지 못하는 한 더 얻을 게 없잖아요."

오늘뿐만 아니라 지난 열 달 가까이 한 일이 그랬다. 세자와 그 측근들을 살피라는 명령을 받았을 뿐 명분과 목적이 명확하지 않으므로 얻을 것이 없었다. 세자를 살피라는 건 그 측근들을 살피라는 말과 같을진대 그들을 살펴서 어쩌라는 것인가. 장차 왕이 될 세자와 그 측근들. 그들이 사신계이므로 그들에 이어져 있을 사신계의 중심부를 파악하라는 사령의 명령을 동보는 납득하지 못했다. 사신계 자체가 막연하거니와 그들이 이따금 명화당이라는 도적으로 변하여 출몰하므로 만단사의 적이라니. 근거가 없지 않은가. 세자의 측근들은 반듯한 벼슬아치들이었다. 그들은 세자가 왕위에 올라도 측근으로 살아가게 될 것이고 벼슬이 자꾸 높아질 것이며 그 힘으로 자신들의 왕을 도와 나라를 이끌어갈 것이다. 그들이 사신계일 까닭이 무엇이며 설령 사신계인들 또 어떻단 말인가.

　보위대장 홍남수는 서자이긴 하나 봉황부령의 큰아들로서 보위대에 임했다. 봉황부령은 적자 아들을 둘이나 잃고 지금 유일한 적자가 갓 열 살이다. 그러므로 홍남수는 무과를 치러 나라의 품계를 갖기는 어려울지라도 언제든 어느 자리로든 들어갈 수 있었다. 그가 지금까지 사령보위로서만 살고 있는 까닭은 황동보와 같았다. 전임대장 정효맹이 사라진 이후로는 홍남수가 달라졌다. 그는 정효맹처럼 사령의 손발이 되어 사령과 함께, 혹은 홀로도 전국을 다니며 사람들과 접촉했다. 그럴 것이라 짐작할 뿐 보위대원들은 홍남수가 홀로 하는 일의 내용을 거의 알지 못했다. 어쨌든 그는 나름대로 앞날을 만들어가는 중이었다. 홍남수처럼 이화헌 사람들 거개가 언젠가는 자신들이 원하는 삶을 살게 될 것이라 여겼다. 더구나 사령이 다시 조정으로 들어가면서 도성에서 상주하게 되었으므로 기대에 부풀어 있었다. 무술 수련은 물론 글공부도 더 하려 애썼다. 『육도』며 『삼략』, 『손자병법』, 『소학』 등 무관들이 읽어야 하는 것으로 알려진 책들을 읽으려 했다.

　그렇지만 동보가 느끼기에 동료들은 책 읽는 시늉만 하는 것 같았다. 이화헌 서실에 놓인 책들 중 손때가 많이 묻은 건 그림이 많은 무술 책자나 야릇한 내용의 이야기책들뿐이다. 특히 『만령전』처럼 아름다운 여인이 등장하는 이야기책들은 겉장이 너덜너덜할 정도다. 동보가 보기에 『만령전』은 요사스런 색정을 다룬 책이 아니라 아름다운 여인과 만날 수 있는 남정은 그 스스로 아름다워야 한다는 일종의 교훈서였다. 남녀지간뿐만 아니라 사람이 누군가를 좋아하고 소통을 이루는 과정은 상대의 아름다움을 발견하는 일이라는 것을 말하고 있는 듯한데 동료들이 『만령전』에서 읽는 건 색정 장면뿐인 성싶었다. 대장을 아우른 스물다섯 명의 보위 중 천자문을 뗀 사람이 반도 되지 않았다. 낯글자들을 얼추 읽어도 문장을 임의롭게 해독할 수 있는 사람은 너덧 명이나 될까. 서가에 책자를 잔뜩 쌓아둔 사령은 무술 수련은 물론 글공부도 쉬지 말라고, 해놓으면 다 쓸일이 있으리라고 이따금 당부하지만 그뿐 보위들의 글공부에 관심이 깊지는 않았다.

사령은 보위들을 방치하는 것이고 사령의 무관심 속에서 보위들은 젊은 몸을 주체하지 못해 놀잇거리를 찾아 나부댄다. 밤마다 운종가 뒷골목을 찾아다니며 술 마시고 계집질하기 일반이다. 그러자니 돈이 드는데 다달이 이화헌 청지기로부터 받는 돈으로는 어림도 없다. 대장 홍남수가 석 냥을 받고 동보를 위시한 네 명의 조장들이 두 냥씩을 받는다. 나머지는 전부 한 냥씩이다. 한 냥이라는 돈이 보원약방 보통 일꾼의 한 달 일삯에 해당하는 큰돈일지라도 색주가의 낡은 계집 두어 번 품으면 끝인 작은 돈이기도 하다. 그래서 보위들의 태반이 몸을 단련한다는 핑계로 권전 시합에 나가 주먹질로 돈을 번다. 이기지 못하고 얻어맞기만 해도 푼돈은 만지거니와 어쩌다 우승이라도 하는 날에는 제법 큰돈을 벌 수 있으므로 그 자체가 노름이자 재미였다. 도성 안에는 그와 같은 자들이 얼마나 많은지 문밖 칠패거리나 나루거리마다 있는 권전 시합장마다 왈패들이 넘친다. 왈짜패들의 주먹질을 구경하며 노름판으로 삼는 사람은 훨씬 더 많다. 결국 사령 보위들은 모두 왈짜패에 지나지 않는 것이다.

전임 보위대장 정효맹이 홀로 도적질을 시작한 까닭이 무엇이랴. 그에게 미래가 보이지 않았던 것이다. 요즘 동보가 그랬다. 사령 보위부에서 보내는 세월에는 현재도 미래도 없었다. 사령이 이 달 말쯤에는 연경에서 돌아올 테고 보위들이 할 일은 많아지겠지만 원래 목적과 명분이 없는데 달라질 게 무엇이랴. 갑갑하다고 보위부에서 물러날 수도 없다. 고래로 보위부의 네 조가 각 부령들과 사령을 잇는 중간 다리이자 볼모였다. 때문에 사령이 인정할 만한 대리자가 있어야만 동보가 물러날 수 있는데 강경상각에는 그럴 만한 사람이 없다. 부친과 더불어 상단을 이끌고 있는 형을 오라 할 것인가. 이제 열아홉 살이 된 동구를 데려다 놓을 것인가. 열아홉 살이 적은 나이는 아니어도 동구는 막내였다. 내가 하기 싫은 일을 막내한테 시킬 수 있는 형이 어디 있으랴.

"그만 내려가지."

동보는 부루의 어깨를 치고는 지붕에서 뒤 담장 밖으로 뛰어내린다. 부루가 따라 내려왔다. 장통교 어름의 주막으로 들어서다 부르르 진저리를 친다. 정월 대보름 밤에 한데서 한 시진가량이나 있었다. 몸이 얼었다. 국밥 두 그릇을 주문하니 주인장 노인네가 금세 가져다 차려준다. 부루가 노인네한테 말을 붙였다.

"다리 건너 어떤 집에는 잔치가 크게 벌어졌던데요?"

"은교리 댁?"

"교리라면 높은 벼슬아치 아니에요?"

"교리 지내시던 분은 경오년에 돌림병으로 돌아가시었지. 지금은 은봉사 댁이라고 해야겠으나 원래 부르던 대로 그냥 부르지. 은봉사 나리 누이가 시집을 간다더구먼."

"누군지 몰라도 저리 크게 잔치하며 장가들 수 있는 신랑이 부럽네요."

"장가를 못 가신 모양이구면. 그렇지만 속내를 알고 보면 크게 부러워할 것도 없어."

"왜요?"

"교리까지 지낸 사대부 가문에서 따님을 장사치 집안으로 보내는데 무슨 경사겠어?"

"반가 규수가 장사치 집안으로 시집간대요?"

"그렇다더구면. 그 내막이 더 기가 막혀. 그 딸이 지난 경오년 환란 때 교리 나리하고 함께 병에 걸렸지 않은가. 교리 나리는 돌아가고 아기씨는 간신히 목숨을 보전했는데, 내내 집 밖 출입도 못할 지경으로 골골했던 모양이라. 당시 죽어나간 사람이 워낙 많아서 근동에서는 그 아기씨도 죽은 줄 알았는데, 살아 있었던 모양이데. 허나 장사치 집안으로 보내기로 할 정도면 지금도 온전하다고 보기 어렵지 않겠어?"

"그래도 보낼 만하니 보내는 것이겠죠. 그나저나 신부가 아리따워요?"

"반가 규수가 어찌 자랐는지 내가 어찌 알아? 곰보 째보는 아니었던 게 분명해. 어릴 때는 제법 귀염성 있었거든."

"신부가 몇 살이나 됐는데요?"

"한 스무 살 되었는가, 덜 되셨는가."

제 부친에 대한 마음이 어떻든 부루는 동보보다는 임무에 충실하다. 사령에게 인정받으면 앞날이 열릴 거라 믿는 축이다. 송도로 돌아가 봐야 부친 장사의 한 귀퉁이를 거들며 서자 중의 하나로 사노처럼 살 바에는 도성에서, 사령 주변에서 세월을 보내는 게 낫다 여기는 것 같았다. 아무 마련이 없으므로 아무 생각도 하지 않고 그저 주어진 대로 살아가는 것 같기도 했다.

　그나저나 사령께서 돌아오시면 뭘 보고해야 할까. 뜨거운 국밥을 먹으면서 동보는 한숨을 삼킨다. 세자의 측근들이 모두 은교리 집에 들어가 있으므로 다른 조의 사람들도 다 근방에 있을 터이다. 이화헌으로 돌아가 그에 대한 대책이나 세우자고 해야 할까. 술이나 마시자고 할까. 아니면 사령이 귀환하기 전에 강경에나 다녀올까. 남수 대장이 그쯤은 허락할 것이다. 집이 가까운 홍남수는 도성 안에 있을 때는 밤마다 집으로 들어가고 아침이면 이화헌으로 왔다. 그 덕에 그는 어느새 자식이 셋이나 된다. 셋 다 딸이라 말할 때 홍남수의 어조에 딸들이 아들이 아닌 것에 대한 서운함은 없는 것 같았다. 앞으로 얼마든지 아들을 낳을 수 있을 것이란 자신감이 아니라 딸들이 귀여워 어쩔 줄 모르는 아비 얼굴이었다. 전임 대장 정효맹이 죽어 달라진 유일한 사람이 홍남수였다.

　무슬은 한양에 오기 위해 장의원한테 백두산 행을 핑계댔다. 장의원은, 김경이 죽은 것으로 되어 평양을 떠난 뒤 무슬이 낮에는 멍청해지고 밤이면 미치광이가 되어 강을 건너다니는 것을 알았다. 왜 그러는지 알므로 허락하기 위해 다짐을 받았다.

　"백두산에 갔다 와서는 마음잡고 착실히 수련에 임하겠느냐? 한 달 안에는 반드시 돌아오겠느냐는 말이다."

　행선지가 백두산이 아니라 한양이되 무슬은 돌아와서는 마음잡고 착실하게 살 참이었으므로 그리하겠노라 단단히 약조했다. 스스로와 한 약조이기도 했다. 장의원이 무슬에게 끼니 거르지 말고, 노숙하지 말라고 한 되 분량의 미숫가루와 반 되 분량의 누룽지 가루, 한 홉의 소금과 놋쇠 그릇과 수저를 봇짐에 넣어주고 삼백 전의 노자를 내주었다. 하루 십 전씩 딱 한 달치를 계량해 준 까닭은 한 달 안에 돌아오라는 뜻이었다. 작은형 무항이 부친 몰래 이백 전을 더 주었고, 어머니가 백 전을 더 쥐어 주며 주전부리를 사 먹으라 속삭였다.

도방 어른과 영혜당 마님, 중하 행수가 강하 서방님의 혼례를 보기 위해 한양으로 떠났는바 그건 곧 수앙의 혼례일 터였다. 무슬은 도성으로 들어와 시전거리에서 평양 비단점포를 찾던 중에 점포에서 나오던 젊은 남정을 보았다. 예전에 강하 서방님을 따라 평양에 왔던 다루였다. 다루가 깔끔하게 차려입은 품새를 보자니 잔칫집에 가는 것 같았다. 그를 따랐더니 집 앞에 넓은 시내를 둔 장통방 은교리 댁이었다. 전안례 행렬은 벌써 도착하여 집 안으로 들어간 뒤였다. 집 안에서 벌어지는 혼례는 보지 못했다. 은교리 댁으로 들어갈 수 없었거니와 집 주위 어둠 속에 숨어 혼례를 지켜보는 이들이 꽤나 여럿인 탓에 가까이 갈 수도 없었다. 혼례가 끝나고 인경 종이 울리기 전에 하객들이 떠나고 은교리 댁은 달빛 속에서 잠이 들었다. 무슬도 운종가 뒷골목의 주막으로 들어가 여러 사람 틈에 끼어 잠을 잤다.

꽃님 김경을 못 보았으되 그 혼례는 지켜본 셈이므로 한양을 떠나야 하는데, 그리 못했다. 어떻게든 얼굴이라도 보고 싶었다. 그가 죽은 것으로 하고 떠난 평양에 다시 올 리는 없다. 언제 볼 수 있을지 모르지 않은가. 먼빛으로라도 보기 위해 마냥 서성여도 수앙은 은교리 댁에서 나오지 않았다. 친영을 하지 않고 은교리 댁에서 머무는 듯했고 김강하도 그 집에서 출입했다. 이틀을 지켜보고도 장통방 언저리를 떠나지 못한 건 강하 서방님을 따라다니는 자들 때문이었다. 대체 저들이 왜 강하 서방님을 따라다니며, 강하 서방님은 자신을 미행하는 자들을 어찌 모른단 말인가. 김강하가 미행을 알면서도 내버려두고 있다는 사실을 알게 되기까지 다시 이틀이 걸렸다. 미행들은 김강하가 은교리 댁에서 나오면 어디선가 나타나 뒤를 따랐고 김강하가 집으로 들어가는 걸 확인하고는 사라졌다. 미행이 아니라 호위들 같았다.

수앙의 혼인날로부터 엿새가 된 새벽, 파루 소리에 잠이 깬 무슬은 주막을 나선다. 오늘이야말로 떠나려니 하면서 다시 은교리 댁 대문 옆집의 아래채 초가지붕 위로 올라앉는다. 홀로 작별의식을 치르기 위함이다. 은교리 댁을 살피는 자들은 아직 나타나지 않고 눈발은 실실 날린다.

'아프지 말고 잘 지내, 꽃님 김경. 십 년 뒤쯤 의원이 되어서 찾아올게. 그때는 얼굴이라도 보여 줘.'

속으로 인사를 마치고도 미련이 남아 뭉그적이는데 은교리 댁의 대문이 열린다. 가마가 나온다. 무슬은 지붕에서 내려와 담장 그늘 속으로 몸을 숨긴다. 장옷을 쓴 여인들이 앞뒤에서 수행하는 가마가 배웅도 없이 곧장 출발하더니 숭례문을 나가 동작나루에 멈춘다. 강을 건너려는 것이었다. 가마는 큰 나룻배에 실린 채 강을 건넜고 무슬은 다른 배를 타고 건너 나루에 닿았다.

강을 건넌 가마는 다시 길을 재촉해 과천의 한 객점 앞에서 멈춘다. 비로소 수앙이 가마에서 나온다. 여섯 달 보름 만에 보는 수앙은 새침한 얼굴로 객점 안으로 들어간다. 한참 만에 나오는데 도령 복색이다. 그 곁에, 무사 복색이 둘인데 가마의 앞뒤에서 수행하던 여인들이다. 원행을 나서는 게 분명한데 여인 셋이라니! 무슬이 불안한 눈으로 건너다보는 사이 세 여인이 각기 말에 올라 객점을 나선다. 무사 복색들이 사뭇 기민하고 다부져 보이지만 여인은 여인이다. 무슬이 아는 한 여인은, 설령 무술을 익혔다고 해도 어지간한 남정을 당하지 못한다. 으슥한 고갯길에 흔히 출몰하는 떼도적이라도 만난다면 두 여인이 어찌 감당하랴. 여인 셋이 말을 타고 움직일 제 말 자체가 큰 재산이라 표적이 될 게 뻔하지 않은가. 도저히 안심할 수 없어 무슬은 세 사람을 뒤따라 뛴다. 말이 뛰기 시작하면 결국 놓치고 말 터이지만 놓칠 때까지만 뒤를 따를 작정이다.

　수앙은 유릉원에 살 때 비로를 잘 다루지 못했다. 비로가 수앙을 보호했다고 해야 맞을 것이다. 수앙은 여전히 말을 잘 다루지 못했다. 오르막이든 내리막이든 경사진 곳에서는 걷는 것보다 느리게 움직였고 말에서 내려 걷기 일쑤였다. 평지에서 말을 탈 때도 무슬이 뒤따를 만하게 뛰었다. 청호역 지나 진위에 이르렀을 때 날이 저물었고 수앙 일행은 객점으로 들어갔다. 그들의 방에 불이 꺼진 뒤 무슬도 객점으로 들어가 여럿이 자는 방으로 끼어들어 갔다. 새벽에 수앙보다 앞서 방을 나오니 눈이 하얗게 쌓여 있었다.

　그렇게 성환역을 지나고 천안을 지나고 차령을 넘고 공주를 거쳐서 노성과 은진에 이르렀다. 과천에서 은진까지, 어지간히 말을 타는 사람이라면 이틀이면 될 길인데 수앙은 꼬박 나흘이 걸렸다. 동작나루에서 전라도 최남단 해남까지, 해남에서 제주 섬까지 이어진 역로는 빤하다고 했다. 무슬이 밤에 주막방에서 함께 자는 사람들에게 주워들은 바가 그랬다. 수앙 일행이 전라도 땅에 들어섰는데, 대체 어디까지 가려는 것인지 무슬은 궁금했다. 밤마다 수앙 일행이 잠자리에 든 이후 그 객점 언저리를 서성이며 이상이 없는지 살필 때마다 수앙을 불러내 대체 어디를 향해 가는 거냐고 묻고 싶었다.

설마 바다 건너 제주도까지 가려는 것이야?

물을 수 없으므로 무슬은 돌아서 밤을 나기 위해 주막을 찾아든다. 수앙 일행은 이르는 곳마다에서 객점으로 들어가고 무슬은 수앙과 같은 객점에 들거나 이웃에 다른 주막이 있으면 그곳으로 드는식이다.

무슬이 평양을 떠나온 지는 열나흘이 지났고 수앙을 따른 지는 닷새째다. 수앙이 은진 역참 근방의 객점으로 들어갔다. 이웃에 주막이 있어 무슬도 방을 얻고, 저녁을 청해 놓고 씻는다. 여러 사람이 쓰는 방인데 오늘은 아직 다른 손님이 들지 않았다. 독방인 듯 너른 방에서 무슬은 홀로 저녁을 먹는다. 하루 두 끼니는 돈도 돈이려니와 사 먹고 있을 시간도 없어서 미숫가루나 누룽지 가루를 찬물에 풀어 소금 몇 알과 먹지만 저녁은 주막에서 사 먹었다. 수앙이 느리게 움직인다 해도 말을 탔고, 느리게 움직여도 말은 말인지라 종일 뛰어야 하는 형국이었다. 기운을 보충하자면 저녁 한 끼라도 제대로 먹어야 했다.

수앙이 정말 제주도로 건너간다면 무슬은 해남에서 돌아서야 할 터다. 그게 걱정이다. 수앙은 청류벽진에서 능라도로 건너가는 그 짧은 시간에 너울이 조금만 세도 멀미하느라 얼굴이 하얘지곤 했다. 말을 잘 타지 못하는 까닭도 까딱하면 멀미를 하는 탓이다. 그 주제에 바다를 어찌 건너간단 말인가. 대체 뭘 하러 이 먼 길을 가는 거야? 수앙에게 건너가 물을 수 없으므로 잠이나 자야 했다. 한두 시진 눈을 붙이고 일어나 수앙이 든 객점을 살피는 게 며칠 동안의 버룻이다. 막 등잔불을 끄려는 찰나 방 밖에서 인기척이 난다.

"거 젊은이, 자네 손님이 오신 것 같은데?"

무슬이 문을 열자 주막주인 옆에 한 노인이 있다. 노인이 대뜸 묻는다.

"네 이름이 뭐냐?"

놀란 무슬이 자신의 이름을 대는데 심장이 마구 뛴다.

"그래, 장무슬이. 우리 아곱 도련님이 너를 데려오라 하시는구나. 잠깐 나오너라."

아곱 할배는 돌아가셨다고 했으므로 작금의 하늘 아래 스스로를 아곱이라 칭할 사람은 꽃님 김경, 수앙뿐이다. 그러니까 수앙은 어디에선가부터 미행을 눈치챈 것이다. 무슬은 꼼짝없이 노인을 따라 수앙이 있는 객점으로 들어섰다. 은진고을에서는 가장 번듯할 객점 안은 아직 불이 환하다. 노인이 객점 마당을 지나 뒤채로 들어서더니 무슬에게 불빛이 환한 방을 가리키며 들어가라 했다. 수앙을 호위해 온 여인 무사 둘이 문 밖에 서 있다가 방문을 열어 준다.

방안 윗목에 도령 복색으로 한바탕 운 듯이 눈이 발개진 수앙이 무릎을 꿇고 있다. 아랫목에 남색 도포를 입고 전립을 쓴 채 좌정한 사나이가 있다. 유릉원의 문산 무진과 비슷한 나이일 것 같다. 길에서 흔히 지나칠 법한 흔한 인상이거니와 아무 기세를 풍기지 않는 사람이다. 무슬은 그가 최고수 무사인 걸 느끼고는 부르르 몸을 떤다. 그가 말했다.

"나는 수앙의 스승인 화산이다. 장무슬, 게 앉거라."

무슬은 수앙처럼 무릎을 꿇고 앉는다. 그가 묻는다.

"장무슬, 네가 여기 와 있는 것을 네 부친이신 장의원께서 아시냐?"

"모, 모르시옵니다."

"네 스승들이신 수운스님이나 문산 대행수께서는 아시고?"

문산이 무슬의 무진이며 스승인 것이나 영명사의 수운스님이 무슬의 스승인 것은 수앙도 모르는 사실인데 평양에서 천오백 리나 멀리 있는 수앙의 스승께서는 안다. 무슬이 지난 동짓달에 현무부 사품 계원이 된 것도 알고 있는 것이다. 계원은 일상을 벗어난 일을 할 때는 먼저 주변 어른의 허락을 구해야 하고, 소속 선원 무진의 허락도 받아야 한다. 무슬의 가슴이 두려움으로 떨린다.

"모르시옵니다."

"허면 장의원 댁을 버리고 나왔다는 게냐? 가출을 한 게야?"

"아, 아니옵니다. 아버님께, 백두산 다녀오겠다고 허락을 구하고 한 달 말미로 한양에 왔다가 수앙을 따라왔나이다."

"발칙한 놈 같으니라고. 예가 백두산이냐?"

무슬은 입이 몇 개라도 할 말이 없으므로 고개만 숙인다.

"네가 네 어른들께 한 거짓말은, 한 달 안에 네 집으로 돌아가서 벌을 받으면 될 터, 그에 관해서는 내 더 이상 말하지 않겠다. 하지만 네가 뒤따름으로 인해 수앙으로 하여금 우리 세상의 기율을 범하게 만들었으므로 이제 그 벌을 수앙이 받아야 한다."

"수앙은 잘못한 게 전혀 없나이다. 소제가 몰래, 일방적으로 지켜보다가, 여인 셋만 나서기에 걱정이 되어 따른 것이옵니다. 소제를 벌하시고 수앙을 용서하소서."

"그 여인 셋 중에 둘 각자가, 네 놈의 숨통쯤은 단숨에 끊어 놓고도 남을 사람들이다. 이놈아. 고작 그 정도 안목으로 누굴 걱정하여 따라나서?"

세상은 무한히 넓고 다양하며 고수들은 무수히 많다. 무슬은 사신계에 든 뒤에 나날이 깨쳐가고 있었다. 그들이 얼마나 신중하며 고요히 움직이며 사는지도. 할 말이 없으므로 고개만 숙인다.

"수앙은 동작나루에서, 가마의 창으로 너를 봤다 한다. 그 사실을 호위들에게 말하지 않았거니와, 호위들이 뒤따르는 자가 있다고 하자 도리어 제 아는 자라고 내버려두라 했다. 때문에 호위들도 너를 내버려뒀다고 한다. 오늘 밤 내가 여기 마중오지 않았으면 수앙은 너를 달고 제가 닿으려는 곳까지 갔겠지. 그러므로 수앙은 아주 크게 잘못했다. 저를 호위한 사람들에게도 저를 잘못 모신 잘못을 범하게 했지. 이 정도면 수앙이 일 년 동안 묵언수행의 벌을 받아야 할 만큼 큰 잘못이다. 그 사실을 인정했고. 그러므로 너도 벌을 받아야 한다. 내가 너를 이 동리에다 버리고 수앙을 데리고 그냥 떠났을 것이로되 너에 대한 징치를 해야겠기에 데려온 것이다. 수앙, 일어나서 종아리를 걷어라. 밖에, 자인! 회초리 들여 주게."

수앙이 일어나 댓님을 풀고 바지를 걷어 종아리를 내놓는 사이에 자인이라 불린 무사 복색이 댓가지로 만든 회초리를 들여다 놓고 나간다. 무슬은 서둘러 행전 벗고 댓님 풀어 종아리를 걷고 화산과 수앙 사이로 들어선다.

"수앙 대신 소제가 맞겠나이다. 부디 소제를 쳐 주십시오, 스승님."

"수앙은 회초리 맞는 게 벌이고, 너는 수앙이 맞는 걸 지켜보는 게 벌이다. 물러나거라."

"저를, 제가 열 배로 맞겠나이다. 부디 그리하게 해주십시오."

수앙이 무슬의 소맷자락을 잡아당기며 말한다.

"내가 경솔했어. 그대가 어디쯤에서 돌아가려니 여긴 게 잘못이야. 내가 철이 덜 들어 그래. 물러나, 장무슬. 지금 벌을 받지 않으면 나는 어머니를 만나러 못 가. 이대로 한양으로 돌아가 절에 가서 일년간 묵언수행의 벌을 받아야 해."

아아, 수앙은 어머니를 만나러 오는 길이었다. 몸내가 참말 좋으시다는 그 어머니가 전라도 땅으로 이거해 계셨던 것이다. 무슬을 밀어낸 수앙이 화산 앞에 종아리를 내놓고 돌아선다. 무슬과 눈이 마주치자 싱긋 웃는다. 웃다가 종아리에서 회초리 소리가 나자 아랫입술을 깨물며 눈을 감는다. 회초리 석 대 만에 손등을 깨물며 운다. 울면서 몸을 가누고 두 대를 더 맞고 주저앉는다. 응응 울면서 다시 몸을 가누고 일어난다.

징벌이 맞다. 내게 어여쁜 사람이 매맞는 걸 바라보는 건 혹독한 징벌이다. 무슬의 심장이 회초리를 맞는 것처럼 아프다. 괜한 짓으로 수앙을 맞게 하는 자책으로 온몸이 저리고 대신 맞고 싶어 온몸이 떨린다. 열 대를 다 맞은 수앙이 무너졌다. 소리 내어 울지 않으려 손등을 문 채 기를 쓴다. 종아리에서 피가 줄줄 흐른다. 화산이 밖에 대고 말했다.

"능연, 자인! 들어와서 아이 데리고 나가시오."

능연과 자인이 들어온다. 자인이 수앙을 들쳐업고 능연일 여인이 수앙의 버선이며 댓님, 복건 등을 챙겼다.

"이경 즈음에 길을 나설 것이니 아이 추슬러 준비하세요."

두 여인이 읍하고는 수앙을 데리고 나갔다. 옆방으로 들어가는 기척이 들린다. 무슬은 눈물을 닦고 선 채로 그냥 있다. 낙엽이 땅에 내려앉는 시간만큼의 정적이 생기는 성싶더니 화산이 말했다.

"너도 기어이 종아리를 맞아야만 맘이 편해지겠느냐?"

"예, 스승님."

"허면 종아리를 대라."

무슬이 종아리를 대자 곧바로 회초리가 들어온다. 회초리가 종아리를 열 번 치는 동안 맞는 사람도 치는 사람도 소리를 내지 않는다. 따악, 따악. 그저 회초리가 종아리에 감기는 소리뿐이다. 회초리질을 끝낸 화산이 앉은걸음으로 무슬에게 다가들더니 종아리를 매만졌다. 붉어지기는 했을지라도 피가 흐르지는 않은 걸 살피고는 바지자락을 내려 주고 물러앉는다.

"앉아서 댓님 매고 행전 감아라."

무슬이 앉아서 댓님을 매고 행전을 감고 행전주머니의 단검을 바로 꽂고는 다시 무릎을 꿇는다. 화산이 입을 열었다.

"장무슬, 네가 나를 스승으로 부르고, 나 또한 그걸 용인하였으므로 말한다. 네가 얼마나 용맹한지 알고 네 수련이 사뭇 높고 깊다는 것도 들어 안다. 수앙과 네가 어떤 사이인지 알거니와 네가 수앙에게 어떤 마음인지도 짐작한다. 그러나, 이 자리에 이르기까지 사내로서의 너의 행동은 신중하지 못했다. 그러므로 용맹하지도 못했다. 신중함이야말로 용맹함의 본질이기 때문이다. 더구나 여인을 생각하는 남정으로서는 생각이 짧았다. 그것도 아주 많이. 알아듣느냐?"

"예, 스승님."

"네가 우리 세상 사람이거니와 수앙이 버드나무집에서 얼마나 귀히 자랐는지를 안 터수에, 우리가 아이를 위험하게 놔두지 않을 거라는 사실쯤은 짐작하고, 믿고, 놔뒀어야 하는 것이란 말이다."

"예, 스승님. 이제 아옵니다. 명심하겠습니다."

"허면 되었다. 수앙은 가례를 올린 뒤 오랫동안 뵙지 못한 모친을 찾아와 모친 곁에서 한 달가량 머물기로 몇 달 전부터 계획되어 있었다. 예정대로 수앙이 오긴 하였으나 그 모친 계신 곳에 약간 시끄러운 일이 생길 성싶어, 이대로 아이를 돌려세울 양으로 내가 마중을 온 것이다. 아이가 몹시 예민한지라 돌려세우매, 더 큰일이 생길 수 있을 듯하여 데리고 가기로 결정한 참이고. 그러니 너는 조용히 네가 얻어 놓은 방으로 돌아가서 자고, 내일 도성으로, 평양으로 향해 가거라. 네 걸음으로는 백두산에도 들렀다가 평양으로 돌아갈 수 있겠구나. 허면 네가 부친을 속이고 네 무진께 허락받지 않고 예까지 온 것을 나는 불문에 부칠 것이다."

무슬이 도리질을 하며 "스승님." 하고 부른다.

"말해라."

"평양에서 수앙이 소제를 구해 주었나이다."

"내 들어 안다. 또한 네가 수앙을 구하기도 했지."

"수앙이 소제를 구해 준 이후 동무처럼 자라면서 정이 들었습니다. 소제가 수앙의 혼례를 멀리서라도 보고 싶어 부친께 거짓을 고하고 한양에 이르렀습니다. 수앙이 먼 길 떠나는 것 같기로 염려하여 이곳까지 따라왔고요. 제 곳으로 돌아가기로 한 시한이 내달 보름까지인바 기어이 가야 하나이다."

"그러니 서둘러 돌아가라 하지 않느냐?"

"하온데 좀 전에 스승님께서, 수앙의 어마님 계신 곳이 약간 시끄러울 것 같다 하시지 않았습니까?"

"시끄러울 수 있으므로, 위험한 상황이 벌어질 수 있는 고로, 일을 키우지 않으려고 너를 떼어 내는 것이다."

"수앙을 염려하여 물불 가리지 못하고 예까지 따라온 소제이온데, 그 말씀을 듣고 그냥 돌아설 수 있겠나이까?"

"이놈. 네놈의 스승 격인 사람들과 선진들로 꽉 차 있는 곳이다."

"소제가 그걸 몰라 하는 말이 아니지 않나이까. 소제는 수앙이 한 달 뒤 귀경하여 제 곳으로 들어가는 것을 기어이 보고 싶나이다. 그리해야 소제가 앞날을 반듯이 살 수 있을 듯합니다. 살펴 주사이다, 스승님."

"부친과의 약조도 지키고, 네놈 소망도 이루고 싶다! 네 이놈, 어불성설이 아니냐?"

수앙이 한 달을 이쪽에서 머물고 무슬도 덩달아 머물게 되면 장의원께 약조하고 나온 시한을 한 달가량이나 어기는 셈이 된다. 약조를 어길 수는 없다. 장의원이나 문산 무진이 문제가 아니라 무슬 스스로 그러하다. 만단사와 비휴를 배신함으로써 일생일대의 맹세를 어긴 적이 있는 무슬은 다시는 자그마한 약조라도 어기지 못하게 되었다.

"하와 스승님께 간청하나이다. 소제가 약조를 어기지 않고도 수앙 곁을 지킬 수 있게 살펴 주십시오. 부디 도와주십시오."

"이런 기막힌 놈을 보겠나! 네놈은 내가 축지법이라도 쓰는 줄 아는 게냐?"

"축지법은 아니 쓰시어도 제자를 궁지에서 꺼내 주실 방법은 아시지 않나이까. 살펴 주사이다. 스승님!"

화산이 허허, 웃는다. 가녀린 제자의 희디 흰 종아리를 터트려 피가 흐르게 할 때의 엄격함이 사라졌다.

"그러니 날더러 한양으로 통기하고, 한양에서 네 곳으로 연통하게 해달라?"

"예, 스승님."

"에라, 이 무도한 놈아!"

화산이 무슬의 머리통을 쥐어박는다. 종아리 맞을 때는 아픈 줄 모르겠더니 장난으로 박힌 머리통이 아찔하게 아프다.

"알겠다, 이놈. 허나, 그전에 다짐 두어야 할 것들이 있다."

"예, 스승님."

"첫째, 수앙이 네 동무나 이미 가례를 올린 남의 부녀라는 걸 잊지 않아야 하는 것이다."

수앙이 남의 부녀이든 안해이든 혹은 그 무엇이든 무슬에게는 상관없다. 무슬에게 수앙은 그저 꽃님 김경이다. 그가 같은 하늘 아래서 온전히 살아가기만 하면 된다. 다시는 컴컴한 폭우 속으로 나서지 않고 제 몸이 화닥화닥 타는 꿈에 데지만 않으면 어째도 괜찮았다. 칵, 꿈속에다 집어던질 테야, 라던 경의 말은 제 몸이 타는 꿈이었다. 경이 그런 꿈에 시달리며 산다는 걸 깨달은 작년 칠석날부터 무슬은 경이 같은 하늘 아래 살아 있기만 하면 되었다.

"명심하겠습니다, 스승님."

"둘째, 네가 수앙 곁에 있는 동안은 너희들이 몇 해 전 연경에 갈 때처럼 수앙의 호위로 임하는 것이므로 너는 그 아이를 여인이 아니라 네 선진으로, 목숨 걸고 지켜야 할 지존으로 섬겨야 하는 것이다."

꽃님 김경은 첨 만난 순간부터 무슬의 지존이었다.

"예, 스승님."

"셋째, 한 달 뒤에는 수앙의 귀경 유무와 상관없이, 너는 일고의 미련도 남기지 말고 네 곳으로 돌아가 수련에 임하고 네 자신의 삶을 살아야 하는 것이다."

십 년에 한 번씩 얼굴만 보면 되겠다 여겼으므로, 매번의 십 년 동안 하고 살 일을 찾았으므로 그 또한 당연하다.

"예, 스승님."

"약조하느냐?"

"약조합니다."

"허면 당장 네 주막으로 가서 봇짐 챙겨 오너라. 가면서 네게 또 해야 할 말이 있다."

읍하고 방을 나온 무슬은 방 앞에 수직하듯 서 있는 노인에게 꾸벅 인사하고 날듯이 객점을 나온다. 밤하늘에 뜬 별이 비로소 보인다. 평양을 떠나면서 이 은진 땅에 이르기까지 한 번도 못 봤던 별들이 총총히 떠 있다. 꽃님의 눈처럼, 김경의 웃음처럼 영롱하고 어여쁜 별들이다. 그런데 별이 흐려진다. 눈물이 난 탓이다.

어떠한 경우에도 명을 따른다

전라도 강경 땅에 거하는 거북부령 황환을 죽이고 거북부의 본원인 강경상각을 친다. 거북부 본원이 생산하는 화약 무기, 폭탄과 총과 탄환을 탈취할 것이로되 그 행적은 명화당이 한 것으로 위장한다. 만단사령의 명이시다.

보름 전 홍집은 양연무의 비휴들을 모아 놓고 사령의 명을 전달했다. 청년 열한 명이 둘러앉은 방안이 고요했다. 그 같은 명을 수행하기 위해 키워진 비휴였다. 급기야 올 것이 왔구나 싶은 표정들에 항심은 드러나지 않았다. 공식적으로 처음 받은 명이 같은 세상의 어른 중 한 분인 거북부령을 제거하라는 것이라니. 무엇 때문에 그래야 하는가 하는 의문이 생길 법도 하건만 아우들은 홍집에게 질문하지 않았다. 아우들이 묻지 않으므로 홍집도 아우들에게 할 말이 없었다.

만단사령이 거북부령 황환을 제거하고 그 자리에 송도 일귀 한우식을 올려 거북부를 장악하려 한다는 것에 대해 설명하기 어렵고 설명하고 싶지도 않았다. 한우식은 이록과 비슷했다. 거북부령에 오르면 사령자리에도 앉겠다고 나설 사람이었다. 그는 만단사 다섯 부중 가장 위세가 큰 거북부령 자리에 올라 이록을 임금 자리로 밀어 올리고 사령 자리에 앉으려 할 것이었다. 이번 황환 제거 명령에 대한 배경이 그러했다. 홍집은 사령의 그 명을 당연한 것으로 합리화하기 싫었다. 명령의 근거인 명분에 대해서 설명할 수도 없었다. 그래서 명령만 했다.

"이달 이십오일 밤에 전라도 강경포구의 강경상각을 칠 것이다. 각자의 일터에다 그에 맞는 수유를 신청하고 그날, 미시말까지 강경상각이 들어 있는 옥녀봉의 용영대龍影臺로 모여라."

미시 말 경. 둘째인 자선부터 막내인 술선까지 용영대 아래 느티나무 밑에 다 모였다. 느티나무는 둥치가 여러 아름은 될 만치 거대하다. 용영대는 전라도나 경상도 쪽에서 올라오는 봉화를 받아 피우는 봉수대다. 옥녀봉은 나지막한 동네 뒷산 격이지만 서북쪽으로 금강과 드넓은 들판을 아스라이 거느렸고 금강이 뻗어 들어간 논산이 훤히 건너다보인다. 봉수대가 이곳에 있는 이유다. 강경포구는 옥녀봉 남서쪽 금강변에 펼쳐져 있고 밀물 때면 고깃배가 강경읍내 한가운데를 흐르는 개천까지 들어온다. 강경상각은 읍과 포구를 내려다볼 수 있게 옥녀봉 중턱에 널따랗게 앉았다. 포구 쪽으로 난 강경상각의 입구는 이층 누각으로 상단의 위용을 과시했다.

홍집은 한양에서부터 준비해 온 열한 장씩의 붉은 철릭과 붉은 두건과 명화당明火黨이라 쓴 흰색 머리띠와 붉은 복면을 고루 나누어 봇짐에 담게 한다. 복색을 나눠 갈무리한 뒤 남서쪽 하늘 아래 느릿하게 펼쳐진 강을 가리키며 설명한다.

"남서방향, 강 건너 쪽의 강안江岸이 강으로 휘어져 들어와 있는

곳이 황산포구다. 두 달여 전까지 저 황산포구에 있는 건어물 창고
의 지하가 거북부의 무기제조장이었다. 앞서 설명했듯 이들의 무기
제조술은 조선 제일로 호가 나 있으나 어쨌든 불법이라, 몇 년에 한
번꼴로는 공장을 옮기는 성싶다. 내가 근 며칠 확인한 바 공장의 현
소재지는 황산포구에서 좌측으로 돌아가면 나오는 쥐섬이다. 쥐섬
은 원래 무기 성능을 시험하던 무인도였으나 작년 가을에 무기제조
장을 쥐섬 한가운데로 옮겨 새로 만들었다. 아침에 쥐섬으로 들어가
는 인원은 이십여 명 남짓하고, 밤에는 수직인원 서너 명만 남고 철
수한다. 서넛이라 해도 가벼이 볼 수 없는 것은, 그들이 지닌 총 때
문이다. 공장 근처에 지뢰도 다수 묻혀 있는 것 같으니 조심해야 한
다. 우리가 오늘 밤 맨 나중에 치게 될 곳이 저 쥐섬에 있는 무기 공
장이다. 밤이면 나룻배들이 묶여 있으므로 그걸 타고 쥐섬으로 들어
간 뒤 나올 때는 황산포구 쪽으로 가서 배를 버리기로 한다. 두 번째
가 바로 우리 눈앞에 있는 강경상각이고, 처음 갈 장소는, 이곳으로
부터 오십여 리, 미륵산 아래에 있는 임림재로, 황환의 또 다른 집이
다. 황환은 대개 신시 말엽이나 유시 초경에 하루 일과를 접고 임림
재로 향하는데, 보통 호위 다섯을 달고 다닌다. 호위 중 하나는 막내
아들 동구이고 또 하나는 승운이라 불리는 시위다. 황 부령은 무술
을 익히긴 했으나 나이 들어 굼뜨고, 동구와 승운을 비롯한 호위들
은 우리들과 비슷한 무예를 지녔을 것으로 봐야 할 것이다. 그들의
무공은 가늠이 가능하되 실력 가늠이 불가능한 자들이 임림재에 있
다는 걸 명심해라. 임림재의 안주인은, 연화당으로 불리는데 본색이
무녀다. 그의 하속이 스무 명 남짓한데, 그중 반수가 가늠하기 어려
운 무공을 지닌 것으로 본다."

"어떻게요? 어떻게 무녀의 하속들이 그런 경지에 오를 수 있습니까?"

열여덟 살 선유의 질문이다. 여덟 살에 비휴로 들어온 뒤 절집에서만 커 오다 지난 일 년 겨우 도성 안에서 살아 본 그는 이번 일이 얼마나 위험한지에 대한 경각심이 없다.

"세상은 헤아릴 수 없게 넓고, 사람은 셀 수 없이 많다. 그 넓은 세상을 살아가는 무수한 사람들이 비슷하게 사는 것 같아도 조금만 눈여겨보면 다 다르게 산다. 그러므로 무녀가 무공 높은 하속을 거느리기 어려우리라는 편견을 버려라."

"예, 큰형님. 그런데 임림재 가서 그렇게 무공 높은 자들과 맞닥뜨렸을 때 우리가 불리하면, 어떻게 합니까? 정신없이 죽입니까? 아니면 우리가 막 죽습니까? 이도저도 아니면 꽁지 빠져라 달아납니까?"

선유의 질문에 막내인 술선이 주먹으로 선유의 옆구리를 쥐어박는다. 둘은 동갑이다. 선유가 옆구리를 부여잡고 나뒹구는 시늉을 하다 제 선진들의 화살 같은 눈길에 장난을 멈춘다.

"제압하되, 하는 수 없다면 죽여야 할 것이다. 그보다 앞서 거북부령 황환을 제하면 살생을 덜할 수 있겠지. 일단의 표적은 황환이다. 황환을 죽이면 신속히 물러나 이곳으로 돌아와 강경상각을 친다. 상황 봐서 움직일 것이나 강격상각 내원에는 범접치 마라. 상각의 수직자들을 제압해 우리가 명화당임을 알게 하고, 가지고 나올 수 있는 무기들을 최대한 챙긴다. 하지만 유념해라. 강경상각의 수직자들은 각자 신식 총을 지니고 있다. 임림재도 총으로 무장했을 수 있는 바, 그들이 지닌 총은 심지에다 일일이 불을 붙이는 조총이 아니라 방아쇠만 당기면 총탄이 발사되는 권총이다."

"우리도 권총을 사면 어때요?"

막내 술선이다. 선유가 술선의 머리통을 쥐어박는다.

"우리는 권총 살 돈 없나요?"

머리통을 쥐어박히고도 나온 술선의 질문에 포도청의 자선이 대꾸한다.

"권총 한 자루가, 일 잘 하고 송아지 잘 낳는 암소 한 마리 값에 해당한다고 들었다. 우리는 그런 돈이 없거니와 설령 돈이 있다 해도, 권총은 워낙 은밀하게 거래되는 터라 현재 우리로서는 구할 수도 없다."

"그러니까 지금, 우리는 강도질을 하는 겁니까? 권총 강도?"

이번에는 술선이 선유의 어깨를 친다.

"멍청아, 권총을 들고 강도짓을 해야 권총 강도지."

"어쨌든 우리가 지금 강도짓을 하는 거냐고요."

스승 효맹이 생각난 모양이다. 정효맹이나, 저희들이나 같은 종자라는 걸 비휴들은 오늘 밤으로 알게 될 것이다.

"강도질 맞다. 그런데 강도질에 주안점이 있는 게 아니라 우리가 명화당임을 알리는 게 목적이다. 내 설명은 여기까지. 질문들이 있으면 해라. 권총 어쩌고 하는 질문이라도 생각나는 대로 해라."

처음으로 받은 큰 명이므로 당연하게들 받아들이는가. 질문하라는 말에 아우들은 절간 뒤란 그늘에 고인 겨울처럼 묵묵부답이다.

"질문 없으면 각자 복색을 봇짐에 챙겨 넣은 뒤 둘씩 짝지어 용영대 옆의 오솔길을 타고 내려가라. 동북방향으로 나 있는 오솔길을 따라가면 읍이 아니라 신작골로 통하는 길이 나온다. 신작골을 지나면 나루가 나타난다. 나룻배가 많으니 강을 쉽게 건널 수 있다. 강을 건너면 익산의 낭산과 금마 고을로 가는 길이 나타날 것이다. 방향을 모를 때는 아무나 붙잡고 금마 고을 쪽의 미륵산 가는 길을 물어라. 임림재가 있는 새룡동은 미륵산 남동쪽 자락 미륵사지 안쪽이다. 가는 길에 주막이 몇 곳 있으니 저녁을 챙겨먹도록 하고, 술시 말경까지 새룡동 입구 왼쪽 숲에 있는 묘지로 모이도록 하라. 이상!"

둘씩 가라 하였건만 떼 지어 출발한다. 가는 길에 속도가 조절될 것이므로 홍집은 아우들을 내버려둔다. 아우들이 떠난 자리에 홍집과 둘째 자선이 남았다. 느티나무 옆 넓은 바위 위에 앉은 채 시종 묵묵하던 자선이 제 봇짐을 뒤적이더니 표주박 병을 꺼낸다. 마개를 뽑더니 건네 온다.

"한 모금씩 합시다."

홍집은 표주박 병을 받아 술을 들이킨다. 입안에 불이 나는 것 같은 독주다. 홍집은 두 모금을 마시고 진저리를 치고는 표주박 병을 자선에게 돌려준다.

"두어 모금만 마셔. 어쨌건 시작한 일을 그르치지 말아야지."

자선이 두어 모금을 마신 뒤 후우, 한숨을 내쉬고는 물었다.

"왜, 코앞에 있는 강경상각부터 치지 않고 에돌기로 했소? 시방 황환이 요 아래 있는데?"

"너는 그걸 왜, 좀 전에 아우들 앞에서 묻지 않고 지금 물어?"

"아우들 앞에서 물을 사안인지 몰라 못했소. 대장의 명에 토를 다는 것 같아서."

애초에는 홍집도 강경상각 먼저 치고, 쥐섬을 다녀 나온 뒤 임림재로 가서 일을 마칠 계획이었다. 이번에 아우들보다 닷새 앞서 와 탐찰하면서 생각을 바꾸었다. 황환만 제거하면 될 것 같았다. 황환만 죽고 나면 명화적이나 사신계로 꾸미는 일쯤이야 어려울 게 없지 않은가. 강경상각과 쥐섬에서 사람을 죽이지 않아도, 아무데나 명화 당이라는 글자가 쓰인 머리띠만 흘려놔도 될 터. 문제는 강경상각의 방비가 워낙 단단하고 날이 아직 밝아 움직이기가 여의치 않다는 점이었다. 무엇보다 강경상각 수직자들이 지닌 권총이 조심스러웠다. 사령은 거북부령의 화력을 탐내면서도 그들의 무장이 얼마나 막강한지는 모른 듯했다.

"임림재부터 쳐야 더 위쪽에 있는 강경상각에서 도성으로 향하기가 쉽겠잖아."

"농담 말고!"

"살상을 덜해 볼까 싶어 그랬지. 지금 치고 내려가면 최소한 서른 명을 상대해야 하니까. 또 저들에게 총이 있으므로 황환에게 닿지도 못하고 우리 먼저 죽을 수도 있고. 솔직히 우리는 총의 위력을 잘 모르니까."

"그러니까 황환만 죽이면 될 것 같아서 이렇게 결정한 거라고?"

"음."

"총이 무서워 그런 건 알겠는데, 나는 어째, 형이 죽을 자리를 임림재에 마련해 놓고 가는 것 같은 기분이 들지?"

미륵산 남동쪽을 배산背山하고 용이 날개를 편 형상으로 퍼진 평지마을인 새룡골의 현재 가구는 오십여 호다. 원래 팔십여 호로 인근 고을에서는 가장 큰 마을이었다. 여덟 해 전 신미년 겨울에 온 마을이 돌림병 벼락을 맞아 사십여 가구, 이백여 명이 몰살을 겪다시피 했다. 현재 임림재가 들어선 집에 살았던 스무 명 넘은 식구도 두어 명을 빼고는 다 죽었다고 했다. 식구 두엇이 남은 그 집이 새룡동

유일의 반가였다. 돌림병은 출타에서 돌아온 그 집의 청지기로부터 시작되어 집안사람들을 덮친 동시에 마을을 휩쓸었다. 그 집으로 인해 온 마을이 폐허가 되다시피 했다.

그런 마을에 강경상단의 주인이 들어서면서 마을이 되살아나고 있었다. 돌림병 당시 이웃간에 서로 외면했던 게 저마다 앙금으로 남아 서운한 채 살았다. 임림재가 들어와 마을을 돌보기 시작하고 굿판을 벌려 서로 얼싸안고 울게 만들었다. 서로를 용서하게 했다. 임림재 외원에 학당이 생겼고, 그 아래 비어 있던 집에 약방이 생겼다. 비어서 귀신이 나올 것 같던 마을 가운데 집을 단장하여 동각洞閣을 만들었다. 논밭 일을 못 할 만치 늙은 바깥노인들이 동각에 모여 짚으로 새끼줄을 꼬거나 둥구미를 엮거나 멍석을 짰다. 동각에서 멀지 않은 빈 집 한 채가 가꿔져 숭인당崇人堂이라는 아름다운 이름의 편액이 붙었다. 안노인들이 숭인당에 모여 길쌈하고 수다를 떨고 어린아이들을 돌보았다. 안노인들이 숭인당에서 더불어 먹고 자기도 하면서 그 며느리들의 얼굴에 생기가 돌았다. 이웃 고을 병자들까지 새룡골로 찾아왔다. 빈 채로 허물어져 가던 집들로 들어오는 식구도 생겨났다. 빈집이 사라지면서 논밭에 사람이 흔해졌고 소출이 늘어나고 새 생명들이 태어나기 시작했다. 그 모든 게 임림재 덕이라는 걸 새룡동 사람들은 물론 이웃 고을 사람들까지도 잘 알고 있었다. 그런 임림재를 치는 것은 새룡동에 사는 삼백여 명의 마을 사람을 치는 것과 같았다. 그들을 치고 나면 윤홍집에게 삶의 명분이 있을 성싶지 않으므로 죽은 것과 다르지 않을 터. 황환을 죽이라는 명을 받았으나 죽이고 싶지 않으므로 자선 말대로 지금 홍집의 심정은 무덤 속으로 들어가는 것과 같았다.

"왜 답이 늦소?"

"나는 아우들 덜 상하게 할 생각만 했다. 나도 죽고 싶지 않고."

"아우들 말고, 형 말이오. 형이 시방 아무 의지도 없어 보이는 거 아오?"

"명 받은 대로 하는 것이지 내 의지대로 하는 거 아니잖아."

"사부도 그러셨을까?"

둘의 시선이 마주친다. 스승을 저세상으로 떠넘긴 장본인이 누구라는 걸 자선은 모른다. 그 사실을 자선이나 아우들이 안다면 어찌 나올까. 홍집은 상상하고 싶지 않다. 스승을 떠올릴 때마다 가슴에 쇳날이 닿는 듯했다. 스승을 그렇게 보낼 일이 아니었다. 온이 스스로 강하므로 알아서 하도록 놔두고 그저 지켜보기만 했어도, 흐르는 대로 흘러가게 두었어도 됐을 것이다. 그때는 그 생각할 여력이 없었다.

"그러셨을지도 모르지. 의지대로 살기 어려운 삶에 대한 반작용이 셨을지도."

"형, 아기는 어디 있소? 아들이오, 딸이오?"

자선이 작년 삼월 온양댁 집 앞까지 찾아와 아기에 대해 알게 되었던 이후 처음 하는 질문이다. 어둠을 밝히는 불꽃처럼 환하게 살라고 이름 지어준 미연제. 아비로서 그 아이의 한치 앞도 밝혀 주지 못했다. 존재 자체가 금기였던 아이가 지금 어디 있는지도 모른다.

"계집아이야. 이름은 미연제라고, 내가 지었다. 미연제가 어딘가에 있긴 할 텐데, 게가 어딘지를 나는 모른다."

"남의 자식인가? 자기 자식이 어디 있는지 어찌 몰라?"

"유모 식구가 간곳이 없어."

"아씨가 숨기신 거야?"

"그리했기를 바라지만 아씨는 애초에 아이에 대한 정이 없으시지."

어으, 제기랄! 중얼거린 자선이 표주박을 기울여 몇 모금을 마시더니 건네준다. 홍집은 몇 모금을 마시고 나서 표주박 병의 마개를 닫아 바위 옆 숲을 향해 내던졌다.

"의지 없어 보인다고 해도 여기까지 온 건 분명 우리 의지잖아. 일 마치고 돌아가서 실컷 마시기로 해. 우선은 내려가서 황환이 강경상 각을 나가는지 확인하자."

"그럽시다. 아이고, 강에 석양이 드리웠네. 끝내주누먼. 아무 것도 안 하고 여기 앉아 지는 해 보면서 술이나 진탕 마시고 퍽 뻗었으면 딱 좋겠다."

자선은 우리가 이 일을 꼭 해야 하느냐는 질문을 끝내 하지 않는 다. 아우들 누구도, 명령의 정당성과 부당성 등에 대해 묻거나 따져 오지 않았다. 아우들이 그런 질문을 해주기를 바랐는지, 질문해 오 지 않음을 다행으로 여기는 건지, 홍집은 자신의 속내를 알 수 없다.

"가자."

자선의 어깨를 치고는 봇짐을 메고 돌아선다. 지금 석양을 보고 싶지 않다. 온양댁 집에 숨어 살 적에 집 뒤 애오개로 오르면 서쪽 멀리 마포나루 쪽의 강에 드리운 석양을 볼 수 있었다. 잉걸불처럼 뜨거운 여인을 품고 살면서도 지는 해를 보고 있노라면 등이 시리고 가슴이 아팠다. 날마다 이제 찾아올 밤이 얼마나 길지, 앞이 보이지 않았다. 그때 보이지 않던 한 치 앞이 여전히 보이지 않는다.

새롱동 입구 길가 숲, 주인 모르는 무덤 옆에 비휴 열한 명이 모두 모였다. 봇짐 속에 넣어온 붉은 철릭들을 덧입고 두건을 쓰고 머리띠를 매고 복면 고리를 양귀에 걸어 눈만 내놓았다. 붉은색과 검은색을 구분할 수 있을 만큼 별빛이 밝다. 똑같은 복색을 하고 눈만 내놓았지만 누가 누구인지 알아볼 수 있을 만큼, 별이 많이도 떴다. 밤하늘이 낮아 부삽을 들고 손을 뻗으면 별들을 한 삽 가득 긁어내릴 수 있을 듯하다. 밤공기는 살얼음처럼 차다.

모일 사람 다 모였거니와 임림재에서도 적 맞을 준비를 마쳤을 터이다. 홍집은 어쩐지 임림재 사람들이 오늘 공격당할 것을 다 알고 있을 듯했다. 강격상각이나 쥐섬 등에도 만반의 대비를 해놓았을 것 같았다. 더하여 그들은 침입자들이 강경상각이 아니라 임림재로 먼저 올 것까지 알고 있을 듯했다. 그들 안에 연화당이 있으므로.

사실 홍집은 무녀 연화당의 신력을 알지 못한다. 어찌 알겠는가. 그이의 신기가 막강할 것이라 짐작하는 이유는 그가 거북부령 황환의 내당이라는 사실 때문이다. 그 내외가 혼인한 시점이 효맹이 죽기 한 달여 전쯤이었다. 효맹은 사령의 눈이었는바 무시로 거북부령을 살폈을 터. 화개에서 무녀 중석이었던 연화당은 자신이 효맹한테 탐찰되고 있음을 알았을 것 같았다. 그럼에도 버젓이 마을잔치까지 벌이며 혼인했다. 효맹은 화개 무녀 중석이 거북부령 황환의 내당으로 들어앉은 것을 알고도 사령한테 고하지 않았다. 와중에 소전의 측근들에 의해 붙들렸다. 홍집이 그림자도둑의 정체를 김강하한테 알려 준 건 그 몇 달 전이다. 홍집이 그리한 까닭은 물론 온과 미연제 때문이다. 일련의 과정의 중심에 있는 사람이 홍집이 느끼기에는 연화당 중석이었다. 그이는 효맹이 죽을 수에 걸렸다는 것까지도 알고 있었던 게 아닐까 싶었다. 그래서 효맹이 자신을 살피고 얼굴을 확인하는 걸 알고도 내버려둔 게 아닐까. 어차피 죽을 사람이므로.

이 밤에 그들이 완벽히 대비하고 있다면, 사신계가 현존할 뿐만 아니라 연화당이 그 칠성부령이라 단정할 만하다. 만단사는 십여 년 전 이록을 사령으로 삼은 때부터 자멸 위기에 봉착했다. 자멸의 길에 들어선 자들은 분별력이 없으므로 숱한 사람들을 사지로 끌어들이기 마련이다. 그걸 알아챈 사신계 칠성부령 연화당은 만단사 거북부령의 내당으로 들어앉았다. 사신계에서는 모든 걸 다 알고 움직이고 있는데 현재 만단사에서는 아무도 모른다. 어쩌면 정효맹은 알았겠지만 그는 입 다물고 저세상으로 가 버렸다. 그러므로 홍집도 모르는 일이었다. 끝내 모르는 것으로 할 것이었다.

"간다."

홍집은 낮게 읊조리고 숲 안쪽으로 들어섰다. 숲길을 통해 임림재 뒷산 갈참나무 아래에 닿는다. 비휴들은 밤의 숲에서 소리 내지 않고 나뭇가지에 걸리지도 않고 살쾡이처럼 고요하고 재빠르게 움직일 수 있다. 행선지가 분명하고 인도자가 있을 때는 훨씬 빠르다. 홍집이 동네를 거치지 않고 임림재를 살피기 위해 십수 번이나 지나다닌 길이다. 닷새 전 강경에 도착한 밤부터 간밤까지도 날마다 임림재에 왔다. 임림재 뒷산, 집이 한눈에 내려다보이는 갈참나무 아래. 지난 늦가을에 왔을 때 그 나무 아래에 두 말은 될 법한 도토리 자루가 나무 밑동에 기대어 있었다. 도토리를 가루내어 국수를 뽑고 묵을 쑤고 지짐이를 부치고 죽을 끓여 임림재 사람들과 동네 사람들이 함께 먹겠거니, 상상했다.

갈참나무 밑에 이른다. 홍집은 임림재를 내려다보며 경계 상태를 짐작해 본다. 대번에 느껴지는 게 허허실실이다. 빈 듯이, 아무 경계도 않고 있는 양, 불이 꺼질 방은 꺼졌고 켜져 있을 방은 켜져 있다. 안채 부엌 쪽은 여느 날과 다르게 불이 켜졌다. 사람들도 있다. 사랑채 바깥에 있는 곳집 쪽은 특히 밝다. 마당에다 모닥불까지 피워 놓고 곳집을 드나드는 사내가 여럿이다. 곳집 안에서 무슨 일인가 하고 있는 것이다. 짐짓 그렇게 보이기 위한 불빛 같기도 하다. 아이들 소리는 나지 않는다. 예닐곱은 될 아이들 중 한둘은 보채는 소리를 내기 마련인데 간밤에도 들었던 아이들 소리가 지금은 없다. 아이들을 피신시킨 것이라고 보면 저들은 정말 침입자들을 예상했다는 뜻이 된다.

아까 신시 초경에 황환이 호위들을 거느리고 강경상각을 떠나는 것을 지켜보았다. 그가 임림재로 들어간 것은 확인하지 못했다. 하지만 그는 자신을 겨냥한 침입자들을 예상하고 피신할 사람이 아니다. 근방 어딘가에, 아니 어쩌면 집 안에 있을지도 모른다. 총을 앞에 놓고, 수하들의 품에 총을 지니게 한 채로.

"함정 같소."

자선의 말에 고개를 끄덕인 홍집은 비휴들에게 바싹 다가들게 하여 속삭인다.

"다중함정 같다."

함정이라고 알아보게 해놓은 곳으로 들어가면 거기 걸리고, 후퇴하면 퇴로에 함정이 설치되어 있는 다중함정. 비휴들이 알아듣고 일제히 임림재를 톺아본다. 홍집이 손가락을 튕겨 주의를 모았다. 모두 홍집이 지난 닷새간 밤마다 여기 와 살핀 걸 안다. 간밤까지 없던 함정이 생겼다면 불가항력이 작용했다는 뜻이므로 선택을 해야 한다. 함정임을 알지만 기어이 들어가 총탄이나 화살을 맞을 것인가. 함정들을 비킬 수 있는 길을 찾아서 일단 물러날 것인가. 결정은 대장인 홍집의 몫이다.

작년 여름, 처음 임림재에 왔을 때 홍집은 엿새를 지내며 갖은 탐색을 하다가 언젠가 필요할지도 모를 퇴로를 찾아보았다. 사자암 쪽으로 넘어가면 삼기현 쪽으로 내려가는 길이 있고, 이대로 산을 타고 올라가 다듬재에 이르면 용화산으로 건너가 백제 왕궁 터 쪽으로 내려가는 길도 있다. 이대로 임림재 옆을 통해 새룡동을 나가 옆 마을 도촌으로 빠질 수도 있다. 가장 퇴로 같지 않은 곳이 사자암 쪽이다. 미륵산이 돌산이라 사자암으로는 변변한 길이 나 있지 않거니와 워낙 가팔라 여름에도 인적이 드물기 때문이다.

함정은 사자암에 있을 수도 있다. 게다가 사자암은 피난처가 될 수 있으므로 사자암 스스로 미끼이자 덫일지도 모른다. 황환이 그곳으로 피신해 있다고 침입자들이 믿으리라, 저들이 예상할 수도 있는 것이다. 마을 입구 숲 속에서 뒷산 중턱을 거쳐 왔는바 그것까지 예상한 저들은 침입자들이 퇴로로 그쪽을 선택하지 않을 거라 여길 수도 있다. 그러나 그 또한 다중의 계책일 수도 있으므로 다시 선택의 기로다.

임림재로 들어가느냐, 마을 입구로 나가느냐, 산을 타고 넘느냐. 그냥 물러나기로 할 때 매복 가능성이 가장 높은 쪽은 다듬재 쪽이다. 현재 지점에서 가장 짧은 거리의 퇴로로 적당하려니와 함정을 만들기에 가장 어려운 곳이기 때문이다. 그렇다면 저들의 그 계산을 역으로 이용할 수밖에 없겠는데, 이 생각조차 저들이 예상하고 있다면 어찌될 것인가.

홍집은 아우들을 둘러본다. 숱한 나날 어둠 속에서 더불어 무술을 수련한 덕에 어떤 상황에서도 누가 누구인지 능히 알아볼 수 있는 아우들. 피붙이를 몰라 서로를 피붙이로 느끼는 이들을 이끌고 가야 할 곳이 어디인가. 어디여야 하는가. 같이 죽자, 그 한 마디면 기꺼이 사지로 뛰어들 이들. 같이 죽어줄 줄 알므로 기어이 살리고 싶은 이들을 어디로 데려가야 할까. 생지는 어디고 사지는 어느 쪽에 있는가. 맨 마지막에 자선과 눈이 마주친다. 어둠 속에서도 느낄 수 있는 시선. 그가 홍집에게 어쩔 것이냐고 묻는다. 들어가자는 것이냐, 물러나자는 것이냐!

아니할 수 없는 일이므로 물러날 길은 없다. 침입자들의 기척을 느끼고 파 놓은 저들의 함정이 내일이나 모레는 사라지겠는가. 일 년 열두 달 여기서 지낸다 해도 달라질 게 없다. 이 밤에 못하면 내일도 못한다. 오늘 피한 죽음은 내일 오기 마련이다. 결정하고 나니 순식간에 일천 살쯤 나이가 든 것 같다. 살고자 하면 죽고 죽고자 하면 산다는 말을 누가 했는지는 떠오르지 않지만 명언이다. 홍집은 손가락을 튕겨 주목을 명하고 속삭인다.

"피치 못할 경우에만 죽인다. 일단 모두 제압한 한 뒤 황 부령을 찾는다. 다시 한 번, 살상은 피치 못할 경우에만 하는 걸 명심하고, 둘씩 짝지어 진입한다. 지금!"

지금이라고 선언한 홍집은 휙 돌아서 담을 뛰어 넘는다. 별당과 안채 뒤란 사이 마당이다. 형으로서 아우들의 의견을 묻는 게 아니라 대장의 명이므로 불복은 없다. 자선이 술선과 함께, 선축과 선유, 인선과 미선, 선묘와 선오, 선진과 사선이 짝을 이뤄 뒤따라 담을 날아 넘어온다. 아우들이 다 넘어온 것을 확인한 홍집이 조별로 흩어져 집안을 뒤지라 신호하고는 외원의 곳집 쪽으로 향한다. 별당 쪽에 사람이 없듯 안채에도 인기척이 없다. 사랑 마당도 비어 있다. 조금 전까지 언뜻언뜻 보였던 사람들조차도 하늘로 솟은 듯 기척이 느껴지지 않는다. 건물의 방방마다 열어 보고 나온 아우들이 황당한 얼굴로 사랑마당에 모였다. 마당은 넓고 사랑 기단 양쪽으로 바투석등 한 기씩이 불꽃을 흔들고 있을 뿐 적막하다. 바람은 몹시 드세다. 바람에 쓸린 나뭇잎들이 날아다닌다. 아우들이 여기저기서 나와 마당 가운데 선 홍집에게로 다가든다. 맨 마지막에 선축과 선유가 사랑 행랑의 방문들을 열어 보고 마당으로 나오는 순간 위쪽에서 인기척이 느껴진다. 마당을 둘러싼 건물들의 지붕 위다. 사랑 본채와 아래채와 옆채와 행랑채 지붕에서 나뭇잎들이 날아든다. 버들잎 형상의 화살이다.

"흩어져! 유엽전이다."

아우들이 검으로 화살을 쳐내며 흩어진다. 홍집도 방향 없이 날아드는 화살들을 쳐내며 지붕을 살핀다. 유엽전이 네 방향에서 날아오고 있는데 반하여 화살 개수가 너무 많다. 일궁오전一弓五箭, 한 활에 화살 다섯 개를 장전하는 오전궁五箭弓을 쓰고 있다. 홍집은 어깨죽지와 등 위쪽에 화살 두 대를 맞았다. 그렇지만 심장에 꽂히지 않는 한 화살 두어 대 맞아 쓰러지지는 않는다. 저들이 쏘는 게 총은 아니지 않는가. 더구나 지금은 겨울이라 모두 두툼한 옷을 입었거니와 등에 봇짐이나 바랑 등을 멨다. 화살 두세 대씩 맞았어도 화살이 미치지 않을 곳으로 몸을 들이기에 너끈하거니와 공격도 가능하다. 홍집은 처마 밑으로 몸을 들이려는 시늉을 하다가 아우들에게 소리친다.

"지붕으로 올라가!"

외친 동시에 옆채 지붕을 향해 훅 몸을 솟구친다. 서너 걸음의 도움닫기로 지붕 높이의 나무를 넘을 수 있게 된 게 열세 살 가을이다. 아우들도 비슷하다. 그 정도 날 수 있을 만치 단련된 뒤 날개 달린 사자라는 뜻의 비휴가 됐다. 비휴들은 어떠한 상황에서도 백 명 정도는 상대할 수 있었다. 화살 몇 대 맞았다손 지붕 위에서 화살을 쏘아대는 자들쯤 제압치 못하랴. 홍집을 비롯한 비휴들이 각 방향의 지붕에 올라선다.

홍집이 오른 지붕에는 세 명이 있다. 그걸 확인한 순간 세 명의 검은 그림자가 날아오르더니 약올리듯 마당으로 내려간다. 동시에 홍집도 마당의 그림자들 사이로 뛰어내린다. 비휴들 못지않게 움직이는 자들은 모두 회색 복면에 회색 옷을 입었다. 그들을 향해 검을 겨누며 달려들던 홍집은 공격 대신 피하기만 하는 그들의 손에 활만 쥐어져 있는 것을 발견하곤 멈칫한다. 총은 물론 검도 없이 활만 든 자들이라니. 더구나 피하기만 하는 이들에게서는 살기나 적의가 느껴지지 않는다. 같은 것을 느꼈는지 선유가 외치는 소리가 들린다.

"뭐냐. 왜 피하기만 하는 거야? 우리가 쳐들어왔는데 왜 아니 덤비냐고! 어? 어!"

홍집 곁에서 소리치다 말꼬리를 흐리던 선유가 푹 잦아드는가 싶더니 스르르 무너진다. 그 곁에서 선묘가 검을 떨어뜨리며 주저앉고 인선이 넘어지고 선축이 쓰러진다.

"뭐야, 다들 왜 이래요?"

미선이 소리치다 무너지고 술선이 주저앉는다.

"기가 막히는군."

중얼거리던 자선이 넘어지고 그 곁에서 선오와 사선이 쓰러진다. 홍집도 눈앞이 캄캄해져 주저앉으며 저들이 화살촉에다 무슨 짓인가 했다는 것을 비로소 깨닫는다. 저들이 침입자를 막기 위해 쓴 것은 궁술이 아니라 독술인 것이다. 아니 술책이란 술책을 모두 동원하여 섞어 썼다. 적이 올 것을 예상하고, 강경상각에서 총을 과시하여 이쪽으로 몰아붙이고, 함정을 만들어 유인하고, 퇴로를 차단하고, 침입자들이 퇴각하거나 함정에 들거나 결과는 같다는 걸 깨닫게 하여 결국 함정으로 들어서게 했다. 하여 여기가 끝인 것이다. 걷잡을 수 없이 졸리다 싶은 순간 아득해진다. 짧아서 좋군. 생각 속에서 뇌까린 홍집은 정신을 놓는다.

이월이 가까웠지만 밤중에는 아직 동지섣달과 다를 바 없었다. 독화살을 맞은 탓에 금세 체온을 잃어가는 열한 명의 장정을 서둘러 곳집으로 옮겼다. 바람 들이치지 않도록 곳집 들창들을 판자로 모두 막고 벽을 두겹의 거적으로 싸 찬 공기가 들지 않게 해놓은 상태였다. 마루 위에다 멍석과 빈가마니를 겹겹이 깔고 그 위에 돗자리들을 펴고 그 위에 이부자리도 깔았다. 장정들을 이부자리에 눕힌 뒤 화로들에다 벌건 숯불을 담아 곳집 안 구석마다 놓았다.

그 과정에 무슬은 눈물을 철철 흘렸다. 제가 만단사에서 돌아서며 사신계에 내놓았던 비휴들. 산송장이 된 그들을 옮겨다 뉘면서 아직 어린 가슴에 회한과 설움이 솟구쳤던 것이다.

"부디 소제의 사형들을 살려 주십시오, 스승님."

수앙을 따라 임림재에 들어선 뒤 침입자들의 정체를 알게 된 무슬이 화산에게 간청했다. 무슬이 간청하기 전에 화산은 침입자들을 살려 잡으라는 칠요의 명을 받았다. 칠요는 비휴들을 살려 만단사에서 돌려세우기로 한 것이었다. 칠요는 비휴들이 선해인 장무슬과 같은 성정을 지녔을 것이라 여긴 것 같았다. 안타깝고 아까운 젊은이들. 칠요는 비휴들에게 새로운 삶을 선택할 수 있는 기회를 주자고 하였다. 만단사에서 돌려세우지 못하더라도 죽이지는 말자고. 화산은 무슬에게 말해 주었다.

"연화당께서 네 사형들을 살리라 하셨으니 살릴 것이다. 걱정마라."

놈이 또 퍽퍽 울었다. 놈의 몸속에 눈물을 생산하는 설운 샘이 들어 있는 모양이었다. 갓 열일곱 살. 제 열네 살에 만단사에서 돌아설 때처럼 놈은 여전히 무구했다. 제 맘에 들인 처자가 혼인을 했음에도 그를 걱정하여 천리 넘은 길을 걸어온 놈이기도 했다. 그런 놈에게 제 형들을 겨냥한 화살을 쏘게 할 수는 없었다.

마을로 피신해 있던 의원 연덕과 칠요를 모시고 안가로 올라가 있던 의원 기붕이 돌아와 비휴들의 맥을 짚고 해독제를 먹이고 화살 맞은 자국들을 살펴 소염제를 발랐다. 침입자들을 맞이하기 위해 준비할 때 혜원은 화살촉에 묻힐 독을 내어 주며, 이 아시독俄屍毒이 묻은 화살을 몇 대 맞느냐에 따라 다르겠지만 최소한 하루는 지나야 깨어날 것이라 했다.

"정말 이들이 우리를 치러 왔다는 게 아직도 실감이 안 납니다."

기붕 곁에 앉아서 홍집의 상처를 들여다보던 황동보. 연경에 간 이록이 귀환하기 전에 집에 다니러 왔던 그는 강경상각으로 가기 전에 임림재로 먼저 들어왔다. 제 부친을 죽이러 오는 자들이 만단사령의 특별수비대라는 말에 설마 하면서도 그 아버지의 아들인지라 당연히 끼어들었다. 붙잡아 뉘어 놓은 자들 중에 특별수비대장 홍집을 알아보고는 거듭해 놀라다가 참담해 하고 있었다. 제가 평생 떠받들고 살아온 세계가 그 세계에 속해 있는 자신의 부친을 죽이려 했다는 사실을 믿기 어렵고 믿기도 싫은 것이다. 그런 동보를 향해 화산이 묻는다.

"날이 새면 어르신께서 내려오실 터이니 그때 말씀 나누시지요. 일단의 치료가 끝나가는 것 같은데, 이들을 어찌하면 좋겠습니까, 서방님? 손과 발은 포박해 둬야겠지요?"

"그래야겠지요."

화산은 밖으로 나와 삼줄과 철사와 지푸라기를 꼬아 만든 동아줄 뭉치를 찾아들고 천우, 해돌, 효진과 수천 등을 곳집으로 들어오게 했다. 아직 의식이 없는 장정들의 옷을 사려주고 모로 눕힌 뒤 두 손을 뒤로 묶어 핏줄이 막히지 않게끔 결박하게 한다. 사위스런 붉은 복색들과 신발들은 벌써 벗겼으므로 발목을 결박하고 허벅지를 모아 묶는다. 등에서 허벅지 묶음 줄과 손목 묶음 줄을 이어, 시범을 보여가며 화산은 홍집을 묶는다. 곳집 한쪽에 웅크린 채 멍해 있는 무슬에게는 시키지 않는다. 놈으로 하여금 제 사형들에게 오전궁을 겨누게 하지 못했듯 결박을 짓게 할 수도 없으므로 내버려두는 것이다.

결박 짓는 일이 끝났다. 화산은 무슬에게 여기 남아서 화로와 등불들을 관리하라 하고 다른 사람들을 이끌고 밖으로 나온다. 해돌이 무슬을 곳집에 남겨 놓은 화산의 심중을 알아차리고 곳집 문을 닫기만 하고 잠그지는 않는다. 긴긴 밤이 지나가고 새벽이 다가오고 있었다. 무슬의 밤은 아직 한참 더 남았을 것이다. 온 식구들의 밤도

짧지는 않았다. 금강약방에서 일하는 최선오를 비롯하여 우원약방의 박선진, 사해약방의 염사선, 화엄약방의 민미선 등이 같은 날 수유를 냈다는 급보가 내려오기 전, 윤홍집이 강경에 나타난 날부터 비휴들을 맞을 준비로 부산을 떨었다.

아직 끝난 것도 아니다. 이들이 붉은 옷을 입고 명화당 행세를 하러 왔지 않은가. 이들을 대신해 명화당 노릇을 할 일이 화산에게 남았다. 혜원이 지아비로 하여금 팔자에 없는 도적질을 시킨 까닭이다.

"마님께서 저들을 살리라 하신 명에는 저들의 이후 삶도 보살피라는 뜻이 들어 있는 겁니다. 당신의 명화적 노릇이 저들의 삶을 보살피는 한 가지 방법이고요. 그러니 명화적 노릇을 당당히 하셔야지요. 당신 팔자에 도적 노릇이 들어 있지는 않았을 터이나, 그래서 오히려 재미있지 않겠습니까? 재미나게 해보셔요."

혜원이 그리 말하며 깔깔 웃었다. 화산은 안해의 웃음소리를 떠올리며 후우, 한숨 쉰다. 사람들에게 속히 집안 정리를 마치고 잠깐씩이라도 눈을 붙이라 명한 뒤 동보에게 이야기 좀 나누자 청한다. 이밤이 다 가기 전에 연화당이 황환과 나눌 말이 있을 것이듯, 화산도 동보와 해야 할 말이 많았다. 어쨌든 이 밤으로 거북부 본원 사람들과 사령 이록과는 결별하게 될 것이나 이록이 그런 사실조차 모르도록 상황을 만들어야 하는 것이다.

비휴貔貅

곳집 안인가. 가운데를 비워 통로를 만들어 놓고 통로 양편으로 이부자리들이 가지런히 깔렸다. 홍집이 누운 쪽에 다섯 채, 반대편에 여섯 채. 양쪽으로 장정들을 눕게 할 만큼 넓은 폭에다 이십 보는 될 법한 길이의 사뭇 넓은 곳집인데 따뜻하다. 숯불에서 피어나는 온기의 냄새가 난다. 곳곳에 화로가 놓였다. 난방을 위한 것이되 포로들이 난동 부리다 화로를 넘어뜨리기라도 할라치면 온 곳집이 불길에 싸여 통구이가 되리라는 경고용 같다.

고개를 움직이던 홍집은 감색 솜이불을 덮은 채 저쪽 편에 모로 누워 있는 여덟째 선오와 눈이 마주친다. 그도 지금 깨어났는지 멀뚱한 눈이다. 그는 금강약방의 일꾼으로 살면서 의원이 될 공부를 하던 중에 이곳으로 왔다. 팔다리가 묶인 채 솜이불을 덮고 누워 여기가 어딘가 생각하는 모양이다. 홍집의 생각을 눈치챈 선오가 눈을 찡긋하며 웃는다. 홍집도 하는 수 없이 웃는다. 사랑마당에서 그곳이 끝이라 여겼듯 여기도 끝이다. 다 끝난 마당에 웃지 못할 까닭도 없다. 홍집이 마주 웃으니 선오가 어깨를 들썩이며 소리 내어 웃기 시작한다.

홍집도 소리 내어 웃다 보니 몸이 움직인다. 옴짝달싹 못하게 묶인 것은 아니다. 철사가 한 줄 섞인 동아줄로 발목이 묶였고, 등 뒤로 결박된 두 손이 허벅지의 결박과 이어져 이중으로 묶여 있긴 해도 무릎으로 설 만하다. 와중에 통로 안쪽 벽을 등지고 졸던 검은 복면이 눈을 뜨더니 웃고 있는 두 사람을 멀뚱히 바라본다. 몸피만 클 뿐 아직 어린지 눈이 맑다. 선오가 그에게 말했다.

"이보십시오, 복면하신 그쪽 분. 뉘신지는 모르오나, 청이 있습니다. 저를 재워준 이부자리가 고마운 데다 나이들 만큼 들어 오줌싸개 짓을 할 수 없으니, 방법을 찾아주십시오."

복면인이 놀란 듯 발딱 일어나더니 통로를 걸어가 한 벽의 거적을 들추고 문을 열고 나갔다. 문이 잠깐 열렸다가 닫히는 사이에 비친 바깥이 어둡다. 산마루에서부터 몇 시간 지나지 않아 아직 날이 새지 않은 것인지 하루가 지나 다시 어두워진 것인지 알 수 없다. 소피 마려운 것으로 보면 하루 이상은 지나지 않았을 터이다.

"에이, 시끄러워!"

넷째인 어영청 군졸 인선이 깨어나며 짜증을 낸다.

"인선 형님이 더 시끄럽네요."

막내인 술선이 외쳤다.

"지금 떠들고 웃을 때가 아닌 것 같은데."

다섯째인 총융청 군졸 선묘가 눈도 뜨지 않은 채 곱다시 말했다. 열째인 선유가 상체로 이불을 밀쳐내며 일어난다. 아홉째인 화엄약방의 미선이 "아이고오." 한숨을 쉰다. 일곱째인 사해약방의 사선이

"요강 안 가져오나." 화를 낸다. 셋째인 우포청의 선축이 "아무데나 싸." 한다. 여섯째인 우원약방의 선진이, "난 오줌에 빠져 죽어도 그렇게는 못해." 하며 진저리를 친다. 출입문에서 가장 가까이 누운 둘째 자선이 문 쪽을 향해 버럭 소리를 지른다.

"요강 아니 주오?"

웃음판이 벌어진다. 다들 한참 전부터 깨어나서 생각에 빠져 있었던 것이다. 어찌하여 여기 와 있으며, 명은 수행도 못한 채 사로잡혔으니 이제 어찌 될 것인가. 어제 맞은 화살이 잠에 빠지는 약이 아니라 치명독이었으면 좋았을 거라 생각하는지도 모른다.

문이 열리고 거적이 들리고 복면한 두 사람이 들어왔다. 그들 손에 쇠테 둘린 판자동이 하나씩이 들렸다. 그들을 뒤따라 보통 키에 다부진 체격의 남정이 들어왔다. 그는 얼굴을 드러내기로 했는지 민낯이다. 수염을 말끔하게 밀었고 서른 중반쯤 됐을 성싶은 그의 얼굴을 몇 번 먼발치서 봤다. 먼 곳에서 보면서도 그의 몸에 깃든 무공의 경지를 어느 정도 짐작했다.

"나는 이 댁의 청지기인 화산이라 하오. 다들 소피가 마려울 것인즉, 몸을 움직여 무릎으로 서시오. 우리가 그대들의 고의를 내려 소피를 보게 할 것이오. 장부 체면이 생각날 터이나 피차 체면 따질 계제가 아님을 아실 터. 그래도 부끄러우면 무릎으로 선 뒤에 눈들을 감으시오."

포로들의 체면을 생각해 주는 게 몹시 우스운 상황이지만 다들 소피가 급했던지라 순순히 따른다. 몸을 움직여 무릎으로 서서 눈을 감고 자기 차례를 기다린다. 몇 차례의 오줌보 터지는 소리들이 난 뒤에 홍집 앞에 도착한 손길이 허리띠 매듭을 풀고 바지와 속바지와 고쟁이를 한꺼번에 내린 뒤 오줌동이를 대어 준다. 소피를 다 보고 나니 하의가 추켜지고 허리띠가 매어진다. 소피 법석이 끝나자 두 복면이 오줌동이를 들고 나갔다. 화산이 헛기침을 해 주의를 모은 뒤 입을 연다.

"대변도 마려울 수 있을 터이오. 그때는 수직하는 사람한테 청하여 요강을 들여 달라 하고 방금처럼 수발 받아 해결토록 하시오. 다들 불편들 할 것이나, 가능한 한 편한 자세로 들으시오. 그대들이 정신을 잃은 지 만 하루가 지나 다시 새벽이오. 파루 시각은 지났소. 그대들도 생각이 많겠으나 우리도 생각이 많소. 우리를 죽이러 온 그대들이매 그냥 죽였으면 피차 편했을지도 모르오. 총으로 머리나 심장을 쏴서 넘어뜨리고 묻어 버리면 간단했을 테니 말이오. 하지만, 우리는 같은 세상에 속해 있소. 어찌하여 같은 세상 사람들끼리 죽이려 하는 사태가 생겼는지, 우리는, 그대들을 죽이기 전에 생각해 봐야 한다고 여겼소. 하여 우리는 생각하고, 생각하고 또 생각하고 있소. 그대들에게도 생각할 여유를 줘야 한다고 여기면서 말이오. 서로 생각을 해야 하는바, 시간이 얼마나 더 걸릴지 모르겠소. 해서, 식사를 들여 줘야 하는데 이 문제가 여간 곤혹스럽지 않소. 방금 소피 본 듯이 일일이 밥을 먹여 줘야 할지, 손을 앞으로 돌려 직접 먹게들 해야 할지. 손을 앞으로 돌려 주자니 그대들의 무공을 아는데, 그 때문에 정도正道가 아닌 줄 알면서도 독을 써 그대들을 제압했는데, 다시 그대들과 다투게 될 것이 염려스럽고. 그대, 막내! 강술선 씨, 말씀해 보오. 어찌하면 좋으리오?"

제 이름을 불린 술선이 놀라 뛰다 이불위로 나뒹군다. 홍집도 몹시 놀랐다. 여기가 거북부령 황환의 집이고 그의 아들이 사령보위부의 제 이조장 황동보이므로 사령의 특별수비대와 그 대장 윤홍집에 대해 알 수는 있다. 하지만 술선의 성인 강씨까지 알 수는 없다. 아직 바깥에다 이름을 걸지 않은 술선인지라 성씨 붙인 이름을 불려 보지도 않았다.

"대답이 없는 걸 보니 술선 씨는 어찌해야 할지 모르는 모양이고, 그 위, 최선유 씨가 의견을 말해 보시오."

비스듬히 누워 있던 선유가 일어나 꿇어앉은 자세가 되어 대답한다.

"저도 잘 모르는 제 성씨를 불러 주시니 감읍입니다. 먼저 여쭙겠습니다, 화산 아저씨. 저희가 달아나게 두지는 않으실 거지요?"

화산이 흐허허, 웃더니 대답했다.

"아저씨라 불러 주니 고맙긴 하나 달아나게는 못 하겠소."

"그래도 저희가 기어이 탈출하겠다 하면 어쩌실 건데요?"

"글쎄요. 우리 상전께서 그대들을 살려 주라 하시어, 그대들을 살려 제압하기 위해, 몇몇날 손 부르터가며 준비했는데, 그 고생을 다시 할 수는 없을 듯하오. 그러니 피차간에 고생 덜할 방법을 궁리합시다."

"하오면, 밥은 아니 먹어도 좋으니 제 결박은 풀어 주지 마십시오. 어차피 죽었다고 생각하는 마당인데 풀어 주시면, 또 그쪽에 덤벼야 할 것입니다. 결국은 죽을 것이고요. 동방삭도 아니고 불사조도 아닌데, 저는 그냥 버얼써 죽은 것으로 칠래요."

화산이 큰소리로 길게 웃는다.

"알겠습니다. 다들, 다른 말씀들이 없으신 걸로 알고 끼니는 우리가 나름대로 궁리해 보겠습니다. 모두들 쉬세요."

화산이 나가자 침묵이 괸다. 실내가 조용해지자 소리들이 스며든다. 닭이 홰치는 소리. 아기 울음소리. 곳집 주변을 바삐 돌아다니는 기척들. 문이 열렸다가 닫히는 소리들. 침묵을 깨고 셋째 선축이 크음, 하는 헛기침으로 목을 푼다.

"저들이 우리를 어찌할지, 생각하고 또 생각한다는데, 우리도 우리가 어찌할지를 생각해야 하며, 이미 숱하게 해본 생각들을 풀어놔야 하는 게 아닐까 싶어. 방금 선유가 말했듯 우리는 이미 죽었지. 어떻게든 우리 쪽으로 돌아가서 죽든, 여기서 죽든, 결국은 죽을 것인데, 그때는 진짜 죽는 것이고. 어쨌든 지금 우리는 임시 죽음과 진짜 죽음 사이에 있어. 저들은 우리한테 두 죽음 사이에서 어찌할지를 생각하라는 것일 테지."

일곱째 사선이 낮은 소리로 말한다.

"지금 선축 형님 말씀은 너무 추상적인데, 쉽게 좀 하시죠?"

"그래 쉽게, 솔직하게 하자. 우리가 살아남을라치면 저들에게 목숨을 구걸해야겠지. 포로니까 협상이라 해야 할까? 구걸이든 협상이든, 혹은 타협이든, 그 조건은 물론 우리가 우리 쪽을 등지고 저들 쪽을 선택해야 한다는 것이겠지. 거짓으로 저들에게 충성을 맹세하고 살아남은 뒤, 우리 쪽으로 돌아가 또 거짓을 아뢰어 연명하는 방법도 있을 거야. 그 연명의 방책으로 우리는 다시 저들이 있는 이쪽을 치러 와야 할 테고. 죽이러 와서는 전날에 한 맹세는 거짓이었으니 이해해 달라 말하게 되려나? 어찌하여도 거짓의 삶을 살 수밖에 없다면 난, 치사해서 아니 할래."

치사하여 그만 살고 싶다는 선축을 향해 문 가까이 있던 둘째 자선이 입을 연다.

"듣고 있자니 정작 말하고 싶은 내용은 빠진 것 같은데, 우리가 살아남기 위해서 구걸이든 협상이든 할 때 꼭 거짓 맹세를 할 필요가 있나? 진심으로 이쪽을 향해 돌아서면 되는 거잖아?"

"그리했을 경우도 거짓으로 살아야 하기는 같잖소? 우리가 진정으로 이쪽을 향해 돌아섰다 쳐! 맹세도 진심으로 한다 치고. 그런 다음 우리는 우리 있던 곳으로 돌아가서, 이쪽에서 변한 우리의 본색을 숨기고 이쪽을 위해, 우리 있던 곳에서 거짓으로 살아야 할 게 뻔해. 저들이 우리를 살리려는 이유가 뭐겠어? 그래서 아니 하겠다는 거야."

"허면 여기서 그냥 죽자는 말이냐? 우리 살던 세상에 대한 맹세의 염을 품고서 장렬히 죽자고? 장렬하기는 첨부터 글렀는데?"

자선의 격앙된 질문에 선축이 맞서 소리친다.

"첨부터 글렀다는 게 무슨 뜻이오?"

"그래! 선유 말대로 이미 죽은 마당에 솔직히 말하자. 우리가 받은 명은 처음부터, 아니 근본적으로 명분이 없었어. 전날에 우리 사부께서 형옥에 계실 때 우리가 파옥이라도 하여 그분을 구명할 명분이 없었던 것과 다르지 않아. 그분이 한 일은 그 자신만을 위한 것이었어. 자신만의 삶을 위해 남의 집에 들어가 목숨을 위협하여 남이 수년, 수십 년에 걸쳐 모은 것들을 강탈했어. 그렇게 강탈한 돈이 부정하게 쌓인 것들이었다고 해도, 우리 사부의 잘못이 덜하지는 않아. 그 행위에 어떤 대의명분도 없었기 때문이지. 그런 사부의 제자들이 우리였어. 그런 것도 모르고 우리는 아름다운 세상을 살기 위해, 우리가 원하는 삶을 향해 나아가기 위해 사는 거라 여기며 컸고, 그걸 위해 우리 세상에 충성하는 걸 당연히 여겼어. 당연을 넘어 뼛골마다, 핏줄기마다 새겨져 있지. 헌데 우리 속에 새겨진 그 당연함이 과연 응당했던 것일까? 또 우리는, 우리가 아름답게 살기 위해서 출발선에서부터 남의 목숨을 밟고 시작했지. 죽여 마땅한 자들을 골라 죽여라? 그 명이 응당한 거였어? 왜 우리는 지금까지 그런 질문을 하지 않았지? 이번에 받은 명은 명분이 있는지, 아름다운 세상을 향하는 대의에 합당한지, 아름다운 세상이 어떤 세상인지, 왜 우리는 질문하지 않는 걸 당연하게 여겼을까? 어째서 합당과 부당에 대해, 정도와 사도邪道에 대해 물을 줄 모르는 멍청이들로 자랐지?"

"이제 보니 아주 청산유수구려. 나랑 같은 말을 하면서 사설은 길기도 하고."

"아직 덜했어! 다 끝난 마당에 필요 없는 가정이지만, 우리가 우리 세상의 한 수뇌인 이 집의 주인을 죽이고 명화적의 피습을 받아 죽은 걸로 꾸몄다 치자. 그건 뭘 위한 것인데? 또 뭘 위한 것이든 그게 합당할 수 있어? 합당은커녕 천만부당한 것이지. 천만부당한 그 명을 수행하기 위해, 일고의 반문조차 없이 나선 순간, 지금까지의 우리, 내 삶은 근거를 잃었어. 그리고 마땅히 죽었고. 구차하게 되살아나 거짓으로 연명하고 싶지 않아."

"한마디로 더러워서 살기 싫다는 게 내 말과 똑같잖소!"

선축의 빈정거림에 여섯째 선진이 나섰다.

"선축 형님, 자선 형님한테 그러지 마요. 우리가 모처럼, 아니 처음으로 진지하게 속내를 터놓고 있는데 빈정거리면, 다들 맘이 안 좋잖아요."

"지금 맘이 좋고 안 좋고를 논할 자리냐?"

"이왕 일은 다 끝났고, 우리한테 남은 게 정말로 죽는 일밖에 없다면, 맘이 나쁠 건 뭐예요. 더 나빠질 게 없는데요. 그리고 좋은 맘으로 죽으면 좋은 세상에 태어난다고 들었어요. 저는 좋은 세상에 태어나고 싶어요."

선축이 분개한 듯 소리지른다.

"좋은 세상 좋아하네, 멍청한 녀석! 이왕 죽을 일밖에 남지 않았다면 삶의 명분이니 대의는 따져서 무얼 하냔 말이다. 치사하고 더러워 살기 싫다면서, 목 떨어져 나간 사부는 왜 거론해? 그분이 명분없이 살았다손, 그 손에서 커난 우리 모두의 삶을 모조리 쓰레기로 만들 건 없잖아. 그분이라고 처음부터 그랬을까? 그리고 그분이 무슨 일을 했건, 어찌하다 죽었건, 우리한테 뭘 가르쳤건, 어쨌든 스승이셨잖아. 그렇게 따지면 노스승이셨던 표회스님은 어떻게 되는데? 우리한테 글자를 가르치고 선무도를 통해 마음을 기르라 가르쳤던 그분은 우리가 어찌 쓰이다 죽게 될지 모르셨을까? 모르셨다면 그분이 무슨 스승이야? 아셨다면 또 그분이 어찌 스승일 수 있고? 그런데, 이 자리에서 사부를 거론할 필요가 어딨어? 어차피 응당하지 않았다면서? 모든 사람이 다 응당하게 사는 거야? 주어진 상황에서 나름으로 사는 거지? 그렇더라도 살기 싫으면 그만 살면 되는 거야. 각기 태어났으나 같이 죽게 된 판이니 각자, 살지 죽을지나 스스로 선택하자, 그런 말이나 하면 되는 거라고."

일곱째 사선이 말했다.

"운종 가서 뺨맞고 서강 가서 분풀이 한다더니 선축 형이 그 짝이네요. 선진 형은 그만 잡으시고, 그래서 어쩌자는 겁니까? 죽자는 거예요, 살자는 거예요?"

모로 누운 채 잠잠하던 넷째 인선이 뇌까렸다.

"살기 싫으면 이리 시끄러울 까닭이 없지 않나?"

아홉째 미선이 저도 말할래요, 하고 나선다.

"형님들은 연신 죽는다는 말씀들만 하시는데, 저는 아니에요. 저는 어찌하여도 살고 싶어요. 기어이 살 거예요. 왜냐하면, 머루하고 한 약속을 지켜야 하거든요."

"머루가 뭐야? 새콤달콤, 넝쿨에 열리는 머루하고도 약속을 하냐?"

여덟째 선오의 재우침에 화엄약방에서 일하다 온 미선이 한결 낮은 목소리로 대답했다.

"머루는 우리 약방에서 일하는 처자야. 머루하고 나는, 더불어 돈을 모은 담에, 삼간 집이라도 마련할 만하면 혼인하기로 했어. 요즘 삼간초가가 열댓 냥 정도래. 지금까지 둘이서 닷 냥쯤 모았어. 열댓 냥을 모으자면 이태는 더 걸릴 거 같아. 그래서 나는 권전 시합에 나가 돈을 좀 벌면 어떨까 해."

선오가 소리 지르며 일어난다.

"이런 방울만 한 새끼가 겁대가리도 없이, 응큼하게!"

곁에 있던 다섯째 선묘가 머리로 선오를 들이받는다. 미선을 욕하는 게 듣기 싫은 데다 모처럼 재미난 말을 하는데 끊어 놔 몸을 날린 것이다. 기껏 삶의 명분에 대한 이야기로 무르익어 가던 방안이 삽시에 난장판으로 변하고 만다. 자신들의 이부자리를 넘어 대굴대굴 굴러다닌다. 머루가 몇 살이냐. 대체 언제 정분이 났냐. 우리한테 찍소리도 않고 살림 차릴 궁리를 하다니! 네깟 놈이 주먹질 시합에 나가 돈을 벌 성싶으냐. 내가 대신 나가 주리? 얽혀서 굴러다니며 소란을 떨다가 차츰 잦아든다. 아무데나 아무렇게나 누운 채 등이 걸린 천정을 올려다본다.

홍집은 등 뒤로 묶인 손을 움직여본다. 작정하고 시도하면 못 풀 것도 없는 결박이다. 뜨거움을 약간 참고 화로에다 결박을 댄다면 금세 느슨해 질 것도 같다. 그걸 깨달은 홍집은 손 움직여 보기를 포기해 버린다. 탈출해 무얼 하랴. 검 한번 움직여 보지 못하고 맥없이 사로잡혔지 않은가. 탈출하게 둘 사람들이 아니거니와 탈출하고 싶지도 않다. 기껏 나가서 다시 이들을 치러 와야 하는데 그건 어리석다 못해 우습지 않은가. 더구나 아우들을 이끌고 담을 넘기로 했을 때 이미 사로잡힐 걸 예감했다. 아니 더 전에 용영대 아래서 강경상 각이 아니라 임림재를 먼저 치기로 할 때부터 그랬다. 핑계는 총을 피하자는 것이었으나 실상은 알 수 없는 미래에다 비휴들을 던져 넣은 것과 같았다. 뻔한 앞날에 대한 회의 때문이었다. 아무 잘못 없는 돈녕부 정正 서행석을 죽일 때 느꼈던 스스로에 대한 염오와 평생 그렇게 살아야 하리라는 사실에 대한 절망. 만단사 강령대로라면 원하는 게 있어야 가고 싶은 곳이 있을 터인데 도무지 원하는 게 떠오르지 않았다. 미연제를 찾아 안고 깊은 산속으로나 들어갈 수 있다면 모를까.

목이 마르다. 홍집은 엊그제 용영대 앞에서 자선과 나누어 마시던 몇 모금의 술을 떠올린다. 실수하지 않으려 술을 버렸다. 속 깊이 무슨 생각을 했건 그날 밤 반드시 일을 마칠 작정이었고 마칠 수 있을 거라 여겼다. 스스로를 믿지는 못했다. 성공 대신 실패와 실패에 따른 죽음을 예감했다. 그때 죽는 거라 여겼는데, 난생 처음 푹 자고 일어난 꼴이 되었다. 화살을 세 발이나 맞고도 몸이 개운하기만 하다. 새삼스레 삶에 직면한 이 당혹스런 상황을 어찌할 것인가.

"어흠!"

밖에서 기척이 나더니 문이 열린다. 거적이 들리면서 화산이 들어온다. 그가 거적을 돌돌 말아 문 위 양쪽에 박힌 대못에다 꽂아 놓는다. 화산이 들어온 문은 밖으로 열린 채이다. 써늘한 바람이 들이친다. 희끄무레 날이 밝았다. 일월 이십칠일인가. 이십일에 파루 소리에 맞춰 양연무를 나왔다. 연경에 간 사령이 며칠 안에 한양으로 귀환할 것이다. 어쩌면 이미 들어왔을 수도 있다. 화산이 말한다.

"곧 아침을 들여올 것이오. 모두 가운데 쪽으로 나와 될수록 편한 자세로 상을 받으시되, 귀한 분들이 그대들의 식사 수발을 들러 들어오실 테니 가능한 한 예를 갖춰 주시오."

그나마 취할 수 있는 자세가 무릎으로 서거나 무릎 꿇고 앉는 것이라 예는 저절로 갖추게 되었다. 비휴들이 무릎을 꿇고 앉는 사이 화산이 문 밖에서 들여 준 청포 두루마리를 안고 들어와 홍집과 술선이 마주하고 있는 안쪽의 통로에서부터 깐다. 폭이 석 자쯤 될 법한 두툼한 청포가 주르륵 깔리자 바닷물이 곳집 안으로 흘러드는 것 같다.

바닷물 같은 푸른 천자락을 밟으며 한 아이가 들어선다. 여섯 살이나 일곱 살쯤 됐겠다. 귀염성 있는 얼굴에 눈동자가 유난히 크고 까맣다. 소매가 색동으로 된 흰 두루마기를 앙증맞게 입고 한 줄로 땋은 머리를 등 뒤로 늘어뜨리고, 색동 모자를 쓰고 붉은 비단 방석 한 장을 안은 녀석이 청포 위를 걸어온다. 녀석 뒤에 녀석의 머리에 손을 얹은 여인이 따랐다. 솜 두고 누빈 흰 두루마기를 입고 매화꽃 수놓인 아얌을 쓴 여인. 어안이 벙벙할 만큼 자태가 곱다. 저 여인을 어디서 봤더라, 생각하던 홍집은 여인이 무녀 중석, 연화당임을 깨친다. 맞은편의 막내 술선의 눈이 멍해지고 입이 벌어진다.

연화당이 홍집과 술선 앞을 약간 지나서 벽 앞에 섰다. 아이가 방석을 벽 앞바닥에 놓고, 여인의 손을 이끌어 앉힌다. 여인이 좌정하자 아이가 되돌아 다박다박 걸어 나간다. 이어 아이가 다시 들어오는데 이번에는 밥상을 든 화산이 함께 했다. 화산이 네모난 소반을 들고 있는데 아이는 마치 제가 상을 들기라도 하는 양 으스대며 부축하여 홍집 앞에 이른다. 화산이 상을 내려놓고 나가자 녀석은 제가 상을 들고 와 내려놓은 양 박수를 치더니 싱긋 웃고는 무릎을 꿇고 홍집과 마주앉는다.

녀석 뒤를 따라 소반 하나씩을 든 여인들이 줄줄이 들어와 비휴들 앞에 놓고는 마주앉는다. 홍집 앞의 녀석을 빼고는 모두 여인들이되 나이는 열서너 살쯤 된 처자부터 환갑 넘어 보이는 할머니까지 골고루 섞였다. 온 집안의 여인들이 총출동한 것이다. 전의 상실! 이들이 싸우기 위해 나선 병사들이라면 어떤 적이 이들을 당하랴 싶어 홍집은 실소한다.

"다들 들으세요."

연화당이 그렇게 입을 열었다.

"여러분과 제 식구들과의 인연이 어찌될지 알 수 없으나, 이 한 끼는 여러분을 저희 집의 식구로 대접하기로 하였기에 집안 여인들이 모두 나왔습니다. 상마다 밥그릇이 두 개씩 올라 있는 것을 보실 겁니다. 수저도 두 벌씩이고요. 여러분이 마주한 여인들을 할머니나, 어머니나 아주머니나, 누이처럼 여기시고 겸상하세요. 일일이 받아 드시는 게 불편하시겠으나 형편이 이러하니 너그러이 여기시고, 소찬이나마 정성껏 차렸으니 이야기도 나누면서 맛나게들 드세요."

연화당의 말이 끝나자 각 상의 여인들이 밥주발과 갱기의 뚜껑을 열고 수저를 들고 국 먼저 떠서 비휴들에게 내민다. 홍집 앞에 앉은 꼬마 녀석은 이웃 상의 풍경을 보고는 따라한다. 숟가락으로 시래기국을 떠서 왼손바닥으로 바치며 제 입을 아, 벌리며 홍집에게 내민다. 홍집이 아, 하자 숟가락이 입으로 들어오는데 국물의 반은 이미 흘려 버린 뒤다. 녀석이 같은 짓을 하다 또 흘린다. 국물은 녀석의 손목 쪽으로 흘러 제 색동 소맷부리에 얼룩이 진다. 둘 다 무릎을 꿇은 자세라 높이가 맞지 않다. 녀석과 소반과의 사이가 벌어져 수저 움직일 거리가 먼 탓이다.

"녀석아, 네가 상 가까이 다가앉으면 서로 편하지 않겠냐? 나한테 밥을 먹으러 왔으면 제대로 해야지. 내 입으로 들어와야 할 게 네 녀석의 고운 옷을 다 적시고 있지 않아?"

홍집의 말을 말똥히 듣던 녀석이 연화당을 바라본다. 연화당이 아이의 눈을 쳐다보며 손짓과 함께 말한다.

"성아, 네가 상 가까이 다가앉아서 떠 드리려무나. 아저씨는 몸이 크고, 너는 작으니, 너는 그렇게 꿇어앉지 않아도 돼. 수저를 잘 움직일 수 있게 몸을 편히 해봐."

성이라 불린 녀석이 고개를 끄덕이더니 연화당의 말대로 움직인다. 국 숟가락이 홍집의 입속으로 제대로 들어왔다가 나간다. 홍집에게 국물 한 숟가락 떠먹인 녀석이 옆에 있는 선오 상 앞에 앉은 열댓 살가량의 처자가 하는 양을 관찰한다. 처자처럼 밥을 떠 밥그릇에 올려놓고 젓가락을 잡는다. 그래도 젓가락질은 익혔는지 서투른 대로 움직이기는 한다. 잘게 썬 김치 한 조각을 집어 밥 위에 올리고, 김치 위에 멸치 두 점 놓고, 볶은 버섯 조각도 쌓는다. 제가 입맛

을 쩝쩝 다시며 젓가락을 내려놓고 탑을 쌓듯 공들인 숟가락을 들돌
이나 되는 양 들어올린다. 순간 숟가락에 쌓은 것들이 스르르 무너
져 상 위로 흩어진다. 홍집은 기가 막혀서 웃음이 터진다. 녀석도 앙
입을 벌리고 웃는다. 젖니가 쌀알처럼 환히 드러나는데 웃는 녀석에
게서는 소리가 나지 않는다.

"녀석아, 너한테 밥 한 수저 얻어먹으려다간 이 아저씨 흰 털 나겠
다."

녀석이 또 연화당을 쳐다본다. 연화당이 성에게 고개를 끄덕이곤
홍집에게 말했다.

"홍집 대장, 우리 성아가 아직 말을 못합니다. 제가 해드리면 좋겠
는데, 저는 또 눈이 좀 어두워 어렵습니다. 아이하고 논다 여기시고
하는 양을 바라봐 주세요. 옆에 있는 아이의 누이가 도와드릴 겝니
다. 수앙아, 성아 좀 거들어 주어라."

"네, 어머니." 하며 나서는 수앙은 연화당의 친딸인 모양이다. 머
리채 꽁지를 이마 위쪽에 말아 놓고 댕기를 붙인 코머리를 하고 있
는데 연화당의 어릴 때 모습이다 싶을 만치 꼭 닮았다. 수앙에게서
밥을 얻어먹고 있는 미선이, 화엄약방의 머루와 혼인을 약속하였으
므로 기어이 살고 싶다던 놈이 수앙에게 넋이 나가 헤, 벌린 입을 다
물 줄 모른다. 수앙이 미선의 입에 밥 한 수저를 떠 넣고 성아 곁으
로 다가들더니 반찬 올린 밥 수저를 홍집에게 내민다. 왼손잡이다.
지금이 어떤 상황인지 모르지 않을 텐데 싱긋 웃는다.

"드시어요, 홍집 대장님. 체하지 않게 꼭꼭 씹으시고요."

홍집이 받아먹으니 수앙이 잽싸게 국을 떠먹인다. 밥과 국 한 번
씩을 더 먹여 준 수앙이 그 숟가락을 성아한테 쥐어 주고는 손짓과

함께 말한다.

"방금 언니가 한 것처럼 하는 게 어려우면, 반찬을 따로따로 집어 아저씨 입에 넣어드려. 젓가락질이 힘들면 넌 아직 어리니까 숟가락이나 손가락을 써도 돼. 알았지?"

누이가 하는 말을 알아듣는지 녀석이 고개를 끄덕인다. 수앙이 제자리로 돌아가자 성아는 밥 위에 반찬 쌓기를 포기하고 젓가락질도 포기하고 단풍잎만 한 양손으로 멸치 한 점, 김치 한 조각, 버섯 한 조각, 나물 한 점, 마름모꼴로 잘린 전 한 점 등을 나름 부지런히 집어 내민다. 제가 먹을 틈은 없고 먹을 생각도 없어 보인다. 양념이 묻은 손가락을 쪽 빨아 먹는 것도 다른 반찬을 집기 위한 동작이다. 일체의 목소리를 내지 않는 녀석은 먹여 주는 놀이에 푹 빠져 놀고 있다. 소리 낼 줄 모르는 녀석. 타고난 귀머거리라 소리를 못 낼 것이다. 그래서인지 녀석 스스로는 전혀 불편해 보이지 않는다.

틈틈이 수앙이 옮겨와 밥을 떠 주고 국 사발째 입에 대주고 돌아가기를 반복하는 사이 홍집 앞에 놓여 있던 이인분의 밥상이 사그리 빈다. 겸상하여 함께 먹으라 한 것을 혼자 다 먹은 셈인데, 다른 상도 그런 것 같다. 처음부터 거의 이틀을 굶은 포로들에게 두 그릇씩을 먹일 셈으로 겸상을 만들어 온 것이다. 그쯤에 주전자를 들고 온 복면이 비휴들의 밥그릇마다 숭늉을 부어 주고 나간다. 숭늉을 마시고 나자 소란했던 식사가 끝났다. 입구 쪽에서부터 빈상을 든 여인들이 나갔다. 수앙이 나가고 성이 따라 나가자 곳집 안에는 비휴들과 연화당만 남았다. 비휴들의 시선을 한몸에 받으며 웃음기 어린 얼굴로 앉은 연화당이 입을 연다.

"너무들 뜯어보시니, 민망합니다. 소세 단장하고 나온 제 얼굴에 뭐가 묻었을 리는 없고, 평생 괴이하게 생겼다는 소릴 들은 적도 없으니, 아무래도 제가 어여뻐 보시는 게지요? 젊은 분들 눈에도 제가 그리 곱습니까?"

비휴들이 시실시실 웃는 사이 좀 전에 선묘한테 밥을 먹여 주던 여인이 들어와 연화당 곁에 앉는다. 화개 유수화려에서 중석을 시좌하던 여인이다. 혜원이라 불렸던 것 같다. 혜원은 남색 삼회장의 흰 저고리에 남색 치마를 받쳐 입고 청색 쾌자를 걸쳤고 땋은 머리채를 가리마 위에 얹었다. 혜원은 연화당과 비슷하거나 두어 살 위쯤일 것 같은데 눈빛이 사뭇 깊다. 연화당이 다시 입을 뗀다.

"잔뜩 묶어 놓고, 편히 하라 하기 미안합니다만 최대한 편히들 하시면서 제 말을 들어주기 바랍니다. 제 곁에 앉은 분은 혜원이시고, 저의 스승이십니다. 다들 아시겠으나 저는, 강경상각주 황환의 내자이고, 연화당이라 합니다. 그리고 무녀이기도 합니다. 여러분에게 하고 싶은 말이 있어 식사가 끝나길 기다렸습니다. 제가 말을 하는 동안 아무 때라도, 질문이 생기면 물어 주세요. 아무것이라도 괜찮습니다. 그보다 먼저, 홍집 대장!"

홍집은 느닷없는 호명에 놀라, "예 마님." 하고 대답한다.

"그대 말을 어디다 매 두었습니까?"

온과 함께 다니면서 타던 출사를 양연무로 옮길 때 그냥 타라기에 타고 다녔다. 여기 오기 전 묵었던 주막 주인에게 출사를 잘 돌봐 달라고 십 전을 주고 왔다. 돌아가 곤과 늠이에게 기마술을 가르칠 참이었다. 열흘이면 오리라, 하고 떠나왔으므로 두 아이는 사흘 뒤부터 목이 빠져라 허원정이나 양연무의 대문 밖을 내다볼 것이다.

"강경포구 이웃의 신작골 주막에 매어 두었습니다만, 어찌?"

"데려와야겠어요. 하마, 말 도둑들이 그대 말이 매인 주막 어름을 넘보고 있는 것 같아요. 간밤에는 위험을 느낀 말이 제 주인을 부르며 자꾸 울었을 것이라 주막 주인이 나와 보는 바람에 무사히 지나간 것 같은데, 오늘 중으로 그들에게 끌려가긴 싫어요. 말을 데려오라 하리까?"

출사 입장에서는 말 도둑한테 끌려가 팔리는 것이 나을까, 어차피 낯선 사람들에게 부려지며 사는 게 나을까. 연화당의 질문이 꽤나 공교롭다. 주막에 묶인 채 말 도둑에게 끌려갈 위험에 처한 출사나 이곳에 묶여 어찌할 줄 모르는 그 주인이나 처지가 같지 않은가. 연화당은 홍집에게 살고 싶은지 죽고 싶은지, 살면 어떻게 살 것인지 묻고 있는 것이다. 홍집은 어떤 답을 해야 할지 알 수 없다. 홍집이 대답을 못하고 묵묵하자 건너편의 막내 술선이 외친다.

"데려와 주십시오, 마님. 그 말 이름이 죽음을 피하라는 뜻의 출사입니다. 열 푼을 주고 맡겼다 합니다."

연화당이 미소 지으며 고개를 끄덕였다. 혜원이 일어나 바닷물 같은 청포 위를 걸어 문으로 가더니 몇 마디 속삭이고 돌아와 제자리에 앉는다. 연화당이 또 말한다.

"홍집 대장은 당금의 현실을 어찌할지, 어찌하고 싶은지 결정할 의지가 없는 것처럼 보입니다. 허무, 허망함에 시달리고 계시는 거지요. 그와 같은 사람이 이 안에 몇 분 계시고요. 혜원! 우리 왼쪽의 여섯 번째, 오른쪽의 세 번째, 다섯 번째에 앉은 사람이 누구누구입니까?"

혜원이 익히 알고 있었던 듯 유자선, 배선축, 김선진이라고 거명한다. 더 이상 놀랍지도 않다 싶어 다들 체머리를 흔드는데 연화당이 찡그리듯 미소 짓는다.

"제가 방금 호명한 분들, 어차피 죽을 텐데, 무녀의 시답잖은 말은 왜 들어야 하는가, 하고 분노하고 계신 듯한데, 맘 가라앉히고 들어주세요. 저는 지금 여러분들 앞에서 제가 무녀라서 보통 사람보다 다른 사람의 속내를 느끼는 기운이 예민하다는 점을 짐짓 과시하고 있습니다. 과시하는 김에 한 번 더 하겠습니다. 여러분은 모두 어머니가 생존하지 않는 걸로 알고 계실 겁니다. 사실입니다. 여러분이 어머니들을 기억하든 기억하지 못하든, 여러분의 어머니들은 다 이승에 계시지 않습니다. 한 사람만 빼고요."

비휴들이 서로를 두리번거린다. 비휴들에게는 어머니에 대한 기억을 가진 사람이 없다. 어머니를 기억하게 해줄 아버지는 물론 친인척 같은 것도 없다. 지금까지 다들 그렇게 알았다.

"혜원, 제 왼쪽으로 네 번째에 있는 사람이 누구입니까?"

혜원이 왼쪽 줄에 차례대로 앉아 있는 술선, 선오, 선묘, 사선, 인선, 자선까지 훑어보고 난 뒤 말했다.

"그는 염사선입니다, 마님. 염생은 한양 보제원거리에 있는 사해약방에서 약재제조 공인 노릇을 하고 있사온데, 사해약방의 기의원을 스승으로 모시면서 의술공부를 하고 있습니다. 기의원이 염생의 영민함과 착실함을 기특히 여기어, 작정하고 의술을 전수하기 시작했다 들었습니다."

아직 사선의 어머니에 대한 이야기는 나오지도 않았는데 비휴들은 모두 뒤로 넘어갈 얼굴이다. 대놓고 과시한다 하더니 과연 그렇다. 열한 명의 신상을 모두 꿰고 있다는 것 아닌가.

"염사선!"

연화당이 사선 쪽을 바라보며 호명했다. 사선이 연화당을 쳐다보지 않은 채 마지못한 양 "예." 대답했다.

"염사선 그대의 어머니는 살아 계시고, 어디쯤에 계시는지, 그대는 알지요?"

비휴들의 눈길이 일제히 사선에게 쏠린다. 사선이 형제들의 눈길을 흩트리려는 듯 고개를 젓다가 떨어뜨리며 "예." 한다.

"사선 그대의 어머니는 무녀이실 겝니다. 그렇습니까?"

고개를 푹 수그린 사선에게서 "예." 하는 대답이 나왔다. 비휴들이 무녀 연화당과 무녀를 어머니로 두었다는 사선을 번갈아 쳐다보기 바쁘다.

"염사선 그대가 어머니와 어찌 떨어지게 되었는지는 저도 모릅니다. 다만 그대의 어머니가 어린 날 집에서 내보낸 아들을 위하여 날마다 무사하기를, 잘 살아가기를 축원, 축수하고 계시다는 건 압니다. 지금 이 순간에도 어디에선가 아들의 안녕을 위해 기도하고 계십니다. 그러니 기회가 온다면 어머님을 찾아뵈세요. 무녀란 족속이 사람 아랫것으로 사는 신세일망정 상종 못할 족속은 아니랍니다. 더구나 어미로서는 세상 모든 어머니들과 똑같이 자식들을 그리며 삽니다. 염사선, 제 말 알아들으셨습니까?"

"예, 마님."

"고맙습니다, 사선 씨. 사선 씨에 대한 이야기는 이쯤에서 멈추도록 하겠습니다. 복채를 받아낼 것도 아닌 여러분 앞에서 왜, 아는 소리를 자꾸 하는가. 까닭은, 저는 무녀라서 저를 해하려는 사기邪氣나 저를 죽이려 하는 살기를 보통 사람보다 훨씬 예민하게 알아챈다는 것을 여러분한테 강조하기 위함입니다. 혹여 여러분이 여기서 나가 양연무로 돌아간 뒤 다시 저를, 혹은 거북부령 황환을 해하기 위해 돌아온다면 엊그제 밤처럼 미리 대비하여 다시 여러분을 잡을 수 있다는 점을 알려 드리는 거고요. 홍집 대장은 작년 유월 초순과 팔월 중순, 시월 하순 등에 이 임림재 근방에서 여러 날 우리를 지켜보다 돌아갔습니다. 그렇지요?"

홍집은 꼼짝없이 "예." 한다.

"인정해 주시니 고맙습니다. 우리는 그때도 다 느끼고 있었습니다. 우리 식구가 매번 홍집 대장을 잡지 않은 건 살기가 없었기 때문입니다. 이번에는, 이레 전이었지요? 밤에 홍집 대장은 우리 별당으로 들어와 온 집안을 한 바퀴 돌고 나갔습니다. 우리는 물론 알고 있었고요. 그리고 이번에는 홍집 대장이 살기를 품고 왔으며 여러분들과 함께 왔다는 것도 그 밤에 느꼈습니다. 여러분들을 제압하기 위한 우리의 계획은 그때부터 시작되었습니다. 더하여, 만단사 거북부령 황환과 그 휘하 사람들이 만단사령 이록과 갈라설 수밖에 없는 지점에 이르고 말았다는 것도 확인하게 되었지요. 만단사를 전면 부인하는 게 아니라 작금의 사령 이록과 그 추종자들을 부정하게 되었다는 겁니다. 사령 이록과 거북부령 황환의 전쟁이 시작된 것이라 할 수 있겠지요. 다시 말씀드리자면, 만단사를 이록 이전의 만단사로 돌려놓기 위한 계획이라 할 수 있을 겁니다. 세상의 어둠을 밝혀 밝은 아침을 맞이하게 하리라는 아름다운 뜻을 가진 만단사 말입니다. 이제부터, 저를 이어서 혜원께서 여러분들과 이야기를 나누실 겝니다. 저는 먼저 나가겠습니다."

연화당이 미소 지으며 혜원에게 손을 내밀다 홍집과 눈이 마주친다. 마주치는 것 같은데 어긋난다. 눈이 불편하다는 말이 소경이라는 뜻이었던가? 홍집은 등골이 서늘해진다. 그동안 연화당을 여러 차례 본 셈이지만 면대한 적은 없다. 화개에서는 신당 밖에서 봤고, 임립재에서는 화개에서보다 훨씬 먼 거리에서 살폈다. 연화당은 집 밖으로 나서지 않는 건 물론이고 집안에서 거니는 일조차 드물었다. 이번에 와서 황환의 팔을 잡고 걸으며 담소하는 모습을 본 게 두 번 이고 방안에 앉아 한 처자가 책을 읽어 주는 모습을 한 번 보았다. 좀 전에 선오에게 밥을 먹였던 처자였다. 그뿐 연화당이 원체 움직 이지 않는 습관인가 하였다. 이제 보니 눈이 어두워 움직임이 덜했 던 모양이다. 혜원이 일어나 연화당을 이끌며 청포 위를 걸어 나간 다. 두 여인의 치맛자락이 나붓거리며 사라지는가 싶더니 문 밖으로 연화당을 인도해 놓은 혜원이 되돌아온다. 좀 전에 연화당 옆에서 무릎을 세우고 앉던 그가 이번에는 연화당의 방석 앞자리에 방석 없 이 그냥 앉는다. 치맛자락 속에서 가부좌를 하고 등을 곧추세운다. 두 손을 포개 무릎에 놓고 입을 연다.

사형들 앞에 나설 것인가, 말 것인가. 무슬은 아직 결정하지 못했 다. 사형들은 그제 이른 아침에 깨어 밥을 먹은 뒤 다시 잠에 빠졌 다. 중간 중간 일어나 두리번거리다 오줌을 싸고 똥을 누기도 했다. 그 수발을 무슬이 홀로 했다. 혜원을 만나자고 하면 혜원을, 연화당 을 뵙자고 하면 뵙게 해주고 화산을 보고 싶다고 하면 그를 보게 해 주었다. 배가 고프다 하면 죽을 먹이고 목이 마르다 하면 물을 마시 게 했다. 죽과 물에 약한 수면약이 들어가므로 사형들은 또 잠이 들 곤 했다.

사형들이 산송장처럼 자는 사이에 무슬은 사형들의 결박을 풀고 이부자리와 난방과 등불을 돌보았다. 사형들을 캄캄한 곳에 두고 싶지 않았던 것이다. 사형들의 겉옷과 신발들, 봇짐들은 각기의 이부자리 앞에 사려놓았다. 잘 때는 그들 곁, 곳집 통로 오른쪽의 끝에 있는 선진 곁에 누워 잤다. 사형들이 번갈아 수시로 일어나매 그 수발을 들어야 하므로 이부자리를 따로 펴지는 않았다. 이번엔 얼마나 잤는지 모르겠다. 눈을 뜨니 닭이 홰치는 소리가 들린다. 또 새벽이 왔다. 어제부터 수면약을 먹이지 않았으므로 이제 사형들이 완전히 깨어날 때였다.

사형들 앞에 나서야 하는가 말아야 하는가에 대해 무슬이 묻자 화산이 말했다.

"힘든 결정이겠으나 힘든 것인 만큼 네 스스로 결정해야 한다. 네가 한양에서 수앙을 따라 임림재까지 닿은 시기가 무시하지 못할 만큼 공교롭기는 하나, 그 모든 게 너 장무슬의 의지로 이루어진 것이므로 이번 일도 스스로 선택해라."

사형들 앞에 복면을 벗고 나설까, 말까.

사형들이 죽은 줄로 알고 있을 선해가 만단사를 배신하고 사형들을 팔아넘긴 대가로 장의원의 아들로서, 사신계원으로서 잘만 살고 있다는 사실을 어찌 고한단 말인가. 그리하느니 죽은 걸로 되어 그냥 숨어 살고 싶다. 배신을 후회하지 않았으나 일순간도 떳떳한 적은 없다. 배신은 천만가지 이유로 감싼다 해도 배신이었다. 그러면서 지금 사형들 앞에 모습을 드러내는 건 사형들에게도 배신을 권유하는 것과 다름없다. 배신하라 권유하면서 나의 부끄러움을 희석하려는 것이다.

어떡하나. 어떡할까. 어찌해야 할까.

몇 해 전 가을 을밀대 숲에 선신을 묻고, 한양으로 가야 하는가, 평양에 남을 것인가를 갈등했다. 한양으로 못가고 평양에 남기로 할 때 만단사와 스승들과 사형들에게 들키는 순간까지만 살고 싶다고 생각했다. 그 사형들이 지금 모두 눈앞에서 자고 있다. 사형들이 눈을 뜬 순간, 죽게 될지도 모른다. 을밀대 숲에서처럼 몇 날이고 갈등하고 있을 시간이 없다. 당장 결정해야 한다. 죽기를 각오하고 이 곳 집 안에 남아 있을 것인가. 달아날 것인가.

어떡하지. 어떻게 할까. 어떻게 해야 하나.

어제그제 내도록 한 생각을 눈뜨자마자 다시 하건만 결정하기 어렵다. 무슬은 선진 곁에서 몸을 일으키며 이불을 다독여놓는다. 선진이 곳집 안 오른쪽 끝에 누웠으므로 출입문이 서너 걸음이다. 서너 걸음을 걸어 문 앞에 닿는다. 돌아보지 않고 거적을 들추고 문을 연다. 찬바람이 들이치는 바람에 질겁하여 문을 닫는다. 나가지 못했다. 나가지 못했으므로 거적 안쪽으로 들어선다. 문소리에 누군가 깼을까 봐 가슴이 마구 뛴다. 다행히 아무도 듣지 못한 것 같다. 아직 일어날 때가 못 되었는지 모른다. 무슬은 문을 등지고 무릎을 끌어안고 앉아 눈을 감는다. 거적에서 문틈으로 스며든 찬 공기가 등에 느껴진다. 눈 뜨지 않고 더 이상 갈등하지 않고 선택도 하지 않고, 이대로 고스란히, 나도 모르는 새에 죽고 싶다.

수앙은 일어났을까. 수앙은 안방에서 어머니와 함께 지낸다. 임림재에 도착한 밤부터 치면 이레째, 수앙은 잠깐도 어머니에게서 떨어져 있으려 하지 않는다. 누가 모녀 아닐까 봐 어머니를 꼭 닮은 수앙은 완전히 응석장이다. 꽃님일 때보다 더 아이가 되었다. 그렇지만 어머니를 꼭 닮았으니 수앙은 어머니와 같은 여인으로, 어머니 같은 어른으로 자랄 터이다. 너무 고와 바라보기도 죄송한 연화당 마님.

"네가, 무슬이로구나. 네가 우리 수앙을 살려 주었다지? 고맙다, 무슬아. 널 많이 보고 싶었는데 네가 예까지 찾아와 주어 그 또한 고맙고. 내가 네 동무의 어미이니 너의 어미인 양 내 손 한 번 잡아 주련?"

그리 말씀하시며 손을 내미실 때 눈물이 났다. 기억에 없는 어머니가 혹시 어딘가에 살아 있다 하여도 연화당 마님과 같을 수는 없겠지만 그분 손을 맞잡으니 어머니 같았다. 지난 삶의 모든 게 다 채워진 성싶었다. 수앙은 그런 어머니처럼 살 것이므로 무슬은 수앙의 미래를 다 본 듯했다. 아직 살아 보지 않은 자신의 미래도 다 본 것 같았다. 그만하면 잘 살았다고 할 수 있을 듯했다.

"이보십시다."

나지막한 목소리에 깜짝 놀란 무슬이 눈을 뜬다. 바로 앞에 있는 둘째 형 자선이다. 일어나 앉아 바라보고 있는 그와 무슬의 눈길이 마주친다. 무슬의 심장이 우두두, 우박 쏟아지는 소리를 내며 뛰는데 그는 무심히 말한다.

"우리 몸의 결박이 다 풀리고 옷이며 신발이 발치에 사려져 있습니다. 이걸 보니 정말, 가려면 가라는 뜻인 듯한데, 어쩌자고 당신은 수문장처럼 떡하니 앉아 문을 막고 있습니까? 당신을 통과해야 우리가 나갈 수 있는 겁니까? 며칠간 우리 수발 들어준 게 고마워 치고 싶지 않은데 말입니다."

뒤늦게 무슬은 자신이 복면을 하고 있음을 깨친다. 지금이야말로 달아날 수 있는 마지막 기회다. 자선 곁의 인선이 기지개를 켜며 일

어나 앉는다. 입이 찢어져라 하품 하다 무슬을 바라본다. 아직 달아
날 기회는 있다. 다들 벌써부터 잠이 깨어 있었나 보다. 저 안쪽의
막내 형 술선이 일어서더니 결박이 해제된 몸을 풀어댄다. 으샤으샤
으으! 그 소리를 들은 것처럼 선유 형이 일어난다. 원래 열한 번째
형이었으나 그 위에 있던 선신이 사라졌으므로 선유는 열째 형이다.
자선이 또 말한다.

"내도록 우리를 수발해 준 그분이신 것 같은데, 어째 오늘은 꼼짝
도 않고 있는 겁니까? 결박을 풀어 놨으니 오줌통, 똥통 가져다줄
것도 아니실 테고요?"

지금 달아나지 않으면 끝이다. 그걸 아는데 무슬은 움직일 수 없
다. 복면 벗을 용기도 나지 않는다. 옴나위 못하고 앉아 있는 사이
맏형 선일이 몸을 일으킨다. 선해가 장무슬로 바뀌었듯 선일이었던
맏형의 이름이 윤홍집으로 바뀌었다는 걸 임림재에 와서 들었다. 그
렇지만 무슬에게는 여전히 선일인 홍집이 이쪽저쪽으로 목을 늘이
고 상체를 비틀어 양어깨를 풀고 어깨 짓으로 양팔을 푼다. 그리고
앉은 채 차곡차곡 이불을 갠다. 그 바람에 곁의 미선이 잠투정하듯
에이잉, 하며 돌아눕다가 홍집이 툭 치자 발딱 일어난다.

"다들 아까부터 깼잖아. 게으름 그만들 피우고 일어나 자리를 정
리해 보지!"

홍집의 말에 셋째 선축과 여덟째 선오와 다섯째 선묘와 일곱째 사
선이 일어나고 마지막으로 여섯째 선진이 일어난다. 일어난 사람들
이 모두 이부자리를 개어 반듯하게 정리한다. 일어난 즉시 이부자리
를 각 맞추어 정돈하기. 오래전 화도사에서부터 몸에 배인 습관들이
다. 각 맞춰 이부자리를 정리한 비휴들이 각자의 도포며 쾌자 등을

가져다 입고, 두건이나 모자나 전립 등을 갖춰 쓴다. 돗자리를 방으로 여기는지 신발은 아직 신지 않는다. 정돈이 끝나자 홍집이 무슬을 향해 말했다.

"우리가 나누어야 할 말이 있으니, 거기 수문장님! 자리를 비켜 주시겠습니까?"

무슬이 달달 떨리는 몸을 일으키다 거꾸러지듯 무릎을 꿇는다. 자꾸 구부러드는 등을 애써 곧추세우고 눈만 내놓고 있던 복면을 머리통에서 벗겨낸다. 복면을 벗고 후우, 한숨을 쉬고 나자 뛰던 심장이 가만해지고 몸의 떨림이 잦아든다. 다들 저자가 뭘 하고 있나 싶은 눈길로 바라보고 있다. 무슬은 사형들에게서 눈길을 떼지 않고 이를 악물고 버티며 그들의 시선을 받아낸다. 사형들의 눈이 차츰 커진다. 무슬의 몸이 다시 떨리기 시작한다.

석고대죄

　도성으로 돌아온 홍집과 비휴들이 동작나루에서 배를 내렸을 때 연경에 갔던 동지사신단이 사흘 전에 귀환했다는 말을 들었다. 사신단이 청국 황제로부터 아흔아홉 필이나 되는 몽고말을 하사받아 끌고 온 것으로 온 도성이 떠들썩했다. 돈녕부 정正 이록이 사신단의 부사로 갈 때 삼백오십 년 묵은 산삼을 품고 가 진상한 것에 대한 답례로 구십구 필의 말을 받아 끌고 왔다던가. 조정에서는 돈녕부 정으로 청국에 갔던 이록이 귀환하자마자 돈녕부 도정都正으로 올렸다고도 했다.

　이록이 개인적으로 어떤 광영을 이루었건 양연무로 먼저 들어온 비휴들은 이제 허원정으로 가서 이록 앞에 엎드려 명을 수행치 못한 것에 대한 용서를 구해야 했다. 홍집은 허원정에 혼자 가기로 작정했다. 옷을 갈아입기 위해 방으로 들어서자 자선이 컴컴한 얼굴로 따라 들어온다.

　임림재에서는 포로로 잡힌 비휴들에게 하고 싶은 말을 하게 하거나 질문에 답을 해주었을 뿐 사령을 배신하라거나 새로운 맹세를 요구하지 않았다. 실컷 자고 나니 결박은 풀렸고 문은 열려 있었다. 그 전에 자신들이 보여줄 수 있는 건 모조리 보여준 뒤였다.

꿈속 사람인 듯 아리땁고 다사롭던 연화당은 소경에 가까웠다. 무녀가 심안으로 사람 속내를 읽는다지만 연화당의 섬약함은 보는 사람 가슴을 저리게 하였다. 임림재 곳집 안에 있을 때 어느 순간에 일어난 일이 있었다. 선해인 줄 몰랐던 선해한테 오줌 수발을 받고 나서 연화당을 뵐 수 있는지 물었다. 복면 썼던 선해가 말없이 읍하더니 한참 만에 연화당을 인도해 들어왔다. 예의 그 자리에 놓인 방석 위에 앉은 연화당이 눈을 맞추려 애쓰며 미소 지었다.

"나를 보자 하셨다고요, 홍집 대장?"

낮은 목소리가 온아했다.

"세 가지를 여쭙고 싶습니다."

"에둘러 대답할까요, 간단히 대답할까요?"

"가능하신 한 간단하고 명료했으면 합니다."

"그러지요. 질문하세요."

"만단사령께서 지존에 오르시기는, 정녕 불가하십니까?"

"불가합니다. 두 번째 질문하세요."

"만단사 칠성부령은 혼인을 하게 되는지요?"

"혼인합니다."

"마지막 질문입니다. 제가 그 부녀를 떠날 수 있겠는지요?"

연화당이 짧게 웃고 나서 복면 쪽을 향해 "무슬아." 하고 불렀다. 홍집이 나중에 선해라고 알게 된 무슬이 다가들자 손을 뻗으며 말했다.

"나를 홍집 대장 앞으로 데려다주련?"

그렇게 다가온 연화당이 손을 뻗더니 홍집의 가슴팍에다 두 손을 대고 눈을 감았다. 그에게서 연꽃 향내가 났다. 연꽃으로 만든 비누 향내였다. 홍집의 가슴에 두 손을 댄 그가 나직하고 온후한 음색으로 「반야심경」을 읊었다. 익숙한 「반야심경」을 듣는 동안 홍집은 처음으로 그게 기도인 걸 깨달았다. 그 무엇에도 견줄 수 없게 신비하고 밝으며 높은 지혜에 다가가기 위한 걸음걸음. 절에서 자라나왔으면서도 「반야심경」에 얼마나 아름다운 뜻이 담겼는지도 처음 느꼈다. 「반야심경」 때문인지 연화당 때문인지 알 수는 없었으나 홍집의 가슴이 뛰었다. 한편으로는 맘이 아팠다. 가슴이 뛰고 맘이 아픈 걸 연화당이 알아차렸을 것 같아 수줍었다. 「반야심경」을 마친 연화당이 손을 마주잡은 상태로 눈을 감은 채 말했다.

"그대 스스로 느끼고 계시지요? 홍집 대장이 그들을 떠나거나 떠나지 않거나 하는 문제는 더 이상 중요하지 않음을요. 제가 답하지 않아도 이미 답을 알고 계시고요. 제가 드릴 수 있는 말씀은 여기까지입니다."

그렇게 들으니 알고 있었던 것 같았다. 연화당이 무슬의 손을 잡고 나간 뒤 홍집은 다시 잠이 들었다. 꿈인지 생각인지 잠인지 혼몽 속에서 임림재 사람들을 다시 보았다. 연화당은 아름답고 혜원은 강하고도 부드러웠다. 수앙은 가냘프면서도 귀엽고, 앙증맞은 성아는 소리를 몰랐다. 움직임으로만 사물을 인식하는 아이는 그 존재 자체가 아스라했다. 제 이름처럼 별 같은 아이였다. 소반을 들고 왔던 여인들이 다 그러했다. 뿐인가. 임림재에는 너무 어려 그 자리에도 나오지 못한 아기들이 대여섯 혹은 예닐곱이 있었다. 아장바장 걸어

다니고 젖 달라 울고, 재워 달라고 보채는 아기들. 그들 모두가 거북부령 황환에게 속해 있었다. 거북부령이 연화당에게 속해 있다고 해도 다를 건 없었다. 그들은 보호 받으며 살아야 하는 존재들이었다. 그들이 안전하게 살 수 있도록 하는 게 사내들의 삶이었다. 그들을 죽이려는 것에는 어떠한 명분도 대의도 성립되지 않았다.

그리고 선해!

임림재 곳집 출입문 앞에서 복면을 벗던 무슬은 서너 해 전의 그 선해라고 생각할 수 없을 만큼 훌쩍 자라 있었다. 그러면서도 전신을 덜덜 떨며 기를 쓰고 제가 선해임을 말했다. 사형들한테 죽을 작정으로 그 곳집 안에 있었고, 죽기 위해 복면을 벗었노라 했다. 가무잡한 낯빛에 가늘고 긴 눈초리에 영민하게 반짝이는 눈동자와 끝이 뭉툭한 콧대까지. 제가 선해라고 말하니 정말 선해였다.

선해에 따르면 네 해 전 금강산을 들러 백두산에 갔다 오던 중 선신이 심각하게 다쳤다. 약방에서 열이틀을 앓던 선신이 죽었다. 그 약방의 의원이 연화당과 잘 아는 사람이었다. 선신을 묻으면서 선해는 도선사로, 비휴로 돌아갈 수 없는 자신을 깨달았다. 가지 않으면 살아도 산목숨이 아니라는 걸 알면서도 가지 못했다. 아니 가기 싫었다. 알지 못할 앞날이 보이는 것 같았고 보이는 앞날은 개똥이인 것과 다를 게 없었다. 결국 가지 못했고 우여곡절을 지나 지금 여기 있노라, 선해 말의 요지가 그랬다.

선해한테 그 일로 인해 네가 새로이 속한 곳이 어디냐고, 아무도 묻지 않았다. 그가 어디에 속해 있는지, 그곳에 속하기까지 어떠했을지 눈앞인 듯 선연했기 때문이다. 범하지 못할 아름다움과 차마 손 뻗을 수 없는 연약함과 대항할 수 없는 불가사의한 힘. 거북부령

세력일 수만은 없는, 결국 사신계일 수밖에 없는 그들이 비휴들에 대해 알게 된 까닭이 무엇이랴. 선해 때문이었다. 선해는 선신을 잃고 살인할 자신이 없어 만단사와 비휴를 배신했고 그 자책으로 내내 살고 있으며 죽으면 죽으리라 하고 사형들 앞에 저를 드러냈다. 비휴들은 선해를 죽이지 못했다. 막내인 술선이 떨리는 목소리로 간신히 한마디 했다.

"썩을 새끼야, 나타나지 말고 그냥 죽어 있지 그랬냐."

거북부령을 죽이라는 사령의 명을 수행하지 못하고, 선해를 보는 즉시 죽이라 하였던 사령의 명을 어기고 임림재를 떠나왔다. 새룡동을 나와 앞날을 의논하기 위해 주막에 들었는데 화산이 홍집의 말 출사와 암말 한 마리를 이끌고 주막으로 들어왔다. 화산이 잘 가시라 인사하고 출사와 암말한테 실려 있는 짐짝을 가리켜 보이고 편지 한 장을 주고 사라졌다. 편지에는 몇 줄의 글과 지도가 그려져 있었다.

그대들이 잠들어 있던 사흘간 논산과 익산과 그사이에 있는 강경포구에 명화적明火賊이 들었다. 그들은 두 관아 서리들 중 백성을 괴롭히며 치부하는 자들의 집을 털어 배곯는 백성들에게 풀었다. 명화적은 강경상각도 침범했다. 황환이 도서 지역 점포 순시차 외유 중이었는지라 그대들은 그를 만나지 못했으며 강경상각 수직무사들을 제압하여 조총 이십오 정과 비격진천뢰를 비롯한 폭탄 열 점과 화약 열세 근, 암말 한 마리를 탈취하였다. 세 살 된 암말의 이름은 여울이고, 아래의 지도는 명화당이 침입했던 장소들이다.

비휴들은 잠들어 있었는데도 강경상각이며 근방 관아에는 명화적이 침입했고 비휴들은 한 일 하나 없이 명화적 노릇을 한 것으로 되었다. 육로로 나흘 거쳐 오는 동안 명화적에 대한 소문이 앞서 달리고 있다는 걸 느꼈다. 강경포구를 드나드는 배들이 서해와 황해에 연결된 모든 강들과 포구들에 닿기 때문이었다. 허원정에서도 강경 일대에 나타난 명화적에 대해 다 들었을 것이다.

"다 같이 갑시다."

자선은 혼자 가겠다는 홍집을 다시 만류하고 나선다. 홍집이 고개를 젓는다.

"그럼 나만이라도 같이 갑시다."

"우박을 같이 맞는다고 덜해지지는 않아."

"우박이든 뭐든, 형 혼자 맞는 걸 보고만 있으라고?"

"그게 너희들한테는 더 힘들겠지. 더 힘든 걸 너희가 감당하라는 거야."

"뭐가 됐든, 어찌되든 같이 감당하자고!"

"허원정의 그 어른을 내가 너보다 좀 더 알잖아. 나 혼자 가나 우리가 다 같이 가나 결과는 같아. 내가 죽으면 너희들도 죽어. 반대의 경우도 같고. 그런데 그 어른은 소란한 걸 싫어하셔. 나도 그렇고. 그러니까 조용히, 가만히 치르자는 거야. 그리고, 내가 허원정에 들어가 며칠 만에 나올지 모르지만 그사이에 네가 아우들과 함께 할 일이 있어."

자선이 더 말할 수 없도록 홍집이 딴소리를 한다. 홍집은 어릴 때부터 그랬다. 아우들의 잘못으로 벌을 받을 때면 같이 받되 제 잘못은 혼자 책임졌다. 이번 임립재에서의 실패를 혼자 떠안으려는 것도 어릴 때와 똑같은 고집이다. 임림재 곳집에서의 혼몽 중에 홍집이 연화당과 대화를 나눌 때 자선도 들었다. 사령이 임금이 될 수 있는지. 칠성부령이 혼인을 하는지. 자신이 그 부녀를 떠날 수 있는지.

앞의 두 질문은 자선이 듣기에는 어쩐지 황당했다. 홍집에게 어울리는 질문이 아닌 것 같았기 때문이다. 사령 이록이 임금이 되든 말든, 칠성부령 이온이 혼인을 하든 말든 개똥이 출신의 홍집과는 무관하지 않은가. 칠성부령과의 사통으로 아이를 낳았다손 달라질 게 없었다. 더구나 그 아이의 종적이 사라져 버리지 않았는가. 그 부녀를 떠날 수 있는가 하는 세 번째 질문에는 자선의 잠이 홀딱 깼다. 홍집 자신이 만단사를 떠날 수 있는가에 대한 질문이었기 때문이다. 홍집이 만단사를 떠난다면 나는, 아우들은 어째야 하는가. 사실 물을 필요도 없었다. 그 질문은 홍집 홀로 만단사를 버릴 수 있느냐가 아니라 열한 명이 동시에 만단사를 떠날 수 있는지에 대한 것이었다.

"뭔데?"

"내달 초에 병조와 형조에서 병졸을 뽑는다는 거 알지?"

"알지. 병조에서 스무 명, 형조에서 열다섯 명이라고 들었어."

"한 달가량 남았으니까 선유, 술선이한테 그 시험을 준비시켜. 시험에 응하는 요강을 숙지시켜야겠지."

"그래도 될까?"

사령이 허락하겠는가에 대한 염려다. 앞날이 어찌 펼쳐질지는 알 수 없되 다시 만단사로 돌아왔으므로 사령이 비휴들에게 무얼하라 할지에 대해 신경이 쓰이는 것이다.

"내가 그동안 지켜본 그 어른은 사뭇 냉혹한 분이지만 수하들을 운용하는 나름의 원칙이 있는 것 같아. 스스로 움직여 도드라지는 수하들을 취해 쓰시는 것 같다는 거지. 수하들에 대해 뿐만 아니라 집안에서도 그러시는 것 같고."

"가령?"

"사령께서 양자를 들이셨잖아. 곤이 말야. 사령께서는 서제로 태어난 곤을 오래도록 내버려뒀어. 그랬다가 곤이 저 홀로 글자를 익혔을 뿐만 아니라 글공부를 제법 했다는 사실을 아시고선 쓸 만한 녀석이라 여기고 양자로 들이신 거지. 각자 위치에서 도드라질 정도의 성취를 스스로 이루어내야 돌아보시는 분이 사령이시란 뜻이고. 선유하고 술선이도 그래야 해. 또 애들도 이제 밥벌이를 해야 하잖아."

"그렇기는 하지."

"그러니까 너희들이 합심해서 선유와 술선을 시험에 들게 하란 말이야. 병졸은 대개 알음아리로 뽑겠지만 우리 애들이 시험에 응하는 요령만 알면 시험관들도 우리 애들을 뽑을 수밖에 없지 않아?"

"그렇겠지."

"또 한 가지, 미선이 장가를 들여 줘야겠어."

"엉?"

임림재에서 포로가 되어 있을 때 미선이, 화엄약방의 처자일꾼 머루와 정분이 났는데 둘이 살 삼간초가를 마련하려면 최소한 열댓 냥은 있어야 한다고 털어놓았다. 열여덟 동갑내기들이 뜻을 모은 지일 년하고도 반이 지났는데 모은 돈이 닷 냥이라던가. 미선 스스로도 말한 것처럼 그들 깜냥에 열댓 냥을 모으려면 이삼 년은 걸릴 터였다.

"미선이가 제 힘으로 집 마련해 장가들려면 부지하세월 아니겠냐.

까닥하다간 정말로 돈 벌겠다고 권전장을 기웃거리고 다닐지도 모르지."

"우리 같은 자들이 권전장 드나들며 돈 좀 벌면 안 되나?"

"안 돼."

"왜?"

"우리 같은 자들은 권전장에 가면 어렵잖게 우승할 거잖아. 하룻밤 석 냥은 쉽게 벌 거라고."

"그렇겠지. 그래서 미선이 권전장에 갈까 하는 거고."

"미선이나 우리 중의 누구나, 권전장에 가서 석 냥을 번 이후를 생각해 봐. 우리가 한 달 내내 일해 버는 돈이 한 냥에서 석 냥인데 하룻밤에 석 냥, 혹은 닷 냥을 번다고 할 때 어떻게 되겠어?"

미선은 약방 일을 하기 싫을 것이다. 자선도 포청 일이 같잖게 느껴질 것이다. 결국엔 노름판인 권전장에 생을 매달게 될 터이다.

"그러네."

"그러니까. 우리 별채가 낡은 채 비어 있으니까 당장 다듬어서, 둘을 작수성례라도 시킨 뒤에 살게 하자는 말이야. 머루가 할머니와 아우들을 부양하고 있다고 했으니, 그 식구도 들어와 살게 하자고."

"오는 내내 멍청한 얼굴이더니만 그런 궁리를 하고 있었소?"

"수백 가지 생각을 했지만 다 쓸데없고, 그 두 가지는 우리 힘으로 할 수 있는 것이라 말하는 거야. 가능하잖아?"

"물론 가능하지. 알았소. 헌데 나도 말할 게 있소."

"해."

여러 겹 입은 옷 위에 솜 둔 잿빛 두루마기를 덧입고 옷고름을 매던 홍집이 자선을 쳐다본다.

"선축, 인선, 선묘도 나랑 비슷한 생각인 것 같은데 우리, 이리 들어와 살아야겠소. 밖에서 헛돈 쓰며 살 까닭이 없잖아. 그리해도 되오?"

익산에서 도성으로 오는 동안 생각했다. 셋방에서 하숙하며 살망정 언젠 장가들어 일가를 꾸릴 수 있을 미래를 꿈꿨던 게 얼마나 부질없는 짓이었는지. 처자식 만들어 봤자 그들을 지키고 가꾸며 살 수 있는 처지가 아니지 않는가. 이제 이록이나 황환, 만단사나 사신계. 어느 쪽으로든 가야 하고 양쪽을 다 가야 하매 그 중간에 끼어 버린 양연무 비휴들은 완전히 무너졌다.

"좋을 대로 해. 아무튼 내가 허원정에 며칠을 있게 되든지 너희들은 그쪽은 돌아보지 마. 그게 나를 위하는 거야."

"형이 못 나오게 되면?"

"우리 어른은 그리 우둔한 분이 아니셔. 그런 일은 생기지 않을 테니 염려 마."

사령은 회령 저자거리를 굴러다니던 개똥이 선일을 반족집안의 아들로 만들어 냈을 뿐만 아니라 홍집에게 윤경책 집안의 족보까지 건네주며 숙지하라 했다. 홍집은 그 족보를 아우들한테 돌려 읽히고 신분 변화에 얽힌 저간의 일들을 설명했다. 양연무의 원주인 윤경 책에게는 어릴 때 죽은 아들이 하나 있었다. 이름이 홍집이었다. 사령이 조작한 족보에 따르면 윤홍집은 죽지 않고 절집에 공부하러 가 있다가 경오년에 식구가 몰살하는 재앙을 피했다. 그렇게 따지면 이번 실패를 혼자 감당하는 게 일이 작다는 홍집의 말이 맞을지도 모른다. 개똥이를 윤홍집으로 만들어 놓고 한 번의 실패로 죽일 리는 없지 않은가.

"어떻게 그렇게 자신해?"

"우리는, 특히 지금의 나는 그 어른께서 뜻하시는 대로 움직일 손이야. 돌아가신 우리 사부를 대신하는 손이라고. 그 어른이 내게 공을 들이신 까닭이지. 이 집이 우리한테 주어진 이유이고. 언젠가 내가 죽으면 너희들이나 그 누군가가 나를 대신하게 되겠지만 아직은 내가 그 어른한테 쓸모가 많아. 아주 많다고 할 수 있지. 그러니까 당장은 걱정하지 않아도 돼."

자선은 더 고집부리지 않고 제 목에 둘렸던 목도리를 홍집에게 걸쳐 준다. 홍집이 임림재 곳집에서 꿈결인 듯 연화당을 만났듯 자선도 중간에 깼을 때 혜원을 찾았다. 자선은 혜원에게 대뜸, 사신계가 만단사를 어찌하려는 거냐고 물었다.

"사신계가 만단사를 어찌하다니요? 그걸 어찌 나한테 묻습니까?"

"어젠지 그젠지 제가 혜원께 사신계이시냐고 여쭀을 때 답하지 않으셨습니다. 그리고 혜원께서 말씀하셨지요. 상대의 대답이 미흡할 때는 질문이 달라야 한다고요. 이제 혜원께서 사신계인지 아닌지는 저한테도 중요하지 않습니다. 때문에 혜원께서 사신계원이시냐고 여쭙지는 않겠습니다만, 여기가 만단사 거북부령 댁이매 혜원 같은 분들이 여기 계시는 게 우연일 수는 없으니, 여쭙는 겁니다. 사신계는 만단사를 어찌하시려는 겁니까?"

"그건 내가 답할 수 있는 사안이 아닙니다만, 작금에 사신계와 만단사의 차이는 압니다. 사신계는 모든 사람을 위해 세상을 점차 바꾸고 싶어 하고, 그리해 나가고 있지요. 그 과정에 무고한 사람들이 피를 흘려서는 안 된다는 기본 입장을 견지하고요. 만단사는 어떻습니까? 만단사는 강령에 나타났듯이 세상을 갖고 싶다는 욕망 혹은 야망으로 움직이지요. 현 만단사령 이록에 의해 그 야망이 극대화되었고요. 그 때문에 수단방법을 가리지 않습니다. 야망을 이루기 위해 걸림돌이 된다면 같은 조직에 있는 동료조차 죽입니다. 세상을 바꾸고 싶다는 생각은 같을지라도 그 방법에서 그와 같은 큰 차이가 있습니다. 그 때문에 세상을 대하는 태도가 사뭇 달라지게 됐지요. 그 태도의 차이에서 두 세계에 속한 개개인의 삶들이 달라졌고요."

"세상을 바꾼다고 할 제 점진적인 방법으로 가능하다고 여기십니까, 혜원께서는?"

"그리 물으시는 자선 씨는 세상을 일거에 전복시켜야 하는 거라고 여기세요?"

"점진적이든 일거에 전복시키든 세상을 바꿀 수 있다는 생각을, 저는 지금까지 해본 적이 없습니다. 그렇지만 혜원의 말씀을 듣는 지금 세상이 바뀌어야 하고, 바꿀 거라면, 점진적이 아니라 일거에 뒤집는 게 쉬울 것 같습니다."

"일거에 뒤집는 게 어떤 건데요? 그리하여 만들 수 있는 세상은 어떤 세상일까요? 자선 씨가 바라는 세상은 어떤 형상입니까?"

혜원이 그리 물으니 자선은 답할 말이 없었다. 세상을 바꾸고자 한 적이 없거니와 다른 세상에 대한 상상을 한 적도 없기 때문이었다. 순간 떠오른 장면이 있긴 했다. 홍집이 제 딸을 안고 웃는 모습. 홍집이 자신의 딸을 아비로서 키울 수 있는 세상! 그렇지만 내놓을 말이 아니므로 답을 못하고 있으려니 혜원이 말을 이었다.

"왕이 바뀌거나 국호가 바뀌는 걸, 백성들 입장에서 전복이라 할 수는 없을 겁니다. 고구려 백제 신라가 후삼국으로, 후삼국이 고려로, 고려가 조선으로 바뀔 때도 뒤집은 자들은 전복이라거나 혁명이라고 불렀을 터이고 새로운 세상을 연다고 했겠지만 실상 권력자가 바뀐 것뿐 우리가 이 자리에서 생각하는 전복이 이루어진 건 아니지요. 그렇듯이 세상은 결코 일거에 뒤집히지 않습니다. 더구나 그 과정에 흘려야 할 무수한 피를 감안하면 왕이 바뀌는 전복이 무슨 의미가 있습니까. 무고한 목숨들을 담보로 삼는 대의라는 게 누구를 위한 대의인지, 담보된 목숨이 자선 씨 자신의 목숨이라 할 때 그게 대의가 될 수 있는지, 생각해 보면 알 수 있겠지요."

"그렇다면 다시 여쭙겠습니다. 혜원께서는 점진적인 방법으로 세상이 바뀔 수 있다고 믿으십니까? 바뀌어 가고 있다고요?"

"세상 전체가 어떤 양상으로 바뀌어 가는지는 내가 진단할 수 없지만 한 가지는 자신 있게 말씀드릴 수 있습니다. 내가 사는 세상, 내 주변 사람들이 사는 세상은 확실히 바뀌었습니다."

"어떻게 말씀입니까?"

"내 조부와 부친은 삼십 년 전쯤에 일어난 역란에 가담했습니다. 사내들은 죄 죽고 계집들은 전부 관비가 됐습니다. 나는 어머니 품에 안겨 관비로 끌려가게 됐지요. 그때 어떤 이들이 나와 내 어머니를 구했고 나는 지금 이 자리에 있습니다. 하여 지금 자선 씨 같은 분들과 이런 대화를 나눌 수 있는 세상을 살게 됐습니다. 나는 내가 사는 세상이 아름답습니다. 대답이 됐습니까?"

자신의 삶이 아름답고, 자신이 속한 세상이 아름답다는 그의 대답은 충분했다.

"그렇다면 혜원께서는 제가, 또 저희가 어찌해야 한다고 생각하십니까?"

자선의 그 질문에 대한 혜원의 답은 연화당이 홍집에게 한 말과 같았다.

"그대들 스스로 알고 계시리라 여깁니다. 지금까지 모르셨다면 이제부터 답을 찾아가실 거라 생각하고요."

그 답을 찾기 위해 홍집이 방을 나선다. 자선이 둘러준 목도리를 여미며 밤하늘을 올려다본다. 자선도 어둑한 하늘을 올려다본다. 별들이 보이기 시작한다. 술시 중경쯤 됐을 듯하다. 이 방 저 방에서 아우들이 나오기 시작하는 걸 본 홍집이 짐이 실려 있는 말 두 필을 이끌고 대문을 나선다. 그가 골목의 어둠 속으로 사라지고 나니 밤바람이 몹시 차다. 자선의 맘은 빙판 위에 선 듯 쓸쓸하다. 갈 길을 잃은 자의 심사가 이럴 터이다. 아니 애초에 갈 길을 몰랐다가 이제 그걸 깨달은 자의 현재가.

홍집은 황환을 죽이지 못한 사실을 태감한테 고했다. 황환이 출타 중이었던지라 여러 날을 강경에서 지내며 그를 기다렸으나 돌아오지 않았다고, 그래서 명화당 흉내만 내고 돌아올 수밖에 없었다고. 홍집의 말을 듣는 동안 태감은 일체 대꾸하지 않았다. 홍집의 보고가 끝나고도 한 식경이나 멀거니 홍집의 정수리만 바라보더니 끝내 입을 열지 않고 나가 버린다. 밖에서 이화헌으로 갈 것이라는 말이 들리고 보위들이 우르르 모여드는가 싶다가 사라지는 기척이 느껴진다.

보위대에 속해 있는 황동보가 비휴들이 잡힐 때 임림재에 있었던 것 같았다. 임림재에서 남정들은 화산만 빼고는 모두 복면이었으나 처음 사랑채 지붕을 오르내리던 몸피 중의 하나가 낯익었다는 걸 아까 여기 들어설 때 동보를 보고 깨달았다. 임림재에서 비휴들을 잡았던 그가 먼저 상경하여 태연히 보위대로 돌아온 것이다. 사령이 자신의 부친인 거북부령을 죽이려 했다는 걸 알게 되었을 그의 심정은 어떨까.

주인이 떠난 방은 마당만큼 넓다. 너른 탓에 장지문들이 방을 몇 칸으로 나누고 있는데 문들이 다 열려 있어 휑하다. 태감이 떠난 안석을 한참이나 쳐다보고 있던 홍집은 일어난다. 대청 아래서 기다리고 있는 집사 평호에게 멍석을 청한다.

"대장, 무슨 일을 저지르셨습니까?"

"저질러야 할 일을 저지르지 못했어요."

아! 한탄한 평호가 자신의 사위인 영글을 시켜 멍석을 내오게 한다. 영글은 홍집과 트고 지내는 사이가 아닌데도 마주치면 잘 웃곤 했다. 영글이 내온 멍석은 이번 겨울에 짠 것인지 누런 지푸라기 빛이 살아 있는 새 것이다.

"대장, 어디다 깔아 드려요?"

홍집이 큰사랑 마당 한가운데를 가리켰다. 영글이 멍석을 말린 채 놓아두고는 잠깐 기다리라 하더니 뛰어가 낡은 멍석 한 장을 더 가지고 나온다. 낡은 멍석을 깔고 그 위에 새 멍석을 다시 깔고는 씩 웃는다. 홍집이 신을 벗고 새 멍석으로 올라서며 인사한다.

"고맙소, 영글씨."

"뭘요. 그런데, 대상! 여쭤볼 것이 있는데요."

"예."

"해야 할 일을 못하는 것과, 하지 않아야 할 일을 하는 것 중에 어떤 게 더 큰 잘못일까요?"

"내가 받아야 할 벌이 어느 만큼인지 묻는 거요?"

영글이 히힝 웃는다.

"사안에 따라 다르겠으나 명령하시는 상전의 입장에서는 결과를 보고 판단하지 않겠어요?"

"그러니까 대장은 아주 큰 잘못을 하신 거예요?"

"그렇소. 이제부터 나는 태감께서 용서하시거나 죽이실 때까지 이 자리에 있어야 하는 죄인이에요. 죄인한테는 말 걸면 안 되는 거고요."

영글이 또 히힛 웃고는 제 입술에 손가락을 세우며 나간다. 홍집은 대청을 향해 앉는다. 큰사랑 마당 동쪽으로 행랑마당에서 출입하는 마사가 있다. 큰마당 건너에 내담이 있고 내담 안이 곤의 처소인 작은사랑이다. 작은사랑 서쪽으로 수직청이 있고 그 안쪽으로 온의 처소인 중사랑이 자리했고 그 뒤쪽에 외별당과 후원이 있다. 거기까지가 허원정의 외원이다. 짐을 수직청 마루에 내려놓은 출사와 여울은 작은사랑 내담 한쪽에 있는 측백나무에 묶인 채 홍집을 향해 서 있다. 말갛게 바라보는 눈동자들이 대체 우리를 어쩌려는 것이냐고 묻는 듯하다. 나도 모르겠다, 녀석들아. 그냥 쳐다나 보고 있어라. 출사와 여울에게 뇌까린 홍집은 꿇었던 무릎을 풀어 가부좌로 바꾼다. 어차피 시간과의 대적이다. 미련하게 내리 꿇어앉아 몸을 상하게 하는 대신 임림재에서 들었던 혜원의 설명을 떠올린다.

혜원에 따르면 명화당은 이백여 년 전 명종 임금 시절에 백성들도 좀 살게 해달라고, 같이 좀 살자고 반란을 일으킨 무리였다. 부중에 흔히 떠도는 이야기책, 『꺽정이』라거나 『임꺽정전』이 그들에 관한 내용이었다. 만백성이 고루 잘 사는 세상을 꿈꾸고 싸우다가 스러진 사람들. 당시 약 일만이 천여 백성이 명화당이라는 이름으로 스러졌을 거라 했다. 그때 이후 명화당이 나오면 으레, 패두였다는 임꺽정만 지목되지만 그를 숭앙한 수만의 백성이 함께 했던 바, 그들 모두가 명화당이었다. 그런데 임꺽정의 명화당 이후 도적 패거리들은 흔히 자신들을 명화당이라고 자칭하며 백성들을 약취하고 갈취하다 토포되어 사라지곤 한다.

그날 혜원의 긴 설명이 끝났을 때 실내에 깊은 적막이 고였다. 아무도 한숨조차도 내쉬지 않았다. 세상을 지배하는 자들이 있었다. 세상을 지배함은 사람을 지배한다는 뜻이었다. 그들은 군림하기 위해 다툰다. 다투며 제 휘하 사람들을 무기로 사용한다. 무기가 된 자들은 적이 되어 다툰다. 무기들은 왜 서로를 찔러대는지도 모른 채 같이 죽기 마련이었다. 혜원은 그때 자신도 그런 무기의 하나이며 비휴들도 그렇다는 것을 일목요연하게 설명했다. 서로 찔러대지 말자고 하였다. 비휴들이 다시 자신들을 치러 온다면 그때는 살아나지 못하리라는 경고이기도 했다.

밥이 오면 밥을 먹고 목이 마르면 물을 마셨다. 대소변이 마려우면 큰사랑 측간을 오가며 다리를 풀었고 멍석에 앉을 때는 가부좌를 했다. 묵언하되 부복은 아침저녁으로 태감이 사랑에 들어와 있을 때만 했다. 태감은 어디서 자든지 아침이면 등청 준비를 마친 뒤 큰사랑으로 들어와 차를 마시고 나갔다. 저녁이면 퇴청해 저녁을 먹은 뒤 사랑에 나와 잠깐의 시간이라도 보내고 내원으로 들어가거나 이화헌으로 건너갔다. 태감이 집에 없는 동안 큰사랑 마당에는 홍집과 두 필의 말뿐이었다. 외형으로는 그렇지만 실상은 달랐다.

하루 두 번 영글이 장아찌나 김치나 고기 등을 다져 섞은 주먹밥과 물병을 가져다주었다. 홍집이 전라도에 가 있는 사이 상경한 안방마님 영고당이 자신의 영토를 확인하듯 하루 한두 번씩 사랑 마당을 둘러보고 나갔다. 금오당도 아침 녘이면 하님들을 이끌고 큰사랑으로 들어와 소제를 시켜 놓고 대청에 앉아 홍집을 바라보곤 했다. 매달 초에 보원정사에 들르기로 된 사비 일성이 한 차례 찾아와 잠시 쳐다보고 갔다. 집안 불씨 담당인 순쇠가 아침저녁으로 사랑채 아궁이들에 불을 지피러 가만가만 들어왔다가 나갔다. 오후에는 집안 아이들이 어른들 눈치보며 중문간에서 얼찐거리다 다가와 건드려 보기까지 하고 방울처럼 굴러 달아났다. 밤이면 곤과 늠이 도둑괭이들처럼 내담을 넘어와 홍집 앞에서 무술 품새를 대련해 보이며 그날 저희들이 무엇을 했는지 알려 주었다. 아침저녁으로 온의 보위대장인 난수가 잠깐씩 지켜보다 갔다. 깊은 밤이면 온의 보위 즈믄이 내담 너머나 사랑 지붕 위에 앉아서 한참씩 지켜보다 사라지곤 했다. 마구간지기 할아범과 그의 손자 구놈은 수시로 드나들며 출사와 여울의 여물이며 물을 챙기고 똥을 치우고 솔질을 해주었다.

말을 걸어오는 사람은 없으되 온 식구가 홍집을 구경거리로 삼고 지켜보는 셈이었다. 홍집은 시선들이 불편하지 않았다. 보는 눈길이 있어 오히려 심심치 않거니와 그 시선들에 담긴 의미를 읽을 수 있음에 속으로 웃기도 했다. 저자가 언제까지 저러고 있을 것이며 태감께서는 언제까지 내버려둘 것인가. 젊은 사람들은 그렇고 나이든 사람들은 걱정하고 아이들은 커다란 장난감을 만난 양 재미나 했다.

대죄하고 앉아서 온갖 일을 다 하는 셈이지만 가부좌하고 눈을 감아도 참선이나 명상은 불가능했다. 명상을 포기한 홍집은 자신의 삶에서 좋았던 일들을 떠올리려 애썼다. 화도사에서 수련하던 아홉 살때 자선을 만났다. 혈육이 생긴 듯 기뻤고 동무가 생겨 즐거웠다. 온을 만났을 때 설렜다. 미연제를 낳았을 때 눈물겨웠으나 한편으로 새 세상이 생긴 듯 뻐근했다. 정의목 선생을 만나 평안했다.

일 년여 전 송도 진봉산 월대헌의 정의목 선생을 만난 후 세 번 더 찾아갔다. 닷 되의 술과 안주를 마련해 그를 찾아가 하룻밤을 묵노라면 시름이 없어졌다. 선생과의 대화는 끝없이 이어졌다. 선생은 열아홉 살에 장가들고 몇 달 만에 안해를 잃었다. 스물한 살에 과거에 장원 급제하여 교서관校書館의 정팔품 저작著作으로 등용되었다. 출사한 지 석 달쯤 되면서부터 새벽에 등청 준비를 할라치면 몸의 어딘가가 아팠다. 손가락이 낫에 벤 것처럼 아프거나 어깨가 곡괭이에 찍힌 듯이 아프거나 발이 덫에 치인 것처럼 아프거나. 배가 아프거나 머리가 아프거나 숨쉬기가 어렵거나. 아픈 것을 참고 등청을 하면 그 증세가 퇴청할 때까지 이어졌다. 퇴청을 하고 나면 거짓말처럼 몸이 말짱해졌고 새벽이 되면 또 어딘가가 아팠다. 그런 증세를 견디며 반년쯤을 버텼다. 결국 사직하고 도성을 떠나 송도로 돌아갔다. 이후 삼십여 년, 선생은 몸이 아픈 적이 없었다. 두 번 다시 벼슬살이를 생각지 않았기 때문이었다. 재취도 하지 않았다.

평생 홀로 지내는 선생에게는 연모하는 여인이 있다. 어느 반족 집안의 안주인인 그 여인은 『만령전』이며 『군아전』 등을 쓴 월정이다. 일 년에 한 번 정도씩 양곡 닷 말씩을 하속들한테 지워 찾아온다는 월정과 선생은 남녀지간인 것이나 열댓 살의 나이차를 떠난 극진한 벗으로 지냈다. 선생은 월정을 연모하므로 벗으로 지내는 게 오히려 가능하다고 했다. 벗이 아니면 만날 수 없기 때문에 일 년에 한 번이라도 그를 만나기 위해 벗으로 지낸다고 할 때 선생의 표정은 흔연하고 유쾌했다. 선생을 두 번째 만났을 때 홍집은 아비를 죽였노라, 말하고 싶었다. 세 번째 만났을 때 스승을 죽게 만들었노라 고백하고 싶었다. 네 번째 만났을 때 사적으로 아무 감정이 없는 사람을 죽이고 왔노라 털어놓고 싶었다. 돈녕부의 정을 지내던 서행석을 죽이고 나서 찾아갔을 때였다. 한 번도 말하지 못했다. 만단사가, 태감이 시켜 어쩔 수 없이 저질러 온 살인이라 핑계댈 수 없기 때문이었다. 앞으로 또 누굴 죽이게 될지라도 역시 태감이 시켜서, 어쩔 수 없이 하는 것이라 여길 자신이 없기 때문이기도 했다.

허원정 큰사랑 마당에 자리잡은 지 이레째. 또 밤이 찾아온다. 태감이 다녀가고 곤과 늠이 왔다 가고 밤이 깊었다. 안개가 끼었다. 사랑 지붕에 올라앉은 즈믄이 물끄러미 내려다보다 사라졌다. 연화당이 떠오른다. 이 마당에 앉은 밤마다 한 번씩은 떠올리곤 했다. 가슴팍에 닿던 가녀린 그의 두 손. 그에게서 나던 연꽃 향내. 그이가 읊던 「반야심경」. 그의 목소리. 그의 목소리가 가슴 안에서 울리면 홍집은 「반야심경」을 입안에서 굴렸다. '마하반야바라밀다심경 ……' 「반야심경」을 읊고 나면 목도리를 얼굴에 두르고 몸에 멍석을 말고 잠이 들곤 했다.

여드레째 새벽이다. 파루 소리에 눈을 뜨면 우선 머리털을 추슬러 묶고 두루마기를 벗어 털어 입고 마른세수를 한다. 밤새 냉기에 굳은 몸을 한 식경쯤 풀고 가부좌로 앉아 눈을 감은 채 날이 밝기를 기다린다. 보통 그쯤에 태감이 사랑으로 들어왔다. 재상이든 당상관이든 품계 없는 관청 하속이든 모든 관헌의 등청 시각은 묘시이므로 등청 준비를 하는 것이다.

어젯밤 태감은 허원정 안채에서 묵은 듯했다. 멀리서 문들의 빗장이 풀리는 소리들이 들린다. 사랑 중문의 빗장 풀리는 소리와 함께 병지가 앞서 등불을 들고 사랑 마당으로 들어오더니 홍집을 지나 안으로 들어간다. 방안의 등들을 죄 밝혀 태감의 처소가 환해진다. 곧이어 발걸음 소리가 났다.

"석고대죄를 자청한 놈이 시종일관 느물느물, 여유롭기 그지없구나. 그따위면 백날 천날을 거기 뒈도 무슨 소용이겠느냐. 그만 일어나거라."

홍집이 일어서서 이록을 향해 읍하고 선다.

"너, 윤홍집. 너와 네 휘하를 용서할 것이로되, 당장은 꼴 보기 싫으니 네 집으로 돌아가거라. 그리고 나흘 뒤 보름날 저녁에 서강객점에서 일봉들 모임이 있다니 그리로 가거라."

"예, 태감."

"네가 일봉이 된 이후 첫 회합에 드는 것이니 그 구지레한 입성 벗고, 되지 못한 수염 말끔히 밀고, 의젓이 입고 가야 할 것이다. 반족 집안사람답게 처신하라는 게다."

"예, 태감."

"옷 해입을 형편은 되느냐?"

"예, 태감."

"허면 당장 나가거라. 저 쓸데없는 물건들과 말들은 네가 가져가고."

태감이 총총 걸어 안으로 들어간다. 보위들이 대청 아래 시립한 자세로 마당의 홍집을 엿본다. 황동보는 홍집을 보지 않는다. 이온이 사랑 중문으로 들어와 아무도 쳐다보지 않고 방 안으로 들어간다. 아침부터 부녀지간에 주고받아야 할 말이 있는 모양이지. 속으로 뇌까린 홍집은 수직청 툇마루에 놓였던 짐들을 출사와 여울에게 싣고 사령 보위들에게 손을 들어 보인 뒤 큰 마당을 나와 허원정을 벗어난다. 꼬박 이레, 여드레 만에 얻은 임시 자유다. 불 보듯 빤한 사실이 진실을 가릴 뿐만 아니라 오도하는 일이 왕왕 생긴다. 임림재에서의 실패와 저간의 일들이 이로써 가려졌다. 무엇을 위해 한사코 임림재의 실상과 임림재에서의 비휴들의 행태를 가렸는지, 아직은 알 수 없다. 그저 먹먹하고 막막할 따름이다. 날이 부연이 새고 있다.

"큰사랑 마당에 멍석 펴놓고 앉은 양연무 그 사람, 옷 두어 벌 지어 주세요. 속옷부터 도포까지 일습으로요. 열흘 안에 지어 주시되 비단은 안 쓰는 게 좋겠어요."

온이 금오당한테 그렇게 청했다. 홍집이 석고대죄를 시작한 이튿날 아침이었다. 홍집을 그 사람이라 표현할 때 온의 어투는 짐짓 무심하고 여상했다. 그렇지만 금오당은 이상했다. 이제 제 호위도 아닌 젊은 남정에게 옷을 두어 벌이나 지어 내라는 표정에 수줍음이 어린 듯했기 때문이다. 온의 성정으로 생각키도 어려울 노릇이지만 둘이 오래 함께 다니면서 정분이 난 게 아닌가 싶었다. 젊은 남녀란 지체를 막론하고 그렇게 될 수도 있으니까.

어쨌든 온이 청했으므로 금오당은 홍집의 옷 세 벌을 짓기로 했다. 쾌자 복색 일습과 춘추 두루마기 일습과, 철릭 일습을 짓기로 하고 침모인 나름네와 꽃님네를 외별당의 옷감방으로 불러 필요한 만큼 고르게 했다. 나름네는 겉옷을 잘 짓고 꽃님네는 속옷을 잘 지었다. 나름네와 꽃님네가 속옷으로 쓸 가는 무명과 겉옷으로 쓸 굵은 무명을 색깔 맞춤하여 한아름씩 안고 나갔다. 영고당과 시비가 생긴 게 그때였다. 아낙들이 옷감을 잔뜩 안고 침선방으로 건너가던 중 영고당의 눈에 띄어 불려 들어갔다.

태감이 연경에서 아직 돌아오지 않은 지난 정월 스무하루, 함화루에 있어야 할 영고당이 허원정으로 밀고들어왔다. 양쪽의 통인인 개진을 앞세워 상경한 것이었다. 허원정으로 들어온 영고당은 녹은당한테 큰절하고 비어 있던 안채 건넌방으로 당연하게 들어갔다. 오래전 온의 모친 권씨가 아이를 낳고 산후열을 이기지 못하고 죽은 이후 내내 비어 있던 방이었다.

안방마님 자리에 들어앉은 영고당은 허원정 하속들 점고식을 벌였다. 그이가 태감의 정실인바 금오당으로서는 제지할 도리가 없었다. 하지만 지난 이십여 년간 허원정 살림은 금오당이 해왔다. 살림 장부며 곡간들 열쇠가 금오당에게 있었다. 태감과 녹은당과 온은 물론 칠십여 명이나 되는 식솔들의 옷감을 두는 방이 외별당에 달려 있는 것도 그래서였다. 영고당은 허원정 살림에 대한 권리를 따지기 위해 침모들이 안고 나선 옷감에 시비를 붙여왔던 것이다.

"누구 옷을 짓느냐?"

영고당의 물음에 나름네가 금오당의 명으로 곤의 선생인 홍집의 옷을 지을 참이라고 말했다. 영고당은 왜 안방차지인 내게 고하지 않느냐고 호통을 쳤고 꽃님네가 금오당을 부르러 왔다. 처첩지간에는 서열 다툼이 있을 수 없었다. 정처가 절대 우위였다. 부르면 가야 하고 죽으라면 죽는 시늉이라도 해야 했다. 자식이라도 있다면 모를까. 첩실인 금오당이 믿을 건 허원정에서 살아온 세월뿐이었다. 금오당은 영고당에게 가기 전에 녹은당에게 먼저 들어갔다.

"어머님, 소첩은 태감의 정실에 들 처지가 못 되어 내내 별당 사람으로 살고 있나이다. 어머님을 모시고, 온을 수발하며 집안을 꾸리는 게 이 집안에서의 제 일이었는데 이제 새 사람이 들어와 제 자리가 없어진 듯하니 소첩은 불영사로나 들어가 머리를 깎을까 합니다."

가평 청우산에 있는 불영사는 이십 년쯤 전에 녹은당이 거액을 들여 불사를 일으킨 절이었다. 녹은당이 내준 전답으로 운영되고 있었다. 그래도 절은 절이었다. 절로 들어가 머리를 깎겠다는 금오당의 협박에 녹은당이 낯을 찌푸렸다.

금오당은 녹은당을 향한 협박이 먹히리란 자신이 있었다. 이십 여 년간 태감의 유일한 자식인 온을 키우고 돌봤을 뿐만 아니라 제사를 받들어왔다. 일조 광해임금부터 사조 이연대감까지 온 정성을 다해 봉제사했을 뿐만 아니라 녹은당이 보원약방을 경영하느라 비우기 일쑤였던 집안을 가지런하게 경영해 왔고 도성 주변 영지들도 관리해 왔다. 녹은당에게는 금오당이 손발과 다름없었다. 저 아랫녘 상림에 든 지 겨우 일 년, 허원정에 들어온 지 한 달도 채 못 된 영고당을 자신의 수족으로 만들기에는 녹은당의 연치가 너무 높았다. 태감이 영고당을 상림으로 들일 때 모친인 녹은당의 뜻을 묻지 않았다. 명색이 고부지간이라지만 고운 정은커녕 미운 정 들 새도 없었다. 더구나 노환을 앓고 있는 녹은당은 집밖 나들이가 어려운 참이었다.

노인은 낯을 찌푸리더니 영고당을 안방으로 불러들였다. 영고당이 들어와 앉자 녹은당이 굼뜬 몸으로 몸소 문갑으로 움직여 보자기에 싸인 자그만 상자를 꺼냈다. 상자 속에는 『허원록』이며 녹은당 시모 영인당 생전까지 집안일을 기록한 책 네 권이 들어 있었다. 녹은당의 기록인 『녹은당기』는 금오당한테 있고 금오당은 자신의 『금오당기』를 써가는 중이었다. 녹은당이 상자 맨 위에 있던 『허원록』을 영고당한테 내밀며 말했다.

"읽어 보아라."

『허원록』은 '과인은 을해년에 태어났고 이름은 혼琿이다.'로 시작됐다. 표제부터 마지막 글자까지 모조리 한문으로 쓰여 있었다. 허원정의 안주인을 주장하던 영고당은 『허원록』이라는 표제도 읽지 못했다. 녹은당이 말했다.

"영고당 네가 어쩌다 보니 정실에 들었다고는 하나 너는 아직 이 집안에 들어와 아무 한 일이 없다. 금오당은 온이 갓난이였을 때부터 키웠고 봉제사를 정성껏 받들어왔다. 살림도 알토란처럼 잘 꾸려왔으니. 헌 계집으로 우리 집에 들어오기는 금오당이나 너나 다를 게 없지 않으냐? 네가 장차 아들이나 낳게 된다면 모를까, 지금으로서는 이 허원정 살림을 운운할 처지가 아니다. 사방의 전답이며 작인들, 여러 곳의 집들까지 건사하며 일일이 적어야 하매, 글눈이 없는 네가 하고 싶다고 즉시 할 수 있는 일도 아니다. 허니, 이 집 살림은 지금까지처럼 금오당이 하게 두고, 너는 되바라지지 말고 조용히 지내거라. 다시 한 번 잡음이 나면 그 즉시 너를 저 산골짜기 산정평으로 내쫓을 것이다. 알겠느냐?"

산정평은 경기도 포천현에 있는 허원정의 영지였다. 북쪽은 명성산, 남쪽은 관음산, 서쪽은 망무봉으로 둘러싸인 산정평은 산에 둘러싸인 평지였다. 멀지 않은 곳에 시인 묵객들이 좋아하는 화적연,

금수정, 창옥병, 와룡암, 낙귀정지, 백로주, 청학동, 선유담 등의 경승지들이 즐비하지만 산정평은 무던한 마을과 들판이 있을 뿐인 그야말로 산골짜기다. 산정평이 유다르다면 허원정의 사조四祖 이호 대에 나라에서 사들인 영지라는 것일 터이다. 현재는 오래된 저택 주변에 칠십여 호의 외거 가솔들이 살고 있었다.

영고당에게는 그곳이 옥청이나 진배없을 터이지만 그는 아직 산정평이 어디에 있고 뭘 하는 곳인지도 몰랐다. 모르면서도 되묻지 않는 건 녹은당의 말투에서 귀양살이를 보내겠다는 걸 감지했기 때문이리라. 영고당이 독기 서린 눈으로 금오당을 노려보곤 눈이 벌게져 안방을 나갔다. 그걸로 일단은 정리가 되었다. 영고당이 혹여 아들을 낳게 된다면 금오당이 이 집에서 살 수 없는 포석이 놓인 셈이지만 어쩔 수 없었다. 그 세월을 다 살고 쉰 살이 머잖은 나이에 열 몇 살이나 아래인 계집에게 하시당하며 살겠는가.

"어떠시어요, 마님?"

나름네와 꽃님네가 홍집의 옷 일습을 지어와 펼치며 묻는다. 금오당은 스스로 침선에 능하다. 허구한 밤들의 무료함을 달랠 여기餘技로서 바느질을 즐기기도 한다. 태감과 녹은당과 온의 옷만 직접 지을 뿐이지만 나름네나 꽃님네에 못지않다.

"꼼꼼히 잘들 했구먼. 색깔 배합도 맞춤하고. 비단옷 못지않게 곱네."

가는 올로 지은 속적삼과 속저고리, 속고쟁이와 고쟁이와 속바지들. 굵은 올로 지은 적삼과 바지들. 조끼와 마고자와 겹두루마기와 철릭과 쾌자. 댓님과 버선 열 켤레. 눈썰미가 좋은 아낙들이라 큰사랑 마당에서 이레를 버틴 홍집을 몇 차례 훑어본 것만으로도 그의 몸에 맞을 만한 세 벌의 일습을 너끈히 지어냈다. 꽃님네가 옷을 개키며 묻는다.

"아씨께서는 어째서 이왕 지어 주시는 옷들에 비단을 쓰지 말라고 하셨을까요? 한 벌이라도 비단으로 지어 주실 만한데요."

"양연무 그 사람의 성정에 비단을 불편해하리라 여겼던 게지. 내 한 이레간 지켜보자니 그럴 법하다 싶고. 게다가 근정도 비단옷을 즐기지 않잖아?"

금오당은 엊그제 운종가에 직접 나가서 사다 놓은 태사혜와 넓은 갓을 옷들과 아울러 궤짝들에 담는다. 온이 이미 약방에 나갔으니 늠이한테 옷궤를 들려 양연무로 보내면 될 것이다. 태사혜가 홍집의 발에 맞을지 모르겠다. 모처럼 운종가로 나가 홍집의 신발을 고를 때 설렜다. 그 같은 아들이 있었더라면 어땠을까 싶었다.

몇 해 전 홍집이 허원정에 처음 왔을 때 무쇠처럼 단단한 젊은이 같았다. 그 다음에는 칠흑처럼 검은 사람이구나 싶었다. 의뭉스럽다고도, 뺀질거린다고도 느꼈다. 볼 때마다 달랐다. 이번에 이레를 지켜보자니 또 다른 사람 같았다. 그는 큰사랑 마당 한가운데 불상인 양 앉아 있을 뿐인데도 흐르는 강물처럼 맺힌 데가 없어 보였다. 폭풍처럼 사나운 기세가 그 안에 있었다. 미풍처럼 부드러운 기운도 엿보였다. 온이 그를 함부로 여기지 못할 뿐만 아니라 옷을 지어 주려는 마음이 어디서 연유했는지 알듯했다. 홍집은 사내다운 사내였던 것이다. 아들을 낳아 저리 키울 수 있었더라면 좋았으리라. 금오당은 새삼스레 자식을 낳아 보지 못한 처지를 돌아보았다.

온이 딸자식처럼 굴어 주면 마흔여덟 살이나 되어 신세를 돌아보지 않았을지도 몰랐다. 온은 어릴 때부터 상전 같기만 했다. 금오당한테만이 아니라 유모인 아지 어미에게도 똑같았다. 제 뜻대로 되지 않는 일에는 분노할 뿐 어리광을 부리거나 울지 않았다. 장성하여 집안의 바깥살림을 경영하는 지금은 말할 것도 없었다.

"늠이한테 옷궤들을 안겨 양연무로 보내도록 하게."

"아씨께 보이지 않아도 되오리까?"

"근정이야 제가 한번 말한 것으로 일이 끝났다고 보겠지. 나가들 보아."

꽃님네와 나름네가 옷궤들을 안고 나간다. 금오당은 일어나 뜰 쪽으로 난 문을 열고 아침 햇살을 끌어들인다. 뜰이 너르지는 않아도 내원 서쪽에 있는 별채라 앞이 막히지 않아 햇빛은 잘 든다. 내담 건너편이 온의 처소인 허원정의 동쪽 뜰이다. 허원정 뜰에서 담을 넘어 자라 오른 매화가 흰 꽃을 잔뜩 피어 올렸다.

중사랑인 허원정은 태감의 젊은 시절의 거처였다. 밤에 허원정 중문을 나온 그가 외별당으로 찾아든 게 몇 번이나 됐을까. 그는 젊은 날에도 태반의 나날을 나가 지냈다. 해서 몇 년에 걸친 외별당 발걸음을 다 합쳐야 열 손가락을 간신히 넘을 터이다. 몇 차례나 됐는지는 잊었으나 그가 처음 외별당을 찾던 밤은 기억한다. 매화가 풍등처럼 밝게 피었던 이즘이었고 금오당의 생일 밤이었다. 매화가 피는 철, 이월 열사흘인 오늘은 금오당의 생일이다.

여인들은 통상 손자를 봐야 생일상을 받는다. 금오당이 보통으로 자식을 낳았더라면 손자도 봤을 것이고 생일상도 받았을 것이다. 태감이 외별당으로 오는 길을 잃어버린 뒤로도 봄이면 허원정 뒤뜰 매화는 어김없이 꽃을 피웠다. 작년 삼월 하순, 이십 년 만에 외별당이 아닌 큰사랑에서 이록과 교접했다. 해도 지지 않았을 때였다. 놀라

기보다 수줍었다. 이후 몇 차례 그가 외별당으로 찾아왔다. 그리고 영고당이 밀고들어왔으므로 그걸로 남녀간의 교접은 다한 것일 터였다. 충분했다. 충분해도 덧없었다. 덧없는 세월이 지나갔고 또 지나갈 것이다. 금오당은 앞창을 열어 놓은 채 일을 하기 위해 처소를 나선다.

만단사 봉황부

봉황부 일봉사자 중 한 명이 운영하는 서강객점은 서강 언덕에 자리했다. 마당가에서 서강 나루 풍경이 훤히 내려다 보였다. 이월 보름 오후 신시 초, 대문 앞에다 손님이 다 찼다는 공고문을 내건 서강객점 큰 방에는 마흔한 명의 노소 남정들이 둘러앉았다. 상석에 만단사령 이록과 봉황부령 홍낙춘이 자리했다. 작년에 일봉사자가 된바 아직 신입 격인 홍집은 말석에 앉았다. 이 자리에 불참한 열한 명을 합하여 팔도 일봉사자 쉰두 명 중에 스물다섯 살의 홍집이 가장 젊다. 사령에게 정효맹을 대신하는 살수가 필요치 않다면, 홍집이 이 자리에 끼어들기는 어림도 없었다.

봉황부령 홍낙춘의 집인 두동재는 경복궁 서쪽 팥배골이라 불리는 두동杜洞에 위치했다. 임진란의 횡액을 겪은 이후 왕실이 창덕궁과 창경궁에 주로 거하므로 경복궁은 깊은 숲처럼 어둡고 호젓했다. 경복궁 서쪽의 동리들도 그러했다. 홍낙춘 일가는 관찰사를 지낸 집안이고 작금 빈궁전의 사가와 가까운 일가이지만 홍낙춘 스스로 벼슬을 못한지라 두동재도 고요했다.

홍 부령한테는 첩실이 둘이다. 대골에 사는 큰 첩실이 남수와 남경을 낳았다. 누각골에 사는 작은 첩실이 남준과 남선이라는 두 아들과 두 딸을 낳았다. 홍부령은 첫 번째 정실부인에게서 자식을 낳지 못한 채 상처했고 현재 부인은 재취였다. 재취부인에게서 낳은 유일한 적자 국영이 이제 겨우 열한 살이다. 국영이 총명하다는 소문이 두동 일대에 짜하지만 아직 너무 어리므로 작금의 홍낙춘에게는 서장자 남수가 의지다. 홍 부령이 주최하는 연례 회합을 홍남수가 진행하고 바깥 시중을 둘째 아들인 남준이 하고 있는 까닭이다.

"에, 또, 불참하신 분 중에 마지막 한 분은 강릉 땅에 계시는 문기동 일봉으로서, 불참 사유를 통고해 오시지 않았습니다. 늦게라도 당도하실 수도 있겠습니다만, 일단 불참한 분들 소개를 마치겠나이다."

사령이 참석하여 지켜보는 탓에 당황했는가. 홍남수의 진행이 썩 매끄럽지는 못하다. 홍남수는 이 자리에 참석한 일봉사자들의 신상을 다 꿰고 있지 못할 뿐더러 불참한 일봉들의 신상도 다 파악치 못한 것 같다. 기록해 놓은 종이를 들여다보면서도 더듬거리기 일쑤다.

홍집은 작년 시월에 거북부 일봉사자들 모임을 몰래 지켜보았다. 그 회합을 살피기 위해 꼬박 사흘을 광나루에 있는 강안 객점에서 묵었다. 송도의 한우식과 그에게 동조하는 일귀사자들이 불참하여 반쪽 회합이 되고 만 듯했어도 거북부령의 큰아들 황동재가 자못 화통했다. 황 부령 보좌로서의 황동재는 회합에 든 일귀 사자들을 속속들이 꿴 것 같았고 좌중을 너끈히 아우르며 회합을 이끌었다. 만단사 다섯 부에서 거북부가 가장 강력하다는 걸 홍집은 그때 충분히 느꼈다. 사령은 황환을 제거하여 그 자리에 한우식을 올려놓으면 거북부를 장악할 수 있을 것으로 생각하지만 홍집은 홀로 고개를 저었다. 오랜 전통을 깨고 한우식을 억지로 부령 자리에 올려놓으면 거북부는 두 개로 갈라지거나 와해될 것이며, 거북부가 그리될 시 만단사도 같은 양상으로 분열되고 말 것이다. 그런데 그때 이미 연화당은 거북부 본원으로 들어가 있었다. 연화당이 사신계이든 아니든 그와 내외간인 거북부령은 만단사를 이록 이전으로 돌려놓겠다는 목표를 세웠고 그들에게는 힘이 있었다.

봉황부령이 운영하는 봉황부 자산에 대한 보고가 이어진다. 두어 해 전과 별로 다르지 않은 내용이다. 사업을 크게 벌이지 않은 데다 전답의 작황이 유난하지 않았으므로 유다른 상황이 없다고 한다. 하지만 작년에 홍집이 살피면서 느낀 바 봉황부령의 둘째 아들 남준의 씀씀이가 심히 컸다. 무사들을 따로 기르는 것은 그렇다 치더라도 무사들이 왈패들처럼 몰려다니며 놀고먹는 비용이 다 어디서 나오는지. 홍집은 그걸 의심한 적이 있었다.

"이로써 자금 운영에 관한 보고를 마치겠고요, 이제부터 지난 한 해와 올해 우리 부에서 논의해야 할 문제들에 대한 말씀들을 기탄없이 나누어 주시기 바랍니다. 먼저 부령께서 말씀하시겠습니다."

상석에 앉아 조마조마하게 아들을 지켜보던 홍낙춘이 상체를 반듯이 세우고 입을 열었다.

"먼저 바쁘신 중에도 이 자리에 참석해 주신 태감께 다시 한 번 깊이 감사드립니다. 제가 내놓을 안건은, 우리 부 내에 남아 있는 여인 사자들, 즉, 칠성부원들에 관한 겁니다. 지난달에 칠성부령으로부터 통문이 왔습니다. 내용인 즉, 우리 부 내에 신기 높은 무녀가 있는지 찾아봐 달라는 것이었습니다. 아울러서, 각부에 속했던 여인사자들 중 아직 칠성부와 연결되지 않은 채 묻혀 있는 이들이 있는바, 그들을 파악하여 칠성부로 연결시켜 달라는 말씀이었습니다. 작금의 칠성부가 왕성하게 커 나가고 있거니와 그 본원을 새로 만들었으므로 칠성사자들이 잊히지 않게 해달라는 내용이었지요. 칠성부령의 요청이자 제 안건이기도 합니다. 받아들이십니까?"

"옳소, 예, 그리하겠습니다, 재청이오", 등의 대답이 쏟아진다. 연이어 각종 안건들이 나온다. 부내의 연통뿐만 아니라 사내嗣內 전체의 연통을 더 신속하게 할 방법을 찾자거나, 연례회합에 기별 없이 불참하는 자들에게 벌금을 물리자거나, 각처의 산물들에 대한 교역을 더 성실히 하자며, 다들 한 마디씩이라도 하는데 신입 일봉인 홍집은 할 말이 없다. 끼어들 여지가 없거니와 부 차원에서 논할 정도로 경영하는 일이 없으므로 내놓을 사안도 없는 것이다. 이런 공식적인 회합의 이면에서 일어나는 만단사의 어두운 일들을 너무 많이 알아버린 탓일지도 모른다. 어쩔 수 없이 떠오르는 정효맹. 그도 이런 막막함을 느껴 이온과의 혼인을 꿈꾸고 도적질을 시작했던 것일까. 알 수 없다. 영영 알 수 없게 되었지만 이 자리의 누구도 정효맹을 거론치 않는 게 허우룩하다.

정효맹은 그 평생 봉황부 사자였으며 사령의 보위대장이자 일봉사자였다. 이 자리에 있는 사람들 중 정효맹을 모르거나 만나지 않은 사람이 없었다. 그가 사령의 밀명을 받아 해왔던 일을 모른다 해도 동급의 일봉사자로 지낸 게 자그마치 팔 년이었다. 그의 죽음을 안타까워하지는 못할지라도 조직의 일원이었던 그가 어찌하여 도적으로서 삶을 마감했는지 논의해야 마땅하지 않은가. 그를 만단사의 치부恥部로 간주하였다면 더욱 거론해야 한다. 사령은, 사욕을 채우기 위해 도적질을 해온 효맹을 측근으로 두었던 것에 대해 사과를 해야 하고 다른 사람들은 그런 사령에게 뭔가 묻거나 따져야 한다. 그래서 조직이고 그래야 조직이다.

그렇지만 홍집의 생각도 말이 되어 나가지는 못한다. 황환을 죽이라는 이록의 명령에 왜 그를 죽여야 하는지 홍집이 묻지 못했듯, 이들도 하고 싶지 않은 말은 하지 않고 묻기 힘든 건 묻지 않는다. 해야 할 말을 하지 않음으로써 이록이 전횡할 수 있는 여지를 만들어낸다.

사안에 대한 논의들이 곁길로 새기 시작하면서 명화적에 관한 이야기가 나온다. 겨우 보름 전쯤 논산과 익산 등지에 명화적이 출현하였다. 명화적은 강경이며 논산, 익산 여산 등지의 여러 관아를 침범하였고 그 중간에 낀 강경포구와 강경상각도 된통 난리를 겪었다. 관아며 부유한 집안을 습격하여 탈취한 재물을 주변 민가에다 뿌렸다는 명화적은 강경상각에서는 수백 정의 총이며 수십 점의 폭탄과 여러 필을 말을 탈취하여 달아났다. 강경상각이 거북부 본원인바 우리 세상이 한낱 도적 떼들한테 침범을 당한 셈이다. 조정에서는 여덟 해 전인 신미년에 도성의 사대문 안까지 들어왔다가 궤멸된 걸로 알았던 그 명화적이 아직 펄펄하다는 사실에 놀라 심리사를 내려보낼 논의를 하고 있다.

홍집과 아우들은 강경에 가서 아무 일도 하지 못하고 돌아왔는데 소문은 커졌고 이 자리에서는 한층 더 커지고 있다.

"그에 대해서 잠시 정리를 해야겠소이다."

사령이다. 한 시진이 다 지나는 동안 별 말 없이 고개를 끄덕이거나 미소 지으며 경청하던 사령이 비로소 입을 떼고는 좌중을 고루 살폈다.

"여러분께서 다 아시다시피 강경상각은 우리 세상의 한 본원인바 강경상각이 침범 당한 건 곧 우리가 침범 당한 것과 같습니다. 황 도방께서 원체 강건하고 의연하시어 침범을 당하고도, 별일 아니었노라고, 심려 말라는 서찰을 제게 보내오긴 하셨습니다만, 저는 걱정이 없지 않습니다."

사령의 말을 봉황부령이 받았다.

"거북부가 우리 세상 다섯 부 중에 기세가 가장 크고 황 도방 또한 강성하게 그 부를 이끌어가고 있는데 태감께서 걱정하시는 바는 무엇이옵니까?"

"황 도방께서 그러한 분이신바 거북부 본원이 당한 한 번의 침입을 걱정할 까닭이 없지요. 제가 여러분의 말씀들을 찬찬히 듣는 동안 명화당이라는 도적 패거리들에 대한 여러분의 인식이 얇고 경각심이 소홀한 게 아닐까 하는 염려가 생겼다는 말씀을 드리고 있습니다. 여러분은 명화당이 어떤 도적 패거리인지 생각해 보셨습니까? 조선에서 명화당이라는 이름의 도적 떼가 언제부터 출몰했는지. 그들이 얼마나 자주 출현하는지. 그들이 나타날 때마다 무슨 일이 일어나는지. 어찌하여 그들은 소멸되지 않는지. 정작 그들은 누구인지. 그런 것들을 생각해 보셨는지 여쭙는 겁니다. 더하여 여러분이 누구인지, 어떤 세상을 만들기 위해 사는지 등에 대해서 생각해 보셨는지도요."

방안에 침묵이 고인다. 사령은 방안의 사람들을 고루 훑어보며 무슨 말이라도 나오기를 기다린다. 사람들이 할 말을 찾느라 궁리하는 사이 사령이 다시 입을 열었다.

"여러분은 사신계에 대해 알고 있습니까?"

임림재에서 혜원이 말하길, 사신계와 만단사는 모태가 같다고 했다. 두 세상의 지향하는 바가 같은데 이록이 만단사령 자리에 오르며 원래의 만단사가 지녔던 아름다운 세상을 향한 꿈이 깨졌다고 했다. 만단사령 이록이 임금 될 야욕을 품었기 때문이다. 이록이 임금 될 세상은 지금 임금과 어떻게 다를까. 다르기는 할까. 다르다 한들 아이들과 여인들을 죽이면서 만드는 세상이라면 그런 새 세상을 만들 필요가 있을까.

"들어본 적이 있습니다."

평안도 맹산에서 온 김번 일봉이다. 사령과 부령의 상석 가까운 자리에 앉은 그는 환갑이 넘었고 이 자리에서 나이가 가장 많다. 홍집이 인맥장부와 탐찰을 통해 알게 된 건 김번이 전대前代 사령의 측근이었다는 것이다. 전대 사령은 사십 년 가까이 그 자리를 지냈고 이록이 봉황부령이 된 이후 불현듯 죽어 이록에게 사령 자리에 넘겨준 셈이 됐다. 그 과정에 이록의 명을 받은 정효맹이 움직였을 것은 불문가지다. 그 사실을 알 리 없는 김번 일봉이 말을 잇는다.

"사신계는 우리 세상과 모태를 같이했다고 들었습니다. 연원이 우리 세상만큼 오래되었고요. 그들이 내세우는 기치, 강령이 우리 세상과 똑같이 아름다웠다고 했습니다. 그들이 실재하는지는 알 수 없다고도 했지요. 오래전에 사라졌다고요. 헌데 태감께서 지금 그에 대해 말씀하시는 까닭은 사신계가 실재하거니와 명화당과 관련이 있다는 뜻입니까?"

"그렇습니다. 제가 여러 해에 걸쳐 알아본 바 사신계가 존재함은 물론이고 그들은 필요할 때마다 명화당이라는 이름으로 현실에 나타납니다."

"그들이 실존한다면 우리 세상과 비슷한 양상일 터, 그들의 필요라는 게 어떤 것이기에 도적당으로 출현한다는 것입니까?"

"그들이 무엇 때문에 명화당을 빌어 현실계에 나타나는지, 아직정확히 파악치는 못했습니다만 제가 분석해 본 바, 그들이 명화당으로 출현할 때마다 일반 백성들은 물론 우리 세상이 한 번씩 침범을 당한다는 것입니다. 김번 일봉께서도 기억하실지 모르지만 십여년 전, 명화당이 충청도 온양 땅에 출현했을 때 그 근방 현감을 지냈던 우리 세상 사람이 그들 손에 죽은 적이 있습니다. 그 몇 해 뒤 도성에 명화당이 출현했을 때는 관직에 있던 우리 사람 여럿이 그들에 의해 변을 당했지요. 최근의 일로는 명화당에 의해 강경상각이 침범당한 것이고요. 제가 알 수 있는 것만 해도 벌써 세 번이나 될 제 저나 여러분이 모르는 사이에 벌어진 일들이 없다고 단언할 수 있겠습니까? 이전의 일들을 차치하고라도 말이지요."

홍집은 이록이 어떻게 사령 자리에 앉을 수 있었는지 새삼스레 깨닫는다. 사령은 모든 상황을 자신에게 맞춤한 것으로 변용시켜 사용하는 능력이 있지 않은가. 임림재의 혜원에 따르면 사령 이록은 조선의 임금 되기를 획책하고 있노라 했다. 지금 이록은 조선의 임금이 되고도 남을 사람 같다. 현실에 없는 명화당을 만들어 냈을 뿐만 아니라 명화당을 사신계로 둔갑시켜 분산된 만단사자들의 생각을 한 결로 다스린다.

'큰일났네!'

홍집이 큰일났다고 생각하는 사이 사신계는 명화적으로 굳어 간다. 만단사에 해를 입히거니와 백성들의 삶을 피폐하게 만드는 흉적

들이 되어 간다. 더불어 만단사에 해악을 끼치는 적당이 되어 결국
엔 없애야 할 공적公賊이 되고 만다.

일단의 대화들이 끝난 뒤 저녁을 먹으며 계속하자는 말이 나왔다.
유시로 접어들었는지 창호에 석양이 어리기 시작한다. 방안과 밖을
물방개처럼 드나들던 홍남수가 저녁상을 들이겠노라 한다. 대전의
금주령이 엄존하므로 주안상이라는 말은 사어가 되다시피 하였다.
그 저녁상에 밥과 국 대신 술과 안주만 오르고 기생이 달렸을지라도
주안상은 아닌 것이다. 도성 안에 기생이 몇이나 될까. 이 객점에 기
생이 십여 명이나 있을 리 없으니 다른 곳에서 청해 왔을 것이다. 홍
집은 저녁상을 따라 줄줄이 들어서는 기생들을 보며 다시 한 번 큰
일났다고 뇌까린 후 소피를 보기 위해 일어난다.

해가 지기 시작하므로 공기가 차갑다. 방안에서의 열기 탓에 한층
서늘하게 느껴지는지도 모른다. 춥지는 않다. 온이 새 옷 일습을 세
벌이나 마련해 준 건 뜻밖이었다. 비단이었다면 거북했을지도 몰랐
다. 이왕 지어 주기로 한 옷, 비단이 없어서 무명으로 짓게 한 게 아
니라 입을 사람이 불편해할 것을 알아 그리한 것임으로 홍집은 감동
했다. 큰일이군! 뇌까렸다. 큰일은 났는데 누구의 큰일인가. 너른 헛
간에 줄줄이 놓인 오줌통에 오줌을 누면서야 큰일난 사람이 누군지
떠오른다. 만단사의 적으로 명시되어 가는 임림재 사람들이 아니라
윤홍집이 된 자신이다. 몸을 여기 둔 채 마음은 어느새 저쪽을 걱정
하고 있지 않은가.

"윤홍집 일봉이시라고? 젊은이라 오줌소리가 용감하구먼요."

저쪽 오줌통에서 소피를 보고 돌아서던 김번 일봉이다. 홍집은 서
둘러 괴춤을 여미고 외투를 가지런히 한 뒤 그를 향해 읍례한다.

"윤 일봉, 향리가 어디시라고요?"

"도성 목멱산 아래 한강방이라는 동리입니다, 어르신. 말씀 낮추십시오."

"허면 그럴까? 작년에 일봉이 되었다고?"

흔쾌히 말을 낮추는 그가 자연스러워 재미있다.

"예, 어르신."

"선원을 어디다 두고 있다고 했더라?"

"목멱산 아래 제 집에서 꾸리고 있나이다."

"혹 자네가 경오년에 돌림병으로 작고하신 윤경책 일봉의 자제이신가? 양연무라는 집에 살던?"

"소생의 선친을 아셨나이까?"

"자주 만나지는 못했어도 알고 지낸 세월은 꽤 되지. 자네 선친께서 우리께로 오시었을 때는 내 집에서 묵어가신 적이 있고 나 또한 자네 집에서 묵은 적도 있으이. 경오년에는 온 나라가 당한 재앙이 워낙 커서, 그때 나도 식구를 여럿 잃고 정신이 없었지. 해서 자네 집안에 생긴 참변을 나중에야 소식을 듣고 놀라고 안타까웠네."

"소생조차도 나중에야 알았던 것을요."

"그런 큰일을 당하고 이리 의젓이 장성한 게 장하이."

"황송합니다. 어르신께서는 맹산에서 오셨다고 들은 것 같은데, 여러 날 걸리셨지요?"

"닷새나 걸렸지. 젊을 때는 도성까지 사흘이면 닿겠더구먼, 나이 드니 말 타기도 쉽지 않아 느리적느리적 유람하듯 왔지. 하마 이번이 마지막 회합이 아닐까 싶어 기를 쓰며 온 셈이고."

"무슨 그런 말씀을 하십니까. 창창하시기만 한걸요. 소피 줄기도 용맹하시고요."

김번이 허허허 웃고는 헛간을 나간다. 헛간 밖에 있던 그의 수행이 제 상전과 함께 나서는 홍집에게 목례를 한다.

"어르신 이번에 도성에서는 얼마나 계십니까? 어디서 묵으시고요?"

"서린방에 아우 네가 있어. 형조에서 심률審律로 있는 김언이 내 아우지. 아우 집에서 한 열흘 묵으며 도성 구경을 좀 할까 하이. 사람도 좀 만나고."

"하오면 체류하시는 동안 어느 날이라도 소생한테 시간을 좀 내어 주시겠습니까?"

"늙은이하고 뭐하려고?"

"어르신께서 소생의 가친과 사사로이 알고 지내셨다니 이런저런 말씀을 좀 듣고 싶습니다. 제자 한 놈 두시는 셈치시고 시간을 내어 주십시오."

"그 젊은 나이에 일급이 되었는데 다 늙은 내가 자네한테 할 말이 뭐가 있겠나마, 그리하세. 내일이라도 서린방으로 오게."

김번이 흔쾌히 대답하는데 큰 마당에서 풍악소리가 울리기 시작한다. 문이 활짝 열린 큰 방에서는 저녁이 시작되고 그 방 앞마당에서는 음악과 춤이 벌어지는 것이다.

"홍 부령이 돈 좀 쓰는 게지?"

김번이 마뜩치 않은 어조로 말하고는 너털웃음을 터트린다.

"그러게요."

홍집은 맞장구를 치며 김번을 따라 큰 마당으로 향한다.

각부 일급사자들의 모임이 도성에서 열리는 경우에 사령이 가끔 왕림하기도 하는가 보았다. 사령이 봉황부령에서 사령 자리로 올라간 덕에 일봉사자 회합에 참석한 게 이상한 일은 아니었다. 남수가 부령 보좌로 봉황부 회합을 꾸리고 진행한 게 이번으로 세 번째인바, 새삼 어려울 것도 없었다. 그럼에도 남수는 사령이 특별수비대의 윤홍집을 아들인 양 앞세워 나타났을 때 적지 아니 당황했다. 열패감이라고나 할까.

　　윤홍집이 일봉 자리에 앉은 게 심양에 다녀온 작년 늦봄, 겨우 스물네 살 때였다. 그동안 윤홍집을 정효맹과 다를 것 없는, 큰 덩치에 무술 좀 익혔으나 내남없는 놈이겠거니 여겼는데 아니었다. 거의 망한 집안의 부스러기 자손일지라도 그는 반족의 적자였던 것이다. 더구나 놈을 보는 사령의 눈길이 유달랐다. 사령은 놈 휘하 특별수비대에 각부 사찰을 맡겼을 뿐만 아니라 사령의 개인재산 관리감독도 시켰다. 사령의 전 재산을 관리하는 외무집사 박은봉이 놈에게 장부를 보인다고 했다. 박은봉에게 관리를 받는 이화헌 청지기가 작년에 한 말이 그랬다.

　　"박 집사가 그러는데, 특수대의 윤 모가 태감의 눈으로 나섰답니다. 윤 모의 눈이 얼마나 매서운지 장부를 잠깐 들여다보고도 틀린 계산이나 적바림이 헐한 대목을 금세 짚어 낸답니다. 박 집사가 꼼짝 못하게 된 게지."

　　윤홍집의 선친이 일봉사자였다는 건 오늘 안 사실이다. 이런 저런 논의가 끝난 뒤 시작된 연희 자리에서 맹산에서 온 김번 일봉이 밝혔다. 윤홍집이 경오년에 작고한 윤경책 일봉의 아들이라고. 태반의 일봉들이 윤경책을 알았는바 윤홍집은 단번에 모두가 잘 아는 인물이 되었다. 봉황부 최고의 인재로 떠오른 셈이었다.

남수는 윤홍집을 질투했다. 그가 허원정에 처음 나타나고부터 시작된 질투가 오늘 회합을 진행할 때 극에 달했다. 사령과 놈이 지켜보는 눈이 남수의 머릿속을 버석거리게 했다. 물 흐르듯 유유히 진행하고 싶은 생각에 반해 혀가 자꾸 꼬였다. 내가 이러면 안 되지 하면서도 알고 있던 사실조차 헷갈려 더듬거렸고 그런 자신이 부끄러워 혀가 더 꼬였다.

"오늘 고생 많았다."

홍 부령은 아들인 남수가 오늘 회합을 진행하는 내내 더듬거린 걸 느꼈을지라도 책잡지 않는다. 자식이건 하속이건 원래 나무람이 심한 편은 아니었다. 서자들에게 날 때부터 호부呼父를 허락했고 어린 날부터 무예를 수련케 함은 물론 글공부도 시켰다. 아들들의 공부나 하는 일들에 대해 묻다가 맘에 들지 않아도 심히 꾸짖지는 않았다. 근자의 남수한테는 더 느슨해졌다. 장자에 대한 믿음이나 사랑이 깊어져서가 아니라 그의 관심과 기대가 남준과 남선 형제에게로 옮겨 갔기 때문이다. 남수가 사령보위대에 들어가 볼모 노릇을 하는 동안 남준 형제가 부령의 본원을 꿰차고 운영하는 셈이었다. 누구든 자신이 아끼는 사람은 숨겨 놓고 키우는 게 인지상정이라 친다면 작금의 홍낙춘이 아끼는 아들은 남수가 아닌 것이다. 더구나 적자인 국영이 자라고 있었다.

"황송합니다, 아버님."

"윤홍집이 연전에 칠성부령을 호위하던 그자이지?"

"예, 아버님."

"윤홍집이 죽은 정효맹과 무슨 특별한 관계가 있는 것 같더냐?"

"확인하거나 들어 안 사실은 없사오나 윤홍집이 어린 날 수련하러 가 있었다는 절이 그 두 사람의 연결점이 아닌가 짐작해 보았습니다. 양연무에 사는 특별수비대 사람들이 모두 그 절에서 나온 듯싶고요. 정효맹을 위시한 그들 모두가 사형제지간인 것 같다는 거지요."

"사령이 따로 기른 놈들이라는 뜻인데, 그 절이 어딘지는 아느냐?"

"그들과 접촉할 일이 거의 없어서 그 점은 미처 파악치 못했습니다."

"윤홍집을 이어서 칠성부령 호위를 하고 있는 놈은 누구냐?"

"보통 즈믄이라 불리는 놈인데 호패에 적힌 이름은 송천희입니다. 그도 윤홍집과 같은 절에서 나온 게 아닌가 합니다."

모른다고 아뢸 수 없어 하는 말일 뿐 남수 스스로 짐작이나마 못해 보았다. 정효맹이나 윤홍집은 물론 즈믄도 무얼 내비치는 놈이 아니었다. 정효맹 밑에서 오 년을 보낸 셈이어도 그가 어디에서 났으며 누구 아들인지 남수는 몰랐다. 윤홍집에 대해서는 오늘에야, 그 스스로 드러내 주어 알게 된 셈이다. 즈믄이 어디서 어떻게 자라 허원정으로 들어왔는지 알려면 또 몇 해가 지나야 할지도 몰랐다.

"기회가 되는 대로 놈들이 나온 절이 어딘지 알아보아라. 거기 놈들과 같은 놈들이 얼마나 더 자라고 있는지를 알면 사령의 힘이 어느 만큼인지도 짐작할 수 있지 않겠느냐."

"예, 아버님."

"그만 나가서 쉬어라."

남수는 부친께 밤 인사를 하고는 사랑에서 물러난다. 방문을 닫고 나오자 대청 아래 제 수하 둘과 서 있던 남준이 미소 지으며 손을 들어 보인다.

"인경이 한참 지났으니 본가에서 주무셔야 할 텐데 형님, 내 처소
에 가서 한잔하시려오?"

남수처럼 자신의 모친 집에서 살고 있는 남준의 처소는 대문 앞
골목에 있는 별채이다. 허원정이나 함화루와 같은 대저택에는 큰
사랑, 중사랑, 작은사랑 등이 있으나 이 두동재에는 그저 방 두 개
가 달린 사랑이 있을 뿐 남준은 별채에서 지내며 부령 본원의 살림
을 하는 동시에 부친을 호위한다. 그 아우 남선이 함께 하는데 남선
은 남준보다 과격하고 몸집이 훨씬 크다. 그런 남선을 남준이 잘 아
울러 내는 것 같았다. 이복이라 해도 남수와는 형제지간이 분명한데
정은 없다. 동복형제들끼리 한패가 되어 이복형제들과 경쟁하는 셈
이랄까.

"술이 어디서 났는데?"

"아까 서강객점에서 몇 병 얻어왔소."

서른여섯 간의 두동재는 가문의 내력에 비하면 소박하다. 이웃
한 집 두 채가 한 집처럼 쓰이고 있을지라도 홍낙춘의 타고난 지체
와 거느린 하속들까지 생각하면 좁았다. 부친은 어떤 욕심이나 불충
함도 드러내지 않기 위해 외양의 소박함을 가장하는 것이었다. 사령
덕에 부령 자리에 오른 부친은 사령을 몹시 두려워한다. 두려움의
크기만큼 미워한다. 두려움과 미움을 충심으로 가린 채 숨죽여 지낸
다. 그렇지만 언젠가는 사령을 거꾸러뜨리고 스스로 만단사령이 될
야심이 있었다. 그 야심에 따른 계획을 아마도 남준은 알고 있을 터
였다. 남수가 느끼기에 그러했다. 그런 날을 위해 갈고 있는 부친의
병기가 큰아들 남수가 아니라 둘째인 남준인 것이다. 오늘 밤 부친

이 남수에게 알아보라 한 사항은 사실상 방 밖에서 듣고 있을 남준에게 한 말이다.

두동재 대문을 나온 남수는 별채 문 앞에서 남준에게 말한다.

"나는 내일 꼭두새벽부터 서강객점에 나가 봐야 하니 오늘 밤 술은 참아야겠어."

"허면 어디로 가시려고요?"

"이화헌까지 가기는 번거롭고 대골로나 가야지. 자네도 과음하지 말고 쉬게."

하릴없는 말을 내뱉고는 내처 걷는다. 대골 집에는 모친과 이제 열세 살인 동복아우 남경과 안해와 세 딸이 있다. 아직 아들을 낳지 못했으나 섭섭지 않았다. 종첩의 아들로 태어난 자신이 아들을 낳아 봐야 아비 신세와 다를 게 무엇이랴. 종첩의 자식은 종이고 그 종의 자식도 종이다. 아들을 낳아 부친의 또 다른 종으로 만드느니 낳지 않는 게 더 나을지도 모른다.

부친의 적자 국영은 이제 열한 살임에도 사랑채에 거하며 독선생을 들여 글공부를 하고 있다. 내년에는 서학西學 등의 학당에 들 것이고 더 크면 성균관에도 들어갈 것이며 문과에 합격하면 벼슬을 하게 될 것이다. 부친이 서자들에게 비교적 너그럽게 대하는 까닭이 오직 하나인 적자 국영을 위한 거름으로 쓰기 위함이다. 만단사령이 되고자 하는 이유도 그 때문일 터이다. 어둠 속을 걸으며 남수는 후, 한숨을 쉰다. 이 밤이 이토록 쓸쓸한 이유가 윤홍집 때문인지, 이복아우 남준 때문인지, 앞날이 보이지 않는 자신 때문인지 알 수 없다.

살려면 움직여라

사령 특별수비대장 윤홍집은 큰사랑 마당에 깐 멍석에서 이레 동안 지냈다. 비는 내리지 않았으나 낮에는 바람이 불거나 볕이 드세게 내리쬐고 밤에는 이슬이 내리고 안개가 흐르던 마당에서 그는 죄인처럼 있었다. 윤홍집이 지은 죄가 무엇인지 즈믄은 몰랐다. 그의 당당함이랄까, 자신감은 느꼈다. 그는 용서를 구하는 죄인 같지 않았다. 그는 태감과 고집 싸움을 하는 듯했다. 홍집이 마당에서 여드레째 아침을 맞이했을 때 태감께서 그를 용서했다. 그는 두 필의 말을 끌고 양연무로 돌아갔다. 오늘 밤에는 서강객점에서 열린다는 일봉사자 회합에 태감과 함께 참석했으니 그때 태감과의 고집 싸움에서 이긴 쪽은 윤홍집이라고 봐야 할 것이다.

오늘 밤 태감께서는 서강객점의 회합에 참석했다가 이화헌으로 가실 거라고 했다. 보위들은 물론 모두 그쪽으로 따라갔다. 내원 쪽은 노마님의 병증으로 소란하지만 큰사랑은 텅 비었다. 인경 소리에 맞춰 집 전체를 한 바퀴 돌아본 즈믄은 비어 있는 큰사랑 마당으로 들어선다. 기단으로 오르는 계단 옆에 석등 한 점이 밝혀져 있을 뿐 넓은 마당이 호젓하다. 마당 가운데, 홍집이 멍석을 깔아 놓고 앉아 이레를 버텼던 자리에 서서 하늘을 올려다본다. 보름밤이지만 날이 흐려 달은커녕 별도 보이지 않는다. 그래도 보름달이 구름 속에 있는 덕에 하늘이 아주 어두운 건 아니다.

즈믄은 석등 쪽으로 걸음을 옮긴다. 태감이 집에 계시지 않아 큰 사랑이 텅 빈 날 밤이면 석등의 불빛을 등지고 그림자 놀이하듯 수박이나 권술로 몸을 단련한다. 아무도 없어 절간처럼 한적한 곳에서 자신조차 없는 듯이 고요히 몸을 움직이는 느낌이 좋았다. 우동산 국사암에서는 몰랐던 느낌이다. 절간의 고요함이 당연했듯 수련하는 것도 당연하기만 해서 몸을 푸는 것의 저릿한 희열을 느끼지 못했던 것이다.

호흡을 조절하며 느릿느릿 움직이는 자신의 그림자와 대련하던 즈믄은 낯선 기척에 휙 돌아선다. 무슨 소리인가 들었는데 아무도 없다. 사위를 가만히 톺아보던 즈믄은 소리의 근원지를 찾아낸다. 빈 줄 알았던 태감의 처소다. 외부인이 침입했을 리 없지만 집안사람이 비어 있는 태감의 처소에 들어 있을 까닭도 없다. 결국 도둑인가 싶어 살금살금 대청으로 올라선 즈믄은 태감 방의 문을 가만히 연다. 태감의 처소는 방 세 칸이 잇대어 장지문으로 나누어져 있다. 앞뒤 쪽에 곁방들이 달려 있으므로 장지문들을 다 닫으면 방이 아홉 칸인 셈이다. 앞방 한 가운데에 검은 형상이 앉아 있다. 가만 보니 안방마님 영고당이다.

"마님이신 줄 모르고 인기척이 나서 살피러 왔다가, 황송하여이다. 소인 물러가옵니다."

"내가 누구냐?"

"예?"

"내가 누구냐고 묻지 않느냐."

"이 댁의 안방마님이시옵니다."

"진정으로 그러하냐?"

"그, 그렇지 않나이까?"

"들어오너라."

"예?"

"들어오란 말이다."

"하명하실 일이 계시오면 그저 하소서."

"들어오라고 명하고 있지 않느냐."

즈믄이 하는 수 없이 들어가 문 쪽에 바투 앉는다.

"가까이 다가오너라."

다가든 마님에게서는 술내가 난다. 그러고 보니 그 앞에 호리병이 놓였다. 영고당은 내원의 소란을 피해 나와 어둠속에서 홀로 술을 병째 마시고 있었던 것이다. 사뭇 취한 그는 조심성도 없다. 즈믄에게 술병을 내밀며 마시라 한다.

"못 마시옵니다."

즈믄의 대답에 영고당이 클클, 우는 듯 웃는다. 취해 웃는 소리는 몹시 기이하고 음험하다. 와락 싫증이 난 즈믄이 물러나려 뒤로 몸을 빼니 영고당이 소리친다.

"네 이놈, 그대로 달아나면 네놈이 나를 능욕하노라 소리소리 외댈 테다."

협박인가 본데 무섭기는커녕 가소롭다. 대체 무슨 짓을 하려고 이러는 걸까 싶어 가만있노라니 영고당이 기듯이 즈믄 쪽으로 움직인다. 다가든 마님이 대뜸 즈믄의 바짓말 속에 손을 넣어 하초를 쥔다. 그 손이 몹시 뜨겁다. 즈믄도 숫보기는 아니다. 건드려도 괜찮을 계집들은 죄 건드리며 컸다. 제 먼저 손을 뻗는 영고당이 건드려도 될 계집인지 아닌지 알 수 없어 어리둥절할 뿐이다. 그러면서도 하초는 솟구친다. 금세 뻗쳐오르는 하초를 쥐고 흐흥 웃은 영고당이 한 손으로 자신의 치마속 속곳만 걷어낸 채 뒤를 내밀며 말했다.

"너나 나, 둘 다 살려면 서둘러 움직여라."

어이없지만 그 몸으로 들어가지 않을 이유가 없다. 건드려도 되는지, 건드리면 안 되는지 알 수 없는 몸뚱이를 뒤에서 붙들고 움직인다. 일 년여 만의 계집이라 쾌락이 고통스러울 만큼 극렬하다. 비명을 낼 수 없으므로 쾌락과 고통은 배가 된다. 즈믄은 몸을 물리면서 여인을 뒤집어 타고앉아 그 입에 하초를 꽂아 비명을 막는다. 계집이 입을 막힌 채 용틀임을 한다. 즈믄은 계집에게 물려 뜯길 것 같은 하초를 빼 계집의 샅 사이에 박는다. 질펀히 젖은 계집이 환희의 신음을 삼키느라 즈믄의 어깨를 물어뜯는다. 즈믄의 온몸이 그 몸안에서 폭발했다. 사출한 즈믄은 뒤돌아보지 않고 사랑을 물러나 수직청으로 돌아온다. 내원에서는 아직도 노마님의 괴성이 흘러나온다. 온과 금오당을 비롯한 내원 사람들은 노마님을 재우기 위해 여전히 안절부절 못하고 있었다.

밤늦어 노마님이 잠이 들고, 온이 처소로 들어가 잠이 들고 집안 사람들도 모두 자신들의 방으로 들어갔다. 즈믄도 잠이 들었다. 얼마나 잤을까. 방문 열리는 기척이 난다. 영고당이다. 신발까지 들고 들어온 여인이 즈믄의 이불 속으로 들어와 즈믄을 타고앉는다. 속곳을 입고 오지 않았다. 한번 무너진 둑이다. 둘 다 집요하고 맹렬하고 가혹하게, 서로를 씹어 삼키듯 탐한다.

산에 산에 꽃이 피어

광화문 앞 육조거리 건너편에 자리한 삼내미 마을은 백악에서 흘러내린 시내가 서쪽과 남쪽을 지나 청계로 합쳐지고 삼청골에서 흘러나온 시내가 동쪽을 지나 청계로 합쳐진다. 마을의 세 방향이 시내에 감싸여 있는 바 삼내미이다. 혜정원은 삼내미 앞쪽에 위치했으며 팔도를 통틀어 가장 큰 객관이다. 일꾼 숫자만 해도 일백 명이 넘는다. 일꾼들은 죄 혜정원 주위에 포진한 집들에서 산다. 부중 사람들은 모르지만 삼내미가 통째로 혜정원이다. 그런 까닭에 삼내미에서는 한 집 식구인 양 공동으로 하는 게 많다. 아기들을 돌보는 유아당, 아이들을 가르치는 학당, 빨래와 바느질을 하는 침선방, 끼니를 함께하는 찬방, 운신이 어려운 노인들이 모여 지내는 기로당이 있다. 각 당은 삼내미 안에 있는 혜정원 일꾼들의 집을 이용하며 태반의 일들이 동네 안에서 이루어진다.

임림재에서 두 달여를 지내고 상경한 수앙에게 소학당에서 선생 노릇을 하라는 소임이 맡겨졌다. 삼월 말까지 소학당 글선생을 하던

이가 만삭이 되어 수앙이 대신하게 된 것이었다. 정음을 떼고 한자 읽기를 시작한 여덟 살에서 열 살까지의 학동 열둘과 임림재에서 데려온 성아가 더해져 열세 명이 수앙의 첫 제자들이다.

금년 소학당이 열린 곳은 혜정원 지미방 방수 해심의 집 안채 대청이다. 짧은 여름 두루마기에 송라를 쓴 수앙이 성아를 데리고 학당으로 가니 벌써 와 있던 아이들은 아침부터 마당에서 난장을 벌이고 있다. 수앙이 들어서도 본척만척, 마당에다 금을 그어가며 멀리뛰기 시합에만 열중한다. 사내아이가 일곱에 계집아이가 다섯이다. 수앙은 아이들의 승부가 가려질 때까지 지켜보면서 아이들의 이름과 나이와 특징 등을 익힌다. 제일 멀리 뛴 녀석은 열 살의 도재우다. 재우는 지미방 방수 해심과 손님 수발방 방수 인회의 손자인 모양이다. 그중 나이가 높거니와 제 집에서 노는 것이라 은연중에 위세가 높다. 계집아이 중에 제일 큰애는 이름이 윤고은내이고 열 살이다. 혜정원 수직방의 조장인 박윤옥의 딸이다. 재우가 승부를 끝내고 나름 대장이 되었다고 여기는지 으스대며 수앙을 아는 체하고 나섰다.

"우리 선생님이십니까?"

수앙이 히죽 웃고 대답했다.

"응, 오늘부터 내가 선생이야. 멀리뛰기 놀이가 끝났으면 이제 공부 놀이를 좀 해볼까?"

재우가 샐쭉 응수했다.

"공부가 무슨 놀입니까?"

새로운 걸 배우는 게 재미있듯이 가르치는 일도 즐겁다는 걸 수앙은 임림재 학당에서 느꼈다. 가르치는 일은 장사만큼이나 신나는 일이었다.

"나는 놀기를 참말 좋아하고 노는 방법을 무궁무진 알아. 그런 내가 지금 가르치기 놀이를 하러 온 거니까 너희들은 공부 놀이를 할 수 있을 거야. 어떡할래? 대청으로 올라가 나랑 같이 공부 놀이를 할래, 볕이 따가워지는 마당에서 너희들끼리 그냥 놀래?"

아이들이 슬금슬금 대청으로 올라가 서안 하나씩 차지하고 앉는다. 재우도 마지못해 아이들을 따라 대청으로 올라선다. 수앙은 대청으로 올라가 옻칠판 앞에 서서 아이들을 둘러보고 나서 말했다.

"내 이름은 금복이야. 김금복. 이제부터 한동안 내가 너희들한테 천자문을 가르치게 될 텐데, 나는 학당에서 공부해 본 적이 없기 때문에 학당에서 어떻게 가르쳐야 하는지도 몰라. 해서 내 맘대로 할 거야. 너희들도, 나를 중심으로 앉고 싶은 아무데로나 서안을 옮겨서 앉아."

아이들이 피식피식 웃으며 서안을 들고 제들 앉고 싶은 데로 옮긴다. 대청의 구석을 찾아가는 녀석이 있는가 하면 옻칠판 앞으로 다가오는 녀석이 있고 옮기려다 있던 자리에 도로 주저앉는 녀석도 있다. 재우는 옻칠판에서 제일 먼 자리, 대청 오른쪽 구석으로 서안을 옮겨 앉았고 고은내는 성아 옆에 앉았다. 고은내가 손을 들고 물었다.

"선생님은 여인이지요?"

"네가 고은내지?"

"예, 선생님. 저는 윤고은내예요."

"이름이 참말 곱구나. 그런데 고은내야, 또 얘들아. 너희들 앞에 있는 나는 여인이나 남정이 아니라 너희들의 여러 선생 중 한 사람

일 뿐이야. 그렇잖아?"

아이들이 키들거리며 네에, 한다.

"그리고 나랑 함께 온 아이는 내 아우인 성아야. 별이라는 뜻이야. 성아는 말을 하기 싫어서 입을 열지 않는대. 그렇지만 나와 너희들이 하는 말을 다 들을 수는 있어. 듣는 걸 아주 재미나 하고 잘 듣기도 해. 성아가 아직 어리니까 듣기만 하라고, 왜 말을 하지 않냐고 괴롭히지 않고 내버려둘 수 있지?"

사내아이처럼 입혀 키우는 성아가 계집아이라는 말은 굳이 하지 않는다. 아이들이 옻칠판 옆에 앉은 성아를 힐긋거리면서 네에, 합창을 한다.

"고마워. 자아, 편한 자리로 옮겼으면 다 같이 아리랑 음률이나 흥얼거려 볼까?"

수앙이 옻칠판을 손등으로 치면서 남도 아리랑 곡조를 흥얼거린다.

'아리 아리랑 스리 스리랑 아라리가 났네. 에헤, 아리랑 음음음 아라리가 났네.'

아이들은 선생이라고 나타난 사람이 무슨 짓을 하는지 모르겠다는 얼굴로 따라 부른다.

그렇게 시작된 선생질 첫날에 수앙은 아이들과 함께 노래만 연신 부른다. 아이들마다 아는 노래를 선창하게 하여 다 같이 서안을 두드리며 함께 부르게 한다. 와중에 아이들이 가장 흥겨워하는 노래가 남도의 아리랑이고 가장 쉽게 부르는 노래가 달궁가임을 깨닫는다. 정해진 강학 시간은 진시 초경부터 말경까지 한 시진이다. 강학 시간 중간에 수앙은 노랫말을 옻칠판에다 석회묵으로 큰글과 한자를 섞어 적는다.

아침(朝) 하늘(天)은 높고(高)요. 한낮(晝)의 땅(地)은 넓어(廣)요.

밤(夜) 하늘은 검고(玄)요, 새벽(曉) 땅은 누르러(黃)요.

집(宇) 위(上)를 나는 새(鳥), 우주 하늘(宙)의 꼬리별(星).

넓은(洪) 하늘을 나는(飛) 새, 거친(荒) 들판(野)을 달리는 바람(風).

천지현황우주홍황天地玄黃宇宙洪黃을 가르치기 위한 첫 걸음이자 아이들의 공부 정도를 알아보기 위한 시험이다. 아이들은 자신들이 다 아는 「달궁 노래」 곡조에 맞춰서 손짓춤을 추며 천지현황우주홍황 여덟 글자와 아침과 낮과 밤과 새벽의 높고 낮음, 새와 별과 바람을 노래한다. 익숙한 곡조에 이미 아는 글자들이 섞여 있으므로 아이들은 정말 놀이로 여긴다. 천지현황, 우주홍황을 노래한 아이들은 일월영측日月盈昃이요, 진숙열장辰宿列張이라, 한래서왕寒來暑往이요, 추수동장秋收冬藏이라, 윤여성세閏餘成歲하고, 율여조양律呂調陽이라에 이르기까지 거뜬히 불러낸다.

역시나 가르치는 것은 배우는 것만큼 재미있다. 아이들이 잘 따라 놀아 주므로 수앙은 신이 났다. 땀도 흠뻑 났다.

첫 강학을 마치고 비연재로 들어서니 성아가 수앙의 손을 놓고는 다다다 뛰어 내원으로 들어간다. 대문간으로 나온 우쇠 할아버지가 장난스런 얼굴로 수앙에게 묻는다.

"오늘 강학이 재미나셨습니까, 선생님?"

비연재 안살림은 혜정원 지미방과 침선방에서 퇴역한 새오 할머니와 봉주 할머니가 해준다. 손님수발방에서 퇴역한 우쇠 할아버지는 청지기 노릇을 해준다. 그들은 환갑이 되어 퇴직했으나 삼내미에 집이 있었고 그 집에는 자식들이 살았다. 강하를 수발하며 살던 그들은 혼인 두 달여 만에 신행하듯 들어온 수앙과 그 아우 성아를 손자 손녀인 양 반겼다. 수앙은 혜정원 학당에서 아이들을 가르치며 평양에서 하던 자신의 공부를 이어하면 되었다. 장사치로 세간에 나서지는 못하게 되었으나 향료며 미향수, 미백분, 미윤유 등 미장용품 등의 개발이 수앙이 평생 하며 살 일로 결정된 터였다.

"네, 할아버지. 날씨가 어느새 더워요."

"사월 열이틀이나 됐으니 더워질 때가 되었습니다."

"점심 먹고 공부 좀 하다가 신시 경에 유리점에 갈래요, 할아버지."

상경한 뒤 수앙은 나들이 할 때마다 물들인 무명 남복을 입고 일산日傘 대신 전립이나 송라를 썼다. 계집 복장으로는 밖에 나가지 말라는 방산의 명령이 있었거니와 스스로도 사내 복색이 편했다. 성아 손을 잡은 채 우쇠 할아범을 달고 다니므로 자유로웠다.

"오늘은 유리점이오? 그 옛집서 옮겨온 짐바리에 유리그릇들 잔뜩 들어 있지 않았습니까? 그것들 싸오느라 솜뭉치가 집채만큼 껴묻어 왔더구먼."

크고 작은 유리병들과 깔때기와 증류기, 여과기와 체, 약재며 원료들. 유릉원에서 옮겨와 쌓여 있던 그림들과 물건들과 약재들과 책자들을 얼추 정리했다. 새 연구실을 차리다 보니 모자라거나 빠진 약재며 원료들이 다수였다. 그것들을 찾는다는 핑계로 오후에는 그림거리나 보제원거리나 시전거리 등을 쏘다니는 재미가 톡톡했다. 우쇠를 통해 그림 몇 점을 팔았다. 공부를 겸해 재미로 그린 그림에 낙관을 찍어 내놨더니 실제로 팔려 돈이 됐던 것이다.

성아에게 낯선 사물의 냄새와 약재며 향료의 향기를 가르치는 게 특히 재미났다. 성아는 말을 하지 않거나 하지 못했다. 전혀 듣지 못하는 듯 소리에 반응하는 일도 없었다. 그렇지만 별님께서는 성아가 언젠가는 입을 열거라 하셨고, 임림재에 있던 두 의원 기붕과 연덕도 아이가 귀머거리는 아닌 것 같노라 했다. 성아가 귀머거리에 벙어리이든 아니든 수앙은 녀석과 말이 통하므로 불편하지 않았다. 목소리가 아니라도 소통할 방법이 많다는 걸 녀석을 만나면서 깨달았기 때문이다. 더구나 녀석은 신기하리만치 빠른 속도로 글자를 익혀 가고 있었다.

"솜씨 없는 화공이 붓이 못생겼다고 한다면서요?"

"그 또한 놀러 나가고 싶어 대는 핑계 같소만?"

"도성 구경을 좀 더 해야 직성이 풀려서 얌전히 앉아 공부할 수 있을 거 같아요."

어릴 때 떠났다가 육 년여 만에 돌아온 도성은 낯설고도 새로웠다. 맨 먼저 어릴 적에 자란 가마골에 갔다. 가마골에 알 만한 사람이 하나도 없다는 사실을 새삼 확인했다. 소소원에 살던 아곱 할배는 도솔천으로 올라가신 후였다. 가마골의 할아버지들과 할머니들, 삼덕아주머니와 보리언니 등. 그들이 어디로 옮겨 갔을지 궁금했으나 묻지 않았다. 그곳이 어디든 웃전의 명을 따라 갔을 것이고 안전한 곳일 것이기 때문이었다.

"아씨가 자꾸 그리하시면 앞집 마님께서 걱정하시지 않겠습니까? 어제 아침에만 해도, 어느 사이에 나가셔서. 내, 아씨 종아리에 불이 날까 봐 고자질은 못했소만, 다시는 그러지 마시구려. 그러다간 이 늙은이 일거리 없어져서 참말 뒷방 늙은이가 되고 말리다."

앞집 마님이신 방산이 수앙에게 명한 규칙이 여러 가지였다. 혜정원에 드나들 때는 일꾼 복색을 해라. 밖에 나갈 때는 반드시 남정 복

색을 해라. 머리에는 꼭 뭔가를 써라. 홀로 집밖에 나가서는 아니되
며 외진 곳은 절대 안 된다. 어길 때마다 종아리 열 대씩을 치겠다.

그랬음에도 어제 새벽에 강하가 등청하고 난 뒤에 수앙은 성아만
데리고 장동 숲에 갔다. 숲에 핀 아침 꽃들을 보고 싶었기 때문이다.
이른 아침 숲에 이슬 머금은 꽃들이 지천으로 피어 있어 황홀했다.

"오늘은 할아버지하고 운종가에 가는 거잖아요."

"점심 잡숫고 건너오시라는 앞집 마님의 분부가 계셨으니 건너가
서 나들이 허락을 받으시구려."

"네에. 우선 점심을 좀 먹어야겠어요. 한참 떠들고 왔더니 배고
파요."

떠들기만 한 게 아니라 땀을 잔뜩 흘릴 정도로 아이들과 열심히
놀았다. 온몸이 진진하게 젖었다. 아랫도리도 개짐을 차고 있는 듯
축축하다. 수앙은 달거리를 시작했다. 임림재에서 한 달가량을 보내
던 지난 이월 하순이었다. 새벽 잠결에 아랫배가 몹시 저리면서 샅
이 축축한 걸 느꼈다. 설마 오줌싸개 노릇을 했나 싶어 놀라 일어나
보니 속옷이며 이부자리에 피가 배어 있었다. 그동안 걱정하는 소리
들을 들어본 적이 없기에 수앙은 자신의 달거리가 늦는다는 것에 대
해 의식해 본 적이 없었다. 어머니며 스승들이 사뭇 기뻐하는 걸 보
고서야 자신의 몸이 늦된 걸 알았다. 임림재에서 한 차례의 달거리
를 더 치르고 나니 어른들이 한양으로 돌아가라 했다. 성아를 데리
고 가 가르치며 키우라는 하명이 덧붙었다.

"아씨, 오셨소?"

수앙이 내원으로 들어서자 새오 할머니가 점심상을 내오다 소리
쳤다. 부엌에서 함께 나온 성아가 상머리에 강아지처럼 졸졸 따라붙

었다. 저보다 큰 아이들과 노느라 녀석도 시장했던 것이다.

"콩비지를 끓이셨네요? 어디서 나셨어요?"

"앞집서 건너왔지 어디서 났겠어요. 어서 드세요."

"할아버지랑 할머니들은요?"

"우린 나중에 아씨께서 상을 물리신 뒤에 먹지요."

"김아무개 씨 없을 때는 다 같이 드시자니까 꼭 이러시네요."

"그런 말씀 마시고 아우님 배고파 넘어가기 전에 어서 드세요. 아씨 자시는 동안 이 늙은이가 잔소리 좀 하리다."

수앙이 수저를 들자 기다리던 성아도 수저를 든다. 콩비지 찌개를 떠먹고 밥을 뜨는데 상머리에서 약간 떨어져 앉은 새오 할머니가 입을 연다.

"아씨나 우리가 내남없이 어울려 트고 지내지만, 아씨는 좌부솔 나리의 부인이십니다. 이 집 바깥의 세상 법도는 양반네한테 엄격한 경우가 훨씬 많지요. 반가의 부인들한테는 특히 그렇고요. 아씨 성정이 워낙 명랑하여 방산께서도 어찌하지 못하시고 나들이를 허락하고는 계시지만 그럴수록 아씨가 조심하셔야 해요. 나들이 문제도 그렇거니와 집안에서도 그래요. 아씨가 어떤 사람도 하시하는 성정이 아닌 것은 타고난 복이라 할 만하나, 현실 세상에 일꾼, 하속들과 겸상하는 반가 부인은 없답니다. 일꾼들한테 할아버지, 할머니라고 부르는 부인도 물론 없고요. 해서 제가 오히려 당부를 드리는 것입니다. 세상 법도가 그렇다는 걸 알고는 살아야 한다는 뜻이지요."

"그러니까 지금 할머니 말씀은 안에서 새는 쪽박은 밖에서도 샌다는 뜻이지요?"

"하이고, 맙소사."

한탄한 새오 할머니가 클클 웃는다. 아래채에서 나오던 봉주 할머니도 웃으며 마당을 건너온다. 그의 팔에 혜정원 일꾼의 여름 옷 일습이 안겨 있다. 노인들은 뭐든 미리 아는 것 같았다. 수앙이 옷을 갈아입어야 하려나 생각하는데 어느새 푸새한 옷을 건네 오지 않는가. 어른 말씀을 잘 들으면 자다가 떡을 얻어먹는다는 말이 그래서 생겼는지도 모른다. 수앙은 속으로 웃고는 밥을 마저 먹는다.

작년 칠석날 멋대로 집을 나섰다가 죽을 뻔했다. 그날 계례식이 끝난 뒤 큰비가 내릴 거라 들었다. 무슬에게 능라도로 가자 했더니 아니 된다 했다. 흥! 입을 삐죽이고 말았는데 정말 비가 쏟아졌다. 능라도가, 아곱 할배 나무와 선신 나무가 왜 그리 걱정되었는지 몰랐다. 어떻게 집을 나섰는지 기억이 없었다. 뭐에 홀렸던 것 같았다. 자신이 선신의 무덤 위에서 죽음 직전에 무슬에게 발견되었다는 건 사흘 뒤쯤에 들었다. 죽다 살아난 뒤 다시는 어른들 허락 없이 움직이지 않겠다는 맹세를 했고, 묵언수행의 벌을 받았다.

수앙은 아홉 살에 입계하여 사십구 일간의 묵언수행을 치렀다. 묵언하면 세상이 달리 보인다는 것을 그때 느꼈으되 겨우 아홉 살 때라 묵언수행이 벙어리 놀이 같았다. 더구나 소소원, 집에서 지낸 묵언 기간이었다. 모든 게 똑같되 입만 다무는 놀이. 작년에 도솔사에서 치른 묵언수행은 사십구 일이 아니라 백사십구 일간이었다. 파루도 울리기 전에 일어나 초경 말에 잠들 때까지 종일 일하거나 공부했다. 일할 때나 공부할 때는 단 일 각도 홀로 있을 수 없었다. 늘 누군가와 함께 있어야 했다. 그러면서 한 마디 말도 할 수 없고 한 줄의 글을 쓸 수 없고 그림도 그릴 수 없는 일백사십구 일간. 묵언 세상은 고요하지 않았다. 소리 내지 못하는 말들이, 말 이전의 생각들과 까맣게 잊었던 일들이 모조리 찾아들어 머릿속뿐만 아니라 온몸 곳곳에서 들들 끓었다. 내뱉어 버리면 사라질 부끄러움들이 내뱉지 못하므로 스스로에게 다시 우박처럼 쏟아지곤 했다. 눈물은 어찌 그리 자주 나던지.

그리움인 것 같았다. 물론 어머니며 스승님들, 큰언니를 비롯한 형제들과 아는 사람 모두에 대한 그리움이었다. 그리고 그보다 더 깊은 무엇이 있는 것 같았다. 무형의 존재들과 존재 없는 그 어떤 것들이 몸안 어디에선가 바늘처럼 따끔따끔 돋아나 마음인지 가슴인지를 건드려 아프게 했다. 어릴 때부터 수시로 꾸었던 꿈, 어느 숲속에 놓인 집이 불타는 꿈, 자신의 몸이 타는 꿈을 이삼 일에 한 번씩은 꾸었다. 같은 꿈을 하룻밤에 몇 번씩 꾸기도 했다. 집이 불타는 그 꿈속에서 함께 타는 사람은 큰언니 강수였고 작은언니 명일이었고 아우 본이었다. 그리고 어머니 반야였다. 보이지 않는 눈으로 갈 곳을 몰라 불길 속에서 서성이는 엄마. 엄마는 곧장 수앙 자신이기도 했다. 엄마 엄마, 울다 보면 아파아파 비명지르는 자신이 보였다. 뜨겁고 아팠다. 땀도 나지 않은 채 신열만 끓었다. 꿈이 무서워 방을 나서면 그때서야 덜덜 몸이 떨리곤 했다.

도솔사가 원래 그런 곳인 것 같았다. 거기서 수앙은 자신보다 나중에 들어온 한 아주머니와 자주 함께 일하곤 했다. 오래 전부터 알고 지내왔던 듯 느껴지던 그이도 자주 맘이 아픈지 수앙과 눈이 마주치면 수시로 눈자위가 붉어지곤 했다.

'아주머니도 저처럼 가슴인지 마음인지가 이리 아픈가요? 아주머니도 저처럼 알지 못할 무엇이 그리운가요?'

수앙이 눈으로 물으면 그가 대답하는 소리가 들리는 성싶었다.

'그래 아가, 나도 그렇다. 사람은 누구나 이럴 때가 있는 모양이야. 또 우리는 이리하기 위하여 여기 와 있지 않느냐? 아픈 채로 울어가며 그냥 있어 보자꾸나. 그 끝에 무엇이 다시 돌아나는지 기다려 보자꾸나.'

그렇게 소리 없는 말을 주고받을 수 있었던 그 아주머니는 수앙보다 한 달 앞서 도솔사를 떠났다. 이름 모르는 그이가 어디서 왔는지, 어디로 가는지는 알 수 없었지만 배웅하며 손을 흔들 때 눈물이 났다.

도솔사에서의 다섯 달은 심경과 김경에서 수앙과 은재신으로 거듭나기 위한 과정이었다. 그걸 알았기에 견딜 수 있었다. 도솔사에서 나온 이후 악몽을 꾸지 않게 되었다. 도솔사에서의 다섯 달이 괴로웠다 할 수는 없지만 다시는 그곳에 가고 싶지 않았다. 고된 일이나 엄격한 공부 때문이 아니고 그리운 사람들을 만나지 못해서도 아니었다. 도솔사에서는 사람 입이 먹는 데만 쓰는 도구였다. 사람이 하루 몇 차례나 먹는가. 어쩌다 먹는 주전부리까지 합쳐야 서너 차례일 뿐 나머지 시간의 입은 말하는 데 쓰이는 것 아닌가. 그런데 도솔사에서는 하루 두 번 먹었다. 그 이외 입은 아무짝에도 소용없었다. 그야말로 징벌이었다.

다시 도솔사에 가지 않으려면 같은 잘못을 저지르지 않아야 했다.

지난 정월 임림재로 가는 길에 무슬을 발견하고도 은진까지 달고 가는 바람에 또 한 차례 호된 꾸지람을 들었고 종아리를 맞았다. 그때 무슬이 가여워 못 본 척했다. 한편으로는 목적지에 닿으면 그가 소리 없이 돌아가리라고 믿었다. 무슬은 경솔한 사람이 아니었다. 그가 만단사에서 돌아서며 어떤 심정이었는지. 수앙도 첨엔 몰랐다.

나중에는 느꼈다. 무슬은 자신이 행한 배신의 괴로움에 시달리며 살았다. 그는 김경이라는 철없는 계집아이를 자신이 세상에서 돌봐야 할 유일한 존재로 여겼다. 그 맘이 그 스스로를 지탱하는 지주이자 김경을 향한 연심임을 수앙도 알았다.

수앙의 연심이 김강하를 향해 자라고 있지 않았다면, 큰언니와 혼인하게 될 미래를 당연하게 여기지 않았다면, 무슬을 연모했을지도 몰랐다. 아니 좋아했다. 무슬을 좋아하는 마음과 강하를 좋아하는 마음이 같은지 다른지는 알지 못했어도 그를 좋아한 건 분명했다. 그러면서도 그를 두고 큰언니와 혼인한 미안함이 작용했던 것일 수도 있었다. 내가 어머니에게 닿고 나면 돌아갈 텐데, 그때까지 놔두자 했던 게 결국에는 또 다시 철없는 짓이 되고 말았다. 여섯 해 만에 뵌 화산 스승께서 그리 심히 야단치실 줄, 종아리에서 피가 철철 흐르게 회초리를 치실 줄, 그 정도로 큰일일 줄 몰랐다. 다시는 허락 없이 움직여 어른들을 걱정시키지 않아야 했다.

온이 매년 칠석날을 칠성부 연례 회합 날로 정한 게 칠성부령에 오른 사 년 전이다. 회합답게 제대로 치러진 건 작년 한 번이다. 올해 잘해야만 일성사자들의 연례 회합이 정착될 것이며, 이번 회합을 위해서 일만여 냥의 돈을 들여 보현정사를 증축했다. 말이 증축이지 법당만 남기고 죄 새로 지은 그 공사가 두 해 넘게 지속되고 있었다. 큰일은 거의 끝났고 요즘은 담장이며 뜰을 다듬는 마무리 단계다.

보현정사의 중심 전각에는 일성헌一星軒이라는 편액을 걸었다. 일자형으로 앉은 전각에는 대중방을 가운데 두고 양쪽으로 네 칸씩의 방을 만들었다. 아홉 개의 방들 사이는 모두 통판의 미닫이문을 달았다. 문을 모두 열거나 떼어 내면 아홉 개의 방이 하나의 넓은 방이 될 수 있게 했다. 일성헌의 맞은편에 세운 인송정仁松亭이 보현정사에서의 온의 거처였다. 일성헌의 서쪽으로 방 열 칸이 나란한 항성재恒星齋를 앉히고 무극들이 상주하게 했다. 양연무에 사령의 특별수비대가 있고 이화헌에 사령의 보위부가 있듯이 만단부사령이자 칠성부령인 온의 보위들에게도 일정한 집이 필요한지라 공사가 커졌던 셈이다.

공사가 커지는 중에 사령이 온에게 통천 비휴들을 관리하라는 명을 내렸다. 그 바람에 통천 비휴들이 살 집도 필요해졌다. 통천의 비휴들을 위해 일성헌 뒤쪽의 숲에다 태극헌太極軒을 앉히고 간살 넓은 방 다섯 칸을 들였다. 태극헌과 법당 사이 뒤쪽 숲으로는 손님들을 위한 집 칠미원七美苑을 만들었다. 칠미원은 칠성부의 행사로 사자들이 찾아들 때는 공동 숙소로 쓸 것이나 평시에는 도성 안에 거하는 반족가문 여인들이 필요할 때 쉬어갈 수 있는 용도로 지었다. 그런 까닭에 칠미원의 방마다 골방을 만들고 내장을 화사하게 꾸몄다. 요사를 겸하여 보현정사 수직 무녀가 살림할 집은 예전 요사를 남쪽으로 밀어앉히듯 남쪽 마당 아래쪽으로 경사진 지형을 따라 내려앉혔다. 가연당佳緣堂이라 칭했다. 가연당에 살며 법당을 꾸릴 무녀가 필요했다. 보현정사 수직 무녀를 들이고자 팔도 일급사자들에게 통문을 돌리게 하고 몇 사람을 찾아다녀 보기도 했지만 마땅한 무녀가 눈에 들어오지 않았다.

지난 정월 말에 전라도 강경 일대에 출현한 명화적은 홍집 휘하의 양연무 비휴들이었다. 온이 그걸 짐작하게 된 건 이월 초순에 홍집이 허원정으로 들어와 사령에게 석고대죄를 드렸기 때문이다. 그 즈음 연경에서 막 귀환했던 사령은 크게 노한 기색도 내비치지 않은 채 사랑 마당에 꿇어앉은 홍집을 이레나 꼬박 내버려두었다. 여드레째 되는 아침에야 홍집의 석고대죄를 풀어 주었다. 그러니까 홍집은 거북부령 황환을 죽이러 갔다가 실패했던 것이다. '시원찮기는!' 홍집을 흉보면서 온은 익산 땅에 산다 했던 무녀 삼딸을 떠올렸다.

　온이 삼딸을 처음 만난 건 사 년 전, 일성사자들의 첫 회합 때였다. 거북부령 황환의 내당으로 여사자들을 거느리던 일귀사자 상모당이 죽은 뒤 그 며느리 봉선당이 그 자리를 이어 회합에 참석했다. 그때 봉선당을 수행해 온 여러 사람 중 한 명이 삼딸이었다. 신기 높은 무녀의 신력은 알아볼 수 없되 신기 떨어진 무녀는 금세 눈에 띄기 마련, 삼딸이 신기 떨어진 무녀였다. 상모당 생전에 의지하여 살다가 그가 돌아가고 나자 봉선당을 의지하게 된 듯했다. 여인들에게 힘든 원행에 삼딸이 봉선당의 수발을 자처하고 온 까닭이었다. 무녀라지만, 눈에 띄는 구석이 없어 잊어버렸다가 홍집이 피운 소란으로 하여 생각이 났다. 홍집이 침입하고도 정작 그 목적을 이루지 못한 강경상각의 형세며 봉선당이 꾸리는 강경 칠성부가 궁금하기도 했다.

　즈믄만 달고 강경으로 왔다.

　강경상각으로 들어가 봉선당한테 삼딸 무녀를 데려갈 생각인데 어떠냐 물었다. 봉선당은 시답지 않아 했다. 신기 떨어진 무녀를 데려가서 뭣에 쓰려 하느냐는 것이었다.

　"무녀가 신기 떨어져도 무녀 노릇은 다하며 살기 마련인데 어찌 그리 말씀하세요?"

온의 질문에 봉선당이 털어놓은 게, 삼딸의 아들놈이 죽은 사건이었다. 삼딸의 아들놈은 시골 반족부스러기 집안의 과부며느리를 범하려 하였다. 범하지도 못하고 월장하다 들켜 곤죽이 되게 얻어맞고 내버려진 걸 주워 들였는데 하루 만에 죽었다는 것이다.

　월장하다 걸린 게 죄이지 과부 약취는 천지에서 흔히 일어났다. 반족들이 제 핏줄에 잡티 섞일 것을 두려워하여 담장을 아무리 올려 쌓아도 벌어질 일은 다 벌어진다. 사통도 물론이다. 넓은 갓 족속들이 대놓고 하는 짓을 넓은 갓 쓰지 못하는 자들은 숨어 할 뿐이다. 그럼에도 걸리면 목숨이 달아나기 일쑤이고 남은 식구는 제 동네서 살지도 못할 지경으로 질시를 받는다. 봉선당이 삼딸 무녀를 대하는 것과 같았다. 아들 가진 자 도둑놈 욕하지 말라지만 그런 놈을 낳아 키운 무녀를 무엇 때문에 상종하겠느냐는 게 봉선당의 생각이었다.

　온은 달랐다. 갈 데 없는 사람에게 갈 곳을 찾아주는 것이야말로 만단사가 할 일이었다. 더구나 삼딸은 삼성사자가 아닌가. 삼딸을 데려가겠다고 했더니 봉선당은 좋을 대로 하시라, 묵은 체증 걷힌 얼굴을 했다. 제가 돌봐야 하는 족속을 떼어 가겠다 하니 시원해 한 것이었다.

　삼딸이 사는 모양을 직접 보고 싶어 익산으로 건너왔다. 익산 어량 복사골의 외진 집에 삼딸이 어미와 함께 살고 있었다. 봉선당은 삼딸 네에 손님은 어쩌다 드는 것 같고 한철에 한두 번 벌이는 굿판으로 연명하는 성싶다고 했다. 초파일 지난 지가 달포나 됐는데 신당 앞 처마에는 연등 세 개가 매달려 대롱거리고 있다. 그래도 집은 자그마하나마 잡기 없이 소쇄하고 사립 안팎에서 자라는 화초와 채소들은 청신하고 소담스럽다.

"봉선당이 살림을 좀 도와주지 않는가?"

온의 물음에 맞은편에 곡좌한 삼딸이 쓸쓸히 웃었다.

"신기 떨어진 무녀를 누가 돌아보겠나이까. 더구나 작년 여름에 아들놈 놓친 뒤로 제 아들 죽을 수도 못 보는 년이라 소문나서 찾아오는 사람도, 찾아오라는 사람도 없나이다."

말은 그리하지만 삼딸은 자식 잃고 탈속한 듯 말개져 있다. 천한 족속에게서 천기賤氣가 사라지면 맹탕이 되는 게 아니라 아름다워질 수도 있는 것 같다.

"허면 자네 모녀는 앞으로 어찌 살아갈 셈이야?"

"쉰네는 물론이고 쉰네 어미도 아직은 몸을 쓸 만한지라 날마다 일을 찾아다니며 밥은 먹을 만하여이다. 또 쉰네를 찾아오는 점사손님은 드물어도 가끔 인근 무녀들의 굿판을 도우며 양곡을 얻기도 하옵고요."

"요즘 점사를 보는 자네 능력은 어떠한데?"

"황공하오나 쉰네의 신기가 거의 사라졌나이다."

온은 주머니를 열어 은자 한 냥을 꺼낸 뒤 옻칠이 반쯤 벗겨져 나간 점상 위에다 올려놓고 말한다.

"내가 복채를 냈으니, 저 방 밖에 있는 내 호위에 관한 점을 쳐 보게."

삼딸이 몸을 돌려 방밖의 툇마루 밑에서 마당 끝을 향해 서 있는 즈믄을 바라본다. 온이 즈믄을 불렀다. 즈믄이 돌아보며 읍하고 몸을 세운다. 즈믄은 보통 몸피에 피부가 어두운 편이다. 눈이 작지는 않고 눈동자는 맑고 눈길은 깊다. 그 스스로는 모르지만 즈믄의 어미는 상림에서 살다가 종적이 사라진 무녀 화씨다. 화씨가 통천 태생이었는바 그 아들도 어릴 때 통천의 비휴로 키워졌다. 온이 즈믄에게 물었다.

"즈믄, 그대 사주를 알아?"

"소인, 정미년에 태어난 것까지는 아오나 생월일이나 시각을 모르나이다."

"알았어. 게 마냥 서 있으려면 무료할 터이니 이 집이나 한 바퀴 둘러보도록 해."

방에서 물러나 있으라는 말을 알아들은 그가 읍하고는 시야에서 사라진다. 온이 삼딸에게 물었다.

"방금 그 사람을 보고 느낀 게 있으면 말해 보아. 생월일시를 모른다 하는 말을 함께 들었으니 부모가 없다는 사실은 짐작했을 테고, 나와의 인연은 어떨 듯해?"

"아씨와의 인연이라 하심은 어떤 말씀이신지요?"

"그가 내 곁에서 오래 지내겠는가?"

"그가 아씨를 얼마나 오래 모실지는 잘 모르겠사오나, 그의 어미와 아씨께서 사뭇 오랜 시간을 함께 하신 게 아닐까, 싶습니다. 그의 어미가 혹여, 무녀가 아니었나이까?"

삼딸의 눈이 의외로 밝다. 온이 화씨와 즈믄이 모자지간이었음을 안 게 겨우 일 년 전이다. 즈믄이 허원정으로 들어왔을 때에야 부친께서 통천 비휴들이 화씨의 아들 즈믄으로부터 비롯되었다는 사실을 말해 주었다.

"그런 걸 어찌 알 수 있지?"

"그에게 옅으나마 뭇기가 끼쳐 있삽고, 그 어미가 무녀였던지라 쇤네도 느낀 게 아닐까 하옵니다. 무녀들끼리는 만나 본 적이 없어도 피붙이가 매개가 되어 주면 어렴풋이 짐작할 수 있기 때문이옵니다.”

“그래?”

“예, 아씨.”

“허면 내가 이전에 만난 무녀에 대해 자네한테 물어도 그에 대해 알 수 있는가?”

“피붙이나 그와 비슷한 정도로 깊은 인연을 지녀야만 가능하옵니다.”

“그래?”

“예, 아씨.”

“자네, 만파식령이라는 물건의 이름을 들어 본 일이 있는가?”

“칠성방울이 들어 있다는 정주를 말씀하시옵니까? 자명령?”

“그리 생겼다고 들었네. 자네는 그 물건에 대해 어떤 걸 알고 있지?”

“여느 무격들이 들어 아는 정도입니다. 자명령을 지닌 무녀는 세상 모든 일에 대해 다 알게 될 만큼 신력이 높아진다고 들었습니다. 쉰네는, 세상 무격들이 누구나 다 아는 이름이지만 누구도 가질 수 없는 자명령이 실재한다면 원래 신기가 아주 높은 무격이 지니고 있지 않을까, 생각해 본 적이 있나이다. 그런 무격은 세상에 없으므로 자명령 또한 실제로는 없는 것이라고요.”

만파식령이든 자명령이든, 그 실재 유무와 상관없이 온은 무녀들을 만날 때마다 그에 대해 물어본다. 그것에 대해 무녀들이 어찌 말하는지를 들어 보기 위함이다. 지금 그에 대해 말하는 삼딸의 태도가 온은 마음에 든다. 신기도 그만하면 쓸 만하다. 즈믄의 어미가 무녀라는 걸 알아냈지 않은가.

"그렇구먼. 자네 혹 언문이라도 읽는가?"

"쇤네 어릴 때 일 다니는 어미의 치마꼬리에 붙어 어떤 큰댁을 다녔사온데 그 댁 아가씨의 노리개로 지내면서 어깨너머로 한글을 익혔나이다."

어깨너머로 글자를 익혔다면 제법 영리했다는 의미다. 보현정사를 꾸려가자면 그 정도의 눈썰미와 요량은 있어야 한다.

"글자를 안다하니 좋구먼. 어쨌든 어떤가? 여기를 정리하고 나를 따라 한양으로 가려는가?"

"아씨, 쇤네 삼가 여쭙나이다. 높디높으신 아씨께오서 미천한 쇤네를 데려다 무엇에 쓰실 요량이신지요?"

"내가 윗대로부터 도성 삼청골에 있는 절 하나를 물려받았네. 그 절이 보현정사인데 다시 쓸 양으로 증축하고 있지. 두어 해 진행해 온 공사가 한두 달 안에 마무리 될 텐데, 그 절에다 자네를 앉히려 하네."

삼딸은 임림재의 혜원으로부터 이와 비슷한 일이 생길 것이라는 예고를 들었다. 혜원의 말은 곧 연화당의 예시였다.

작년 유두 즈음 연화당은 삼딸에게 아들 명두가 다 죽게 생긴 형상을 보게 했다. 숲정이 마을 강 진사 집에서는 명두를 거지반 송장으로 만들어 내다 버렸다. 연화당의 권속들은 명두를 주워 들여 살려냈다. 인근에서는 죽은 걸로 알려진 명두가 임림재 곳간에서 다시 일어나기까지 한 달여가 걸렸다. 명두는 강 진사 집의 과부 며느리를 범하려 한 게 아니라 데리고 밤도망을 치려 했다. 진사 집 종놈과 동무로 지낸 덕에 그 집을 자주 드나들다 보니 별당도 엿보게 되었다. 그 집의 열아홉 살 며느리가 자식 없이 과부가 된 지 세 해째였다. 과부가 머지않아 상복을 벗게 될 즈음이었는데 탈상을 하기 전에 죽기 십상인 상황이기도 했다. 진사 집에서는 과부 며느리한테 양자를 들여 주기보다 열녀문을 원했던 것이다. 며느리도 자신의 처지를 알고 있었으나 죽고 싶지 않았고, 저를 훔쳐보는 명두놈을 알아봤다. 신분이 다르다 해도 스무 살이 못되는 청춘들인지라 어둠 속에서 눈이 맞고 배도 맞췄다.

둘이 달아나기로 약조한 날 명두가 별당으로 들어가려던 밤이었다. 별당의 담이 높고 문이 잠겼는지라 명두가 들어가 아씨를 담장 밖으로 넘겨줘야 했다. 별당 담을 넘으려던 참에 청지기한테 들켰다. 명두는 그 밤에 처음으로 별당을 넘으려했던 것처럼 말했다. 자신은 죽게 되었으나 아씨라도 살리려 했다. 하지만 명두가 다 죽게 맞아 광에 갇힌 사이에 아씨는 목이 매달리고 말았다. 어둠 속에서 깊은 산속에 내버려진 명두는 가까스로 살아나긴 했지만 살아난 걸 들켜서는 안 될 몸이 되었다. 혜원이 삼딸과 명두 모자를 앞에 두고 말했다.

"명두가 지금까지와 같은 삶이 아니라 전혀 다르게, 새사람으로 살겠다는 뜻이 분명하다면 숨어 살지 않을 방도를 마련해 주겠소."

그렇게 해서 명두는 천한 무녀의 아들이 아니라 상민으로, 장사치 집안의 일꾼으로 살기 위해 떠나갔다. 제가 맘을 준 아씨가 이 세상에 없으므로 이 동네에도 미련 두지 않고 갔다.

삼딸은 아들이 새사람으로 살기 위해 간 곳이 경상도 땅이라는 것만 알 뿐 그곳이 어딘지는 몰랐다. 몰라도 괜찮았다. 어딘가에서 살 것이므로, 아들의 살아 있음을 날마다 느끼므로 삼딸은 연화당의 제자가 되었다. 한글을 익히고, 천자문을 익혀 새로운 세상으로 들어섰다. 전주 희구재의 무진인 이정당이 전주 선원을 통해 사신계에 입계시켰다. 작년 섣달 초였다. 천안 태조산 원각사의 보리암에서 사십구 일간의 묵언수련을 하고 돌아온 지 이제 한 달 남짓 되었다. 돌아왔더니 혜원이 찾아와 말했다.

"머지않아 예전에 맺은 인연이 삼딸님을 찾아올 겝니다. 삼딸님이 하시며 살게 될 일도 그때 저절로 알게 되실 거고요."

혜원이 말한 삼딸이 하며 살게 될 일이, 만단사 칠성부령을 따라 보현정사로 들어가는 것이었다. 따지고 보면 몹시 큰일일 것이지만 묵언수련을 하는 동안 깨쳤다. 자신이 무녀로서든 계집으로서든 살 만큼 살았으므로 남은 생, 새로 주어진 삶은 덤이라는 것을.

"아씨께오서 명하시면 따르겠나이다. 하온데, 소청이 있나이다."

"말하라."

"쇤네가 이제 이곳을 떠나면 다시 오기 어려울 것인즉, 늙은 어미를 달고 가게 해주십시오."

"그리하게."

"은혜가 높으시나이다, 아씨."

"허면 이제부터 이곳을 정리하고 정리되는 대로 도성으로 오게. 몇 해 전 자네가 내 집엘 와 봤으니 도성 문안이 낯설지는 않을 터. 문안으로 들어와 삼청골을 물은 뒤 보현정사로 들게. 자네 모녀가 살 마련이 되어 있을 것이야. 칠석날에 봉선당 같은 사람들이 다 모일 큰 행사가 벌어질 것이니 자네는 늦어도 오월 말경까지는 와야할 게야."

"예, 아씨."

"이건 도성으로 올 제 자네 모녀의 노자로 쓰도록 하게."

온은 모녀의 노자로 닷 냥을 내놓고 삼딸의 신당에서 일어선다. 툇마루로 나서니 어느새 다가온 즈믄이 온의 수혜자水鞋子를 받쳐 발을 끼우게 해준다. 즈믄과 다니는 길은, 홍집과 다닐 때처럼 한갓 지기는 비슷하되 다른 건 다 달랐다. 홍집은 말이 없어도 다정한데 즈믄은 목석같았다. 홍집은 언제나 사내였는데 즈믄은 그저 호위일 뿐이다. 필요하여 먼 길을 다닐 때마다 동행이 누구인지가 얼마나 중요한지 매번 느낀다. 홍집과 함께 다닐 때면 길가에 핀 꽃 한 송이도 예사롭지 않았다. 비가 오면 비가 와서 좋았다. 눈이 내리면 눈이 내려 풍경이 새로웠다. 온이 사립 앞에 대령한 말에 오르자 삼딸이 나와 엎드려 배웅한다.

"조만간 보세."

삼딸에게 인사한 온이 말을 움직이자 즈믄이 제 이름인 송골매처럼 사뿐히 제 말 위로 올라앉는다. 강경상각의 봉선당이 다시 들러 하룻밤이라도 묵어가시라 청했지만 온은 내처 한양을 향해 나선다. 도성을 오래 비울 판이 못되었다. 할머니 녹은당의 병세가 아주 무거운 즈음이었다. 언제 초상이 날지 몰랐다. 상림에 있던 계모 영고당이 허원정으로 들이닥친 게 부친 이록이 연경에서 돌아오기 직전인 지난 정월 하순이었다.

시모의 병환을 빙자하여 상경한 영고당은 며칠 만에 평생 허원정 안주인 노릇을 하고 살았던 듯 가솔들을 휘어잡았다. 정실 자리가 갖는 권력이 그렇게 크거니와 영고당 스스로 욕심이 많았다. 더구나 영고당은 어느새 수태하였다. 온은 영고당이 싫었다. 계모가 아들을 낳아 집안이 커지기를 바라면서도 그이가 아들 낳은 뒤 기고만장하여 나댈 게 지레 거슬렸다. 부친이 곤을 양자로 들였으므로 허원정에는 이미 아들이 있었다. 온은 영고당이 딸을 낳았으면 싶었다. 바깥일만으로도 바쁜데 집안조차 시끄러운 게 싫은 것이다.

온의 무술이 어느 만큼인지는 알 수 없으나 말을 얼마나 잘 타는지는 즈믄도 안다. 백마 표표를 타고 앞서 달리는 온은 백호처럼 날렵하다. 도성을 출발해 열한 개의 역참을 거쳐 익산 땅까지 오는 데에 겨우 이틀 걸렸다. 가는 길도 이틀이면 될 것이다. 도성이 그립다. 천지간에 둘 곳 없던 마음에 정처가 생기면 이런 것 같았다. 도성에 그 사람이 있으므로 도성으로 향하는 마음이 설레고 기쁜 것.

무녀 삼딸의 집 싸리울 밑으로 십수 송이의 작약이 피어 있었다. 그중 세 송이가 백작약이었다. 온이 삼딸의 신당에 들어가 있는 사이에 즈믄은 무릎을 구부리고 앉아 백작약을 들여다보았다. 아리는 듯 서늘한 향기가 났다. 그 처자에게서도 백작약 같은 향기가 났다.

지난 달 초이레 오후였다. 그날은 녹은당의 병세가 몹시 심했다. 온은 어쩌면 초상이 날지도 모르겠다고 약방에도 나가지 못했다. 아우들과 항성재 사람들은 평시대로 약방에 나갔으나 즈믄은 모처럼 낮 시간의 여유가 생겼다. 밤에 홍인문 밖 칠패거리의 권전 시합에 나갈 참이었으나 시간이 남았다. 어슬렁거리다 보니 늘 다니는 보제원거리였다. 약방거리는 동쪽의 화엄약방, 서쪽의 우원약방, 남쪽의 보원약방, 북쪽의 금강약방 등 사대약방을 중심으로 사방에 펼쳐 있었다. 남정 복색을 한 그 처자는 서쪽 우원약방이 있는 골목 끝의 작은 약방 앞에 쪼그려 앉아 있었다. 처자는 마주앉은 자그만 사내아이한테 뭔가를 설명하는 중이었다. 남매지간 같았다. 둘의 입 모양과 손짓이 부산한 것 같은데 소리가 들리지 않았다. 그들이 대체 무슨 말을 하고 있나 하여 다가들어 보았다.

처자는 열네댓 살이나 됐음 직했다. 가까이서 본 그는 이른 봄날에 갓 핀 매화 같았다. 더위에 발그레한 볼이 수줍게 핀 진달래 같기도 했다. 청량함이 초가을에 피는 용담 같았다. 발랄함이 여름날의 백일홍처럼 보이기도 했다. 즈믄이 온갖 아는 꽃을 대어 보는 그 처자 앞에는 이르게 핀 백작약 화분이 놓여 있었다. 금이 간 옹기를 아교로 붙여 삼줄로 동인 뒤 흙을 담아 백작약을 심은 화분이었다. 처자는 사내아이한테 백작약의 향을 맡게 하면서 그 향기에 대해 설명하는 참이었다. 둘의 하는 양을 바라보고 있자니 아이가 벙어리에 귀머거리인 성싶었다. 처자가 주변에서 돌멩이를 줍더니 땅바닥에다 정음으로 백작약화라고 쓰고 나서 손짓으로 녀석에게 향기 좋지? 물었다. 녀석이 환히 웃으며 고개를 끄덕였다. 처자가 녀석한테 향기가 어떤지 표현해 봐, 하자 녀석이 실실 웃으며 고개를 좌우로 흔들었다. 그러자 처자가 곁에 있던 즈믄을 향해 고개를 들더니 불쑥 물었다.

"보세요, 서방님. 백작약의 향기를 어떻게 표현하실 수 있겠어요?"

즈믄은 서방님 소리에 놀라 더듬거렸다.

"아, 아리는 것처럼 서늘하다 할까요?"

처자가 환히 웃으며 크게 고갯짓을 했다.

"맞아요, 딱 그거였어요. 아리는 듯 서늘한 향기! 아우한테 그리 설명해야겠어요. 감사해요."

감사하다 말한 처자가 소매에서 첩지疊紙를 꺼내고 도포 자락 안쪽에 매달린 주머니에서 먹소용과 붓을 꺼냈다. 그리고 첩지에다 쓱쓱쓱싹 백작약을 그려댔다. 삽시간에 신기하리만치 눈앞의 것과 똑같은 백작약이 종이 위에서 피어났다. 꽃 한 송이와 이파리 세 닢을 그린 처자가 꽃 밑에다 한글로 '백작약, 아리는 듯 서늘한 향기'라고 써서 제 아우에게 보게 했다. 글자를 읽은 처자의 아우가 즈믄을 향해 고개를 끄덕이며 환히 웃었다.

즈믄은 오후 내내 그 남매를 따라다니고 싶었지만 그럴 수는 없었다. 그 남매 뒤에는 지남철에 붙는 쇠붙이처럼 할아범이 따라다녔다. 한 시간쯤 더 지나 화엄약방 앞에서 그 일행 따라다니기를 멈췄다. 그날 저녁 권전 시합에서 졌다. 처자가 자꾸 떠올라 주먹에 힘이 들어가지 않았고 실컷 얻어맞다가 정신을 차려 패배를 인정했다. 손바닥을 펴서 들어 올리는 게 졌다는 표시였다.

사흘 뒤 이른 아침에 그 남매와 다시 부딪쳤다. 장동 숲속 계곡에 놓인 돌다리 앞이었다. 주변에 연분홍빛 산철쭉이 지천으로 피어 있었고 즈믄은 새벽에 올라간 숲에서 한 시진가량 미친 듯 날뛰며 몸을 굴리고 땀에 흠뻑 젖어 내려오던 길이었다. 백작약 남매는 날 새자마자 올라와 거기 닿은 듯했다. 바위 사이 계곡 위에 가로놓인 돌다리 앞 돌 틈에 벼이삭처럼 길게 늘어진 흰 꽃 두 송이가 피어 있는데 처자는 그 꽃을 그리고 아우는 누이가 그리는 그림을 보느라 여념 없었다. 바위 사이 계곡 폭이 좁긴 해도 전날 여러 시간 비가 내린 터라 계곡 물소리가 사뭇 거셌다. 돌다리 건너편에서 즈믄이 소리쳤다.

"그 꽃의 이름은 뭡니까?"

백작약이 다리 이쪽에 있는 즈믄을 발견했다.

"아아, 서방님! 여기 웬일이셔요, 아침부터?"

즈믄이야말로 묻고 싶었다. 대체 아침부터 남매가 예서 뭘 하고 있는가. 할아범은 어찌 아니 보이는가. 즈믄이 다리를 건너며 묻자 백작약이 할아범 몰래 이 철에 근동 숲에 무슨 꽃이 많이 피는지 구경 나왔다고 했다. 즈믄이 나리꽃이나 두메양귀비꽃뿐인 것 같노라 말했다. 백작약이 배시시 웃으며 되물었다.

"서방님 아시는 꽃이 그뿐이신 게죠?"

사실 즈믄이 아는 꽃 이름이 몇 되지 않았다.

"이 풀의 이름은 까치수염인데, 꽃꼬리풀이라고 부르기도 한답니다. 작은 꽃들이 한동아리로 개꼬리처럼 늘어지면서 피기 때문에 개꼬리풀이라고도 불러요. 포기 전체를 건조시켜서 달여 마시면 타박상이나 골절 등으로 생긴 부기를 빼는 데 좋다고 해요."

꽃에 대한 설명을 마친 백작약이 꽃 그림을 그린 첩지를 접더니 제 아우 손을 잡으며 즈믄에게 인사했다.

"또 뵈어요, 서방님."

"예, 그러죠. 헌데, 아우님만 데리고 이런 호젓한 곳에 다니지 마십시오."

"서방님처럼 다정한 분도 이리 쉽게 만나는데, 호젓하기는요. 더구나 저도 어엿한 사내인데, 걱정 마십쇼."

즈믄이 아연해 말을 못하는 사이에 남매가 다람쥐들처럼 샛길로 달아났다. 즈믄은 얼른 다리를 건너 남매가 숲을 벗어나 큰길로 내려설 때까지 뒤를 따랐다. 남매는 서촌 방향으로 가는 것 같았다. 즈믄은 문밖골 쪽으로 돌아서 안국방으로 향했다. 허원정으로 향할 때 가슴이 둥개둥개 뛰고 얼굴에 열기가 몰렸다. 제가 어엿한 사내라고 으스대던 처자의 모습이 생각나 웃음도 픽픽 샜다. 어디 사는지 물어나 볼걸 싶기도 했다.

어디 사는지도 모르는 그 남매와 만난 뒤부터 지금까지 한 번도 눈여겨본 적 없는 온갖 꽃들이 즈믄의 눈에 들어왔다. 모든 꽃들과 모든 나무들에 이름이 있다는 사실이 신기했다. 그때 사흘 만에 만났으니 금세 다시 만날 수 있을 터이다. 약방거리에든 장동 계곡에든 그 남매가 꽃처럼 피어 있을 것이다. 즈믄은 온의 뒤를 따라 내달으면서도 히죽 웃는 자신을 느끼곤 다시 흐흐, 웃는다. 날이 화창하기 이를 데 없다.

사통

　다섯 달가량 자리보전하고 누웠던 녹은당이 돌아갔다. 유월 스무 엿샛날이었다. 녹은당이 자리보전하고 아예 누운 게 다섯 달이지 두어해 전부터 방 밖 기동을 못할 때가 잦았다. 이록 집안이 종친인데다 공신 집안이고 현재 돈녕부 도정都正 벼슬에 임하고 있어 문상객은 집이 미어지게 많았다. 상청에서 문상을 받은 사람은 고인의 아들 이록과 그의 양자 이곤이었다.

　이록이 서제인 곤을 양자로 들이기로 결심한 심경의 근저에, 그 누이 병희가 작용했다. 병희가 두 달 전에 세자의 딸을 낳았다. 딸을 낳은 탓에 세자 후궁 반열에는 못 미치는 종육품의 수칙守則 품계를 받았으나 겨우 열여덟 살이므로 얼마든지 양제가 될 가능성이 있었다. 더구나 병희를 향한 세자의 총애가 깊었다. 누이 덕에 이록의 아들이 된 곤은 삼베옷에 죽장 짚고 제법 의젓한 모습으로 이레간의 장례며 삼우제까지의 모든 수선스런 절차를 감당했다. 영고당도 시모상 덕분에 안상주安喪主 노릇을 함으로써 이록의 정실로서의 위치가 확고해졌다.

길고도 길었던 녹은당 치상治喪이 어제로 끝났다. 오늘 오후 들면서 비가 내리기 시작했다. 늦장마 탓이었다. 장례가 마무리된 뒤 비가 내린 것은 천만다행인데 이대로라면 내일도 계속 내리지 않을까 싶게 빗소리가 거칠고 질기다. 칠석날인 내일 칠성부 일성사자 회합이 예정되어 있었다. 보현정사 준공식을 겸해 굿판을 열 참이었다. 이십칠 명의 일성사자─星嗣者 중에 도성 안에 사는 사람은 네 명이고 도성 주변에 사는 사람은 아홉 명이다. 나머지 사람들은 다 멀리서 오고 있을 터인데 그 길이 자못 험난할 게 아닌가. 일성사자들에게 가능한 많은 칠성사자들을 동반하여 오라 하였다. 일백 넘은 여인들이 모일 터이다. 청호역의 사비 일성과 과천의 삼오재, 광주의 은광, 혜음령의 판순, 안성의 동백, 송도의 옥산당, 춘천의 운교 일성이 도착해 있다는 보고는 오후에 받았다. 측근이라 부를 만한 사람들이 먼저 도착한 것이었다.

"아씨, 난수입니다."

몸살기가 느껴져 불을 켜 놓은 채 누워 있던 온은 일어나지 않고 묻는다.

"무슨 일이야?"

"보현정사에서 기별이 왔습니다. 강경의 봉선당과 온양의 조양당 일행이 도착했다 합니다."

"허구한 시간 다 놔두고 이 어두운 우중에 들어서다니, 참 요량들도 없다. 잘 맞이해 주었대?"

"예."

"더 온 사람은 없고?"

이번 회합의 기본 목적은 각 선원의 연대 강화이자 칠성부를 키우기 위한 방법을 숙의하자는 것이다. 온의 속내로는 강경의 봉선당과 송도 옥산당의 기세가 어떤지를 살펴 분석하자는 의도가 있었다. 사령에게 현재의 거북부령 황환을 제하고, 그 자리에 송도의 일귀사자 한우식을 올리려는 계획이 분명한 바 봉선당과 옥산당은 그들의 며느리들이었다.

"오늘은 그들이 마지막 손님 아니겠나이까."

"그렇겠지. 삼딸의 굿 준비는 착실히 돼 가고 있대?"

"비 때문에 차일 등을 미리 설치하지는 못하나 준비는 되어가고 있는 듯합니다."

"혜정원에서도?"

삼딸의 한양 살이가 짧은 탓에 아직 한양 쪽 무격들과 낯익힐 새가 없었다. 그런 삼딸의 굿판을 돕고 일백여 명의 여인들이 보현정사에서 하룻밤 묵으며 먹고 마실 채비를 혜정원에 위탁했다. 내일 점심때부터 모레 아침까지. 끼니로 치면 세끼밖에 아니 되지만 부령의 위력을 보여야 하므로 대충 국밥이나 먹으며 때우게 할 수는 없었다. 형식과 내용을 다 갖춘 그 수발을 해낼 수 있는 곳이 혜정원이었다.

"혜정원 사람들이 기본 준비를 해놓고 내려갔다 합니다."

"항성재 아이들의 춤 준비는?"

"일성헌 너른 방에서 연습 중이라 합니다."

"알았다고 전해 주어. 내가 내일 아침에 가 볼 것이라고."

"저, 양연무께서 도련님 뵙고 나가는 길에 아씨 뵙기를 청하는데, 어찌하오리까. 밝은 날 다시 듭시라 할까요?"

이록의 아들이 된 곤은 이제 양연무로 수련하러 다니지 않는다. 동학東學이나 서학西學, 중학中學 등의 학당에 입학할 요령이 없는바 생원 출신의 늙은 선비를 글 선생으로 들였다. 아침이면 유 생원이 허원정의 작은사랑으로 들어와서 곤을 가르쳤다. 무술 수련은 홍집이 저녁 나절에 찾아와 시킨다. 초상기간 동안 멈췄던 공부가 오늘부터 재개되어 홍집이 다녀가는 길인 것이다. 먼빛으로 이따금 보기는 할지라도 홍집이 독대를 청해 오기는 일 년여 만이다. 미연제가 사라졌다는 걸 알게 된 작년 오월 이후 두 사람은 정면으로 서로를 마주본 적이 없었다.

"긴하고 급한 일이면 몰라도 그렇지 않으면 밝은 날 오시라 해. 그리고 그대도 쉬도록 하고. 즈믄도 쉬라 해."

"예, 아씨. 편히 쉬십시오.

그가, 그의 몸이 그립지 않은 건 아니다. 미연제를 몸에 담은 채 은거했던 넉 달여 동안 날마다 몸이 납덩이를 매단 양 무겁고 갑갑했다. 홍집의 애무가 없으면 잠들 수 없었다. 그의 하초가 들어와 전신을 분해하듯 낱낱이 풀어 주어야 깊이 잤다. 팔삭에조차 그러했으므로 미연제가 팔삭둥이로 나왔는지도 몰랐다. 요즘도 잠자리에 들면, 그날 하루의 고단함이 깊을수록 그의 품과 손길이 그리웠다. 그에 의해 몸이 짓눌리고 그의 몸을 타고앉아 몸이 관통되는 상상을 하노라면 하초가 저릿해 한숨이 나고 외로웠다. 그럼에도 그가 미웠다. 그가 온전히, 순연히 복명치 않기 때문이다. 저도 사내라고 아쉬울 것 없다는 듯 뻗대며 찾아오지도 않는다. 지난 초봄 금오당에게 청하여 옷을 지어 보냈을 때조차 내색이 없었다. 제가 와서 엎드려도 받아줄지 의문이지만 애초에 그리 해보지도 않는 건 문제가 다르다. 그의 충심을 의심해 본 적은 없으나 그에게 바라는 게 상전에게 바치는 충심만은 아니다. 사내가 계집에게 쏟는 절대적인 사랑까지 포함되어야 한다. 신뢰는 말할 것도 없다.

요즘, 아니 한참 전부터 어느 부분인가가 어긋났다. 꼬집어 말할 수는 없으나 홍집과의 사이에 분명히 빈구석이 생겼다. 아무래도 미연제가 사라진 때부터인 듯했다. 그렇다면 아이를 찾아야 했다. 홍집을 온전히 곁에 두자할 때 아이가 필요하다면 못 찾을 것도 없었다. 최소한 아이가 어찌되었는지 내막은 알아야 했다. 어미가 무관심했던 것과 별개로 아랫것들이 감히 이온의 자식을 간수하지 못하고도 와서 엎드리지 않는 건 말이 안됐다. 어떤 이유로든 아이를 감췄다면 그건 더 용서치 못할 일이다.

반석방의 쌍리 일성에게 예님네라 불렀던 할멈과 의녀 백화를 찾으라 명한 것도 그 때문이다. 도성 안에 백화라는 이름의 의녀가 몇이나 되랴. 시한을 정하지도 않았다. 더불어 청호역의 사비 일성한테는 기어이 온양댁 박씨를 찾으라 명했다. 온양댁이 벼슬아치의 소실이었다고 했으므로 그 벼슬아치가 누구였는지, 그 벼슬아치의 향리인 온양 땅을 다 뒤져서라도 찾아내라 했다.

온은 홑이불을 와락 당겨 뒤집어쓴다. 괴괴하다. 온몸이 얻어맞은 듯 쑤신다. 몸살이 분명하다. 다시 빗발소리가 들린다. 이경이 가까울 터. 잠이 들어도 아까울 것 없는 시각이다. 온은 뒤집어쓴 이불 속에서 눈을 감는다. 계집 팔자는 뒤웅박처럼 뒤집힐 수 있다더니 과연 그러했다. 어떤 사내와 엉키는지에 따라 삽시에 신세가 바뀐다. 미혼과부로 뒷방에서 홀로 늙어죽었을지도 모를 영고당은 이록을 만나 상림을 차지했다. 수태한 지 다섯 달이 되었다하므로 아들이라도 낳게 되면 이 허원정도 넘볼 것이다. 세자궁의 병희는 내인을 거느린 마마님이 되어 온한테 한번 찾아와 주십사, 먼저 기별할 수도 있을 만치 힘이 생겼다. 그 덕에 온은 모처럼 열두 폭 스란치마에 당의 받쳐 입고 입궐했다. 이런저런 이야기를 나누다가 화완옹주 이야기를 듣게 되었다.

과부인 화완이 원래 온 궐을 싸돌아다니기 좋아하면서 세자궁에도 자주 들른다는 건 꽤 알려진 사실이다. 코앞에 있는 제 집으로 향할 때나 절집 나들이 등을 할 때 세자익위군을 호위로 삼는다는 소문도 있다. 최근의 화완은 병희 처소에도 출입하는 모양이었다. 병희에 따르면 익위들 중 김강하에 대한 세자의 신임이 제일 깊었다. 그 때문에 옹주의 궐 밖 행차에 김강하가 호위하는 일이 가끔 생겼다.

그 말을 듣고서야 온은 비로소 김강하를 향한 화완옹주의 흑심을 느꼈다. 연심이라도 해도 마찬가지. 딸아이와 지아비를 잃은 뒤 훨훨 나는 새처럼 자유로워진 임금의 딸이 김강하에 눈독 들이고 있는 바 어제오늘 벌어진 사달이 아닐 터였다. 노상 궐 안에서 지내다 지아비가 죽은 뒤로는 아예 궐에서 사는 옹주가 아닌가.

장가를 든 걸로 모자라서 옹주의 연심까지 받다니.

이제 김강하 때문에 화완 따위까지 살펴야 하게 생긴 게 어이없었다. 화완은 아무 짝에도 쓸데없고 할 일도 없는 계집이되 임금이 가장 사랑하는 딸이다. 지난 정초에 임금의 큰딸인 화순옹주가 지아비를 따라 죽었다. 화순은 임금의 첫 후궁인 귀인 이씨 소생이다. 화순옹주는 지아비인 부마 김한신이 병으로 죽자 열이레간을 절곡絶穀한 끝에 세상을 버렸다. 임금은 지아비를 따라 죽은 큰딸 화순에게 노하여 열녀문도 내리지 않았다. 궐 밖의 무수한 과부들이 지아비 따라 죽는 걸 아름다이 여겨 열녀문과 전답과 명예를 내리면서도 자신의 딸은 과부로라도 살기를 바라는 것이다. 그래서 화순이 죽은 뒤로는 원래도 귀애하던 화완을 훨씬 더 아낀다고 했다. 임금이 그리고이 여기는 화완을 김강하가 유혹할 리 없었다. 화완이 김강하를 사지로 몰고 있다고 보는 게 옳다.

장통방이 떠들썩하게 혼례를 치른 김강하를 그날 밤으로 잊기로 했다. 그렇지만 못 잊고 그가 지나다닐 장통교며 혜정교 언저리에 세 번이나 갔다. 그가, 우리가 다시 만날 일이 있겠냐 하더니 과연 그의 그림자도 보기 어려웠다. 잊기 위한 몸부림이었고, 잊었다. 그리 믿고 있었다. 하지만 화완이 김강하한테 가진 흑심을 느낀 순간 질투인지 분노인지 치솟았다. 화완이 어찌 생겼는지, 성정이 어떤지는 알고 있었다. 화완에게 찍혔는바 김강하의 관직이 순탄하기 글렀다. 그가 중인이라 육품이 되어야만 반족이 되는데 관직이 순탄치 않을 것이므로 반족 되기도 틀렸다. 온은 그래서 김강하가 화완의 장난감이나 먹잇감이 되도록 내버려둘 수 없었다.

병희에게 보현정사에 대해 말했다. 쓸 만한 무녀가 들어와 법당을 꾸리게 되었으며 머지않아 스님들을 모셔다 절다운 절을 만들 것이라고 했다. 게가 원래 녹은당이 돌보던 절이며 연원을 거슬러 가면 왕실 여인들이 곧잘 다니던 곳이었노라고. 사뭇 영험한 무녀가 있으니 화완과 함께 보현정사로 나들이를 해도 좋을 것이라고 했다. 그리 해놓았으므로 어쩌면 머지않아 화완이 김강하를 대동하고 보현정사에 나타날지도 몰랐다. 그러면 온도 절집 찾아든 신도인 양, 무녀의 손님인 양 보현정사에 있을 것이었다. 김강하는 다시 볼 일이 있겠고 했지만 의지만 있으면 다시 볼 일은 언제든지 생기는 것이다.

화완은 그렇다 하여도 김강하의 내당에 대해서는 은재신이라는 이름 외에 아는 게 없다. 어릴 때 심히 앓아 외가에서 자라 돌아왔다는 소문이 있는데 괴팍하고 신경질이 많지는 않을까. 김강하의 내당이 경국지색의 용모를 가졌다는 소문은 어디서 시작됐는지 알 수 없었다. 반족 여인들은 집안에서만 살며 밖에 나설 때는 얼굴을 내놓지 않는 게 보통이다. 김강하의 내당이라고 얼굴을 내놓고 거리를 활보할 리 없었다. 그런데도 소문은 그렇게 났다. 김강하가 워낙 알려진 데다 그의 용모가 준수하므로 그 내당도 그럴 것이라는 지레 짐작에서 시작된 말일지도 몰랐다. 이래저래 고까웠다. 제가 중인 출신의 무반에게 시집갔는바 반족이라 하기도 어렵지 않은가. 어쩌면 곰보에 째보일지도 몰랐다. 다리를 절룩거리거나 앉은뱅이일지도.

"홍집입니다."

멀리서 나는 소리가 그랬던 것 같다. 잠결에 잘못 들었는가. 온은 이불 밖으로 고개를 내민다.

"주무십니까?"

홍집이 맞다. 온은 잠든 척한다. 제가 이온의 숨은 사내로서 살겠다 한다면 기어이 들어올 것이고 곤의 무술 선생 노릇이나 하고 말 터면 그냥 갈 것이다. 일 년 만에 찾아든 까닭은 뻔했다. 온이 미연제를 찾느라 아이와 연결된 사람들을 수소문하기 시작한 걸 눈치챈 것이었다. 그는 팔도 일급사자들을 다 살피고 돌아다니거니와 외무집사 박은봉이 하는 일을 감독하며 사령의 재산이 어디에 어떻게 산재해 있는지도 파악하기 시작했다. 온이 홍집 몰래 할 수 있는 일은 거의 없었다. 바람소리에 섞인 빗소리만 들린다. 처마에서 흘러내리는 빗줄기가 마당을 파는 소리. 돌아간 모양이다. 홍집은 걸으며 소리를 내는 법이 없다.

"들어와!"

갔을 것이라 소리치고는 이불을 뒤집어쓴다. 여전히 웃방의 불을 끄지 못했다. 문이 열린다. 어느 사이 들어온 홍집이 웃방의 불을 끈다. 장지문을 건너와 옷을 벗어부치는가 싶더니 온이 뒤집어쓴 홑이불을 휙 걷어낸다. 이게 무슨 짓이냐 외치려는 순간 상체가 들리면서 입술이 막힌다. 노도 같다. 사정없이 밀고들어온 홍집의 혀가 온의 혀를 감쳐낸다. 온의 속곳이 순식간에 빠져나간다. 반응할 사이 없이 양다리를 들쳐 세우고 곧장 들어온다. 온의 속살이 소스라쳐 움츠러들자 강압으로 밀어부친다. 홍집은 온몸으로 분노하고 있는 것 같은데 그에게 익숙한 온의 몸은 줏대 없이 무너져 그에게 들러붙는다.

비가 철철 쏟아진다. 검은 마당에 내리꽂히는 검은 빗발. 처마 끝에서 쏟아지는 물줄기. 바람도 드세다. 아우들은 모두 태극헌으로 보냈다. 온 집안이 잠든 밤, 사령의 보위 네 사람은 사령이 주무시는 큰사랑만 지키며 그 행랑에서 묵는다. 온의 보위장인 난수는 허원정 아래채의 처소로 들어갔고 즈믄은 수직청에 홀로 남았다. 즈믄은, 윤홍집이 비켜난 온의 호위 자리로 들어왔으나 아씨의 방에 들어가본 적이 없다. 윤홍집은 거침없이 들어갔다.

오늘 밤 윤홍집이 불 켜진 아씨의 처소로 아무렇지도 않게 들어가 뭘 하다 나왔는지, 예전 같으면 짐작하기 어려웠을 터이다. 지금은 안다. 윤홍집과 아씨는 호위와 상전으로 지내는 동안 사통하는 사이가 되었고 현재도 계속하고 있는 것이다.

사통이라 해야 할지, 겁탈이라 해야 할지. 즈믄도 요즘 그걸 하고 있다.

지난 이월 중순에 시작되어 다섯 달여. 영고당에 대한 연정은커녕 머리카락 한 올만 한 연민조차 없음에도 즈믄은 그 몸을 연해 취했다. 그보다 만만한 계집이 없었을 정도로 영고당이 쉬웠다. 온으로부터 다른 명이 없으면 아우들을 태극헌으로 보내어 수직청을 비워두기까지 한다. 영고당이 찾아들기를 기다리는 것이다. 태감이 큰 사랑에 있을 때는 물론이고 태감이 안채에서 머물다 나간 뒤에도 영고당은 기회만 있으면 수직청으로 찾아왔다. 밤이 깊어 식구들이 모두 잠들면 발정난 암캐처럼 기어이 왔다. 비가 철철 내리는 오늘 밤도 건너올 것이다. 하지 않아야 할 짓을 하는 자들은 스스로에게도 핑계가 있어야 하는 모양이었다. 영고당이 스스로에게 대는 핑계는 자식 같았다. 색정으로 달아올라 헉헉대며 내게 자식을 다오, 앓는 소리를 했다. 즈믄이야말로 아무래도 상관없었다. 어디다 씨를 쏟든지, 그 씨가 어디서 발아하여 목숨이 되든지 알 바 없었다.

어미가 있으므로 자신이 태어났을 테고, 어미를 품은 사내가 있어 자신이 생겼을 것인데 즈믄은 그들을 몰랐다. 금수백정이던 할아비가 있었던 것을 어렴풋이 기억해도 자신이 어떻게 통천 어수산성 골짜기 속에 들어가 살게 되었는지는 몰랐다. 스승은 어수산성을 지키는 늙은 군관과 우동산 국사암의 스님들이었다. 어수산성에서 국사암까지는 칠십여 리 길이었고, 총석리 바다까지는 이십여 리 길이었다. 새벽이면 일어나 국사암까지 가서 새벽예불을 올리고 아침밥을 먹었다. 점심에는 어수산성으로 돌아와 총석리 바다로 갔다. 바닷가에 깎아 세운 듯 치솟은 총석을 기어오를 수 있게 되어야 무술 수련이 시작될 것이라 했다. 총석이 천길 낭떠러지는 아닐지라도 어린 눈에는 그리 보였다. 총석을 맨손으로 오를 수 있기까지 일 년쯤 걸렸던가. 국사암에서 총석 꼭대기까지 한 시간 만에 주파할 수 있게 되기까지 다시 일 년쯤이 필요했다. 그쯤부터 아우들이 들어오기 시작했다.

비휴가 되기 위한 첫 과제로 살인이 주어졌을 때 아무나 죽일 수 없었으므로 즈믄은 황해도 곡산 땅의 선바위 산으로 갔다. 선바위 산 냉천골의 화적패가 제법 사납다는 말을 들은 터라 그들과 맞붙어 보기로 했다. 냉천 화적패의 두목과 졸개 하나를 죽였다. 두목을 죽이니 두목이 될 수 있었다. 그로 인해 누군가를 죽이기가 쉬우매 내가 죽기는 더 쉽다는 걸 알아버렸다. 시시한 목숨을 부지하기 위해 화적패 두목 노릇을 할 생각은 없었으므로 부두목 격인 자를 두목으로 세워 놓고 어수산성으로 돌아왔다. 열일곱 살 때였다. 삼 년 뒤에야 한양으로부터 부름을 받았다.

"비가 많이도 오시네."

중얼거린 즈믄은 비가 하염없이 쏟아지는 수직청 마당을 뒤로 하고 방으로 들어와 눕는다. 영고당을 기다리는 한편으로 기다리지 않는다. 영고당을 안을 때마다 의식하는 건 이러다 들키면 죽으리라는 게 아니다. 죽을 때 되면 죽을 것이므로 죽음은 생각지 않는다. 백작약을 만난 뒤부터 달라졌다. 세 번이나 만났음에도 어디서 사는지, 이름이 뭔지도 모르는 채 그저 백작약이라고 부르는 그 처자.

최근에 본 게 아흐레 전 두다리(二橋) 옆 큰나무 밑에 벌어진 이야기판이었다. 늙은 이야기꾼이 홍의장군紅衣將軍의 무용담을 펼치고 있었다. 임진란 당시 홍의장군이 왜군총대장 가등청정을 혼내는 대목이었다. 홍의장군은 동에 번쩍 서에 번쩍했다. 홍의장군의 작전에 따라 홍의를 입은 장군들이 도처에서 출현했기 때문이었다. 이야기꾼이 동에 번쩍 하며 손을 치키고 서에 번쩍 하며 어깨를 들썩할 때마다 와아아, 박수가 터졌다. 함께 박수를 쳐대는 백작약은 역시나 아우와 할아범과 함께였다. 백작약은 이야기꾼의 이야기와 몸짓에 홀딱 빠져서 저를 훔쳐보는 즈믄을 알아채지도 못했다. 즈믄도 그 남매한테 다가들지 못했다. 아우들과 함께였기 때문이었다.

백작약과 처음 만난 날부터 즈믄에게는 그 처자가 백작약 같은 형상으로 점점 커져갔다. 존재가 커지는 만큼 그가 드리운 그늘이 넓어졌다. 백작약을 만난 이후 영고당을 안을 때면 그의 그늘을 느끼곤 했다. 통천 바닷가 총석, 그 깎아지른 해벽에 부딪쳐 죽지 부러진 채 떨어진 새들이 생각났다. 해벽이 드리운 그늘을 넘지 못하는 그 새들.

그늘인지 자책인지를 늘리려 또 문이 열린다. 불 꺼진 방으로 제 신발을 들고 들어서는 영고당은 즈믄에게 자느냐, 묻는 법이 없다. 즈믄도 오셨느냐 인사하지 않는다. 말은 필요 없다. 매번 총석 꼭대기에서 바다를 향해 추락하듯 영고당의 몸속으로 추락할 뿐이다. 더듬더듬 다가드는 영고당을 그러안아 메어치듯 눕힌다. 속곳을 입고 오지 않으므로 옷을 벗기지도 않는다. 자리옷자락을 걷어 놓고 가랑이를 한껏 벌려 컴컴한 계집의 샅 사이를 그저 바라본다. 이제 즈믄이 어찌할지 아는 영고당은 고귀한 집안의 내당마님이 아니었다. 거칠게, 가혹히 다룰수록 더 깊은 쾌락을 느끼는 영고당은 새끼를 바라는 암컷도 아니었다. 이미 새끼가 들어 배가 제법 동긋해 졌다. 어둠속에서 즈믄이 시키는 모든 걸 하는 영고당은 그저 색정에 기갈 든 짐승이었다. 그리고 즈믄은, 어미아비도 모르는 그저 잡놈이었다.

누군가 앞에서 흥을 돋워 줘야 하는 사내들과 달리 여인들은 스스로 흥에 취한다. 스스로 먹고 마시고 춤추고 노래한다. 상사곡들, 별곡들, 아리랑들. 어떤 노래든 아무나 시작하고 모두 같이 흥겹게 부른다. 덩실덩실 흔들흔들 춤춘다. 그들 모두가 스스로 악기이자 악보다. 일백여 명이 동시에 아무렇게나 흔들리며 춤추는 광경은 경이롭다.

보현정사 성주굿이자 칠성부의 무궁한 발전을 기원하고 칠성부 사자들의 복을 비는 무녀 삼딸의 굿판에서 비롯된 춤이다. 혜정원에서 동이동이 올라온 술 덕인가. 서로 간에 아무런 경계가 없다. 춤판에 어우러진 여인들 중에는 속내 다른 사람도 분명히 있을 텐데, 특히 강경의 봉선당이나 송도의 옥산당은 여상할 리 없는데, 지금은 그저 만단사 칠성부 사자들로서 엉켜 논다. 깜찍하고 신기하되 무서운 족속들이다.

보현정사 동쪽 소나무 위에 앉아 만단사 칠성부 여인들의 놀이판을 지켜보던 홍집은 소나무에서 뛰어내린다. 일곱 명의 통천 비휴들도 소나무 위의 홍집을 눈치챘는데, 보고 싶은 사람은 다 보라고 벌이는 굿판이라 숨어서 보는 자도 내버려뒀다. 첫째인 즈믄이 허원정으로 들어온 지는 일 년이 넘었고 나머지는 몇 달 전에 왔다. 갈지개, 보라매, 궐매, 구지매, 산지니, 날찌니 등 매의 이름을 가진 그들은 특별한 일이 없는 한 보원약방으로 나다니며 일하고 밤이면 일성헌 뒤의 태극헌으로 돌아온다. 사령이 그들을 온에게 맡긴 건 그들의 존재를 드러내지 않기 위함인데, 그 덕에 온의 보위대는 대궐도 범할 수 있겠다 싶을 만치 막강해졌다.

숲이 깊으니 한 마장도 내려오지 않아 보현정사의 소란이 멀어진다. 이제 스물네 살인 온의 행사들을 보노라면 신기하다. 약방에서 돈을 벌어 약방 수를 늘리고, 늘려가는 약방들을 통해 사람을 당겨들이고 그 사람들로 하여금 제 세상을 넓히게 한다. 두려움 없는 온은 대범하기 그지없다. 반족 여인들이 세상의 법도와 관습과 규칙과 불문율들에 묶여 집밖 나들이도 제대로 못하는데 온은 그 모든 걸 넘거나 밟은 채 산다. 온은 어쩌면 연화당 못지않은 강력한 존재로 커갈 것이다. 그리하여 만단사를 제 휘하에 복속시키고 제 세상을 만들 것이다. 그 세상이 어떤 세상일지는 홍집이 모른다. 알고 싶지 않고 그걸 알 때까지 살아 있지도 않을 것 같으므로 끝내 모를 수도 있을 것이다.

장원서 앞에서 양덕방 쪽으로 길을 튼 홍집은 숲길을 걸어 양덕방 회화나무집 앞에 이른다. 아직 초저녁이라 노의녀 문성의 집에는 불이 밝다. 내의원에서 물러난 뒤 제자들을 키우고 환자들을 돌보며 살고 있는 의녀 문성. 홍집은 미연제가 사라진 뒤 의녀 백화를 찾아 이곳에 왔다. 복부절개술을 할 수 있는 문성 의녀의 제자 백화. 문성의 제자들이 말하기를 백화 의녀는 내의원 소속 의녀로 활인서에서 일하고 있노라고 했다. 사는 곳은 황화방이지만, 내의원 소속인바 복부절개술로 출산하게 한 것이 알려지면 스승과 제자가 의원 노릇을 못함은 물론 목숨 부지하기도 어려울 것이라고, 부디 찾지 말아 달라 하였다.

그 말들이 조심스러웠지만 홍집은 황화방의 백화 의녀를 찾아냈다. 예님네와 어떤 사이이며 예님네는 어디 있는가 하고 물었다. 백화는 몇 년 전 예님네가 몸이 아파 활인서에 왔을 때 만났다고 했다. 예님네가 어느 대가에서 하님 노릇을 하는 걸로 알고 있으나 어느 댁인지는 모르고, 예님네가 몇 차례, 반가 부녀들의 치료를 주선해 주어 가욋돈을 벌었노라 했다. 애오개에도 그래서 찾아갔다는 것이었다. 온양댁의 신상에 대해서도 물론 모른다 했다.

　예님네는 물론 온양댁도 사라졌으므로 미연제의 행방을 영영 모르게 되었다. 미연제가 죽었을지도 모른다는 생각을 한 적도 있으나 살아 있을 듯했다. 알지 못할 어느 곳에선가 숨쉬고 있는 딸아이의 숨결이, 먼 곳에서 가물거리는 불빛 한 점처럼 느껴졌다. 온도 그래서 아이를 찾기 위해 움직이는 것이라면, 다행일 터이다. 온에게 어미로서의 마음은 있던 것이라 여길 수 있다면. 하지만 요즘 온이 사비며 쌍리 등을 시켜 미연제를 도로 찾으려는 의도가 몹시 의심스러웠다. 아이를 찾으려는 게 어미로서의 맘이라면 제 수하들이 아니라 아이아비인 홍집에게 의논해야 마땅하지 않은가.

　홍집이 정작 이해할 수 없는 건 미연제가 사라졌다는 것보다도 대체 누가, 무엇 하려 아이를 그토록 꼭꼭 숨겨 버렸느냐는 점이다. 강담의 어미아비는 채 서른 살이 안됐다. 강담처럼 튼튼한 아들을 낳았고 또 낳을 것인데, 팔삭둥이로 태어나 온전히 자랄 수 있을지도 의심스러운 아이를 탐내어 숨겼을 리 없지 않은가. 더구나 미연제의 어미가 누구인지 알았을 그들이, 아이를 데리고만 있어도 식구가 먹고 살 수 있으리라는 걸 모를 리 없었다.

　미연제는 기껏해야 사통으로 태어난 아이다. 아기를 낳아 내버리고도 안부 한번 묻지 않는 어미와 그 어미 앞에서 아무 할 말이 없는 아비에서 태어난 팔삭둥이. 새끼가 죽었는지 살았는지도 모르면서 다시 붙어 색정질이나 하는 연놈들. 미연제가 어떤 불가사의한 힘에 의해 태어난 것이라면, 불가사의한 그 힘이 아이를 보호하기 위해 어미아비로부터 떼어 낸 것일까, 어젯밤 온의 처소에서 나오며 생각했다. 스스로를 위로하기 위한 알량한 자기합리였다. 아이가 잘못됐다고 생각하고 싶지는 않기 때문이었다.

"지금 들어오십니까, 큰형님?"

미선 내외가 나와 홍집을 맞이한다. 머루도 제 서방을 좇아 홍집을 큰형님이라 부른다. 화엄약방에서 일하며 한 달 받는 백이십 전으로 할머니와 두 아우를 봉양해 왔다는 머루를 미선과 혼인시켜 양연무에 들어앉혔다. 그 할머니와 미선의 처제, 처남이 된 다래와 개암도 들어와 살게 했다. 그동안 첫째 홍집부터 여덟째 선오까지 다달이 돈을 내어 양연무를 꾸려왔는데, 얼마씩을 더 내어 머루에게 주고 살림을 하게 했다. 선유가 병조 사복시의 병마 관리병이 되었고, 술선이 전옥서典獄署의 옥청지기가 되면서 백 전씩을 내놓았다. 그 덕인지 임림재에서 살아 돌아온 걸 기뻐하는 유일한 사람이 미선인 성싶었다.

"별일 없었고?"

"집에는 별일 없는데 서신 두 장이 들어왔습니다. 큰형님 방에 두었습니다. 저녁은요?"

"먹고 들어왔다."

안채로 들어서자 넷째 인선과 막내 술선이 나와 맞는다. 미선도 따라 들어온다. 겉에 아무것도 쓰이지 않는 봉함 편지와 호원당湖原

堂이라고 적힌 서찰이 서안 위에 얌전히 놓였다. 호원당은 청호역 옆 보원약방 분원으로 나간 사비 일성의 당호다.

"편지들을 건네준 사람이 알 만한 사람이었어?"

"편지 두 통이 따로 들어왔어요. 호원당 봉투는 안사람이 받아놨고 백지봉투는 제가 집에 들어서면서 받았는데 남정 복색 여인이었어요."

홍집은 사비로부터 온 서찰을 먼저 읽는다. 논의할 게 있으니 내일 저녁에 청호약방으로 와 달라는 내용이다. 홍집은 사비의 서찰을 봉투에 넣어 두고 봉함편지를 연다. 온의 필체로 이루어진 편지에는 발신자도 수신자도 씌어 있지 않다.

七月九日夜 五枝鳳仙花進入菁好驛對面客店 隨被等到無人之處 折斷其等
後 用紅布覆蓋之

칠월 구일 밤 청호역 맞은 편 객점에 봉선화 다섯 송이가 들 터이니 그들을 따라가 인적 없는 곳에서 꺾은 뒤에 붉은 천으로 덮으라는 말이다. 그러니까 온은 지금 보현정사에서 더불어 춤추며 어울려 있는 강경상각의 봉선당, 황환의 며느리를 죽이라 하였다. 언젠가 다시 거북부령을 죽이러 나설 것이므로 그 전에 거북부와 강경상각의 안살림을 하고 있는 봉선당을 죽여 그 힘을 흩으려 놓겠다는 것이다. 더하여 그 소행을 붉은 옷의 명화적으로 위장하라는 뜻이기도 하다.

"뭔데요? 뭐라고 씌어 있어요?"

술선의 다그침에 홍집은 편지를 건네준다. 편지를 돌려본 아우들의 얼굴이 누렇게 질린다.

"이, 이게 어느 쪽에서 온 건데요?"

넷째 인선의 질문에 홍집은 기가 막혀 웃는다. 어느 쪽에서 왔느니! 이제 양쪽에서 시키는 대로 해야 하는 꼭두각시가 된 셈이 아닌가.

"어느 쪽일 거 같은데?"

황환이나 사신계 쪽에서는 어떠한 접근도 해오지 않았다. 모르는 게 없는 그들이므로 선유와 술선이 한 달에 삼백 전 안팎의 녹봉을 받는 병졸이 된 사실을 알 터이다. 또한 그들은 양연무의 비휴들이 완전히 무너졌다는 것도 알고 있을 것이다. 실상이 그러했다. 두 세상의 틈새에 끼어 버린 양연무의 비휴들은 아무 의욕도 가질 수 없는 나날을 무위하게 보내고 있었다. 아우들에게는 모두 공식적인 일이 있는지라 그나마 아침이면 일하러 나가고 일 끝나면 양연무로 돌아왔으나 홍집은 귀신처럼 홀로 어둠 속을 살피고 다녔다.

"이거 다섯 여인을 죽이라는 명령 같은데, 저쪽은 사람 죽이라는 말을 이리 쉽게, 우리한테 할 사람들이 아니잖아요. 더구나 여인들을 죽이라니요? 이럴 사람들이었으면 우리한테 말도 못하는 아이며 환갑 넘은 할머니까지 내보였을 리 없지 않습니까."

"이건 이쪽에서 온 거다. 우리 칠성부령에게서 온 것이고. 미선아, 이걸 전하던 사람이 뭐라더니?"

"양연에게 전하십시오, 그랬습니다. 다른 한 편지는 뭔데요?"

"그것도 이 편지와 관련된 내용이야."

"헌데 따로 보내와요? 그리고 청호역 근방 객점에 들 여인들이 누구기에, 칠성부령이 우리한테 이런 명을 내립니까? 자기네들끼리 알아서 하지, 왜 우리한테요? 형님은 이제 그 호위도 아닌데요?"

둘째 자선과 셋째 선축은 홍집과 온의 사적인 관계를 알았다. 이 편지 저변에 깔린 말은 자선과 선축도 알지 못할 터이다.

"봉선화는 강경상각 황 부령의 며느리 봉선당을 뜻하는 거야."

"그럼 우리 칠성부령도 자기 사람들을 죽이려 한단 말이에요? 자기 부친처럼? 대체 왜, 왜 그러는 건데요?"

"이건 안 받은 걸로 쳐도 돼."

홍집이 온의 명령서를 촛불에 대고 사르기 시작하는 걸 쳐다보며 넷째 인선이 입을 열었다.

"또 형님 혼자 책임지는 거예요?"

"함께 질 책임은 함께 져야겠지. 이건 아니야. 이건 무시할 거니까."

"무시해도 돼요?"

"무시하면 어찌되는지 보려고."

박하, 마타리과 함께 수련했을 항성재의 무극들. 태극헌의 비휴들. 그들이 어떻게 컸을지는 짐작하고도 남는다. 하나의 비휴가 만들어지기 위해 몇몇의 사내아이들이 스러졌듯 무극 하나가 만들어지는 과정에서도 여러 계집아이들이 저세상으로 넘어갔을 터이다. 그렇게 살아남아 제 곁으로 와 있는 호위들을 두고 온은 그 일을 이쪽으로 밀었다.

온은 간밤에 홍집에게 맥없이 안겨 쾌락을 갈구했던, 그토록 곤궁해진 자신에게 화가 났다. 그 화를 홍집에게 쏟아내는 참이다. 어차피 제가 하려 했을 일을 홍집에게 내던져 화를 풀려 하는 것이다. 온이 그런 여인임에도 앉은자리가 높고 이런 짓을 아무렇지도 않게 행사할 만한 힘을 가진 게 문제다. 더하여 온은 홍집이 어떠한 경우에도 저를 죽일 수 없다는 것을 잘 안다. 실상이 그렇기는 했다. 온을 죽이다니. 사람이란 족속이 아름다운 존재일 수 있음을 알게 했던 이온이다. 하늘나리꽃처럼 붉던 그 마음이 얼음장 밑에 가라앉은 듯 잠잠할지라도 어디로 사라진 건 아니다. 온은 윤홍집이 자신을 사모한다는 걸 잘 알 뿐만 아니라 당연하게 여긴다. 다른 여인한테 장가 드는 꼴은 못 본다고 선언할 수 있는 까닭이다. 온이 모르는 것이 있다면 홍집이 저를 죽일 수는 없을지라도 무시할 수는 있게 되었다는 것이다.

두 장의 편지지가 탄 재를 등잔대에다 가라앉히던 미선이 아, 참! 하더니 입을 연다.

"아까 낮에 사선이 좀 보려고 사해약방에 가다가 저 아래 숲속 집에서 봤던 낭자를 봤어요."

막내 술선이 대꾸했다.

"낭자라니? 어떤 낭자?"

"숲 속 집에서 나한테 밥 먹여 줬던 수앙낭자와 큰형님한테 밥을 먹이던 꼬맹이 성아를 봤다니까."

"에이, 잘못 봤겠지."

"첨엔 잘못 본 줄 알았어. 수앙이 소년 복색을 하고 있었거든. 수앙이 청포 두루마기에 행전차고, 송라 쓰고 바랑을 메고 성아 손을 붙들고는 약방마다 기웃거리고 다니더라니까. 등짐지게 멘 할아범이 남매를 뒤따라 다니고."

"인사했어?"

"낭자가 사내인 양 하고 다니는데 어찌 아는 척을 해? 내가 무에 그리 떳떳한 입장이라고?”

홍집이 끼어들었다.

“혹시 수앙을 다시 보게 되면, 어디서 사는지 알아 둬.”

“알아서 뭐하시게요?

“뭘 하건!”

“뭘 하려는 건지 몰라도 나는, 그 낭자, 그 남매한테 손톱 한 개도 못 튕깁니다. 절대요. 만에 하나라도 누가 날더러 그 남매한테 해될 일 하라 하면, 나는 들이받을 거예요. 큰형님이라도요. 내 머리통이 깨지더라도요.”

인선이 미선의 머리통을 사정없이 쥐어박는데 밖에서 기척이 났다. 제 낭군 머리통이 깨질 줄 미리 안 듯한 머루다.

“술이 익어 거르던 참이라 한 병 가져왔는데요!”

보나마나 술을 찾을 걸 알았는지 지레 술상을 내왔다. 화엄약방 증류실에서 일했던 머루가 들어오면서 양연무에서는 비싼 술을 사 마시지 않아도 되게 되었다. 머루가 술 빚는 재주를 익힌 덕인데, 그 덕에 머루 손에 밥 얻어먹고 사는 족속이 죄 술꾼으로 변해가는 즈음이었다. 술선이 잔마다 소주를 따라 놓는다.

“임금이 금하신 술, 임금만 드시는 술, 알고 보면 만백성이 마시는 술. 들지요!”

술꾼들이 흔히 읊조리는 권주사다. 술잔을 들기 전에 홍집이 입을 열었다.

“우리 말고, 비휴들이 또 있다.”

미선과 인선과 술선이 무슨 말인지 몰라 쳐다본다. 아우들은 모르게 두고 홀로 알아온 것들을 털어놓아야 할 때가 된 성싶다.

"필요한 말인지, 해야 하는 말인지 몰라 지금껏 그냥 있었다만 이제 하련다. 우리와 같은 비휴들이 강원도 통천과 황해도 곡산에서 자라고 있고 지금 보현정사 태극헌에 사는 일곱 명은 통천에서 온 자들이다. 또, 우리와 비슷하게 자란 처자들이 있는데 그들을 무극이라 부른다. 현재 열 명의 무극이 보현정사에 살고 있는데 그들이 어디서 왔는지 아직 모르고 다른 한 무리가 어디에서 자라고 있는지도 모른다."

홍집은 말을 멈추고 술을 들이킨다. 태극헌의 비휴들과 양연무의 비휴들이 서로의 존재를 모른 채 살다가 맞닥뜨리게 될 때는 칼을 겨누고 있을 터. 왜 칼을 겨누는지도 모르는 채, 상대가 누군지도 모른 채 죽거나 죽이게 될 상황. 홍집은 이제 그런 것을 견딜 수가 없다. 아우들을 마냥 술이나 마시며 살게 두고 싶지도 않다.

고독한 사랑

　강원도 원주 태생인 사비의 어릴 때 이름은 간난이었다. 간난은 열세 살 가을에 시집을 갔다. 서방의 나이가 세 곱 많은 서른아홉이었지만 명색이 후취 자리였다. 늙은 서방이 밤낮도 가리지 않고 색정질을 벌이는데 서방의 아랫도리 물건이 간난의 어린 몸에 들어가기에는 너무 컸다. 매번 몸이 찢겨도 방사가 어려우므로 서방이란 자의 하초를 입으로 빨아야 하는데 그게 발기하면 입에도 너무 컸다. 서방은 제 뜻대로 되지 않을 때마다 어린 각시를 실컷 패 놓고 샅을 찢으며 들어왔다. 간난이 그 생지옥에서 벗어날 방법이란 그를 죽이는 것뿐인데 그를 죽이면 간난도 죽어야 했다. 간난의 어미아비가 서방의 땅을 부쳐 먹고 살므로 도망칠 수도 없었다. 더구나 그는 만단사 봉황부 삼봉사자였다.

　꼬박 이태가 지나서야 도망칠 수도 있으리라는 자신이 생겼다. 열다섯 살 한가위 밤에 야반도주를 감행해 원주 일봉사자의 집으로 찾아갔다. 그 딸이 이봉사자였다. 간난이 혼인 전에 만난 적이 있는 원주 이봉사자 김씨는 나중에 만단사령의 정실부인이 되었다. 당시에는 미혼과부로 친정에서 살며 근동 여인사자들을 이끌고 있었다. 그이가 간난을 숨겨 주고 사비라는 새 이름을 주었으며 만단사 봉황부에 들여 주었다. 그이는 사비에게 몸을 지킬 수 있어야 마음도 지킬 수 있다며 무술을 익히라 했다. 그의 소개로 간 곳이 춘천이었다. 춘천 운교일성 밑에서 십일 년을 살며 무술을 수련했다.

박사비가 이온을 만난 게 스물일곱 살 겨울이었다. 높은 이는 높은 이가 될 만하여 높아지는 게 아니라 원래 그리 태어나는 성싶었다. 왕후장상의 씨가 따로 있냐고 하지만 이온을 보자면 따로 있는 성싶었다. 품이 넓고 아랫사람들에게 너그러웠으며 대범하고도 총명했다. 이온과 같은 여인이 칠성부령이며 만단사 부사령이라는 게 자랑스러웠다. 그런 상전을 모시게 되면서 윤홍집을 만났다.

홍집을 만난 지 두 달쯤 된 정초, 상전이 침소에 들고 난 밤에 둘은 허원정 사비의 처소에서 몸을 섞었다. 열세 살에서 열다섯 살 가을까지 생지옥인 듯 감당해야 해야 했던 늙은 서방과의 끔찍했던 기억에서 풀려난 게 그 밤이었다. 남녀간의 교접은 그리하는 것이었다. 파도처럼 밀려들다가 물러나고 거품처럼 끓어오르다 간지러이 잦아들기를 반복하는 몸짓. 그와의 색정으로 그의 몸을 사모했고 그의 몸을 사모함이 그를 사랑함과 같았다. 홍집은 그렇지 않았다. 그는 사비를 젊은 몸에 끓는 색욕을 푸는 대상으로만 여겼다. 몸을 풀고 나면 미련 없이 나갔다. 몇 시간 같이 잘 법한 밤에도 기어이 돌아섰다. 그렇게 둘의 관계가 이어진 기간은 일 년쯤이었다. 이온이 그를 사내로써 취했다는 걸 느낀 건 반년이나 더 지나서였다.

언감생심 이온을 연적으로 여겨 질투할 수는 없었다. 질투는커녕 혹시라도 이온이 두 사람의 예전 관계를 알아챌까 봐 저어했다. 이온이 있으므로 청호약방이 있고 일성으로서의 사비가 있었다. 호원당이라는 당호를 가지게 된 것도 물론 이온 덕이다. 그이를 위해 약방을 운영하고 무사들을 키우는 게 곧 사비 자신을 위한 길이었다. 그렇지만 홍집에 대한 걱정까지 그치지는 못했다.

윤홍집과 이온이 무슨 일인지를 심각하게 벌였다. 허원정에서 온양댁이 사라진 것과 관련된 일인 게 분명하건만 사비는 그 내용을 몰랐다. 온양댁을 찾으라는 이온의 명이 어디서 비롯된 것인지를 가늠할 수 없는 까닭이다. 미루어 짐작해 보기는 했다. 둘 다 미취의 몸이라 해도 혼인할 수 없는 관계인바 그들 간의 다정은 사통이다. 사통하는 그들은 심양을 간다고 나서서 중간에 빠져 여섯 달을 은거했다. 허원정 식구들과 약방거리 사람들은 물론 태감까지도 그 둘이 심양에 가지 않았다는 걸 모르지만 그 둘은 심양 대신 그 어딘가에서 여섯 달을 같이 살았다. 그리고 온양댁이 사라졌고 그이를 찾으라는 명이 내렸다. 그 두 사람이 여섯 달을 은거함에 온양댁이 도왔다 치더라도 그이는 어떤 내색도 하지 않고 그저 사라졌을 뿐인데 무엇 하려 찾는가. 왜? 거기서 사비의 추측은 막혔다.

그걸 알아보기 위해 이제 홍집에게 와 달라고 청했다. 아니 그건 홍집을 만나기 위한 핑계다. 홍집이 온과 무슨 일을 벌였는지 말해 줄 리 없고 그로 인해 사라진 온양댁의 행방에 대해 알고 있다손 알려 줄 그도 아니다.

"마님, 손님 드셨어요."

종명이다. 열네 살의 종명은 청호약방 청지기의 아들이다. 어릴 때 열병으로 반편이에 절름발이가 되어 버렸다고 했다. 평민이면서

용부 삼룡사자인 아범이 식구를 모두 데리고 청호약방 청지기로 들어선 이유가 종명 때문이었다. 아들에게 약방의 잔심부름이라도 시키면서 제 밥벌이라도 하게 만들기 위함인 것이다. 종명의 손위 누이 종월도 사비의 시녀 노릇을 하면서 제 밥벌이를 하고 있었다.

"누구라 하시든?"

"미, 미생이라 하시는데요?"

이온 모르게 오는 터라 미생이라는 별호를 쓰기로 한 모양이다.

"안으로 모시고, 네 어머니한테 주안상 들여 달라 해라."

떨리는 목소리를 애써 가라앉히며 말한 사비는 경대를 끌어다 매무새를 가다듬는다. 홍집이 오지 않을 거라고는 생각지 않았다. 오전에 보현정사에서 나와 강을 건너 청호까지 닿는 동안 내내 설렜다. 집으로 돌아와 그제와 어제에 걸쳐 흘린 땀을 깨끗이 씻고 보얗게 화장하고 입술에 다홍빛 연지도 발랐다. 허원정에서나 보현정사에서 그에게 보였던 사비의 모습은 늘 사내 같은 무사 복색 뿐이었다. 오늘은 고운 여인으로 보이고 싶었다. 희고 노란 나비가 수놓인 검은 저고리에 노란 치마를 입고 가리마 머리에 옥초롱 비녀와 나비 꽂이까지 꽂았다.

홍집이 들어서매 사뭇 설레 떨리던 사비의 맘이 더욱 떨린다. 누구로부터 옷 수발을 받는지 연한 남색 수직 두루마기의 동정이 희기도 하건만 늘 그렇듯이 홍집은 표정 없는 낯빛이다. 그가 여섯 살이나 아래임도 어리다 생각지 못한 까닭은 육십 년쯤 더 산 것 같은 그 낯빛 때문이다. 그 낯빛 때문에 그를 사랑하게 되었을 것이다. 그에게 사랑받고, 그의 자식을 낳고 싶었다. 그가 선 채로 읍하고 몸을 세우는가 싶더니 앉는다. 가까이 다가가 반가움을 표시하려던 사비는 보료 위에 그냥 앉는다.

"와 주셨구려."

"예."

"저녁을 어쩌셨어요?"

그가 하늘같은 상전의 사내거니와 반가의 아들로 입적된 뒤 말투가 저절로 달라졌다.

"강 건너와서, 먹었습니다."

"술상을 마련하라 했습니다만……."

"아무 거라도 주시면 또 먹지요. 헌데 절 보자 하신 연유가 무엇입니까?"

홍집은 사비와 더불어 야금야금 술에 취해 가면서 느긋하게 이야기 나누고 싶은 기분이 아니다. 만나자는 사비의 청을 무시하지 못하고 청호역까지 온 이유는 요즘 온이 무슨 일을 벌이고 있는지에 대한 내막을 세세히 알아보기 위해서다. 또 온이 봉선당을 죽이라 한 밤이 오늘 밤인바 그 명을 사비에게도 내렸는지 알아봐야 했다. 봉선당 일행이 건너편 객점에 들어 있는 것을 확인하고 이리 온 참이다.

"온양댁 일 때문에 보자 했어요."

"온양댁이라뇨? 허원정에서 일하다가 그만둔 그 아주머니를 말씀하시는 겁니까?"

"그이가 작년 늦가을에 허원정을 떠난 직후 도성에서도 사라졌습니다. 헌데 아씨께서 나한테 그이를 찾으라는 명을 내리셨어요."

"그분은 허원정 노비도 아닌데, 왜요?"

"그분을 어찌 찾으라 하시는지, 그 까닭을 몰라서 이녁을 청한 것입니다. 그 까닭을 이녁은 혹시 아나 싶어서……."

홍집이 대답하기 전에 방 밖에서 인기척이 인다.

"마님, 주안상 들여왔습니다."

사비가 들어오라 하자 종월이 술 두 병과 안주거리가 얹힌 술상을 들고 들어온다. 술상을 들고 온 종월이 어디다 놓을지 모르는 눈으로 사비를 쳐다본다. 사비가 앞을 가리키자 종월이 술상을 놓고 홍집을 보지 않으려 애쓰며 나간다. 밤에 상전의 처소까지 찾아든 남정네를 어려워하는 것이다.

오늘 밤 한껏 단장한 사비의 의도를 홍집이라고 모를 것은 없다. 애틋함은 없었을지라도 한 시절 살을 섞으며 지낸 여인 아닌가. 사비한테 음흉하거나 사특한 면은 없었다. 온이 아니라 첨부터 이 여인을 맘에 들였더라면 내남없는 처지의 삶이 훨씬 쉬워졌을지도 모른다. 홍집은 아랫방으로 건너와 술상 앞에 앉아 양쪽 잔에다 술을 따른다. 따라 놓고는 먼저 마신다. 사비가 잔을 들려는 참에 홍집은 한 잔 다 마시고 다시 술을 따라 잔을 들어 보이고는 또 마신다. 사비가 한 잔을 마시는 사이에 석 잔을 마신 홍집의 갈증이 해소된다.

홍집은 비로소 싱긋 웃으며 잔을 내려놓는다. 사비가 젓가락으로 돼지고기 한 점을 집어 면전에 댄다. 홍집이 자신의 젓가락으로 고기를 받아먹는다.

"온양댁 아주머니 일은 뭐고, 호원당께서 저한테 이리하시는 연유는 뭡니까?"

"미생과 내가 술 몇 잔 편히 나눌 만한 사이는 되지 않아요?"

"그렇겠지요. 해서 제가 예까지 온 거고요. 하지만 우리가 이미 지난 인연임을 아시지 않습니까?"

"그래도 내가 이녁한테 이리 와 달라 청하고 이녁이 예까지 와 준 까닭은 우리가 맺었던 인연 덕이 아니오?"

"같은 말을 반복하지 말죠. 아씨가 온양댁을 찾으라 호원당한테 명하셨는데, 호원당께서 저한테 아씨 명의 근거를 대라 하는 까닭이 뭡니까? 이즈음의 제가 아씨 명을 직접 받고 사는 사람도 아닌데요."

"온양댁은 애오개에 집을 가진 사람으로 십 년 전쯤, 당시 이화헌에 사시던 작은 마님께서 이화헌에 들여놓으셨어요. 그분이 돌림병으로 돌아간 뒤 유원, 유곤 남매분과 함께 허원정으로 들어왔지요. 그리고 유원 아씨가 자라 궐로 들어가셨고, 일 년쯤 뒤에 유곤 도령을 돌보던 온양댁은 허원정을 나가 사라졌습니다."

"그런데요?"

"온양댁은 군자감의 직장 벼슬을 하던 김근휘라는 사람의 소실이었다 합니다. 그이는 아들 하나를 낳아 본가에 넣어 주고 지아비를 따라 살던 중에 지아비를 잃고 이화헌에서 일하며 살게 되었고요. 온양댁 지아비의 본가가 온양 문암골에 있다 합니다. 온양댁의 친정은 전라도 땅 장성이라 하고요. 장성에는 입암산성이 있는데, 그 근동이라 하더이다."

홍집이 각 부령과 팔도의 일급사자들을 다 파악하지는 못했을지라도 사령과의 관계가 도드라진 이들은 놓치지 않는다. 온양 문암골에 일룡사자인 김창현이 산다. 김창현이 자신의 딸 격인 영고당을 이록의 내당으로 들여놓았다. 김창현의 집은 문암골에서 부수찬댁으로 불린다. 그에게는 과부 며느리와 외동 손자가 있는바 도성에서 살며 벼슬살이하던 외아들은 팔 년 전인 신미년에 명화당이 도성을 침범했을 때 사라졌다. 사라진 그가 군자감 직장 벼슬을 하고 있었다면 온양댁이 그의 소실이었다는 말이 된다. 미연제가 태어나게 도운 온양댁은 결국 호원당에게 발견되고 말 터이다.

"그래서요?"

들어오던 길에 잠깐 본 청호약방의 규모가 역참거리에 있을 만한 것으로는 과했다. 청호역이 팔도에서 열 손가락 안에 들 만치 큰 역인 까닭에 역참마을도 시골 현의 관아거리만큼 번다했다. 그렇다 해도 역말일 뿐이라 이만한 규모의 약방이 들어설 정도는 아니었다. 결국 청호약방은 이온의 또 하나의 근거지로 봐야 한다. 이곳에서도 온의 명을 수행할 사람들을 키우고 있는 것이다.

"이제부터 내가 온양댁을 찾아 도성 안팎과 온양과 장성 등을 샅샅이 뒤지게 될 거예요. 언젠가는 찾아내게 될 테고요. 찾아내면 그이한테 뭔가를 물어야 합니다. 혹은 사로잡아다 아씨 앞에 대령해야 합니다. 대령하지 못할 제 죽여야겠지요. 헌데 나는 그이, 온양댁한테 뭘 물어야 하는지 모르고, 죽이게 될 경우 그 까닭도 모릅니다. 이녁을 청한 까닭입니다. 내가 온양댁한테 뭘 물어야 하리까? 그리고 그이를 죽여야 한다면 그 이유가 무엇이고, 죽이지 않아야 한다면 죽이지 않을 이유는 무엇입니까? 미생이 아는 게 있으면 말씀을 해주세요."

홍집이 아는 게 있을지라도 사비한테 털어놓을 수는 없다. 사비가 설령 온의 약점을 이미 눈치챘다 해도 마찬가지. 상전이든 스승이든 사사로운 무엇을 들키는 순간 곧바로 약점이 된다. 그 약점들은 종종 치명적인 것이 되기도 한다. 정효맹의 약점은 이온이었다. 인달방 집 안방의 꾸밈새는 허원정 온의 처소와 사뭇 비슷했다. 그걸로 짐작컨대 그의 도적질은 이온을 자신의 사람으로 만들고 싶은 욕심에서 비롯된 것이었다. 그 약점을 이용하여 그를 저세상으로 떠넘긴 장본인이 제자인 홍집이었다. 작금에 이르러 온에 대한 맘이 어떻든 홍집은 온의 약점을 사비한테 일러줄 수는 없다.

"혹시 제가 뭔가 알리라 여긴 아씨께서 호원당한테 저를 만나 보라 명하신 겝니까?"

홍집이 덤터기 씌우듯 부린 억지에 사비가 된서방 맞듯 손사래를 친다.

"무슨 그런 천만부당한. 순전히 내 사사로운 마음으로 하는 일입니다. 아씨께서 이런 나를 아시면 큰일날 노릇이지요."

"제가 아는 게 없음을 호원당께서도 이미 아실 터, 그걸 아시면서도 저를 부르신 까닭은 결국 우리의 지난 인연을 되살리자는 뜻입니까?"

"난 미생이 내게 해줄 말이 있을 거라 짐작했고 기대도 했어요. 내가 짐작하고 기대한 걸 이녁이 해주지 않을 거라는 예상도 했고요. 결국 그래요. 난 이녁이 그리워요. 우리가 한 시절 나누었던 것들이요."

내 것이 아님에도 욕심을 부리고 지나간 인연을 잊지 못하여 별의별 짓을 다 하는 건 남녀가 다르지 않다. 그리로 난 길에 치명적인 함정이 있으리라는 걸 직감하면서도 끝끝내 가고야 마는 족속들.

홍집은 빈 잔에 술을 채워 사비한테 한 잔을 주고 스스로 한 잔을 비운다. 같은 일을 술 한 병이 빌 때까지 반복한다. 술병이 빈 것을 확인하고는 술상을 들어 한쪽으로 치우고는 사비를 향해 다가앉는다.

"제가 오늘 밤 여기 온 이유는 호원당과 비슷하면서도 다릅니다.

저는 호원당을 그리워하지 않습니다. 궁금하지도 않고요. 그렇지만 호원당이 와 달라 하니 오지 않을 이유는 없었습니다. 우리가 나누었던 한 시절의 색정이 그리웠던 거겠지요. 이런 저라도 오늘 하룻밤 괜찮으시겠습니까?"

"하, 하룻밤이요?"

"하룻밤입니다."

"싫소."

"기껏 오라 하시고선 싫다 하십니까?"

"하룻밤이라 단정 짓는 게 싫소. 그런 투로 말하는 이녁이."

"저는 오늘 밤 이후의 제가 살아 있을지 죽었을지도 모릅니다. 우리한테 어머니나 이모인 듯 다정했던 온양댁을 찾아, 결국 죽이라는 명을 받았으면서도, 그 까닭조차 모르는 호원당이라고 다르실까요? 헌데 내일을 기약하자는 말씀이십니까. 그렇다면 시작을 말아야지요."

홍집도 온양댁을 찾고 싶기는 했다. 그이를 찾아 딸아이의 행방을 묻고 싶다. 하지만 온양댁이 아이 행방을 안다는 보장이 있는가. 또 온양댁이 그 어떤 힘의 작용으로 미연제를 숨기고 자신도 숨었다면 아는 걸 토설하지도 않을 것이다. 결국 온양댁을 죽이고 말 이온과 박사비였다. 자신이기도 했다.

"이대로 가겠다는 거예요? 밤이 벌써 깊었는데?"

"도성으로야 못 들어가지요. 건너편 객점에서 자야겠습니다. 오늘 밤 우리는 만나지 않은 겁니다."

온의 명을 따르자면 건너편 객점에 묵는 황환의 며느리 봉선당과 그 수행들을 죽여야 하지만 홍집은 무시하기로 작정한 터였다. 사비가 온에게 같은 명을 받았다면 제지할 작정이었는데 그건 아닌 것 같다.

"무정하기도 하구려."

"만날 누군가를 죽이라는 명을 받고, 죽이며 사는 우리 처지에 새삼 다정할 이유가 무엇입니까. 살아가노라면, 당장 내일 밤에라도 다시 만나거나, 각자 하는 일을 서로에게 말하며 의논하게 될지언정 이 밤에 내일을 약조하며 다정을 떠들겠습니까."

사비는 하룻밤이 싫다 뻗댄 자신을 후회하다. 하룻밤이라도 그를 붙들고 싶은 맘이 절절하다. 무슨 말로 그를 붙들어야 할지 몰라 말이 아니 나오므로 몸이라도 움직일 수밖에 없다. 일어서는 홍집의 팔을 붙잡는다. 두 사람의 시선이 부딪친다. 한때 눈길만으로도 상대의 뜻을 알아챘던 두 사람이었다. 그게 온의 호위 방법에 대한 무언의 신호였을지라도 가끔은 아씨 주무신 뒤 만나자는 약속으로 이어지던 눈길이었다. 서로에 대한 연민이기도 했다. 지금도 연민이다. 그걸 알지만 사비는 먼저 손을 뻗었다. 홍집이 뿌리치지 않고 손을 마주잡아 온다. 그가 잡은 손을 당기자 사비의 몸이 끌려 안긴다. 두어 해 전에 안고 안겼던 그 사내 품에 고개를 묻는 사비는 왈칵 치민 설움에 눈을 감는다.

소년, 미래를 만나다

사흘 전에 보았던 그 처자와 꼬맹이다. 가마골 웃실의 오름길 왼쪽 숲에 돗자리를 펼쳐 놓고 앉은 남매. 사흘 전에는 처자와 꼬맹이 뒤에 할아범이 있었는데 오늘은 몸피 큰 남정 둘이 칼까지 차고 지키고 있다. 처자와 꼬맹이는 오늘도 그림을 그리는 모양이다. 둘 다 목판 위에 종이를 펼쳐 놓고 고개를 수그린 채 무언가를 그린다. 주변에 물감 그릇이며 붓 씻는 물통이 있는 걸 보면 아예 작정하고 나온 것 같다. 그들이 무얼 그리는지 궁금해 다가가고 싶은데 길목 바위 옆에 떡하니 선 호위들이 막아선다.

"도련님, 호기심 끄시고 올라가시던 길 계속 가시지요?"

곤은 사실 사흘 전에 본 처자를 다시 볼 수 있을까 하여 왔다. 사흘 전 관음봉에서 내려오다 처자를 보았을 때 얼핏 누이 유원을 닮은 듯했다. 입궁한 뒤 한 번도 못 본 누이를 만난 듯 반갑고 설렜다. 눈여겨보니 누이보다 몸피가 작고 누이보다 약간 더 어여뺐다. 오늘은 옆으로 앉은 데다 고개를 잔뜩 숙이고 있어 얼굴이 보이지 않는다.

"저기서 무얼 그리시는지, 보고 싶어요. 보게 해주세요."

곤이 부러 큰소리로 말하자 처자와 꼬맹이가 돌아본다. 호위가, 곤의 뜻을 전하자 처자가 왼손에 든 붓을 까닥거렸다. 곤은 늠이를 이끌고 처자 가까이 다가든다. 처자는 짙은 남색의 무명 도포에 짧은 자주색 옷고름을 맸고 송라를 머리 뒤로 넘긴 채다. 자주색 댕기에 묶인 머리채는 똬리처럼 머리에 올라앉았다. 감국향의 비누를 쓰는지 알큰한 체취를 풍긴다.

나뭇가지 사이로 햇빛이 비치는 그곳에 보랏빛 꽃무더기가 피어 있다. 처자의 그림판에는 실제보다 훨씬 큰 꽃 세 송이가 피었다. 꼬맹이는 세필로 꽃의 윤곽만 그려 놓았다. 곤이 묻는다.

"무슨 꽃이에요?"

"비로용담꽃이야. 백산용담이라고도 불려. 꽃이 참 고아高雅하지?"

꽃이 어여쁠지라도 고아하다는 것까지는 곤이 모른다. 꽃이 고귀하고 아미하다 말하는 사람이 꽃보다 훨씬 어여쁘다는 것은 알겠다. 남정 옷을 입었을망정, 왼손 엄지손톱에 먹물 자국이 있고 오른손에는 보랏빛 물감자국이 있고 이마에도 보랏빛 물감이 묻었지만, 열세 살 이곤의 가슴이 뛸 만큼 예쁘다. 아무래도 북악에 사는 선녀일 것 같다.

"사흘 전에도 여기서 꽃을 그리시지 않았어요, 아씨?"

"그대는 그때도 여기 있었어?"

"그때는 관음봉에서 내려오던 중이었어요."

"오늘은 관음봉으로 올라가는 중이고?"

"그런 셈이죠. 그런데, 사흘 전에 그렸는데 오늘 또 그려요?"

"사흘 전에는 꽃망울이 터지지 않았거든. 그때는 꽃망울만 그려갔기 때문에 오늘은 핀 꽃을 그리러 온 거야. 헌데, 그대는 사흘 전에 관음봉에서 뭐했어?"

"바위에 대자로 누워 하늘 쳐다봤어요."

"하늘에 누가 보였어?"

"누구는 아니 보이고 윙윙 부는 바람만 보이던데요. 멀리서 불어와 백 아름이나 되는 큰 나무 구멍을 지나서 거칠게 콸콸거리는 것처럼, 화살이 씽씽 나는 것처럼, 흐흑 들이키는 소리처럼, 울부짖는 것 같고, 깊은 데서 웅웅 울려 나오는 소리 같기도 한 바람이요."

처자가 하하 웃으며 푸른 물감 묻은 붓으로 곤의 코끝을 스친다.

"이봐, 도련님. 그건 장자가 본 바람이잖아?「제물론」에 나오는 표현이고."

"자,『장자』를 읽었어요?"

"그러니까 그대는, 한낱 계집이 무슨『장자』를 읽었으랴 하고 멋을 내 본 거지?"

기망하려 했다고 하지 않고 멋을 내 보려 한 거라고 말해 주니 고맙다.

"한낱 계집이라는 생각은 못했지만, 들킬 줄은 몰랐어요."

"대지가 내쉬는 숨결을 바람이라 한다고 시작하는 그 대목, 나도 좋아해. 대지가 그렇게 다채롭게, 갖가지로 숨을 쉬는 덕에 이렇게 꽃들도 형형색색, 온갖 형태로 피잖아."

처자한테 놀라 쳐다보던 곤이 자신도 모르게 중얼거린다.

"그 그림 저 주세요."

처자가 제 곁에 바싹 붙어 앉은 곤을 쳐다보며 웃더니 말한다.

"이 도련님 좀 봐. 남이 공들여 그린 그림을 대번에 그냥 달라네."

"저 주세요!"

"아직 덜 그린 건데?"

"딱 그 상태로 갖고 싶어요."

"가져가서 뭐하게?"

"대지의 숨결이 피운 꽃, 예쁘잖아요. 족자로 만들어 제 방에다 걸어 놓으려고요. 그러니까 그림 아래쪽에다 그린이의 이름도 써 주세요."

사실은 처자의 이름을 알고 싶은 것이다. 나이가 몇 살이나 되는지도 물어보고 싶다. 나 얼른 클 테니 어디도 가지 말고 이 숲에서 선녀처럼 그림 그리며 지내고 있으라, 그러고 싶은 것 같기도 하다.

"그러지 뭐."

선선이 허락한 처자가 그림 왼쪽 상단에다 정음 글자를 쓰기 시작한다. 시다.

꽃은 피웠으나 미처 못 그린 이파리는 여백으로 남았네.
그 여백에 그대의 맑은 숨결이 푸르게 피어나겠지.

즉흥시를 쓰고 난 처자가 그림의 오른편 하단에 무인년 팔월육일이라 쓴다. 이어 자기 이름을 쓰려는 찰나 꼬맹이 곁에 있던 늠이가 으아악, 비명을 지른다. 꼬맹이가 늠이의 손등을 물었다. 늠이가 아이를 패지도 못하고 머리를 밀어내며 떼어 내려 하는데 얼마나 세게 물고 있는지 놓지 않는다. 호위들이 달려오고 처자는 아이를 떼어 내려 애쓴다.

"성아, 이럼 못써요. 이러다간 이 언니 손등에서 피나요. 놔, 얼른 놔요. 응? 어서 놔요!"

처자가 타이르자 성아가 죽자사자 물고 있던 늠이 손등에서 고개를 든다. 제 입가에 묻은 피를 제 손등으로 쓱 닦으며 작은 마귀처럼 씩씩거린다. 말은 없다. 얼굴이 벌게져 눈물을 흘리는 늠이 손등에서는 아이 잇자국을 따라 피가 줄줄 난다.

"어머나, 세상에. 이게 무슨 일이야. 어쩌면 좋아! 아저씨! 약 있어요?"

안절부절 못한 처자가 호위를 부르며 주머니에서 손수건을 꺼내더니 늠이 손등에 대고는 꾹 누른다. 남매가 생채기를 자주 입는가. 키 큰 호위가 익숙하게 품에서 작은 병을 꺼낸다. 뚜껑을 열고 처자의 손수건을 들고 갈색 가루를 솔솔 뿌린다. 그 위에 처자의 손수건을 다시 얹고 자신의 목수건을 풀어 늠이 손등을 친친 감아 묶는다. 매듭을 지어 놓은 호위가 말한다.

"남한테서 우리 도령들을 지키기만 하면 되는 줄 알았지, 우리 도령한테서 남을 지켜야 하리라곤 예상치 못했네. 미안하게 됐네. 소독약을 뿌렸으니 덧나지는 않을 것이나 흉이 남지 않으려나 모르겠구면. 미안하이! 이 약 가져가 수시로 뿌리게."

약병을 받은 늠이가 눈물자국을 훔치며 볼멘소리를 한다.

"대체 날 왜 물었는데요? 난 그냥 꼬맹이 도련님 그림을 본 것 뿐이라고요. 만지는 시늉만 했지 진짜 만지지도 않았고요. 근데 왜 물어요? 강아지예요? 괭이예요?"

성아는 무슨 일이 있었냐는 것처럼 제 그림판 앞에 앉아 새초롬하다. 처자가 제 아우를 쳐다보다가 미안쩍은 듯 말한다.

"그림 못 그린다고 약 올리는 것 같았나 봐. 내가 대신 사과할게. 미안해."

거듭 사과한 처자가 자신의 그림판에 있는 용담꽃 그림을 돌돌 말아 곤에게 건넨다. 이어서 제 그림 통을 들더니 뚜껑을 열고 그림 한 장을 꺼내 펼친다. 용담꽃은 용담꽃인데 다섯 개의 꽃송이마다 색채가 다르고 초록 이파리가 그려졌고, 나비 두 마리가 날고 있다. 낙관에는 글자 대신 꼬리 달린 별꽃 문양이 찍혔다. 아니, 꽃잎이 일곱 개다. 별꽃은 꽃잎이 열 장이므로 별꽃이랄 수는 없다. 꽃잎이 일곱 장인 꽃이 뭔가? 순간 곤은 처자를 칠엽화七葉花라 불러야겠다고 생각한다. 그림을 보여준 칠엽화가 그림을 돌돌 말더니 늠이한테 준다.

"사과의 뜻으로 주는 거니 받아 줘. 이 그림에는 낙관을 찍었으니 청계변 그림 거리에 가지고 나가면 한두 냥은 받을 수 있을 거야. 팔아서 맛난 거 사먹어. 다시 한 번, 미안해."

늠이가 또 볼통거리려 해 곤은 하는 수 없이 자리를 뜨기로 한다. 그렇지만 한 가지 궁금증은 풀어야 할 것 같다.

"아씨 낙관에 꼬리 달린 꽃잎이 일곱 개인데, 무슨 꽃이에요?"

칠엽화가 어이없는 듯 이마를 짚다가 하얀 이를 드러내며 웃는다.

"상상화인데, 북두칠성을 의미해. 북두칠성, 알아?"

"알죠. 국자 모양으로 생겼잖아요."

"바로 그거야. 우리가 알아보기에 가장 쉬운 별! 내가 그래서 북두칠성을 차용해 일곱 꽃잎을 만들었어. 잘 가."

"네. 또 봬요."

칠엽화를 엊그제 보고 오늘 봤으니 며칠 뒤에 또 볼 수 있을 것이다. 곤은 나중에 다시 보자고 인사하고는 늠이를 잡아끌고 나선다.

"잘 가요, 도련님들!"

뒤에서 칠엽화가 소리친다. 곤은 처자를 돌아보며 손을 흔들고는 산길을 내려온다. 가마골 시냇가에 닿아 늠이가 산을 올려다보고는 소리친다.

"담에 만날 때는 꼬맹이건 살쾡이건 안 봐준다!"

곤이 쏘아붙인다.

"덩치는 커가지고! 그럴 거면 그림을 받지나 말지! 약도 받았으면서."

"이건 물린 값으로 받은 거잖아요. 이른 바 배상. 그런데, 겨우 꽃 그림 한 장에 한두 냥씩이나 받을 수 있을까요?"

"정말 팔아먹으려고?"

"그럼 안 팝니까? 아씨께서, 이 그림 팔아 맛난 것 사먹으라 하셨잖아요. 도련님이 아니라 나한테요. 그 점을 분명히 하자고요."

"굶고 사냐?"

"그렇지는 않아도 팔지 않으면 이걸로 뭘 합니까?"

"뭘 할 줄 몰라서 기어이 팔아야겠으면 내게 팔아라. 두 냥, 내가 줄 테니."

"도련님 돈 없잖아요? 두 냥은커녕 땡전 한 푼도 없으면서."

돈이 없긴 하다. 돈이 필요한 적 없으므로 지녀본 적 없다.

"이제 집에 가서 금오당한테 두 냥 얻어 줄게. 그 그림 나 줘."

"싫은데요!"

"왜 싫어?"

"그림 거리에 가서 이 그림이 정말 팔리는지 보려고요."

곤도 그게 궁금하긴 하다. 실제로 팔릴 그림인지. 얼마나 잘 그린 그림인지 등. 조만간 칠엽화를 다시 보게 될 때 그림에 대해 아는 척을 할 수 있지 않겠는가. 오늘 『장자』의 대지의 숨결 때문에 난처하긴 했어도 재미있었다. 근래에 이만큼 재미있는 일이 없었다. 누이가 궐로 들어가 버렸고 할머니는 돌아가셨다. 어머니라 불렀던 할머니, 할머니 같았던 어머니.

　호칭이 어떠했든 곤은 녹은당이 좋았다. 말투가 다정하기는커녕 냉정하기 이를 데 없었지만 천출의 서자를 살붙이로 대해 주었다. 곤이 기억하는 한 허원정에 처음 들어설 때부터 녹은당과 겸상하여 밥을 먹곤 했다. 녹은당이 허원정의 최고 어른일 제 곤은 최고의 밥상을 받고 자란 것이었다. 허원정 아들이 되었을망정 할머니가 하세하고 나니 집이 빈 듯했다. 빈 것 같은 집에는 정 붙일 곳이 없고 재미가 없었다. 오늘 두 번째로 만난 처자는 세상이 참 재미있다는 걸 가르쳐 주려고 나타난 선녀일지도 몰랐다. 다시 만나 그림에 대해 아는 척하다 코끝에 물감칠을 당할지 모르지만 그때도 재미있을 것이다. 일단 가 보자, 그림 거리로. 중얼거린 곤은 홍지문 쪽을 향해 걷는다. 햇볕이 쨍쨍한데도 바람은 덥지 않다.

사랑해 줄게

수앙은 아침에 강하의 등청 길을 배웅하고 혜정원 학당에 나가 학동들에게 글자를 가르쳤다. 낮에는 성아와 함께 비연재 향료연구실에서 시간을 보내거나 그림을 그리거나 혜정원 안을 돌아다니며 온갖 일을 배웠다. 저녁에는 성아와 함께 퇴청해 돌아온 강하를 맞이했다. 강하는 집에 돌아오면 자신이 오늘 무얼 했는지, 내일 무얼 할 것인지 말하고, 수앙에게도 물었다. 밥을 먹고 나면 셋이 함께 한 시간쯤 글공부를 했다. 성아는 그쯤에 잠이 들었고 강하와 수앙은 서안을 맞대고 앉아 각자 읽어야 할 책을 읽었다. 책을 읽다가 궁금한 것이 생기면 묻고 토론했다. 인경 종이 울리면 강하는 사랑으로 건너가고 수앙은 제 방으로 들어가 잤다. 그렇게 다섯 달여가 흘렀다.

수앙이 이게 아니다 싶은 생각을 하게 된 게 이십여 일 전, 한가위 무렵이다. 강하가 야번이 들어 집에 들어오지 않은 밤. 그가 사랑에 있을 때와 없을 때의 느낌이 몹시 달랐다. 그 밤에는 혜정원 침선방의 젊은 일꾼들이 떼로 몰려와 봉주할머니로부터 침선을 배우느라 부산했는데도 집이 텅 빈 것 같았다. 이튿날 아침에 귀가한 강하가 식사한 뒤 눈을 붙이기 위해 사랑으로 건너가는데 수앙은 안방에서 자라고 붙들고 싶었다. 어쩐지 부끄러워 그리 못했다. 그날 이후 강하가 사랑으로 건너갈 때마다 붙들고 싶은데 용기가 나지 않았다.

내일은 중양절이고 수유일이지만 강하는 등청한다. 내일 궐에서는 이른 아침부터 임금께서 태묘로 거둥하시어 천식薦食을 올리고 낮에는 원로대신들을 궐로 불러 연회를 베푸시는 모양이었다. 대소전이 함께 아침부터 궐 밖으로 거둥하실 터라 내금위와 익위사 사람들이 비번 없이 모두 등청하노라 했다.

"내일은 뭘 할 거야?"

"국화가 한창이잖아. 아침에 장동계곡 주변 숲에 무슨 국화들이 피어 있는지 살피러 가려고. 또 감국이 많으면 따다가 차를 만들어 볼까도 싶고."

"안 돼!"

"안 돼?"

"거긴 외지잖아. 말린 감국을 사서 먹어. 꽃그림은 혜정원 뜰에 핀 걸 보며 그리고. 우리 뜰에도 꽃 많잖아. 또 꽃기름이나 꽃잎이나 꽃가루 등도 사서 써. 증류액도 사서 쓰고. 필요한 걸 저자나 약방거리 등에서 찾지 못하면 스승님 통해 평양으로 도움을 청하도록 해. 지금까지는 네가 살짝살짝 나돌아 다니는 것을 묵인했지만 앞으로는 안 돼. 내 분명히 말하는 거야. 명심해."

"할아버지하고 성아하고 같이 다니는데 뭐가 문제야?"

"이보세요, 부인. 부인께서 나 등청시켜 놓은 뒤에 할아버지 돌려놓고 성아만 데리고 살살 나다니는 걸 모를 줄 압니까? 괭이들처럼 싸돌아다니고 돌아와 아무 짓도 아니한 척 학당에 나가는 걸?"

"알았어요?"

"알고 있었어. 몇 번 하고 나면 멈출 거라 여겨서 그냥 둔 거고. 이제 안 돼. 앞으로 인적 드문 곳에는 할아버지하고 같이도 안 돼. 나들이하고 싶으면 방산께 청해서 호위들을 달고 다녀. 내 분명히 말했어. 대답해야지!"

"알았어요. 외진 곳은 할아버지 동반하고도 안 갈게요."

강하가 씨익 웃는다. 지금 수앙에게 가장 가까운 스승은 지아비인 김강하다. 그가 허락하지 않는 건 아무 것도 하면 안 된다. 그러므로 강하가 하지 말라는 일은 하지 않을 수 있다. 문제는 김강하가 제가 해야 하는 일도 모르쇠하며 지내는 것에는 어찌 대처해야 할 줄 수앙이 모르는 것이다. 특히 마주앉아 책 읽다가, 모르는 게 있으면 묻고 대답하다가 인경이 울리면 기다렸다는 듯 일어서는 강하 앞에서 안절부절 못하는 스스로에 화가 났다.

인경이 울리자 강하가 읽고 있던 『징비록懲毖錄』을 덮는다. 또 건너가려고 일어서는 강하에게 수앙이 쏘아붙인다.

"거기 딱 앉지!"

강하가 도로 앉으며 "왜?" 한다.

"큰언니한테 물어볼 게 있어."

"물어봐."

"혹시 우리가 이렇게 함께 사는 게, 함께 사는 척하라는 명을 따르고 있는 거야?"

"뭐?"

"큰언니와 나는 다른 무언가를 위해서, 성아까지 데리고 함께 사는 행세를 하고 있는 건데, 그 사실을 나만 모르는 거냐고. 만날, 무슨 일이건 나만 모르잖아."

"이보오, 부인. 대체 어찌하면 그런 상상을 하실 수가 있는 게요?"

"그렇지 않아요?"

"당연히 아니지."

"허면 조혼이 아닌데도, 혼례하고 얼마간은, 지아비는 사랑에 가서 자고 지어미는 안에서 따로 자는 규중 법도가 있대요?"

"그런 법은 없을걸요?"

"헌데 큰언니와 나는 어찌 그리 하는데요?"

"그야 부인께서 지아비를 큰언니라 부르기 때문이지요."

"큰언니를 큰언니라 부르지, 그럼 뭐라 불러? 작은 임금님처럼 이봐 김강하! 그래?"

강하가 우하하 웃는다. 요 몇 달 새 밤마다 홀로 한숨 쉬며 전전반측 할망정 엉뚱한 아이와 함께 사는 재미가 컸다. 제 나름 내외간이라는 걸 의식하는지 경어와 반말을 뒤섞어 쏟아내는데 그게 얼마나 귀여운지 몰랐다. 김강하에게 온전히 맡겨진 세상의 단 한 사람이 수앙이었다. 그 한 명이 기다리고 있는 집은 이전에 살았던 그 많은 집들과 달랐다. 내 사람이 있는 내 집이었다. 퇴청하여 집에 돌아올 때마다 설렜다. 혹여 기다리고 있지 않을까 봐 가슴을 졸였다. 수앙은 내외할 줄도 모르는 사람이라 강하가 집에 들어서면 달려들어 안겼다. 날마다 열렬하게 환영하는 수앙을 안으면 생이 기쁘고 뿌듯했다.

"우리끼리 있을 때는 나를 어찌 부르든 괜찮아. 무얼 해도 괜찮고. 그렇지만 다른 사람들과 함께 있을 경우에는 서로 공대해야 해. 내외간에는 원래 그러는 거랬어."

"그러게, 무엇이나 해도 되는 내외간이라면서 왜, 밤마다 내외하는 낯선 남정네처럼 쭈르르 사랑으로 건너가느냐고!"

"편히 자려고 가지요."

강하는 문이 닫혀 있는데도 옆채의 노인들께서 듣고 계실 것 같아 나직히 말한다. 혜정원에서 일하면서 이웃에 사는 연만한 여인들이 밤이면 마을을 와서 노인들과 함께 자기도 하는데 오늘 밤에도 세 명이 와 있었다. 그 덕에 혜정원 지미방에서 한창 마련 중인 중양절 음식이 비연재로 건너왔다.

"어찌 예서 편히 못자고? 방도 들판만 하건만?"

"방이 들판만 해도 부인 곁에서는 제가 편히 못자요. 아니 한숨도 못 잡니다."

"혼례한 뒤 며칠간 함께 잤지 않아요?"

장통방 은교리 댁에서는 신혼 내외한테 주어진 방이 그뿐이라 함께 지냈던 것이지 잠은 수앙 저 홀로 편히 잤다. 흐응, 콧소리 내며 돌아눕고 훌쩍이며 울고, 화내는 소리로 잠꼬대하고, 활개치고, 노래도 흥얼거리면서. 수앙의 잠버릇이 뜻밖에도 요란한 걸 그때 알았다.

"그때는 그랬지만 지금은 어렵습니다."

"그러니까 왜, 어렵냐고 묻잖아요."

"이봐, 수앙. 그대가 아직 그 까닭을 모르기 때문에 함께 못 자는 거란 말이야."

"그러게 그 까닭이 뭐냐고!"

"『논어』, 「자한」편에 이런 시가 나오지? '앵두나무 꽃잎은 한들한들 날리는데, 어찌 그대 생각지 않으랴만, 그대 사는 곳 멀기만 하네.' 이 시를 보신 공자께서 뭐라고 말씀하셨다고 했는지, 생각나?"

"아직 진정으로 그리워하지 않는 것이니라未之思也, 그리움에 어찌 먼 길이 있으랴夫何遠之有哉! 그러셨지. 그 시가 지금 우리 상황과 무슨 관련이 있는데? 내가 큰언니를 진정으로 그리워하지 않는다는 거야? 해서 사랑채와 이 방이 멀다고?"

"바로 그 점을 부인께서 스스로 깨치셔야 합니다. 이제 그만 주무세요. 우리 둘 다 자야 내일 말짱한 정신으로 일할 수 있잖아요?"

강하는 손가락 끝으로 수양의 콧등을 살짝 건드리고는 안방을 나와 대청을 내려선다. 밤공기가 제법 차가워졌다. 잠자리에 들기 전에 집안 담장 밑을 한 바퀴 도는 버릇은 소소원 시절부터 천성처럼 되었다. 집요하던 미행이 사라진 지는 여러 달 되었다. 이록 보위들의 시선이 화양 동반들에게서 대전의 측근으로 옮겨갔기 때문이다. 그래도 안심할 수 없는 터라 화반들은 계원들과 접촉할 때는 조심했고 각자 집안의 경계를 늦추지 않았다.

집을 한 바퀴 돌고 난 강하는 방으로 들어선다. 어차피 자야 할 시각이므로 따로 불을 켜지는 않는다. 이부자리는 펴져 있고 방안은 온화하다. 아직 불을 지피지 않아도 괜찮다 해도 우쇠 할아버지는 나랏일 하시는 나리가 한데서 주무시면 못쓴다고 한두 부삽의 불을 지폈다. 누우니 마당에 켜진 석등 빛이 느껴진다. 건너 채 끝 방에는 우쇠 할아버지가 들어 있고, 그 너머는 혜정원 후원이다. 혜정원에는 지금 빈 방이 없다.

모레인 십칠일에 중시문과, 엿새 뒤인 이십일일에는 정시문과가 열리게 되어 있어 혜정원의 객방마다 과거시험을 치려는 선비들과 그 종자들로 꽉 찼다. 손님들이 내원 쪽으로 넘어오지 못하게 되어 있는데, 간혹 호기심 많은 종자들이 얼씬거리다 수직방 사람들에게 된통 혼이 나고, 심한 경우에는 주인까지 출방 당하기도 한다.

겹담인 혜정원에는 돌림병 같은 천재지변이 생기지 않는 한 늘 사람이 넘치고 방비가 단단하다. 그런 혜정원에 감싸인 비연재는 도성 안에서 가장 안전한 집일지도 몰랐다. 그렇더라도 비연재와 혜정원이 한 담장 안에 있는 건 아니다. 혜정원에서 비연재를 떼어 낼 때 중문들을 없애고 담을 쌓아 버렸다. 혜정원과 관계없는 딴 집인 양 담을 높였다. 양쪽을 오가려면 두 마장을 돌아서 다녀야 했다. 물론 담을 넘을 수 있는 사람들은 돌지 않고 넘어왔다. 함월당과 비연재에 사이에 지하통로가 있는 걸 모르는 수앙은 담을 넘지 못하므로 성아와 함께 돌아서 혜정원을 출입한다.

수앙과 성아는 잘 때 이외에는 늘 붙어 다녔다. 소리 낼 줄 모르는 성아의 말을 알아듣는 사람이 별님뿐이었다고 했다. 수앙이 임림재에 들어선 순간 달라졌다. 수앙도 성아의 소리 없는 말을 알아들을 수 있다는 게 둘이 만난 순간 밝혀진 것이다. 수앙은 희한하게 아이가 눈으로 하는 말이 다 들리더라 했다. 못하는 게 없는 혜원조차도 성아한테 가르치지 못했던 글자를 수앙은 가르칠 수 있었다. 성아는 사흘 만에 정음으로 쓰인 글자의 뜻을 개안하듯 알게 되었고 자음과 모음이 합쳐져 하나의 글자가 되며 글자들이 모여 단어가 되고 단어가 모여 문장을 이룬다는 원리를 깨쳤다. 정음으로 된 책들을 눈으로 수월하게 읽어내고 수앙이 가리키는 사물들의 이름을 정음으로 써냈다. 동시에 천자문을 익히기 시작했다. 성아가 수앙을 따라 상경한 까닭이었다. 성아는 천자문과 『동몽선습』과 『명심보감』을 벌써 뗐고 요즘은 『소학』을 읽는다. 그렇게 성아의 소리 없는 말조차 알아듣는 수앙이, 날마다 어서 커 달라고 소리 없이 아우성치는 지아비의 속내는 알아채지 못했다. 강하가 밤마다 몸을 뒤채다 홀로 잠들 수밖에 없는 까닭이었다.

갓 잠이 들려는 참에 내원의 중문 열리는 소리가 난다. 턱, 터덕. 선전포고하듯 짐짓 거칠다. 또 얼러터지겠네, 반 잠결에 중얼거린 강하는 미소 짓는다. 함께 못 자는 까닭을 가르쳐 주지 않고 가 버린 서방한테 부아가 나서 자리옷 차림으로 건너오고 있다. 어쩌면 뭔가 깨쳤을 수도 있다. 혼례식 뒤 어머니에게서 두 달을 살고 올라온 뒤에도 여전히 어리기만 한 것 같던 수앙의 기색이 요즘 약간 달라졌다. 밤이면 헤어지는 걸 아쉬워하는 성싶었다. 할 말이 있논 양 입을 오므리고 붙잡을 듯 손을 뻗다가 슬그머니 감추곤 했다. 강하는 왜 그러느냐 재우치지 않았다. 제가 하고 싶은 말이 뭔지, 왜 붙들고 싶은지 수앙 스스로 깨치고 용기를 내주어야만 강하도 두 사람 사이에 끼어 있는 오누이로서의 금제를 해제할 수 있었다.

대청 쪽 방문이 발칵 열렸다가 요란하게 닫힌다. 잠깐 우묵하다. 어둠에 익숙해졌는지 사박사박 발걸음소리 내며 아랫방으로 건너온다. 버선발도 아닌 맨발이다. 요 위로 올라와 앉는다. 그 바람에 얇은 자리옷 자락이 펄럭여 간지러운 바람을 내고는 가라앉는다. 이제 어찌하시려나. 강하가 속웃음을 참고 있는데 느닷없이 수앙이 주먹질을 시작한다. 강하의 가슴팍이 북이라도 되는 양 쳐댄다. 여린 손이라도 주먹은 주먹이라 아프다. 여러 날 속 태운 게 분한지 아예 작정하고 두드려댄다. 강하는 하는 수 없이 수앙의 주먹을 붙들고 일어난다.

"자는 사람을 이리 패는 법이 어딨어?"

"未之思也, 夫何遠之有哉의 까닭을 알았다, 왜!"

"무슨 까닭을 아셨는데요?"

시치미를 떼자 잡힌 주먹을 빼가더니 또 달려든다. 강하는 손바닥으로 막는다.

"사꾸 이리 하다간 내일 아침에 어깨며 팔이 쑤셔 눈물날걸?"

"눈물나기 전에 스승님한테 가서, 네가 나 소박데기 만들었다고 전부 이를 테야. 날마다 잘난 척 선생 노릇만 하면서 나를 본 체도 않는다고. 종아리에서 피가 철철 나고 말걸?"

"그건 좀 심하지 않아?"

"넌 회초리 맞아도 싸!"

몇 마디 더 나누다간 참말 울리고 말 것 같다. 능라도 따위에게 앗기지 않으려고, 눈물 흘리게 하지 않으려고 누이와 내외가 된 터였다. 혼인하게 됐을 때 그랬다. 지금은 보면서도 설레고 함께 있어도 그리운 여인이자 안해다.

"안해가 너무 귀하고 사랑스러워, 만지지도 못하는 지아비 종아리에서 기어이 피를 보고 싶어?"

"뭐?"

강하는, 고백하는 말을 알아듣지 못하고 소리부터 치고 보는 수앙의 손을 잡은 채 다가든다. 단짝 안아 무릎에 올려놓고 얼굴 받쳐 든채 속삭인다.

"그대가 이리 찾아와 주기를, 내내 기다렸어. 무슨 말인지 알아?"

"알아. 이제 안다고."

"무슨 말인데?"

수앙이 팔을 뻗더니 강하의 목을 두른다.

"이런 거 말하는 거지?"

속삭이더니 입술을 대온다. 입술을 댔을 뿐 어찌할 줄은 모른다. 그 입술을 자신의 입술로 어루만진 강하는 물러나 눈을 들여다본다. 가슴이 마구 뛰는데, 무슨 말인가 하고 싶은데 벅차 못한다. 수앙이 대신 속삭인다.

"어여쁘다, 사랑한다, 그 말을 하고 싶은 게지? 그리고 날 홀랑 벗겨서 품고 싶은 게지?"

"뭐?"

"시치미 떼기는. 알았어. 이제 내가 큰언니를 홀랑 벗겨서 듬뿍 사랑해 줄게."

강하는 웃음을 터트리며 수앙을 당겨 품는다. 세상의 모든 기쁨을 그러모아 안은 것처럼 가슴이 뜨겁다. 어머니 유을해가 떠오르며 콧날이 시큰해진다. 심경이 태어나 여드레가 되던 날, 아기를 구경해도 된다는 말에 방에 들어가 아기의 볼을 만지며 강수가 물었다. 어머니, 아기가 어찌 이리 못생겼지요? 어머니가 활짝 웃으며 말씀하셨다. 지금은 핏덩이라 그렇지만 나중엔 반야 언니처럼 어여쁜 여인으로 자랄 거란다. 그 아기가 여인으로 자라 강하의 품에 안겼다. 듬뿍 사랑해 주겠노라며 입술을 맞대온다.

중양절의 소란

대전께서는 태묘에 납시지 않았다. 소전 홀로 중양절 태묘 천식례薦食禮를 거행했다. 제의를 끝낸 소전이 환궁하기 싫다며 이대로 사냥이나 가자고 나섰다. 다른 날이라면 모를까 대전께서 기로연회耆老宴會를 베푸시는 중양절에 소전이 사냥을 나섰다가 무슨 곤욕을 치를지 몰랐다. 익위사 수장인 좌익위左翊衛 서응도가 태묘 앞마당에 엎드렸다.

"저하, 소신 서응도 이하 위사와 별감들, 삼가 엎드려 간청하나이다. 부디 환궁하시어 기로연에 납시어 주사이다."

열네 명의 위사들과 서른다섯 명의 별감들이 모조리 부복하여 환궁을 간청하자 소전이 마지못해 가납하고 궐을 향해 돌아섰다. 입궁한 소전이 통명전에서 옷을 갈아입고 경복전 앞마당에 이르니 사시巳時 중경이다.

삼정승을 비롯한 의정부 대신들과 육조의 당상관들이 모두 들어와 있고, 사직하고 나가 있던 전임 대신들까지 입궐하여 경복전 앞

마당이 꽉 찼다. 그런데, 대전의 용상 곁에 마련되어 있어야 할 소전의 좌대가 놓여 있지 않다. 아니, 좌대가 놓이기는 하는데 소전이 앉아야 할 자리에 일곱 살 원손元孫이 앉아 있다. 대전께서는 원손에 대한 세손 책봉을 자꾸 미루면서도 오직 한 가지, 세자를 욕보일 목적으로 원손을 그 아비 자리에 앉혀 놓으신 것이다. 원손이 부친인 소전의 거둥을 보고 놀라 일어나자 대전께서 벼락같이 소리치신다.

"어디서 배운 망동이냐? 네 젊은 아비가 그리 가르치더냐? 늙은 할아비 말은 따르지 않아도 된다고?"

연만하시어도 여전히 풍채 좋으신 대전께서는 목소리도 크셨다. 일백 명 넘을 신료들이 둘러앉고 기백 명의 궁인들이 시립한 자리가 돌풍 지나간 듯 고요해진다. 낯빛 창백해진 소전에게 장내의 모든 눈길이 쏠린다. 오늘은 대체 무슨 꼬투리를 잡힌 걸까. 소전은 새벽에 일어나 문안 다니고 예정된 일정에 따라 태묘에 다녀와 경복전으로 왔다. 강하가 알기에 그뿐인데 이 지경이다. 남모르는 일이 밤사이에 있었을지도 모른다. 무슨 일이 있었다 한들 전임 대신들과 현 대신들과 전, 현직 당상관들이 모조리 모인 잔치자리에서 이리하실 일인가. 신료들은 이 마당에 네가 어찌하나 보자는 눈길이다. 수백 개의 칼날로 당신 아드님을 난도질하면서도 대전께서는 사뭇 태연하시다. 소전의 얼굴이 흙빛이 되어 부친과 아들 앞에서 아뢴다.

"소자, 태묘에 가서 삼가 천식례를 올리고 왔나이다."

듣고 난 대전께서 말씀하신다.

"자알 했구나, 아주 큰일하고 왔으니 네 궁에 가서 쉬어라."

오늘 성심이 꼬인 까닭이 뭔지 알 수 없으나 아드님을 빈정대시는 말씀은 냉정하다 못해 징그럽다. 에멜무지로 당한 소전이 머리 조아려 답했다.

"예, 전하."

소전이 읍하고 물러나려는데 대전께서 덧붙이신다.

"화완이 절에 가고 싶다니, 할 일 없는 네 것들이나 붙여 주면 좋겠구나!"

"예, 전하."

공순히 대답한 소전이 대전 앞에서 물러난다. 경복전 뒤 숲을 거쳐 창경궁으로 들어선 뒤 환취정 뒤를 지나 통명전으로 향한다. 졸지에 할 일 없는 것들이 된 위사들이 황망해 따르는데 소전은 숨소리도 내지 않는다. 터지기 직전의 폭탄이다. 통명전 뒷문에 이르니 궁인들이 부랴부랴 나와 맞이했다. 선도하는 좌부솔 김강하와 우부솔 신거평이 궁인들에게 사라지라고 손짓하는데 궁인들은 알아듣지 못하고 엎드리지도 않은 채 읍만 하고 섰다.

"비켜라, 이것들아!"

소리친 소전이 두리번거리는가 싶은 순간 바로 앞에 있던 신거평의 칼을 빼어 내관들과 내인들에게 칼을 휘둘렀다. 와중에 늙은 내관 하나와 젊은 내인 둘이 비명 지를 새도 없이 쓰러진다. 다른 궁인들이 소스라쳐 달아나자 소전이 소리쳤다.

"사냥을 떠날 것이다, 당장!"

아무리 화급해도 소전이 궐을 나설 때는 갖춰야 할 의전 행장들이 있다. 사냥은 더욱 그러는데 통명전 앞마당으로 나선 소전이 홍화문을 향해 내달리므로 의전은커녕 행장 갖출 새도 없다. 함춘원 숲에 이르자 사복시 관헌과 관속들이 소전과 위사들의 말만 부랴부랴 끌어내 대열을 꾸린다. 말을 타지 않는 별감들이 따를 수 없는 행렬이다. 이렇게 되면 보급대도 따라올 방법이 없다. 출발하려던 소전이 강하에게 말했다.

"김강하는 남아 화완을 호위해!"

명을 남긴 소전이 폭풍처럼 내달려 나갔다. 강하를 뺀 위사들이 바람에 휩쓸리듯 함께 달려갔다.

"세자저하 행차시다, 길을 비켜라."

우부솔 신거평이 소리치지만 말발굽소리에 묻혀 들리지 않는다. 어느 문으로 나가든, 한길을 걸어다니던 백성들이 질주하는 말 떼에 짓밟히지 않으려면 부랴부랴 길을 틔워야 한다.

함춘원 마당에 남은 강하는 말위에 앉은 채 두 손으로 전립 쓴 관자놀이를 짓누른다. 임금 부자가 이런 짓 벌이는 게 어제 오늘의 일이 아니건만 새삼 머릿속에 쥐가 난 듯 지끈거린다.

"좌부솔 나리."

소전 일행을 따라가지 못하고 남은 별감 중 한 사람이다.

"왜요."

"나리들께서 모조리 저하를 따라가 버리시고 좌부솔 나리만 남으셨는 바, 소직들이 어찌해야 할지 몰라 여쭙습니다. 소직들, 어찌하리까?"

워낙 경황없는 일이 벌어져 모두 어찌해야 할지 모르고 말 위에 앉은 강하만 올려다보고 있다. 소전의 사냥은 드문 일이 아니되 준비 없이 나설 시에는 해지기 전에 돌아서야 한다. 오늘 행차는 선발대나 후발대나 보급대에 대해 의논할 새도 없었으므로 멀리 가지 못할 터이다. 소전이 한강을 넘어가려면 행차 형식에 따라 사나흘 전부터 부교나 큰 배들을 준비해야 하는바 강을 건너가지도 못한다.

기껏해야 목멱산이나 삼각산, 도봉산, 수락산쯤일 것이다. 더구나 소전은 부왕에 대한 두려움이 커서 허락 없이 멀리 가지도 못한다. 강하는 품속에서 휴대용 앙부일귀를 꺼내 바늘을 확인한다. 바늘 그림자가 정오를 약간 넘어갔다.

"오늘 낮번 분들은, 제 곁으로 모이세요. 낮번들께선 저하의 명에 따라 저와 함께 옹주마마를 호위하시고, 오늘 밤번 드신 분들은 지금 통명전으로 가시어 각자 위치에서 번 규칙을 지키면서 수직하십시오. 혹여 사냥터에서 기별이 올 경우 긴급 통문으로 전원에게 통기하시고요. 나머지 분들은 일단 퇴청들 하시되 집을 떠나지는 마시고, 별 기별이 없다면 내일 아침 묘시까지 전원 등청해 주세요."

모두 제 갈 길로 흩어지고 낮번인 다섯 명이 강하 곁에 남았다. 화완의 궐 안 처소는 제 어릴 적부터 살던 신복재다. 오늘은 제 모궁께서 거하시는 보경당에 있을 것이다. 아직 곤위壼位가 비어 있으므로 현재 내명부 권력은 빈궁전에 있다. 그래도 내명부 실제 어른은 모궁이신바 중양절인 오늘 내명부 사람들은 죄 보경당에 모여 있을 테고 화완도 그쪽에 있을 게 틀림없다. 화완이 어느 결에 부왕을 간질여 절집 나들이 허락을 받았는지 몰라도 여느 때 그건 평소 오라비에게 하던 짓이다. 부왕까지 동원하지 않아도 됐던 것이다. 부전여전! 그 아비에 그 딸이 둘도 없이 하나뿐인 아들과 오라비의 목 조르는 일에는 이골들이 났다.

근래 소전이 즐겨 읽는 책 중 하나가 서애 유성룡의 『징비록』이다. 그래서 강하도 또 읽고 있었다. 『징비록』은 임진란에서 정유재란에 이르는 동안 영의정을 지낸 유성룡이 국방, 인사, 정치, 외교, 민사작전 등을 수행하며 느꼈던 좌절과 반성과 전란을 겪는 동안 참혹

했던 백성들의 삶에 대해 써 놓은 책이다. 유성룡은 『징비록』을 통해 유비무환을 강조했다. 그에 공감하는 소전은 지난봄부터 새로운 무예 책자를 만들고 있었다. 조선에 맞는 무예 책자를 새로이 만들라, 익위사에 명하여 익위들이 꾸리는 중이었다. 조선의 유비무환을 위한 일이자 장차 보위에 올랐을 때를 위한 대비다. 소전은 즉위한 뒤 병사들의 질을 높이고 고철덩어리들이 되어가는 무기들을 다듬고 신무기를 개발해 방위력을 높일 계획이었다. 더 크고 은밀하게는 왜국과 청국에 복수를 하겠다는 것이다. 왜국을 갈아엎어 조선의 속국으로 만들고 청국을 밀어부쳐 요동 땅을 조선의 영토로 만드는 게 소전의 은밀한 꿈이었다. 이미 임금인 소전은 젊다. 그 젊음이 반듯하게 피어나지 못하게 찌르고 비틀고 옥죄는 유일한 분이 그 아바님, 입만 열면 종묘사직을 염려하시는 임금이셨다. 임금께서 지금쯤 승하해 주시면 얼마나 좋으랴. 강하는 보경당으로 향하면서 간절히 기원한다. 부디 오늘 밤에라도 승하하시어 미쳐가는 아드님을 구원하시라. 그리하여 젊은 왕으로 하여금 종묘사직을 보존케 하시라.

화완이 부왕과 모궁의 만세강령 기원을 핑계로 가겠다는 곳이 고작 보현정사였다. 강하가 두 해 만에 와 보는 보현정사는 예전과 많이 달랐다. 허물어져가던 폐사가 아니라 새 광영을 맞이한 절처럼 커지고 화려해졌다. 법당 건물은 그대로이나 묵은 때를 벗겨내고 단청을 새로 해 새집 같다. 오늘 화완의 보현정사 행차는 결국 이온의 모의였던 것이다. 보현정사 법당 마당에서 화완의 가마가 멈춰 섰다. 보현정사의 하속들은 물론 중양절을 맞아 불공드리러 와 있던 여인들까지 죄 나와 가마에서 나오는 화완 앞에 부복한다.

부복한 이십여 명 중에 이온이 있다. 이제는 놀랄 것도 없다 여기며 고개를 돌리려던 강하는 이온 옆에 있는 한 부인을 발견하곤 놀라 외면부터 한다. 보연당, 스승 이무영의 부인 아닌가. 보연낭이 어떻게 여기 와 있는지 짐작할 수 없는 강하는 암담해진다. 화완이 가마에서 나와 서자 수발 상궁 윤씨가 엎드린 여인들에게 물었다.

"이 절에 무녀가 있다 하여 옹주마마께서 납시었는데, 무녀는 어디 있느냐?"

무녀인 성싶은 여인이 무릎걸음으로 나서 화완에게 앉은절을 한다. 마흔 살쯤 됐을까. 이름이 삼딸이라 들었다. 임림재의 혜원 무진이 온양댁을 대신하여 이온 주변에 심었다는 삼딸 무녀는 순하고 맑은 인상이다.

법당 안을 꼼꼼히 둘러보고 나온 강하가 들어가시어도 좋을 것이라, 아뢰자 화완이 삼딸을 앞세워 들어간다. 절에서 절하기를 좋아하지 않는 화완이 오늘 보현정사에 온 목적이 점을 치기 위함인 것이다. 화완을 따라온 나인들이 법당 문 앞에 서는 사이 강하는 별감 다섯 명을 법당 주위에 둘러 세웠다. 화완을 맞느라 부복했던 사람들이 흩어진다. 법당 마당에 남아 있던 이온이 법당 기단 아래 있는 강하에게 다가들어 속삭인다.

"오는 보름밤 이경에, 예서 기다리리다. 그대를 위해 긴히 할 말이 있어요. 꼭 와 주시오. 꼭이요."

그 무슨 얼토당토 않는 말이냐고 따질 겨를은커녕 불가하다 말할 틈도 없다. 그럴 자리도 못되었다. 궁인 넷과 내명부 호위별장 윤장삼과 그 휘하 호위군 넷, 교꾼 여덟, 별감 다섯의 시선이 쏠렸다. 좌중의 시선을 끈 온은 유유히 마당을 건너 법당 서쪽 전각, 칠미원으로 향한다. 이무영의 부인 보연당이 간 곳이다.

별님 곁에 살 때는 며칠 뒤 벌어질 일들을 예측해 주므로 호위들은 대비만 하면 되었다. 며칠 뒤가 아니라 즉시 일이 벌어져도 별님을 죽임으로써 나를 죽이려는 적이라는 걸 알기에 맞서 죽이면 됐다. 지금은 별님이 너무 멀리 계시므로 강하는 자신에게 벌어지는 일들에 스스로 맞서야 한다. 하지만 이런 경우 대체 어찌 맞서야 하는 걸까, 알 수 없다.

"김 부솔, 마마께서 찾으십니다."

화완의 수발 상궁 윤씨다. 모궁의 수발 상궁을 지내다 화완이 과부가 되면서 옹주 궁으로 옮겨진 이다.

"저를, 왜요?"

"찾으시니 들어가 보십시오."

강하가 기단을 올라 법당 안으로 들어서는데 삼딸은 나온다. 화완은 어깨를 들썩이며 울고 있다. 저 우는데 구경꾼 둘러 세울 건 뭐란 말인가. 강하는 화완과 몇 걸음 떨어진 자리에 왼 무릎을 세우며 예를 갖춘다.

"마마, 소직 김강하입니다. 찾아계시옵니까."

"내가, 오래, 살 거래요."

"예?"

"무녀가 말하길 내가 오래 오래, 고독하게 산다 해요."

"예."

"김 부솔 그대는 예, 말고는 할 줄 아는 말이 없소?"

무슨 말을 하란 말인가. 네가 자식조차 없는 과부일진대 고독할 것은 불문가지 아니냐, 그리 응대하란 말인가. 그렇지만 너는 왕녀로 태어나 왕녀로 살다 죽을 것이니 궐 밖 세상의 청상과부들보다 백번 천 번 낫지 않느냐, 할 것인가. 또, 너는 네 언니 화순옹주처럼 지아비 따라 죽지 않았으니 장차 양자들여서 네 활개치며 오래 살게 아니냐, 물을 것인가.

"무녀의 말은 해석하기 나름 아니겠나이까."

"그밖에는 할 말이 없소?"

할 말이 없어도 대답을 해야 하는 게 왕실을 모시는 자들의 도리다.

"망극하여이다, 마마."

할 말이 없을 때마다 어찌해야 할지 몰라 생긴 말이 망극하다는 읊조림이라는 걸 강하는 최근에야 깨달았다. 망극할 뿐 할 말이 생기지는 않는다. 화완은 불상을 향해 홱 돌아앉으며 합장한다. 강하는 불상을 쳐다보며 수앙을 떠올린다.

이제 막 피어나며 미모가 도드라지기 시작한 수앙은 제가 사내 복색만 하면 못난 사내아이처럼 보이는 줄 알 만큼 철이 없다. 대동강의 능라도가 황해로 떠내려 갈까 봐 걱정하는 사람이자 열흘이 멀다하고 종아리를 맞는 사람이고, 학당 글 선생으로 나서서 학동들과 노래하며 노는 사람이다. 그런 수앙을 간밤에 비로소 품었다. 제대로 교접할 수 없었다. 수앙이 첨에는 간지럽다고 웃었다. 함께 웃다가 참아 보라며 계속했더니 아프다고 비명질렀다. 한번은 치러야 할 과정이려니, 모른 체하며 양 다리를 누르며 파고들었다. 어느 순간 상투를 잡혔고 욕설이 쏟아졌다. 나쁜 자식, 무식한 놈, 무도하고 포악한 짐승 같은 놈 등등! 수앙이 제 아는 욕을 모조리 퍼부어대며 강하의 가슴팍을 패고 머리를 끄잡아 흔들고 어깨를 물어뜯었다. 살점이 뜯겨나가는 것 같은 통증에 비로소 정신이 들었다.

"미안해. 알았어. 미안해. 그만, 오늘은 그만하자."

그렇게 다독이곤 함께 잠들었다가 깨어났더니 수앙이 알몸으로 품에 들어 있었다. 비단처럼 매끈하고 햇솜처럼 온화한 몸이 색색거리며 자는 중이었다. 신기해 한참이나 들여다보노라니 깨우고 싶었다. 그 몸을 깨워 안고 그 몸안으로 들어가고 싶었다. 간절했다. 자는 사람을 깨우느라 새벽어둠 속에서 가만가만 움직였다. 지난밤 아프다던 걸 생각하며 머리를 쓸어 넘기고 어깨를 핥고 배꼽을 건드리고 무릎을 간질이고 발가락을 빨고 뒤꿈치를 깨물었다. 수앙이 "아아, 간지러." 진저리를 치며 깨어났다. 자그만 젖가슴에 달린 덜 여문 젖꼭지를 입에 넣으니 젖꼭지가 푸르르 일어났다. 가랑이 사이에 손을 넣어 보니 델 듯이 뜨겁고 건조했다. 또 아프다고, 포악한 놈이라 욕하며 물어뜯으며 달려들 상태인 것 같았다. 그곳이 젖어야 할 듯해 그곳에 혀를 댔다. 골고루 침을 묻히며 핥고 헤집는 동안 수앙이 부끄러움에 몸서리를 쳤다. 놀랍게도 금세 부드러워졌다. 강하가 도저히 버티지 못하고 괜찮겠냐고 물을 즈음 수앙이 강하를 끌어당겼다.

"아프지 않은 것 같아. 아니 조금 아픈데 괜찮아. 아니 좋은 듯해. 아, 아프지 않게 살살, 천천히 해."

겨우 하룻밤 새에 신기하게도 수앙은 제 몸이 아프지 않게 강하를 이끌 줄 알았다. 그 몸이 아프지 않게, 조금이라도 덜 아프게 하며 합일의 즐거움을 알아가는 게 쾌락이었다. 감미로운 평화였다.

지금은 난리통에 나앉은 것 같다. 어찌 나올지 알 수 없는 적과의 대치 상황이다. 죽일 수도 없는 적. 복종 이외에 달리 할 것이 없는 적. 그 적이 혼잣말처럼 묻는다.

"김 부솔, 장가를 들었다지요?"

장가든 지가 언젠데 지금 와 그걸 묻는 까닭이 뭔가. 이온으로도 모자라 화완까지! 강하는 앞날이 시끄러워지리라는 예감에 암담해진다.

"예, 마마."

"안사람이 아주 어여쁘다면서요?"

"무슨 그런 말씀을. 망극하옵니다, 마마."

"익위사의 어떤 이가 그러는데 절세가인이라던데요?"

익위사의 누가 쓸데없는 소리를 하고 다니는 건가. 짚이는 자가 있기는 하다. 강하와 같은 해 무과에 입격했으나 보직을 갖지 못한 선달로 지내다 지난봄에야 익위사 좌세마로 들어선 정치석. 그는 화완의 지아비인 일성위 정치달과 사촌지간이다. 그가 이따금 입격동기의 인연을 빙자해 강하를 집적대곤 했다.

"좌부솔 나리, 도성 제일의 선랑이라는 소문이 뜨르르 한데, 그런 소리 들으면 기분이 어떻습니까? 영규께서도 미인이시겠죠?"

그런 말을 농담으로 하는지라 정치석은 무식하고 무례한 자였다.

"익위사의 누구도 소직의 내자를 본 적이 없사옵고, 소직의 내자는 못난이이옵니다."

화완이 흐응, 콧소리 내며 웃는다. 그는 부왕을 닮았다. 골격이 억세고 얼굴이 길다. 낯빛이 흰 데다 비단옷을 감고 화장까지 하여 밉상이랄 수는 없어도 미색이라 하기는 어렵다. 안하무인의 성정 때문에 밉상으로 느껴지는지도 몰랐다. 대전께서는 당신 닮은 딸이라 귀애하시는지 모르지만 보통 사내의 눈으로는 전혀 귀엽지 않다.

"무녀가, 저쪽 칠미원이라는 집에 다과를 마련할 거라는군요. 중양절이라 기도하러 온 여인들 중에 종친가의 여인도 두엇 있는 모양인데 그쪽으로 옮겨 차를 마실 참이에요."

"예, 마마."

"차 마시고 나서는 원동으로 갈 테요."

"예, 마마."

"밤에는 수직하지 않지요?"

나름 용기 내어 꺼낸 말인지 후, 한숨을 쉰다. 익위들이 저를 호위할 때 옹주궁 대문 앞까지만 따르는 걸 서로 아는데도 굳이 묻는 이유가 뭔가. 강하의 가슴이 불안으로 죄어든다.

"사사로이, 특별히 부탁할 게 있으니 밤에 원동으로 와 주세요."

결국 이것이다.

"마마, 소직들의 기율이 달리 있나이다."

"내가 그대들의 기율을 몰라서 하는 말이 아니지 않아요? 원동으로 와 주세요. 그대가 아니 오면 내 그대의 부인을 원동으로 부를 거예요."

협박이다. 강하는 화완의 목을 비틀어 버리고 싶은 울분을 애써 누르며 무릎 꿇고 엎드린다.

"소직 김강하, 삼가 옹주마마께 아뢰나이다. 그리하였다가는 소직의 목숨이 열 개라도 살아나기 불가하옵니다. 엎드려 청하오니 마마, 하명할 일이 계시거든 소전마마나 소직의 상관들을 통하여 내려 주소서. 부디 혜량하소서."

"어찌 만날 나한테만 혜량하라 하오? 그대가 나를 혜량 좀 해주면 아니 되오? 아무데도 갈 곳 없는 나 좀 가엾이 봐 주면 아니되냐고."

"소직이 어찌 감히 그리하겠나이까. 부디 마마, 소직을 살려 주십시오."

부디 살려 달라, 간청했다. 지금의 김강하를 만든 무수한 사람들의 간절함으로, 그들로 하여금 김강하를 잃게 하고 싶지 않은 두려움으로 애원했다.

"그대를 위협하려는 게 아니오. 내가 왜, 어찌 그리하겠소? 오래전부터, 첨 봤을 때부터 내가 그대를……."

다행히 끝말까지는 하지 않는다. 제 맘을 쏟아 놓고 나서 치욕을 느낄 때 무슨 짓을 할지. 수앙이 김강하를 잃거나 김강하가 수앙을 잃거나. 어느 쪽의 공포가 더 클지는 알 수 없으나 강하는 속이 덜덜 떨린다.

"더구나 마마, 지금 저하께오서 사냥을 나가 계시옵니다. 소직은, 마마께오서 원동궁에 듭신 뒤 곧장 저하를 찾아 모셔야 하옵니다. 굽어 살피소서."

"아아 참, 그렇지! 그래야 하지. 깜빡했네. 알았어요. 허면 내 오늘은 원동으로 갈 게 아니라 다시 입궐해야겠소. 아바마마께서 저하가 사냥 가셨다고 몹시 노하셨을 터인데, 저하를 어여삐 보아 주시라, 해야 하잖아요? 내 내일 오후에 조용히 원동으로 갈 터이니 그대는 내일 저녁에 오세요."

"불가하여이다, 마마. 혜량하소서."

"오늘이 아니라 내일 저녁이라 했잖아요? 술시 초경에 오시면 좋겠어요."

더 이상의 거역은 용납지 않겠다는 듯이 도리질하며 가뿐히 일어난다. 강하는 태산만 한 바위에 짓눌린 양 무겁게 일어선다. 먼저 법당을 내려서서 옹주께서 칠미원으로 거둥하신다고 소리친다. 별감

들을 데리고 궁인들과 별장들을 앞서 칠미원으로 향한다. 세자익위
사를 떠날 때가 된 성싶다. 화완과 온의 꼴을 보지 않아도 된다면 저
아랫녘이나 웃녘 변방의 군졸로 가도 좋으리라. 아니 아예 관복을
벗어 버리고 수앙만 데린 채 그곳으로 가서 살 수 있다면 더 좋으리
라. 한번 살러 들어가면 다시는 나오지 않아도 되는 무릉곡.

　"긴히 할 말? 특별한 부탁? 지랄도 비싸게들 한다. 썩을 년들! 혀
를 뽑아 젓갈을 담가도 시원찮을 년들! 눈깔을 뽑아 작신작신 씹어
내뱉을 년들! 사지를 갈라 전옥典獄 마당에 내널어도 분이 안 풀릴
년들. 내 이년들의 목을 따서 시구문 밖에다 내던져 개들이 부숴먹
게 하리라. 아아, 분해라!"
　강하에게서 화완과 이온에 관해 듣던 방산이 길길이 욕설을 퍼붓
는다. 이록은 돈녕부 정으로 다시 입신하였다가 작년 겨울 동지사로
청국에 다녀온 직후 돈녕부 도정都正에 올랐다. 석 달여 만의 승차였
다. 사신으로 가는 자가 사사로이 삼백오십 년 묵은 산삼을 품고 가
서 청국 왕한테, 조선의 왕이 올리는 거라고 아뢸 줄 누군들 상상이
나 할 것인가. 삼천오백 냥짜리 물건이야 찾으면 얼마든지 있을 터
이나 삼백오십 년 묵은 산삼은 조선 땅에서만, 그것도 팔도에 약방
을 둔 이록이나 되어야 가질 수 있는 것이었다. 아흔아홉 필의 말을
하사 받아 끌고 온 이록은 늙은 임금에게 붙어 찰떡궁합이 되었다.
　요즘 그를 비롯한 노론 대신들이 소전과 대전 사이를 완전히 갈
라놓으면서 제 사람들로 조정을 잠식하고 있어 조정에 들어 있는 계
원들의 자리가 좁아지고 있었다. 이한신 대감이 사직하고 도성을 나

간 지가 일 년이나 되었다. 그가 조정으로 다시 들어설 가망은커녕 있는 사람들도 물러나야 할 판이다. 세자의 품행이 방정치 못하다는 이유로 세자 측근에 있는 사람들도 위태롭다. 그렇게 복잡한 판에 이온과 화완의 말을 들은 방산이 대노한 것이다. 강하가 당장 익위사를 떠나야 하게 생겼지 않은가. 다른 관서로 갈 수 있다면 다행이나 그렇지 못하고 사직했을 때 중인 출신의 강하가 다시 등용될 가능성은 희박한 게 아니라 전무하다. 아이를 그 자리에 놓기까지 얼마나 공을 들였는데! 한바탕 갖은 욕설을 쏟아 냈음에도 분이 풀리지 않는 방산은 차를 마시며 숨을 고른다.

강하는 방산이 쏟아 내는 욕설에 놀라 그렇잖아도 숙이고 있던 고개를 더 숙인다. 김강하가 원동궁에 오지 않으면 부인을 부르겠다는 화완에게 완전히 질렸다. 머리가 터지겠다 싶게 궁리해도 어찌할 도리가 없었다. 비연재에 앞서 함월당으로 들어왔다. 그렇지만 장성한 사내놈이 밖에서 생긴 일을 스승께 미주알고주알 일러바치며 구원을 청하는 게 죄송하기 그지없던 참이다. 방산의 욕설에 놀라긴 했으되 평생 몰랐던 스승의 새로운 일면에 슬그머니 웃음이 난다.

"네 이놈. 내가 욕도 못하는 아낙인 줄 알았다냐? 천만에, 내 젊은 날 이 집 일꾼들을 칼질로 잡은 줄 아느냐. 전부 욕설로 휘어잡았다. 욕 잘 한 덕에 이 자리에 있는 것이고."

강하는 웃음을 추스르고, 방산은 호흡을 가다듬는다. 언젠가는 강하가 여난女難을 겪고 말 거라 여겼더니 그 난리가 지금 벌어졌다. 한 난리도 아니고 두 난리가 동시에 터졌다. 화완이나 온이나 철이 없기는 똑같되 앉은자리들은 높아서 세 치 혀로 숱한 목숨을 좌지우지할 수 있다. 무지하고 무모하게 난리를 일으키며 나선 위인들을

상대해야 할 때는 흥분해선 아니 되건만 방산은 좀체 분이 가라앉질 않는다. 강하가 슬그머니 묻는다

"옹주와 온이 어떻게 나올까요?"

"화완의 짓거리는 예견했던 바다. 그러면서도 설마했지. 이렇게까지 노골적으로 나설까, 했더니 설마가 사람을 잡았다. 온은, 더 심하지. 사내가 맘 떠난 줄 번히 알거니와 다른 사내와 자식까지 낳은 년이, 이미 혼인한 옛 사내한테 다시 만나자 했다. 둘 다 미친 게지. 미친 것들의 사고는 인지상정을 벗어나 움직이기 마련, 둘 다 저희들이 말한 시각에 너를 기다리며 독을 피울 게다. 제들의 고독함을 모조리 네 탓이라 여길 테고. 널 욕보여 복수하려 들게 뻔하다. 화완 그년이 네 처를 부르겠다는 게 그 말이 아니냐."

"그들이 저를 죽이려 들겠습니까?"

"그러면 차라리 좋겠지. 하지만 너도 짐작할 터, 널 죽이는 것보다 널 괴롭게 만들기 위해 네 약점을 찾아 노릴 게다. 작금에 너의 가장 큰 약점이 뭐냐?"

강하가 곧바로 대답을 못하고 우물쭈물한다. 제 처가 저의 최대 약점이라는 말을 차마 못하는 것이다. 화완이 강하한테 새삼스레 장가를 운운한 까닭이 무엇이겠는가.

"이놈아, 묻는 말에 대답을 정확히 해야 현재 상황을 규명하고 방책을 세울 게 아니냐?"

"하, 하오면 수앙을 별님께 도로 데려다 놓으리까?"

방산이 아하하 웃는다.

"그리해서는 아니 되지. 각자 자리에서 할 바를 해야 하거니와 그런 식으로 수앙을 평생 숨어 살게 할 수는 없다. 그보다 소전의 기색

은 어떠하더냐?"

"소전께선 당신 누이가 저한테 그러는 줄 모르시는데 다른 기색을 보이실 리 없지 않습니까."

파주까지 말을 달려갔다가 돌아왔다는 소전은 수칙 박씨도 아닌 화완의 처소로 들어가 박혔고 그 안으로는 술이 들어갔다. 남매지간에 우애롭기가 도에 넘쳤다.

"기회 봐서 소전한테 다른 관서로 보내 달라 품신해 봐라. 익위사를 떠나겠다는 이유를 말할 수 없으니, 허락지 않을 게 뻔하다만, 일단 그쪽으로 궁리를 해봐야지. 그전에 그년들 손발부터 묶어야겠다. 화완의 수발상궁 윤씨와 호위별장 김장삼, 온의 호위들."

"항성재와 태극헌 사람들이 어디서 왔는지 파악하셨습니까?"

방산은 보현정사의 젊은이들이 어디서 왔는지 파악했다. 방산의 힘으로 한 일이 아니었다. 우쇠 할아범이 수앙과 성아를 따라 시전 거리를 기웃거리던 보름 전쯤, 귀가하여 등짐지게를 벗어 보니 그 안에 서신 한 장이 들어 있었다. 겉봉에 토이라는 글자 한자 달랑 쓰인 봉투였다. 성이야 성아를 가리키는 것이겠으나 아이한테 서신 보낼 자가 누가 있으랴. 우쇠는 그걸 아이들이 보기 전에 숨겨 방산에게 가져왔다. 한글로 쓰인 편지는 암호문 같았다. 방산은 암호문 같은 편지를 하루 종일 걸려 겨우 해독하고 나서 원문과 나름의 해석을 붙인 밀서를 사신경의 본원과 칠요의 본원에 보냈다. 그리고 넣어 뒀던 편지를 꺼내 강하에게 건네준다.

한 무리의 나는 짐승 밝은 처마 속에 들어 있고, 또 한 무리의 나는 짐승, 바다로 흐르는 시내에서 흘러나와 편한 나라에 들었다. 나는 짐승 한 무리 더 있으니 골짜기 산에서 큰 깨달음을 얻은 달마의 품에 있다. 보아도 보이지 않고, 들어도 들리지 않는 신령스러운 기운이 있으니 평평한 땅 푸른 비 내리는 뫼, 그림자 없는 집에서 나와 편한 나라에 들었고, 또 한 기운은 작은 백두의 붉은 햇살 비추는 집에서 다함없이 지낸다.

편지를 읽는 강하의 얼굴이 굳는다. 방산이 종일 생각하다 한글로는 해독이 되지 않는다는 걸 느끼고 한문으로 바꿔보고서야 읽을 수 있었던 편지를 놈은 금세 읽어 낸 것이다.

"읽은 대로 말해 보거라."

"한 무리의 나는 짐승은 비휴고, 밝은 처마 속은 양연무亮然廡겠지요. 또 한 무리의 나는 짐승도 비휴인데 그들은 바다로 통하는 시내인 통천通川에서 와 편안한 나라인 안국방, 허원정에 들어 있다는 것이고요. 통천이란 지명은 팔도 곳곳에 있으나 여기서는 강원도 동해바다에 인접한 땅이겠지요. 또 한 무리의 비휴가 있는데, 그들은 골짜기 산 곡산 땅에서 큰 깨달음을 얻은 산, 대각산에 있는 달마의 품, 달마사나 달마암에 있다는 뜻일 거고요. 평평한 땅 푸른 비 내리는 뫼는 가평의 청우산靑雨山일 테고, 그 산에 그림자 없는 집, 불영사弗影寺라는 절이 있다는 뜻 아니겠습니까. 또 작은 백두는 소백산이고 붉은 햇살 비치는 땅은 단양일 것이니 단양 어딘가에 다함 없는 절, 실경사悉竟寺가 있는가 보지요. 신령스러운 기운은 무극無極이고, 큰 무늬는 태극이고요. 그러니까 양연무의 비휴들 외에 강원도 통천에서 자란 비휴들이 허원정과 태극헌을 오가고 있고, 곡산 땅에는 아직 나오지 않는 비휴들이 있고요. 불영사에 있던 무극이란 이름의 살수들도 이미 허원정에 있으니, 그들이 온의 보위들이라는 뜻인 거지요. 항성재 사람들이 무극이라는 것이고요? 더하여 단양 소백산 실경사에 또 한 무리의 무극이 있다는 뜻이고요."

"혜원과 우륵재의 제자답구나. 나도 그리 읽었다."

"이게 어떻게 스승님께 들어와 있는 겁니까? 언제 들어왔고요?"

"지난 초하루 오후에, 수앙을 따라 시전거리에 나갔던 우쇠님이 걷던 중에 누군가와 어깨를 부딪쳤는가 보더라. 돌아와 짐을 푸는데, 그게 짐들 사이에 끼어 있더라고 내게 가져 왔더구나."

강하의 낯빛이 희게 질린다. 이온 보위들의 실체를 알린 편지를 우쇠의 등짐지게에다 넣어놓은 자가 누구일지 금세 짐작한 것이다. 양연무의 비휴들. 그들은 익산 임림재에서 만난 수앙과 성아를 시전거리에서 발견했다. 수앙의 얼굴은 그만큼 눈에 띄었다. 그런 까닭에 방산은 아이가 임림재에서 올라온 뒤 집밖에 나설 때는 아예 사내 복색만 하라고 명했다. 혜정원에 올 때는 일꾼들과 똑같이 입게 했다. 문제는 수앙이 원체 나돌아다니길 좋아한다는 점이다. 혜정원만 해도 한 동리라 할 만큼 넓지만 수앙의 시선은 더 넓은 곳과 새로운 것으로 자꾸 쏠렸다. 그걸 일일이 막기에는 가여워 내버려두었더니 양연무 비휴들 눈에 뜨이고 말았다. 그들 눈에 띄었으므로 누구의 눈에라도 띌 수 있는 것이다. 수앙이 어디 사는지도 이미 파악했을 비휴들이 우쇠의 지게 짐에다 편지를 넣은 까닭, 자신들이 아이들을 해치지는 않을 것이나 조심시키라는 뜻이었다. 더하여 자신들이 만단사에서 돌아섰다는 것을 알려온 것이기도 했다. 비휴들이 어떻건 강하 입장에서는 수앙이 그들의 시야에 띄었다는 자체가 기막힐 터이다.

"저 아랫녘 어른들께서 수앙을, 이들 앞에 내놓으신 까닭이 계시는 거지요? 괜히 그리하신 게 아니지요?"

강하의 목소리가 떨린다.

"괜히 그리하셨을 리 없지 않느냐. 이 편지를 보내온 자들이 아이들을 보호하려 애쓰게 되리라는 걸 믿으셨을 게다. 나도 그 점은 믿는다. 용문골과 새롱동에는 이미 알렸다. 아직 답은 받지 못했고. 그나저나 화완은 내일 밤에, 온은 보름밤에 보자 했다고?"

"예."

"허면 너는 지금 네 집으로 가서 수앙과 성아를 데리고 다시 넘어오너라. 아이들을 데려다놓고, 너는 무악재로 가야겠다. 무악원주께, 도성 안팎 칠성부 무진들한테 내일까지 이쪽으로 드시란다는 통문을 돌리게 해놓고 무악원주는 당장 이리 오셔 달라고 해라. 그리통기한 뒤 네 처가로 가서 순일당께 상황을 설명해 드리고 새벽에이리 들어오시라 하고, 너는 그길로 비연재로 돌아와 네 방에서 자고 등청하거라. 그쯤 안채에는 너와 수앙 대신 수직방의 세영과 그의 지아비 명석을 앉혀놓을 터이니 너는 네 방에서 자다가 아침에평시대로 등청하면 된다. 너는 당분간 그리 살아야겠다."

"그리 급박하다 여기시는 겝니까? 지금 혜정원이 손님들로 꽉 차있는데, 아무래도 이목이 번거롭지 않겠습니까?"

"화완이나 온이 평범한 계집들이면 급박할 것이 없지. 그런데 한년은 임금의 딸이고, 또 한 년은 한 떼의 무극과 한 떼의 비휴를 거느리고 있지 않느냐. 네가 알 필요가 없을 듯해 알리지 않는 사항이있다."

"또 무슨 일인데요?"

"온이 출산할 때 수발했던 황화방의 의녀 백화가 실종된 상태다. 백화가 동활인서에서 일하는데 나흘 전 퇴청하고 나서 귀가하지 않았노라, 그 지아비가 알려왔다. 그 지아비는 백호부 오품 계원으로 화엄약방에서 약재창고 관리를 하고 있는데 요즘 약령시 때문에 밤이 늦어 집에 들어갔다가 백화가 귀가치 않은 걸 알게 된 게다."

"이온의 짓으로 보시옵니까?"

"백방으로 수소문을 하면서, 백화의 식구며 양덕방의 문성님을 피신케 하면서도, 네 말을 듣기까지는 기연가미연가 하였다. 이제 온의 짓 같다. 보름밤에 온이 네게 한다던 말이, 화완에 관한 것일 뿐만 아니라 백화를 빙자하여 우리를 떠보려는 속셈일 것 같고."

"이온이 백화 의녀를 우리 세상과 연결시키는 거라고요?"

"우선은 제 새끼를 찾는다는 구실이겠으나 제 새끼만 찾는 것이면 백화를 납치할 까닭이 없겠지."

"정작 그렇다면 시방 시급한 건 제 문제가 아니지 않습니까? 백화 의녀부터 찾아야지요?"

"두 일이 같은 문제라고 느껴지는 게 문제이지만 해결은 따로 해야 한다. 백화는 지금 눈에 불을 켜고 찾고 있으니 다시 닥친 일에 집중하자."

"차라리 제가 원동궁 가서 옹주를 만나고, 보현정사 가서 온을 만나는 게 낫지 않으리까?"

"그년들을 만나서 어찌하게? 사내로서 두 년을 다 안아 주려느냐? 그년들의 숨은 사내로 살면서 수앙과 번갈아 품을래? 수앙을 속이면서? 부엉이처럼 눈이 밝은 수앙을 속이는 게 가능하리라 보느냐? 설혹 가능하다손, 언제까지 그년들을 품으며 살 테냐. 그리고 아니할 말로 네 손으로 그년들을 죽일 수 있느냐?"

"그리하지 않아도 그들과 이야기를 하다 보면 잠잠해 질 수도 있지 않겠습니까?"

"어림 턱도 없는 소리! 계집이 사내한테 그리 나올 때는, 작심을 한 게다. 그런 짓은 너 죽고 나 죽자는 결심을 했을 때나 가능하다는 게다. 나를 죽이려 하는 적이 다가오고 있으매 내게 딱 한 개 남은 화살을 전력을 다해 쏜 것과 같다. 맞추지 못하면 내가 죽게 될 것이라 여기며 쏜 화살 같다는 게다. 네게 제 마지막 화살을 날린 화완은 천하에 무서운 게 없는 왕녀다. 너 정도는 그년이 부왕 앞에서 눈물 한 방울 짜면 그 눈물 마르기 전에 목이 날아간다. 이온도 마찬가지. 넌 작년 동짓달에 보원약방에 가서 이미 대화를 했다. 한때 남몰래 만나던 남녀가 헤어지며 할 수 있는 바를 다 했어. 그 자리에서 그 밤에 보현정사로 와 달라는 말을 들었고, 너는 가지 않았지. 이번 보름밤에는 가서 무어라 할 테냐. 화완 앞에서처럼 살려 달라 할 테냐? 그 꼴을 내가 다시 보느니 네놈 다리를 부러뜨려 주저앉히고 말란다. 그런 짓 절대, 두 번 다시는 용납 못한다. 못 하고말고."

"하오면, 이 일을 수앙한테는 뭐라고 설명합니까?"

"네 처이니 너 알아서 하려무나."

"어, 어떻게요?"

방산은 강하의 몹시 난처한 얼굴을 보고는 흐흐 웃는다. 젊은 내외는 혼인한 지 아홉 달 만인 간밤에야 겨우 첫날밤을 치렀다. 비연재 남동쪽은 혜정원에 싸여 있고, 서북쪽은 혜정원 일꾼들의 집들에 둘려 있다. 서쪽으로 나 있는 비연재 대문 골목의 집들도 마찬가지. 강하와 수앙, 저희들은 모르지만 비연재를 둘러싸고 사는 사람들이

죄, 젊은 내외가 첫날밤을 언제 치를지 자못 궁금해하며 조바심까지
내며 지켜보고 있었다. 그러다 겨우 하룻밤 함께 잤는데 이 난리다.
난리의 사유가 밖에 있는 계집들 때문이라는 말을 서방인 제가 어찌
하랴.

"스승님!"

"어떻게 설명할지는 차차 궁리하기로 하고, 아이들이나 데려와."

"예, 스승님. 아! 낮에 보현정사에 여러 여인들이 있었는데, 그중
에 보연당이 계셨습니다."

"보연당이라니? 우륵재의 보연당 말이냐?"

이한신이 사직하고 향리로 돌아간 뒤로 사온재라 불렸던 집은 이
무영의 호를 따라 우륵재로 불리고 있다.

"예. 그분이셨습니다."

"하이고, 이년저년 참 가지가지들 하는구나. 알았다. 다녀오너
라."

강하가 울적한 얼굴로 읍하고 나간다. 방산은 양연무에서 왔을 편
지에 불을 붙여 태운다. 남희에게 세영과 수직방守直防 사람들을 불
러들이라 명하고는 벼루 앞으로 다가들어 연적의 물을 붓고 먹을 갈
기 시작한다.

먹을 갈면 생각들이 순서대로 찾아든다. 보연당이 보현정사에?
그 오만한 사람이 만단사 칠성부에 들어가 온의 아래 자리에 앉을
턱이 없으므로 그 걱정은 하지 않아도 될 게다. 진장방에 있는 우륵
재가 삼청골로 오가는 길목인 데다 그 거리가 멀다 할 수 없으니 절
에 관한 소문을 듣고 놀라 나선 것일 터. 자식들은 용문골에 가 있고
저는 노상 지아비나 기다리며 살므로 무료를 달랬다고 보면 된다.

도성 안에는 반족집안 미혼과부들의 비밀 모임인 홍련회紅蓮會가 있다. 온은 홍련회 주장인 균영당으로부터 초청 받았으나 이름만 걸었을 뿐 잘 참석하지 않는 것 같았다. 미혼과부들이 그리 모이는데 반족 아낙들이라고 모임이 없으랴. 반족 집안 젊은 아낙들의 비밀 모임인 은화회闇花會가 있으며, 사대부 집안 여인들의 모임인 채운회彩雲會가 있다. 중인 아낙들의 비밀 모임인 연진회硏眞會도 있다. 저희들은 저희들끼리만 알고 사는 비밀한 것이라 여길지 모르지만 알 사람은 다 안다. 그들이 이름 난 전기수傳記手들을 불러들여 책을 읽게 하고, 남색男色들을 끌어들여 색정질하고, 연초와 아편을 흡입한다는 사실을.

보연당은 채운회에 들어 있다. 집안에 갇혀 살아야 하는 여인들이 숨통 트느라 하는 짓들이 과하기는 할망정 같은 여인으로서 이해하지 못할 건 없었다. 채운회에 대해서는 발설할 일이 아니되 보연당이 보현정사에 오르내리고 있는 걸 모르는 척 넘어갈 수는 없다. 최소한 우륵한테 귀띔은 해야 하는 것이다. 기껏 가라앉힌 부아가 다시 치밀면서 먹물이 벼루 밖으로 넘친다. 방산은 쌓아둔 파지를 가져다 먹물을 닦고 먹을 계속 문지른다. 튀지 않도록 숨을 고르면서 고루, 진하게 간다.

이온이 백화를 어디다 감춰 두고 고신을 하고 있을지. 칠성부 오품 계원인 백화가 입을 열지는 않을 터이나 사람 일은 장담할 수 없다. 방산 스스로도 어딘가에 갇혀 고신당하며 어떤 사실에 대해 토설하기를 강요 당한다면 입 열지 않으리라 자신하기 어렵다. 더욱이 자식을 데려다 인질 삼아 토설을 강요하면 어쩔 수 없을 터. 그걸 방지하기 위해 백화의 식구들을 피신시켰다. 백화도 식구들이 무사하리라는 건 믿을 것이다. 어쨌든 백화가 실종된 지 나흘째. 도성 안팎의 계원들을 총동원 하다시피 하여 찾는 중인데도 찾았다는 기별이 아직 없다.

작금의 사신계와 만단사는 얽힐 대로 얽혔다. 일촉즉발. 백화뿐만 아니라 어느 곳에서든 한 군데서 터지면 연쇄적으로 터질 수밖에 없는 상황이다. 피가 난무하게 될 것이다. 그걸 방지하기 위해서 임림재에서는 비휴들을 살려 돌려보냈다. 미봉책이었다. 터질 때 터지더라도 막을 수 있을 때까지는 막아야 하므로 아직은 방산도 미봉책을 써야 한다. 문제는 미봉책이 오히려 도화선이 되어 사방에서 폭탄이 터질 수도 있다는 점이다.

혜원이 몹시 아쉽다. 그 사람이 있으면 단박에 이 상황을 정리할 묘수를 내어줄 터인데, 지금은 멀리 있다. 내일 아침에 말을 달려가게 해도 임림재까지 이틀은 꼬박 걸린다. 돌아오는 데에도 그만큼의 시간이 필요하다. 너무 길다. 내일 중으로 방책을 세워야 한다. 혜원을 대신할 만큼 통찰력이 뛰어난 사람을 불러 의논해야 한다. 몇 마디 설명으로도 단번에 상황을 파악하고 명철한 묘수를 제시해 줄 사람이 누굴까. 누구일까. 거듭 자문하다보니 떠오른다.

"마님, 여진입니다."

여진의 아룀에 방산은 들라 하고는 먹을 갈무리한다. 혜정원 부원주인 수열재 구여진은 서른두 살이다. 안성 땅의 상당한 집안 딸이었던 여진은 열네 살에 혼인하여 열여섯 살에 딸을 낳았다. 그 무렵 지아비를 잃고 딸도 잃었다. 반족집안 열여섯 살 청상과부에게 남은 삶이란 따라 죽거나 수절하다 죽는 것뿐이다. 임금의 딸도 지아비를 따라 죽는 판이었다. 세상은 반족집안 과부에게 수절하라 강요하지만 오만잡놈들이 과부를 넘보는바 집안에서는 과부 며느리를 갖가지 방법으로 죽여 임금으로부터 열녀문이나 하사받기를 원하는 게 작금의 세태다. 여진은 시집 사람들이 죽어 주라 강요하기를 기다리지 않았다. 딸아이를 묻은 지 두 달 만에 시집을 탈출해 절로 들어갔다. 그 절이 천안 태조산의 원각사였다. 원각사는 수백 년 전부터 사신계였다. 현명하고 기개가 높은 여진은 입계 여덟 해 만에 칠성부 칠품인 광품에 이르렀고 현재는 무진으로써 혜정원의 부원주을 맡고 있었다. 언젠가는 방산을 이어 혜정원주가 될 것이다.

"찾아계시옵니까?"

여진과 수직방 방수房首 능연과 세영이 웃방으로 들어와 읍한다. 능연 휘하 서른 명의 무절이 다섯 조로 나뉘어 혜정원을 지켰다. 남희는 아직 이 자리에 끼어들 위치에 닿지 못하므로 문 밖에서 수직해야 하지만 방산은 들어와 앉으라 한다. '二十一日 內 急來要望, 芳山拜上'이라 쓴 종이를 접어 봉투에 담은 뒤 촛농으로 봉하고 남희에게 건넨다.

"넌 지금 병주와 함께 도성을 나가 용인 땅 한실로 가거라. 한실에서 가장 큰 대문을 가진 한곡재의 안주인이 겸곡재다. 겸곡재한테 그걸 전하고 답을 듣고 와."

병주는 남희의 지아비이며 연희수발방의 방수다. 연희 판을 만들고 아우르는 수완이 뛰어나거니와 혜정원 전체 살림을 통찰하는 눈썰미가 좋아 방수 자리에 앉혔다. 읍한 남희가 봉투를 품에 넣고는 나간다.

겸곡재 이알영 무진은 이무영의 손위 누이다. 그들 남매는 물론 그들의 부친인 이한신 대감도 모르고 있지만 수앙은 그 집안 피붙이다. 수앙의 배다른 자매인 알영 무진은 현재 서른여섯 살로 사신계 칠성부의 역사 기록을 담당하고 있다. 『만령전』을 비롯한 수십 권의 이야기책을 쓴 월정月汀이 이알영의 필명이다. 월정이 쓴 이야기책들 속에 칠성부 칠품 계원이 되어야만 알아볼 수 있는 사신계 칠성부의 역사가 들어 있었다. 월정인 겸곡재 이알영은 그렇게 칠성부의 역사를 은밀한 방식으로 기록하면서 그 이야기들로 돈을 벌었다. 시중에 떠도는 이야기책들, 세책점에서 흔히 대여되는 책들 중 십여 권이 월정의 작품이다. 그러느라 겸곡재는 나이든 칠성부원들을 수시로 찾아다녔다. 칠성부 역사는 물론 작금 팔도 칠성부의 판도를 꿰고 있었다.

"세영아."

"예, 마님."

"너는 지금 네 지아비와 비연재로 넘어가 수앙이 방을 떠난 뒤 그 방으로 들거라. 그리고 당분간 밤이면 너희 내외가 수앙과 강하인 듯 비연재 안채에서 지내거라. 상세한 까닭은 내일 설명할 것이다."

"명 받들겠습니다."

세영이 나간 뒤 방산은 여진과 능연을 아랫방으로 내려오라 하고는 그들 앞에서 다시 붓을 든다. 종이 한 장에다 화완이라 쓰고 그 아래 수발상궁 윤씨와 호위별장 김장삼을 쓴다. 다른 종이를 가져다 아래쪽에다 양지, 영아자, 꽃마리, 선초, 회향, 얼레지, 선령비, 앵미 등 여덟 이름자를 나란히 쓰고 그 위에 박하와 마타리를 쓴다. 그 위에 이온을 쓴 뒤 그 곁에다 통천비휴라 적고 후후 불어 글자를 말린다. 마른 종이를 두 사람 쪽으로 돌려 밀어 놓는다.

"이쪽에 쓴 두 이름은 옹주 화완의 손발이다. 이쪽 종이에 쓰인 꽃

이름 지닌 처자들은 이온의 보위들이지. 이들이 이온의 보위들이라는 걸 빼고, 어떤 처자들이라고 봐? 능연?"

스물여덟 살의 능연은 열일곱 살에 정혼자였던 옥준을 잃었다. 그전, 열다섯 살에 그 둘은 무릉곡에서 나와 혜정원으로 왔다. 당시 혜정원주였던 삼로 무진이 옥준을 계원의 아들로 입적시키고 무과를 치르게 했다. 옥준은 병조 오위五衛의 사용司勇으로 입격했다. 이태 뒤 무진년에 옥준은 왜국으로 파견된 통신사단의 호위로 차출되었다. 이월에 도성을 떠난 통신사단은 이듬해 윤칠월에 돌아왔다. 옥준은 귀환하지 못했다. 돌아오던 뱃길의 어느 밤에 급작스레 풍랑이 높았던가. 옥준이 탄 배가 파도에 휩쓸렸는데 열두 명이 바다로 사라졌고, 그도 바다로 들어간 한 명이었다. 이후 능연은 다시 정들일 사내를 찾지 못한 채 나이들어 가는 중이다.

"무술이 사뭇 높아, 우리보다 윗길일 수 있습니다. 무술의 정도보다 문제인 건 그들이 무구하게 보인다는 겁니다. 그건 그들이 잃을 게 없어 두려움을 모른다는 뜻이지요. 사뭇 조심해야 할 사람들입니다. 헌데, 마님. 무슨 일이십니까. 황화방 사람 일 말고 또 무슨 일인가 벌어졌습니까?"

"아직은 한 가지 일인지 따로 일인지 알 수 없으나 일이 또 벌어졌다. 항성재의 그들을 통칭하여 무극이라 부른다고 한다. 항성재에 열 명의 무극이 있으나, 가평 청우산 불영사와 단양 소백산 실경사에 아직 밖으로 나서지 않은 무극들이 더 있는 모양이야. 또 작금 온을 보위하는 사내 무리가 강원도 통천에서 키워진 비휴들이라고 한다."

"그들 모두가 살수들이라는 겁니까?"

능연의 말에 방산은 고개를 끄덕이고 말을 이었다.

"양연무 비휴들과 같은 방식으로 크고 있다고 봐야 할 것이다. 그에 대해서는 나중에 자세히 알아보기로 하고. 좀 전에 강하가 내게 다녀간 것을 알고 있을 게야. 오늘 강하가 소전의 명으로 옹주 화완을 호위하여 보현정사에 간 모양이다. 화완이 강하한테 내일 밤에, 저의 원동궁으로 오라 하였다고 한다. 강하가 가지 않으면 부인을 부르겠노라 협박했고. 또, 온이 강하한테 오는 보름밤에 보현정사로 와 달라 하였다. 강하가 왕족 계집들한테 갈가리 찢겨 나가게 생겼다는 말이다."

방안에 사늘한 정적이 괸다. 임금의 딸과 만단사령의 딸이 밤에 만나자 할 때의 말이 어떤 의미이며 그 파장이 어떠하리란 것을 둘 다 잘 아는 까닭이다.

"하여 백화 사태에 더하여 화급한 일이 또 생긴 셈이다. 화완은 내일 밤 강하가 저한테 아니 갈 제 그의 벼슬은 물론이고 목숨을 제꺽 위협할 수 있다. 온도 마찬가지. 보름밤에 온은 제게 오지 않는 강하한테 분노할 것이다. 이번과 같은 일이 처음도 아니기 때문이다. 계집이 사내한테 분노하여 복수를 생각하는데 그 계집한테는 강력한 무기들이 있다. 바로 이 종이에 쓰인 열 명의 불영사 무극과 일곱 명의 통천 비휴들이, 당장에 쓰일 수 있는 온의 무기들이다. 화완이나 온이 강하를 당장 죽이려 들지는 않겠지. 그리하기에는 강하가 아까울 터, 그의 약점을 찾아 괴롭히거나 타협하려 들 것이다. 당금 강하의 약점이 뭐라 여겨, 수열재?"

"몰라 물으십니까? 금복 도령이지요."

긴장했던 방안 공기에 웃음이 밴다. 지난 몇 달간 수앙이 남정 일꾼 복색을 하고 혜정원 안팎을 갈고 다닌 덕에 아예 금복 도령이라 불렸다. 수앙은 제가 벼슬아치의 부인이라거나 칠성부 육품 계원이라는 자의식이 없었다. 호기심이 많고 질문은 더 많았다. 지미방, 침선방, 수직방, 손님수발방, 연희수발방 등을 가리지 않고 드나들며 남녀노소를 불문한 일꾼들이 어찌 일하는지 묻고 듣고 배웠다. 수앙은 잠들기까지 일각도 쉬는 법이 없었다.

"그렇지. 그래서 강하는 좀 전에, 차라리 제가 원동궁과 보현정사로 가서 그들을 만나 달래 봄이 어떠하냐 내게 물었다."

"미친년들을 다시 만나다니, 미쳤습니까?"

여진이 분노하여 소리쳤다.

"나도 불가하다 했느니. 우리가 흥분하고 있을 게재가 아닌바 방법을 찾아야겠지. 수앙 그 아이가 아무의 눈에도 띄지 않게 살게 할 방법을 말이야."

"그건 좀 어렵게 되지 않았습니까. 얼마 전에도 제게서 닷 푼을 앗아간 것을요."

수앙은 장사로 칠성부 육급인 양품陽品에 올랐다. 팔 물건만 있으면 죄 팔아치울 수 있는 재주가 있는데 도성으로 오면서 그걸 못하게 되자 재주가 묘한 방향으로 흘렀다. 그림을 그려 내다파는 건 물론이고 온 혜정원 사람들을 상대로 내기판을 조장했다. 내기는 처음에는 지미방 방수 해심으로부터 시작되었다. 수앙이 사람 속을 잘 꿰뚫어보므로 정말 그런가 하여 해심이 내기를 걸었다. 해심과 수앙이 지미방에서 창을 내다보는데 마침 빈 채반을 잔뜩 쌓아 들고 마당을 지나가는 남정 숙수 회부가 보였다. 해심이 수앙에게 회부가 채반을 떨어뜨리지 않고 광에 닿을 수 있는지 없는지 내기하자 했다. 해심은 회부가 무사히 건넌다는 쪽에 걸고, 회부를 찬찬히 건너보던 수앙은 그가 넘어져 채반들이 마당에 흩어지라는 제 말에다 동전 세 닢을 걸었다.

쉰다섯 살의 회부는 평생 혜정원 지미방에서 일해 왔다. 사람은 누구나 걷다가 넘어지기도 하지만 회부가 몇십 보 앞 광까지 빈 채반들을 옮기면서 넘어질 까닭이 없었다. 내기는 당연히 해심이 이기게 돼 있었다. 해심은 자신만만, 제 호주머니에 들어 있던 동전 열 닢을 걸었다. 두 사람의 내기판이 약정된 순간, 수앙에게 조정되기라도 한 듯 회부가 매끈한 마당에서 넘어졌다. 꼭 돌부리에 채인 사람 같았다던가. 지미방 사람들이 배꼽을 잡았으며 채반들은 다시 씻어야 했고, 해심은 십 전을 수앙에게 앗겼다. 그날부터 수앙에 대한 시험이 연달아 벌어졌다. 그때마다 일꾼들은 수앙에게 쌈짓돈을 헌납하고 있었다. 매번 수앙이 먼저 내기하자 하는 건 아닌데 내기로 돈을 앗긴 자들은 언제나 수앙이 내기판을 조장하고 그에 말려든 것 같다고 느끼는 것이다.

"그런 아이를 감싸며 살아야 하는 게 우리 일일 제, 오늘 밤 아이들을 예서 재우면서 우리는 이 밤 안으로 화완과 온의 손발을 묶든지, 자르든지 할 방법을 만들어 내야 한다."

"마님, 각설하고 여쭙습니다. 화완과 온의 손발을 자른다 하실 때, 어느 정도를 말씀하시는 겝니까. 죽입니까?"

신미년 그 겨울 포도청 사람들과 명화적 몇 명을 아울러 삼십여 명을 저세상으로 넘긴 밤에 칠품무절로 사신총령을 받았던 여진도 함께 있었다. 이런 일이 생길 때마다 고민하는 건 죽이는 게 능사가 아니기 때문이다. 임림재에서 그 법석을 치른 까닭은 비휴들을 죽이지 않으려는 고육지책이었다.

"아니 그건 별님께서 결정하실 일이지 우리 몫이 아니지 않는가. 우리는 아무도 죽이지 않으면서 강하와 수앙이 숨어 살지 않아도 되게 할 방법을 찾아야 해. 능연, 그대가 지난 정월 임림재에서의 일을 알고 있으므로 각방 방수들과 수직사들 전부 모아, 그 전후를 설명하고 함께 계책을 만들도록 하게. 그런 방식으로 우선 궁리해 보라는 게야. 시급한 것은 화완의 난동을 제지할 방법부터 찾는 것이다. 강하가 내일 밤 원동궁에 가지 않고도 무사히 넘어갈 묘책을 오늘 밤 안에 찾아내야겠지."

여진이 대꾸한다.

"화완의 상궁 윤씨와 호위별감 김장삼이 사통하고 있지 않습니까."

"그렇지 참!"

몇 해 전부터 화완이 강하를 뱀처럼 감고 드는 게 아무래도 심상 찮아 그 주변을 살피게 했다. 그 결과 상궁 윤씨가 제 사가를 통하여 김장삼을 내명부 호위별감으로 끌어들였고 둘이 사통하고 있는 걸 알아낸 터였다. 상궁과 내명부 호위별감이 사통을 하든 말든 무슨 상관이랴. 윤 상궁이 화완의 궐 밖 나들이를 부추기는 게 아닐까. 그런 혐의가 있어도 지금까지는 내버려두었다.

"내 조금 뒤 수직방으로 갈 테니, 수앙이 오기 전에 건너가 수직사들 모아 놓고 화완의 일부터 의논들 하고 있게. 그 아이는 이런 내막, 아직 몰라도 좋잖아?"

"명 받들겠습니다, 마님."

여진과 능연이 나가자마자 일꾼 복색을 한 수앙이 들어온다. 강하가 잠든 성아를 안고 따랐다. 성아는 제가 누구에게 안겨 어디로 옮겨지든 태평히 잔다. 강하가 아이를 눕히는 동안 수앙이 방산 앞으로 다가앉았다.

"큰언니가 다 늦은 시각에 도둑처럼 들어와서 스승님께서 찾으신다고 몰아붙여 저는 두더지처럼 땅 밑을 걸어 왔사와요. 무슨 일이시어요, 스승님?"

"지하도로 왔니?"

"네에. 할아버지가 제 공부방 마루 밑에 숨어 있던 지하도를 열어 주셨어요. 철통 사당과 연결돼 있던데요? 대체 어떻게, 언제부터 그런 게 철통 사당 아래에 들어 있었어요? 오늘 밤에는 무슨 일이시고요?"

삼내미에는 혜정원과 통하는 다섯 개의 지하 통로가 있다.

"지하도는 오래 전부터 있던 게고, 네 서방한테 일을 좀 시켜야겠기에 너희를 데려다 놓으라 했다."

"이 밤에요? 곧 인경이 울릴 텐데요?"

"그래, 당장 시켜야 할 일이 있다. 오늘 밤은 예서 자거라."

"그리 말씀하시니 따르겠지만, 무슨 일을 한밤중에 시키시어요? 잠을 자야 내일 등청할 텐데요?"

"왜, 네 서방이라고 걱정은 되느냐?"

"그렇지요. 저 아랫녘에 있을 때 어머니가 말씀하셨어요. 천지간에 오로지 너희 둘뿐인 듯 강하를 아껴주라고요. 또, 사내는 나이 많아도 아이 같으니 그 맘을 잘 보살펴라, 하셨고요."

'아이고 맙소사, 패지나 말지!' 속으로 한탄하면서도 방산은 웃는다. 간밤 비연재 사랑채로 난 중문이 거세게 열리는 소리에 우쇠할아범이 마당으로 나섰던가 보았다. 마당에 서서 듣자니 수앙이 제 서방을 마구 패는 것 같더라 했다. 한참을 듣고 있노라니 수앙이 강하에게 욕설도 퍼붓더라고 했다. '나쁜 자식, 포악무도한 놈!' 할아범에게서 간밤 젊은 내외의 행태를 들으며 배꼽을 잡았던 방산인데 수앙 저는 시치미 뚝 떼고 제 지아비를 걱정한다. 언제 철이 들까 싶지만 눈앞에 두고 웃을 수 있으니 다행이다. 작년 칠석날 수앙을 찾아 비 쏟아지는 대동강 강변을 헤맬 때를 떠올리면 아직도 진저리가 났다. 끔찍하고 끔찍했다. 지금 백화를 잃어버린 사람들이 그렇게 끔찍한 시간을 보내고 있었다.

"스승님, 내일 뵙겠습니다."

성아를 눕힌 강하가 다가와 제 처를 건너보며 "스승님 말씀 잘 듣고 얌전히 자." 하자 수앙이 "알았어." 한다. 강하는 하고 싶은 말이 너무 많아 못하는 양 주춤주춤 나간다. 수앙이 어른 눈치보느라 배웅을 나가지 못하고, 눈자위가 벌게지며 금세 눈물 흘린다. 눈뜨고 못 볼 광경이다 싶어 방산은 또 웃는다. 큰일을 치러야 할망정 지금은 자꾸 웃음이 난다. 젊은 내외가 어여쁘고 귀여워 즐겁다. 어여쁜 것들이 어여쁘게 살 수 있게 하는 게 나이든 자들의 몫임을 새삼 느낀다.

불꽃 아이에게 담긴 것

　황해 관찰사를 지내며 해주 감영에서 살던 기린부령 민손택이 사냥을 나섰다가 드세게 달리던 말에서 떨어져 목이 부러져 즉사했다. 지난 칠월 말이었다. 누가 새 황해 관찰사로 오는지는 만단사령이 관여할 바 아니었다. 기린부령 자리가 급작스레 비었으므로 그 자리에 누가 앉을 것인가가 관건이었다. 민손택의 부관인 일기사자 나정순이 기린부령 자리를 엿보고 있는 게 사령에게는 문제가 되었다. 나정순은 관찰사의 부관을 지내고 있으나 해주 감영에서 임명한 별정무관인바 나라에서 받은 정식 품계가 아니었다.

　사령이 의중에 둔 사람은 함경도 신흥군수를 지내고 있는 연은평이었다. 군수의 품계는 종사품이지만 신흥군수는 병마동첨절제사兵馬同僉節制使를 겸하므로 관내 병권을 지녔다. 함경도는 삼수에서 혜산과 백두산 일대를 거쳐 무산과 온성과 경흥에 이르는 국경 지역을 관할한다. 신흥군수 연은평은 언젠가 함경 병영의 병마절도사나 함경도 전체를 아우르는 함경 관찰사가 될 확률이 높았다. 사령은 언젠가 연은평을 함경관찰사로 밀어올릴 것이었다.

　나중은 어떻든 현재 만단사 기린부 안에서 나정순과 연은평은 같은 일기사자로서 휘하 만단사자들을 거느렸다. 연은평에 비해 나정순의 현실 신분이 비교할 수 없이 낮은데 반해 기린부 내의 위상은 훨씬 높았다. 나정순은 그동안 민 부령의 임지를 따라다니며 일기사자들과의 접촉이 많았던 탓에 친분 쌓은 일기사자들이 다수였다. 일기사자들 태반이 반족이 아니므로 반족인 연은평을 부령으로 뽑을 이유도 없었다. 한양 이북 쪽으로 숫자가 많은 기린부 오십육 명의 일기사자들 중 서른 명 이상이 나정순을 다음 기린부령으로 뽑을 태세였다. 다가오는 시월 초하루에 기린부 일기사자들이 모여 새 부령을 뽑을 것인바 나정순이 기린부의 새 부령이 될 게 틀림없었다.

　"해주의 나정순을 지워라!"

　열흘 전의 이록이 홍집에게 내린 명이 그랬다. 홍집은 그날로 해주로 향했고 이틀 걸려 해주에 도착했다. 해주에서 사흘을 묵으며 나정순의 동태를 살폈다. 나흘째 되는 저녁, 나정순이 퇴청하여 첩실 집으로 향하는 걸 확인했다. 새벽이 되기를 기다렸다가 첩실 곁에서 잠들어 있는 그의 혈을 짚었다. 젊은 첩실은 옆에서 무슨 일이 일어나는지 모르는 채 쌕쌕거리며 잤다. 홍집은 즉시 해주를 떠났다.

　해주에서 한양으로 오던 길에 송도의 월대헌을 찾아가 이틀을 묵었다. 정의목 선생 댁에서 이틀 묵는 동안 열 짐의 나무를 하고 장작을 팼다. 선생은 어찌 그러느냐, 묻지 않았다. 홍집은 또 살인하고 왔다는 사실을 말하지 않아도 되었다.

　도성에 들어서니 구월 열사흘 석양녘이다. 허원정으로 들어와 곤과 있노라니 사령이 퇴청하여 돌아왔다. 홍집은 사령에게 나정순을 죽인 사실을 고한다.

"수고했고, 고맙다."

사령의 고맙다는 말은 큰 칭찬이다. 다음 명령에 대한 예비이기도 하다. 언제일지, 대상이 누구일지 아직 모르지만 홍집은 미구에 또 누군가를 죽여야 할 터다. 개똥이 선일이 윤경책의 아들 홍집이 되어 사는 대가였다.

"시월 초하루 함흥 나들이 때는 너도 같이 가자꾸나."

기린부 일기사자들이 새 부령을 뽑기 위해 모일 곳이 함경도 함흥이다. 동쪽으로 동해를 드리운 함경도가 내륙으로는 평안도와 황해도와 강원도에 접해 있기도 하므로 함흥은 그 가운데쯤이라 할 만했다. 부령들이 자신의 부내 사자들과 회동할 때 회합의 경비를 부의 자금으로 충당한다. 멀리서 회합에 참석하는 사자들의 여비도 챙기는 게 관례이다. 부령이 유고되어 새 부령을 선출하는 회합 때는 사령이 모든 경비를 부담하고 그 자리에 참석한다. 홍집이 일봉사자가 된 이후 알게 된 사항들이다.

"예, 태감."

"그전에, 무과 준비는 어찌 되어가고 있느냐?"

지난 한가위 무렵에 사령이 홍집에게 무과 응시 준비를 하라 일렀다. 과거 날이 구월 이십일이라 했다. 응시 서류는 사령 자신이 제출해놓을 것인즉 이십일에 문장시험을 치고 다음날 실기시험을 치르라는 것이었다. 그리 느닷없는 소리를 해놓고 아무 말이 없다가 열흘 전에는 나정순을 죽이라 명했다. 문장시험이 닷새 남았다.

"일러 주신 병서들을 훑어보고 있습니다."

"혹여 모르니 『동국대전』을 대강이라도 훑어보아라."

"그리해 보긴 하겠습니다만, 그 두터운 법전을 며칠 동안에 다 읽을 수 있을지 자신하기 어렵습니다."

"하는 데까지 해보아라."

"예, 태감."

"내가 네게 과거 준비를 하라는 까닭을 아느냐?"

관직의 요소요소에 자신의 사람들을 심어 두고 있음에도 윤홍집을 넣겠다는 건 세력을 더 키우려는 것일 터. 이유가 뻔한데 새삼 묻는 의도가 뭔가.

"소인의 쓰임새를 넓히시기 위함이리라 짐작하고 있나이다."

"너를 다용도로 쓰기 위함이 맞으나 단지 그뿐이라면 굳이 너를 반족 출신으로 만들고 관헌으로 나서게 하겠느냐? 우리 세상에 적을 둔 구실아치가 수백 명이고 벼슬아치는 수십 명, 그중에서 오품이상의 도당에 속한 자들도 십수 명인데?"

"하오면?"

"하는 짓답지 않게 맹하구나. 내가 널 키우려는 까닭을 모르겠으면 길게 생각해 보고, 이제 나가서 공부해라."

다른 까닭이 무엇일까. 알 때가 되면 어련히 알게 될 것이므로 미리 짐작해 볼 필요는 없을 것이다. 시험을 어찌 치르라는 것인지 그 점은 궁금하다. 실기야 별 탈 없으면 통과하겠지만 그전에 치러야 하는 문장시험을 어쩌라는 것인지. 연습 삼아 과장科場에 가 보라는 것인지, 가면 저절로 되리라 믿는 것인지. 혹은 개똥이를 윤선일로 만들고 윤선일을 윤홍집으로 만든 것과 같이 무슨 손을 써 놓았다는 것인지.

허원정을 나오며 홍집은 이화헌에 있을 사령보위대의 사 조장 나경언을 생각한다. 나경언이 제 부친의 부고를 들으려면 몇 날이 더 걸릴지. 그때 그는 제 부친이 사령의 손에 죽은 걸 짐작치 못할 것이다. 정효맹이 보위대장으로 있을 때 정보 수집은 보위들이 함께 했을지라도 사람 죽이는 일은 그 단독으로 했을 게 뻔했다. 보위들은 사령이 필요할 때마다 만단사자들을 죽여 온 사실을 모르는 것이다. 그 때문에 사령에게는 비휴들이 필요하고, 이온에게는 무극들이 필요한 것이었다.

열흘 만에 양연무로 돌아오니 미선이 불 밝힌 등을 들고 방으로 따라 들어온다. 오늘쯤 오리라 예상했는지 방에 훈기가 그득하고 윗목 횃대에는 푸새하여 걸어둔 옷가지들이 가지런하다.

"다른 사람들은?"

"아직 퇴청할 시각들이 아니지요. 술시나 돼야 하나 둘 들어올 테고, 약방 쪽 사람들은 요즘 약령시 때문에 바쁘니 더 늦을 거예요."

"그렇게 말하는 사람은 약방 일꾼 아니던가?"

"저는 큰형님이 오실 것 같아 짬을 얻어 미리 나왔어요. 이게 들어왔기에요."

미선이 봉함된 편지 한 장을 건네준다.

"그제 저녁 참에, 대문 앞에서 무슨 소리인가 나서 개암이 내다보니 방립을 써 얼굴이 아니 보이는 사람이 양연께 기별이오, 하면서 쥐어주고 가더랍니다. 어찌나 잽싸든지 그림자도 제대로 못 봤다고 하고요."

양연무에 살게 되면서 홍집에게 양연이라는 호가 저절로 생겼다. 이름이라는 게 원래 나 아닌 타인이 붙이기 마련이지만 개똥이부터 양연에 이르는 이름들이 죄 내 의지와 상관없이 생겼다.

"무슨 내용인데?"

"큰형님께 전하라는 건데 제가 열어 보겠습니까? 그렇잖아도 궁금해서 몸이 근질거릴 지경입니다. 어서 보세요."

홍집은 서안 앞에 앉아 등롱을 당겨 놓고 단단히 봉해진 편지봉투의 모서리에 침칠을 하여 뜯는다.

편한 나라의 신령스런 꽃무늬들
검은 샘물 따라 초여름 연못으로 움직이도다.
갓 피어난 연꽃 한 송이 두려움에 떠노니
지혜로운 샘물은 달빛 머금고 초하의 연못으로 흘러야 하리라.

함께 편지를 들여다보던 미선이 이게 대체 무슨 말이냐 묻는다. 홍집은 세 번을 읽고 나서야 편지를 해독했다.

"신령스런 꽃무늬는 무극이고, 검은 샘물은 호가 근정根井인 우리 칠성부령을 뜻하는 것 같다. 초여름 연못에 연꽃이 피기 시작하는 바, 연못은, 임림재의 연화당을 가리키는 성싶고, 갓 핀 한 송이 연꽃은 연화당의 딸 수앙을 의미하겠지. 지혜로운 샘물은 수앙이 사는 집 앞 쪽에 있는 혜정원慧井院을 뜻하는 것 같고. 혜정원이 임림재와 연결되어 있다는 걸 이렇게 알려온 게 놀랍기는 하다만, 지혜로운 샘물이 달빛 머금고 연못으로 흘러야 하리라는 뜻은 잘 모르겠다."

"지혜로운 샘 집, 혜정원이 자체로 한 동리라 할 만큼 넓다면서요? 그 안에 달빛 머금었다는 뜻을 가진 집, 함월당含月堂이 있는 거 아닐까요? 갓 핀 연꽃이 위험하게 되었으니 형님한테 함월당으로 찾아와 달라고, 함께 갓 핀 연꽃을 지키자고요. 그러니까 수앙낭자한테 무슨 일인가 생겼다는 말이잖아요? 수앙한테 무슨 일이 생겼기에 형님한테, 우리한테 이런 청을 하는 거지요?"

몇 달 전, 임림재에 살고 있는 줄 알았던 수앙과 성아를 약방거리에서 발견한 사람이 미선이었다. 미선이 그 남매를 다시 발견했을 때 뒤를 따라가 혜정원 뒤쪽에 붙은 집으로 들어가는 것을 확인했다. 며칠 뒤 수앙이 약방거리에 또 나타났을 때 미선은 지니고 있던 편지를 할아범의 등짐지게 안에다 넣었다.

"가 보면 알 터이지."

"형님, 시험 공부해야 하는데 자꾸 나갈 일이 생겨서 어째요?"

"당면한 일부터 해결하는 거지. 우선 씻어야겠다. 더운 물 있니?"

"큰 솥 가득히 펄펄 끓이고 있어요. 나오세요."

미선은 홍집이 열흘간의 출타에서 누굴 죽였는지는 모르되 살인을 하고 온 것만은 짐작한다. 아무리 뜨거운 물에 씻는다고 해도 씻어내지 못할 살인의 여운도 느낄 것이다. 그 점에서 살인을 해본 자와 살인 같은 걸 꿈에도 생각지 못하는 사람 사이에 또 하나 큰 차이가 생긴다. 제 손으로 살인을 해본 자는 살인한 자가 드리운 주검의 그림자를 느낄 수 있다. 갓 죽은 사람에게서 나는 쇳내 같은 주검의 냄새도 맡는다. 지금 홍집의 몸에서 주검의 냄새가 푹푹 풍겼다.

인경이 가까워옴에도 혜정원 대문은 환하게 열려있다. 과거 시험을 앞둔 선비들의 종자들이 드나들라고 열어놓은 성싶다. 혜정원 일꾼들은 복색이 같으므로 손님들과 쉽게 구분되었다. 행랑마당을 오가는 일꾼에게 함월당을 찾아왔노라 속삭이니 그도 속삭이듯 누구냐고 되물었다. 밝은 처마 밑에서 왔노라 하자 그가 홍집을 행랑방으로 밀어넣고 일꾼 옷을 입으라 한다. 회색 바지저고리에 남색 쾌자를 걸치고 연잎 모양의 벙치를 쓰자 영락없이 혜정원 일꾼이 된 듯하다.

함월당은 혜정원 깊은 곳에 자리했다. 함월당 주인은 마흔댓 살이나 됐을까. 보통 몸피에 온화한 인상이다.

"이리 뵙게 되어 반갑습니다. 양연. 앉으세요."

홍집은 함월당이 가리킨 자리에 서서 예를 차리고는 좌정한다. 함월당이 정중히 예를 갖추고는 앉는다. 두 사람이 마주앉은 가운데 상에는 다과가 차려져 있다. 함월당이 차를 따라 주고는 묻는다.

"양연, 의녀 백화를 아시지요?"

"예, 마님."

"이온이, 의녀 백화를 납치해다가 죽게 만들었습니다."

"예?"

"지난 초사흘 저녁 참에 백화가 사라졌기에 우리들은 곧장 그이를 찾기 시작했습니다. 백화가 소의문 근방 한 집에 잡혀 있는 것을 알아내기까지 여드레나 걸렸어요. 그젯밤이었지요. 우리가 찾아갔을 때 이미 늦었더이다. 백화가 자진을 해버려, 이미 숨이 끊긴 상태이고, 암장되려고 막 실려 나가던 참이었어요. 우리는 백화가 묻히는 걸 그냥 지켜봤고, 묻힌 뒤에 다시 수습하여 모셔냈지요. 내일 새벽에 고요히 발인하게 될 겁니다."

"오, 온이 한 일이 분명합니까?"

온이 한 일이라고 믿고 싶지 않은 홍집의 목소리가 떨려 나온다. 홍집이 해주를 다녀오느라 도성을 떠나 있던 열흘 사이에 온이 또 일을 친 것이다.

"백화가 암장되는 자리에 있던 여인이 쌍리라는 만단사 일성사자로, 쌍리와 그 수하들이 백화의 주검을 묻고 나서 허원정으로 들어갔으니 온의 소행이지요."

"죄송합니다. 뵐 낯이 없습니다."

홍집은 정말이지 면목이 없다. 자신을 살리고 자식을 살린 사람을 죽인 이온이나 그런 이온 곁에서 몇 몇의 생목숨들을 죽이고 있는 자신이나.

"내가 양연한테 사과 받을 사안인지는 모르겠습니다만 그리 말씀하신 걸 우리 사람들한테 전하겠습니다. 우리는 백화의 식구들을 볼 낯이 없게 되었으나 그건 차차 해결할 일이고, 급한 일이 또 생겼기에 오셔 달라 청했습니다."

"무슨 일이신지요. 제가 읽기에는 수앙 아기씨에게 무슨 일이 생겼다고 하신 것 같은데요."

"그렇습니다. 제가 이제부터 하는 말들은 수앙을 중심으로 벌어지고 있는 일들입니다. 우리가 하려는 일은 이온이 벌일 일에 대한 대처가 될 테고요."

"대처라니요? 온이 백화 의녀에 이어 수앙 아기씨를 어찌한다는 겁니까? 수앙 아기씨는 왜요? 무슨 상관이라고요?"

"이온이 김강하의 내자한테 무슨 짓을 할 것 같은 상황인데, 김강하의 내자가 장통방 은교리 댁의 따님이자 수앙입니다."

아아. 연화당의 딸인 수앙이 은교리 댁의 따님임과 동시에 김강하의 내당이라니. 홍집은 놀람과 동시에 찾아든 깨달음으로 진저리를 친다. 인연들이 자연히 얽히는 게 아니었다. 얽힐 만해서 얽히는 것이다.

"어떤 일이든, 마님께서 행하시는 바에 따르겠습니다. 저와 제 식구들은 뜻을 모았습니다."

홍집의 말에 함월당이 정색하고 대꾸했다.

"그리 뜻을 모아 주신 점 고맙습니다만, 그전에 제가 사사로이 양연께 여쭙지요."

"예, 마님."

"양연 생각에 이온이 계속 살아야 할 까닭이 있습니까?"

"그, 그게 무슨 말씀이신지?"

"남의 목숨을 이처럼 함부로 해쳐왔고 앞으로도 해치게 될 이록의 딸, 제 목숨과 제 자식 목숨의 은인조차도 아랑곳하지 않는 이온이 의녀 백화나 흔훤사의 무녀들보다 더 살아야 할 까닭이 있느냐는 게지요. 이온이 무슨 짓을 하던지 임금의 후손이라 용서해야 합니까? 보원약방 주인이라 봐줘야 하나요?"

"그, 그 사람을 죽이실 겁니까?"

"죽이겠다면요?"

"살려 주십시오."

이온을 살려 달라는 말이 무작정 나왔다. 말하고 나서야 울컥한다. 화도사에서 나와 처음 만났을 때의 이온은 홍집에게 눈부신 사람이었다. 개똥이 출신 호위 주제에 감히, 대번에 그를 마음에 들였다. 그때의 그 사람은 어디로 가 버렸는가. 간곳없는 그 사람 때문에, 그럼에도 그를 살려 달라 하는 자신이 서럽다.

"이온이 살아야 할 까닭이 있는지, 내가 먼저 물었습니다."

늙거나 병들어 죽는 것 외에도 죽게 된 자에게 죽어야 할 이유가 있을 터이다. 죽어야 할 이유만큼 살아야 할 이유도 있을 것이다. 남의 목숨을 그처럼 하찮게 여기는 이온이 살아야 할 이유는 무엇인가. 홍집은 답할 말이 생각나지 않는다. 온이 미연제의 어미이고 윤홍집의 여인이니 살려 달라 할 수 없으므로 유구무언이어야 한다. 윤홍집이야말로 살아 있을 이유가 없지 않은가. 그럼에도 살려 달라 했다.

"흔흰사의 일은 제가 했습니다. 백화 의녀도 피치 못할 까닭이 있었을 겁니다."

"흔흰사의 일, 물론 양연도 했습니다. 양연이 다시 태어난다 해도 어디 가지 않을 죄입니다. 양연에게 그런 죄를 짓게 한 이온과 이록 부녀의 죄는 더 크지요. 백화 의녀의 일은 일성 쌍리와 이온의 죽음으로나 대치할 수 있을까. 그런데도 이온을 살려 달라고요? 피치 못할 까닭이 무엇인데요? 어떤 까닭이면 의녀 백화가 다른 누구도 아닌 이온의 손에 죽어도 되는 걸까요?"

"제가 그 죄를 갚겠습니다. 제가 이후의 그 사람을 막겠습니다."

"양연이 왜요?"

"이온이 제 자식을 낳았습니다."

함월당의 시선이 홍집에게 한참이나 머무른다. 방안에 숨소리만 가득 찼다 싶을 때에야 함월당이 고개를 젓고는 입을 연다.

"웃전으로부터 이온을 죽이라는 명은 받지 못했어요. 이온을 죽이면 많은 일들이 간결해질 터인데 내 웃전께서는 누구도 죽지 않길 바라십니다. 내가 웃전의 뜻을 거스를 수 없으매 분하기 그지없어 양연한테 사사로이 분풀이를 한 겝니다."

"죄송합니다, 마님. 면목없습니다. 이후 그 사람이 정말 죽어야 한다면 제가, 제 손으로 하겠습니다."

"양연이 왜요?"

"그 사람이 제 자식을 낳은 제 사람이라는 걸, 제가 말씀드리기 전에 마님께서도 알고 계셨지 않습니까."

방안에 무거운 침묵이 괸다. 함월당은 홍집을 쳐다보지 않고 찻잔을 잡은 자신의 손만 쳐다보고 있다. 침묵에 눌려서 숨이 막힐 지경에야 방산이 고개를 들고 홍집을 쳐다본다.

"이온이 양연으로부터 그 같은 사랑을 받으니, 살아야 할 한 가지 이유가 되기는 하는 것 같습니다. 최소한 이 자리에서 나를 납득시키셨어요. 지금까지는 사사로운 얘기였던 걸로 치고, 하던 얘기로 돌아가지요. 양연무에서 뜻을 정하셨거니와 저 아래 숲속 집에서부터 이미 짐작하신 바가 있을 터이니 우선 간략히 말씀드립니다. 앞으로 우리가 함께 하려면 양연무 분들이 먼저 우리 세상으로 들어서는 입계 의식을 치러야 합니다."

"입계 의식을 치르겠습니다. 그 절차에 대해 말씀해 주십시오."

"우리 세상의 품계는 만단사의 다섯 품계보다 세분되어 일곱 품계로 이루어져 있습니다. 입계하면 일품이 되면서 칠품까지 올라갑니다. 일품부터 칠품까지의 계원들을 거느리며 한 선원을 운영하는 사람을 무진武辰이라 합니다. 무진은 만단사의 일급사자에 해당할 겁니다. 어떤 사람이 입계 자격을 갖추게 되면 그를 입계시키려는 무진이, 자신이 속한 부의 부령에게 취품하여 입계 허락을 받습니다. 입계 의식, 혹은 서원 의식을 치르기 전에 사십구 일간의 묵언수련 기간을 가지는 게 보통이고요. 신입 계원의 형편에 따라 묵언수련을 나중에 치르기도 합니다. 입계 의식을 치르고 나면 일품계원이 되면서 본격적인 수련을 시작하게 되지요. 수련은 각자의 생업을 통해서 이루어집니다. 생업을 통해 무진과 부령이 인정할 만한 성과를 보이면 한 품씩 승품하게 되고요. 무술로 생업을 삼은 계원들은 일 년에 한 차례씩 대련으로 승품시험을 치릅니다. 승품 과정은 그렇고, 자격을 갖춘 사람이 입계할 때는 일단 입계할 부와 소속선원 무진이 정해지고, 무진이 부령한테 신입계원을 취품하여 허락을 받습니다. 입계식에는 신입 계원이 속할 부의 무진 삼인 이상과 타 부의 무진 일인 이상이 입회하게 됩니다."

만단사에 입사할 때는 신입 입사자가 속한 일급사자의 허락만 있으면 된다. 입사식도 복잡하지 않다. 일급사자가 되는 과정과 그 서언식의 절차는 사뭇 까다롭다. 사신계에서는 신입계원부터 까다로운 모양이다.

"저와 제 아우들은 어디에 해당합니까? 어느 부를 통하여 입계하게 되고요?"

"양연께서는 혹 어느 부가 마음에 드십니까. 그 정도의 선택은 가능하십니다. 물론 칠성부는 제외고요."

사신은 청룡, 백호, 주작, 현무다. 동서남북을 의미하거니와 네 방향을 합쳐서 온 세상을 뜻한다. 새로이 들게 될 세상이지만 홍집은 아무 곳이라도 상관없다.

"오늘 밤 마님께서 저희를 부르신 까닭은 시급한 무엇인가를 함께 함으로서 저희들로 하여금 새로운 세상에 들라는 뜻이겠지요. 함께 하기 위해 입계 의식을 먼저 치러야 하는 것이고요. 저와 아우들은 네 부로 나누어 입계하렵니다. 저는 청룡부로 하고 아우들은 각자 선택하라 하고요. 우선 시급한 일을 함께 할 수 있도록 가장 빠른 방법을 마님께서 알려 주십시오."

"그러면 일을 논하기 위해서 오늘 밤 양연무 분들의 입계 의식을 먼저 치르도록 하지요."

"당장 말이옵니까? 웃전의 허락이 계셔야 하고, 최소한 일곱 분의 무진이 계셔야 한다면서요."

"한 부의 무진은 시방 양연 앞에 앉아 있고, 다른 부의 무진들은 한두 식경 안에 모셔 올 수 있습니다. 그리고 양연무 사람들이 입계를 청해 오면 허락하겠노라는 말씀들이 계셨습니다."

임림재 침입에 실패했으되 그 실패를 통해 사신계에 입계하는 모종의 시험을 거친 성싶다. 임림재 이후 내도록 비휴들을 내버려뒀던 이유도 시험인 것이다. 사신계가 내버려뒀던 덕에 비휴들은 갖은 생각을 다하고 의논하면서 합의에 이르렀다.

"따르겠습니다. 제 아우들도 지금쯤 모두 집에 돌아와 있을 것이라 불러오면 됩니다."

"다행입니다. 허면, 아우님들을 불러오는 동안 입계식 준비를 해 보지요."

함월당이 여진이라는 여인을 부르더니 양연무에 사람을 보내라 하면서 양연무 사람들의 입계 의식을 준비하라 일렀다. 명을 받은 여진이 아무것도 되묻지 않고 읍하고 나갔다. 함월당이 싱긋 웃고는 차를 따르며 입을 연다.

"양연, 이번 무과에 응시한다지요?"

이 사람들은 정말이지 모르는 게 없다.

"그리하라는 명을 받았습니다. 한 달여 전에요."

"이번 무과 응시자가 칠백여 명이라 하더이다. 문장시에서 오십 명을 추려 실기시험을 치르고 열 명을 등과시킬 거라 하고요."

"그렇군요."

"등과할 자신 있습니까?"

"모르겠습니다."

"평소 문장을 쓰는 데 어려움은 없습니까?"

"어려운 문장을 써 본 일이 없어 그 또한 모르겠습니다."

"그래도 이록이 양연을 키우기로 작정했을 때는 감당할 만하다 여겼기 때문이겠지요. 우리도 그리 봅니다. 그대들이 우리 세상에 든다 할 것을 예정하여 우리도 이런저런 생각을 했는데 다른 사람들은 현재 자리를 잡고 있으므로 있는 자리에서 크게 하고, 대외적으로 하는 일이 없는 양연이 자리를 잡는 데에는 우리도 돕자고 의논했습니다. 어떻게 도울지는 양연한테 물어야 하리라고 여겼고요. 그래서 물어봅니다. 문장시험은 글이 되어야 함은 기본이고 요령을 좀 익혀야 한다고 들었어요. 그에 대한 대비는 어떻게 하고 계신가요?"

"병서들을 주로 읽고 있습니다. 아까 허원정에서 『동국대전』을 유념하여 읽으라는 말씀을 들었고요."

"이록도 양연이 각종 병서들의 내용을 숙지하고 있으리라 믿기 때문이겠지요. 문장을 쓰는 기본이 다져졌다고 여기기 때문일 거고요. 그걸 전제로, 며칠 아니 남았지만 우리도 양연이 원한다면 선생을 붙여 드릴까 합니다. 문장시험에 응하는 요령을 가르칠 선생 말입니다."

"그런 선생님도 계십니까?"

"양연이 원하기만 하면, 있지요. 어때요? 해보시렵니까?"

사신계에 입계한다고 해도 만단사에 그대로 있어야 하는 상황인

게 분명하다. 임림재를 침입한 비휴들이 살아난 이유인 것이다.

"이왕 응시하는 거, 가능하다면 허원정에서 받은 명을 해결하고 싶습니다."

"그래요, 그럼. 내일 아침부터 사흘간 양연무로 선생이 찾아갈 터이니 번갯불에 콩 볶듯이 요령을 익혀 보세요. 막연한 것보다는 나으실 겝니다."

"그리하겠습니다. 고맙습니다. 하온데, 마님께 사사로이 여쭙고 싶은 게 있습니다."

"말씀하세요."

"혹시 마님께오선 제 딸아이의 생사나 행방을 아십니까?"

함월당이 한참이나 말없이 건너보다가 대꾸한다.

"미연제는 잘 있습니다. 당연히 유모 식구가 키우고 있고요. 미연제는 제 존재를 증명하려는 듯 왼쪽 발등에 점 세 개를 타고났지요. 엄지발가락 가까이 하나. 거기서 직선으로 이어진 부근에 하나. 네 번째 발가락 위쪽에 하나. 맞지요?"

"예."

"그 점들 때문에 미연제의 아명이 점아기, 점아입니다."

점아! 홍집의 몸 어딘가에 세 점의 낙인이 찍히듯 뜨거워진다.

"점아 미연제는 현재 돌이 지나고 반년을 더 컸지요. 걸음마를 시작했고 밥을 먹기 시작하며 젖도 뗐다고 들었습니다."

"부러 미연제를 감추신 겁니까? 왜요?"

"우리가 점아를 감춘 이유를 말씀드리기 전에 먼저 점아의 부친인 양연한테 묻겠습니다. 점아가 청계변 그 집이나 한탄강가 어느 집에서 살고 있다고 가정하고요. 이온이나 양연께서는 그 아이를 어찌하셨을 것 같습니까?"

아이를 어찌했을 거냐니. 급작스런 질문에 홍집은 당황한다. 유모
한테 맡겨 놓았으니 어쩌다 밤이면 한 번씩 찾아가 잠든 아이를 바
라보며 살 게 아닌가. 가끔은 낮에도 아이가 자라는 집의 사립 앞을
길손인 듯 지나며 아이를 훔쳐보기도 했을 것이다. 또 때로는 강담
아비와 아는 사람인 양 그 집으로 들어서서 안아 보기도 할 것이다.
자식을 직접 기르지 못하는 아비가 할 수 있는 게 그 정도이니. 온은
어찌했을까. 아이를 내놓고 난 이후 한 번도 그에 대해 거론치 않는
그 어미는? 짐작할 수 없고 상상되지 않는다.

"말씀 못하시는군요. 어쨌든 우리가 점아를 감췄다기보다는 안전
한 곳으로 옮겨 키운다는 게 맞을 것입니다. 그 이유는 점아가 태어
난 근원에 그대들, 어미아비의 크나큰 죄가 있기 때문입니다. 제가
무슨 이야기를 하고 있는지는 물론 아시지요?"

어찌 모르랴. 그 밤에 흔훤사의 무녀 셋을 죽였다. 이제 그 아이를
태어나게 한 의녀도 죽였다. 홍집은 입이 백 개라도 할 말이 없는 처
지이다.

"점아가 생기던 밤에 그대들이 죽인 무녀의 한 혼령이 그 아이한
테 담겼답니다."

"어, 어떻게 그런 일이? 그게 현실에서 가능한 일입니까?"

"그대들이 그 밤에 한 일도 현실을 사는 사람으로서 가능한 일은
아니었지요! 상상인들 그런 일이 가능하리까? 상상으로나마 가능했
다면, 우리가 그토록 맥없이 세 목숨을 그대들 손아귀에 내버려뒀
어요? 백 번 천 번 역지사지해서 흔훤사는 명받아 어쩔 수 없이 그
리했다 칩시다. 의녀 백화 일은 뭐라 할 수 있겠어요? 은혜를 원수

로 갚아도 분수가 있지, 대체, 어떻게 그럽니까?"

정색한 함월당의 호통에 홍집은 또 할 말이 없다. 함월당이 자신의 가슴을 턱턱 쳐대고는 한숨을 쉰다.

"양연은 우리가 아이를 유괴했다고 여길지 모르지만 우리가 그 아기를 뭣 하려 유괴하겠습니까?"

"하오면 무엇 때문에 아기를 숨기신 건지요."

"말씀드렸습니다. 그 아기의 몸속에 흔훤사 무녀의 혼령이 들어갔기 때문이라고요. 그리고 점아가 제 생부모 곁에서는 목숨 부지하기 어려우리라는 예시가 있었습니다. 태어나기도 어려워 모녀가 함께 죽을 판이었지요. 그리 놔두기에는 가엾다는 말씀에 따라 우리 세상의 여인들이 움직여 아이를 태어나게 했던 겁니다. 그런 말씀이 어디서 나오는지 이제금 양연도 짐작하실 텝니다. 온양댁이며 예님네, 백화 의녀 등등이 모두 우리 세상의 사람들인 것도 이제 짐작하실 테고요. 그러니, 점아가 부모의 살기를 떨쳐내고 무사히 자랄 때까지, 양연도 찬찬히 기다리세요. 서로 살아 있노라면 반드시 만나실 수 있을 겝니다."

홍집의 눈시울이 뜨거워진다. 그 아이의 어미와 아비가 저질러대는 살인들. 그 죄과들이 쌓이고 쌓여 어디로 향할 것인가. 그게 몹시도, 어쩌면 유일하게 두려웠다. 어미아비의 죄과들로 인해 아이가 이미 죽었을 것이라고도 생각했다. 그런데 살아 있다고 한다. 그 눈물겨운 아이가 살아 걸음마를 시작했다지 않은가. 저간의 사정이 어떠했든 홍집은 이제 충분하다. 점아 미연제가 살아갈 세상을 위해 살면 되는 것이다.

나무관세음보살

    실경사는 소백산 삿갓봉 아래 양지고개 안쪽에 자리했다. 가장 가까운 마을이 시오리 밖의 덕촌이다. 기도하러 찾아오는 사람이 일년 가야 몇 될까 말까 할 정도로 절이 외졌다. 소박하기 이를 데 없는 실경사는 법당만 기와를 이었다. 나머지 여섯 채의 자그만 집들은 지붕에 나무껍질을 얹고 그 나무껍질에 솔이끼들을 뒤집어썼다.

    그런 절에 찾아들 사람으로는 보이지 않는 여인이 시녀 둘을 달고 나타나 주지스님 뵙기를 청했다. 주지의 상좌승인 수국이 여인을 교경스님 처소로 인도했다. 교경스님 처소로 들어온 여인이 방주인에게 목례하고 북쪽 벽에 족자로 걸려 있는 불佛자를 향해 칠배한다. 여인은 무명으로 지어진 회색 바지저고리에 검정 쾌자를 걸쳤는데 쾌자의 동정이며 고름이 자주 빛이다. 머리에 얹은 검정 육합모의 둘레에도 자주색이 둘렸다. 수수한 듯 보이는 입성일지나 육합모까지 아우른 색깔 맞춤에 사뭇 공이 들었다. 부처님께 칠배를 마친 여인이 교경스님을 향해 삼배한 뒤 입을 연다.

"주지스님을 뵙나이다."

교경은 세속 나이로 환갑이 넘은 데다 법랍이 사십육 년에 이른 터라 어지간한 사람은 첫눈에 읽을 수 있다고 자부했다. 여인은 애 매하다. 서른 살이 갓 넘었을 성싶은데 삼백 년쯤 산 듯 거동이 무겁 다. 속에서 풍겨나는 기운은 댓 살 아이처럼 명랑하면서 천치인 듯 속이 비었다. 낯빛이 박속처럼 흰 얼굴은 그린 듯이 단정하다. 마주 절한 교경이 여인에게 편히 앉으라고 권한다.

"천지간 곳곳에 편편히 들 만한 절집이 널려 있는데 어찌 우리 곳 까지 오셨소? 여길 어찌 아시고?"

"저는 무녀입니다, 스님."

교경은 모처럼 놀랐다. 짧은 시간 동안에 갖은 짐작을 했으나 무 녀일 수도 있으리라는 생각은 못했던 것이다.

"그러셨구려. 기도처를 찾아오신 게요?"

"예, 스님. 제 이름은 반야입니다. 다섯 살에 신내림을 받고 삼십 여 년을 무녀로 살고 있습니다."

반야는 깨달음에 의해 얻은 지혜를 뜻한다. 금강석처럼 견고하며 날카롭고 빛나는 지혜로 탐욕과 분노와 어리석음을 제거하여 온갖 고통과 어둠을 쓸어내는 게『금강경金剛經』이다.『금강경』의 본래 이 름이『금강반야바라밀경』인 까닭이다. 그런데 여인의 이름이 반야라 한다.

"눈도 성치 않은 사람이 이름값 하고 사느라 어지간히 고생하셨겠 소. 대체 어느 어른이 계집아이한테 반야라는 이름을 붙이셨을꼬? 그 이름을 어찌 감당하며 살라고?"

반야가 가만히 건너다보는가 싶더니 불현듯 눈자위가 붉어지면서 눈물이 그렁그렁해진다. 차오른 눈물을 슬쩍 닦더니 웃는다.

"어찌 울고, 어찌 웃는 게요?"

"무녀로 살아오는 동안 너 고단하겠다, 고생했겠다 말해 주는 사람을 만나는 일이 드물어, 그리 말씀해 주시는 분을 만나면 감읍하여 눈물이 나옵니다. 좋아서 웃게 되고요."

"그만 일에 감읍하고 좋아하니, 삶이 어지간히 벅찬 모양이오."

"제게 반야라는 큰 이름을 내리신 분은 무녀이셨던 제 할머님이십니다. 손녀가 만 사람의 맘을 보살피는 큰 무녀가 되기를 바라 지으셨다 합니다."

"그 어른 바람대로 이름값하며 살고 있소?"

"가당키나 하겠나이까. 이름값을 못하여 평생을 쫓기듯 살고 있는 것을요. 여기, 스님 앞에까지 이르게 된 것도 그래서고요. 저를 얼마간 머물게 해주시겠습니까?"

저는 이쪽을 쳐다보느라고 보는 것 같은데, 저를 바라보는 이쪽과의 시선이 연신 어긋난다. 간신히 맞춰진 눈도 웃고 있기는 하지만 이쪽이 보이는지는 의심스럽다.

"가는 사람 잡지 않고 오는 사람 막지 않는 데가 절집인데, 이녘을 막겠소만 눈도 어두운 사람이 절집을 기도처로 삼고 찾아다니다니 신간이 얼마나 고단할꼬?"

"제가 어릴 적에 할머님을 따라간 어떤 절에서 한 노스님을 만났습니다. 할머님이 노스님께 손녀한테 가르침을 주십사 청한 거였습니다. 그 노스님께서 제게 물으셨습니다. '아가, 하늘 아래 사는 모든 사람은 동등하다, 그게 마땅하냐?' 그리 물으시는데 저는 너무 놀라서 입을 다물지 못했습니다. 만인이 동등 하다니요? 사람 아랫것인 천민과 양반이, 어찌 동등할 수 있겠습니까? 그 스님께서 또 물으셨습니다. '하늘 아래 억울한 사람이 없어야 한다, 응당하냐? 하늘 아래 모든 사람은 타인에게 해를 입히지 않아야 한다, 수긍하느냐? 모든 사람은 스스로 자유로워야 한다, 가당하냐?' 그 스님의 계속 되는 말씀과 질문에 저는, 응당하다고도, 가당하다고도, 수긍하거나 이해하지도 못했지만 짐짓 '예', 대답했습니다. '예.' 하여야만 그 어려운 말씀들의 뜻을 알게 되리라 느꼈기 때문이지요. 헌데 신기하기도 '예.' 라는 대답을 거듭하는 동안 그 단어들의 뜻을 모르고도 모든 것이 그럴 법해 졌습니다. 그 스님께서는 그런 말씀들이 불경 안에 다 들어 있노라 하셨고, 저는 그런 말씀을 알아듣게 해주신 스님이며 절집이 몹시 좋았지요. 제가 심산골골의 절집들을 좋아하는 까닭입니다."

"그리 아름다운 말씀을 그토록 쉽게 하신 스님이 어느 산, 어느 절에 계신 어떤 분일꼬?"

하하 웃은 반야가 응수한다.

"찾아뵈시게요?"

"내 찾아가 뵙고 싶구먼. 너무 멀어 늙은 내가 못 갈 양이면 젊은 제자들이라도 보내 말씀을 듣고 싶고."

"스님께서도 이미 다 아시고 제자들을 가르치시면서 뭘요. 그리고 그 노스님은 진작 열반에 드셨사와요."

어느 절의 어떤 스님이라고 말하지 않을 거라고는 교경도 짐작했다. 반야는 불경을 말한 게 아니다. '의의불의어依義不依語.' 부처께서 말씀하셨다. 말을 쫓아가지 말고 그 의미를 이해하라고. 반야는 지금 현실 세상에서는 불가능하여 통용되지 않는 모둠살이의 원리에 대해 말했다. 현실 세상이 아닌 다른 세상, 만단사 같은 세상에 대해. 반야는 기도하러 온 게 아닌 것이다.

"애석하구먼. 그나저나 어디서 오셨소?"

"평생 떠돌며 삽니다. 근년에는 전라도 익산 땅에 살고 있사온데 다시 옮겨야 할 성싶습니다."

"어디로요?"

"예전에 지리산 쪽에서 산 적이 있습니다. 지리산이 영산이고 큰 산이라 수많은 고을이 잇대어 있지 않습니까. 그 한 고을인 구례와 하동 사이, 화개라는 곳이었습니다. 화개라고 들어 보셨는지요?"

"그 위에 쌍계사가 있지 않소? 머지않은 곳에 화엄사가 있고 천은 사, 실상사 등의 천년 고찰이 수두룩하지요. 내 젊은 날 만행하며 그 언저리를 떠돈 적이 있지."

"그러셨군요, 스님. 저는 거기 화개나루 근방, 반반골에 살았습니다. 강이며 산천이 훤하게 내려다보이는 마을이라 하는데, 저는 강도 산도 훤히 보지는 못했지요."

"해서, 다시 간들 그 강, 그 산이 훤히 보이려나? 지금 코앞의 늙은 중도 못 보면서?"

"그러게요." 하면서 웃는다. 소경 주제에 하는 짓은 늙은 비구는 물론 늙은 비구니조차도 홀리게 생겼다.

"예서는 몇 날이나 계시려오?"

"한 보름간 머물고 싶습니다."

"좋도록 하시오만 불편하지 않겠소?"

"편하고 싶어 예까지 왔겠습니까. 평생 이따금 부처님을 찾아 응석 부리면서 기운을 차려왔습니다."

"부처님께 응석을 부릴 수 있다니, 평생 절집에서 살아온 이 늙은 중보다 낫구려."

반야가 까르르 웃는다. 부처님 앞인 것이나 늙은 비구니 앞인 것에 거리낌이 없다.

"너무 무람하게 굴어 죄송하와요, 스님."

"늙은 중을 어려워하지 않고 웃어 주니 고마운 일이오. 그나저나, 우리 절에 식구가 많은 데 비해서 방이 많지 않아 이녁의 시녀들한테까지 따로 내줄 방은 없을 성싶소."

"둘 다 수양딸입니다. 집을 떠나 다닐 때는 노상 한 방에 묵습니다. 방은 셋이 발 뻗고 누울 만하면 충분하옵는데, 스님."

"말씀하시구려."

"누구나 절집에 들면 스님들에 섞여 함께 일하고, 공부하고 기도하고 그래야 마땅하온데, 스님께서 알아보셨다시피 제 눈이 거지반 봉사입니다. 아주 캄캄하지는 않으나, 누군가와 더불어 무얼 하기는 어렵사와요. 주렵이 들거나 하면 더 어두워지는 데다 원래 사람 마주하여 말하는 재주 외에 달리 할 줄 아는 것도 없습니다. 해서 절집에 찾아다닐 때면 늘 죄송하여 약간씩의 시주로 몸 닦음을 하옵니다. 혜량하시어요."

"누구나 제각기 할 수 있는 일을 하는 게지, 그런 것까지 맘 쓸 것 없소. 중들 살림이라도 돈 쓸 일은 많은데, 형편껏 시주를 해주시면 고맙고요. 방을 내어 드리라 하겠소. 산길 올라오느라 고생했을 터이나, 저녁 예불 시각이 다 되었으니 법당에서 가만히 앉아 있다가 예불 끝나면 공양하고 나서 쉬시구려."

"예, 스님."

교경스님은 밖에 시립하고 있을 수국을 불렀다. 수국이 들어와 합장 읍한다.

"이 보살의 이름이 반야라는구먼. 반야보살한테 반야당을 내어드리게. 눈이 불편한 사람이니, 밖에 있는 따님들한테까지 부축해 드리도록."

환하게 웃은 반야가 합장 읍하고 손을 내민다. 수국은 느닷없이 제게 내밀어진 손을 놀란 눈으로 쳐다보면서 두어 걸음 움직여 마주 잡는다. 수국의 손을 잡은 반야가 일어나더니 가만가만 이끌려 나간다. 앉은 채로는 약간 보는 성싶은데 움직임은 사뭇 불편해 보인다. 저런 몸으로 시오리 산길을 올라온 까닭이 뭘까. 기도하러 온 게 분명하지만 속내가 너무 말개서 오히려 미심쩍다. 두고 보면 알 터이지. 중얼거린 교경스님은 일어나 장삼을 걸치면서 저녁 예불을 준비한다.

저녁 예불이 끝나고 공양이 지난 뒤 상좌 수국이 반야가 내놓은 시줏돈 주머니를 열어 보지 않은 채 들고, 교경의 처소로 들어섰다. 검정 물들인 무명에 붉은 술이 달린 그 주머니는 예불 내내 절집 식구들 눈을 사로잡았다. 예불 시작 전에 스님들보다 앞서 법당에 들어간 반야의 수양딸이 불전함 위에 올려놨던 주머니가 보통보다 큰데다 제법 불룩했던 것이다.

"반야보살이 내놓은 시줏돈입니다."

"고마운 일이로다. 얼마나 되는지는 모르겠으나 안천스님한테 갖다 드리고 겨우살이 준비에 보태라고 해라."

"큰스님, 안천스님 갖다 드리기 전에 살짝 열어 보면 아니 되오리까?"

"그 속이 궁금하냐?"

"하도 오랜만에 받아본 시주인 데다 주머니가 제법 무거워 그런지 몹시 궁금하옵니다."

"허면 열어 보거라. 실인즉슨 나도 궁금타. 그리 생긴 중생은 시주를 얼마나 하는지."

일 년 한 차례, 만단사령으로부터 오십 냥이 내려왔다. 박은봉이라는 사령의 대리자가 근동을 지날 일이 있으면 들러 전해 주고 가는데 대개 정월이나 이월이었다. 오십 냥이 사뭇 큰돈이기는 하나 실경사에 들어 있는 식구가 늘 스물댓 명은 되었다. 스물댓 명이 열흘에 한 번씩 산 아래 덕촌이며 땅재골, 절골 등의 배곯거나 아픈 노인들과 아이들을 찾아다니며 구완했다. 그 일에 들어가는 일 년치 양식이 절집 식구가 일 년 먹는 식량보다 많았다. 온 식구가 번갈아 탁발을 다니지만 민가가 몇 집씩 되지 않는 마을들에서 탁발로 얻는 양식이라야 뻔했다. 멀리 큰 마을에서 얻어다 가까운 마을의 식량 없는 집에 갖다 주는 식이었다. 절집 식구들은 하루 두 끼니 나물죽으로 때울 때가 흔했다.

"어머나, 어머나! 나무관세음보살!"

수국의 탄성이 우습다. 비구니들은 어머나, 같은 소리를 잊고 살기 마련인데 수국이 관세음보살에 앞서 어머나를 연발하지 않은가. 수국이 앉은걸음으로 다가들더니 주머니 속에 든 것을 차례차례 꺼내 열 지어 놓는다. 열 냥쭝 은자가 쉰 개. 오백 냥이다.

"이, 이걸 차, 참말로 시주로 내놓은 것이오리까, 스님?"

거금에 놀란 수국의 말이 꼬이기까지 한다. 교경도 놀랍기는 하다.

"부처님 앞에 내놓았으니 시주가 맞긴 할 터인데, 너무 많구나."

시줏돈이 너무 많은 건 물론이려니와 반야가 기이한 사람이었다. 예불 중에 교경은 절 주변에 드리워진 기운을 느꼈다. 주변 등성이들에 산봉우리들이 새로 돋은 것 같은 막강한 존재감이었다. 반야는 허허실실, 웃다 울다 천치처럼 비었는데 그를 둘러싼 기운은 이 실경사를 무지개처럼 감싼 것이었다. 보이지 않는 무지개 같은 그 기운이 반야를 호위하는 사람 무리만이 아니므로 기이했다. 반야는 부처와 신령들의 가호를 받는 사람인 것이다.

"하면 어찌하오리까?"

"어찌할거나?"

"한 개, 아니 세 개, 아니 다섯 개만 받겠다 하고 돌려주리까?"

"다섯 개 아니라 한 개도 너무 많지. 돌려주려면 고스란히 돌려주는 게 옳고. 다시 묻는다. 어찌할거나?"

"소, 소제한테 묻지 마시어요. 스승님. 우리와 덕촌, 땅재골, 절골 사람 전부가 올겨울은 물론 향후 오 년쯤은 배곯지 않고 등 따시게 지낼 만한 금액이온데, 그리 하문하시면, 소제, 가슴이 무너지옵니다. 머릿살도 어지럽고요. 나무관세음보살! 관세음보살."

교경은 이십여 년 전 불영사에서 실경사로 옮겨올 때 중이 되지 못할 사람들을 중으로 살게 하지 않겠노라 다짐했다. 스스로도 중답게 중 노릇을 못할 양이면 산문을 나서려니 하고 불영사를 떠났다. 불영사의 중들에 넌더리가 나서였다. 특히 사형이었던 처인에게 질렸다. 당시 교경은 주지 자리에 욕심 없었다. 스승이시자 주지인 서정스님 사후 처인이 그 자리를 잇는 게 당연하다 여겼다. 그 무렵에 봉황부령의 모친이었던 녹은당이 수천 냥을 불영사에 투척해 불사를 일으켰다. 당시는 불영사가 아니라 불영암이었다. 두 해에 걸친 거창한 불사가 끝난 뒤 새 불상 봉안식을 앞두고 주지인 서정스님이 교경을 불렀다. 닷새 앞둔 봉안식에서 서정스님이 교경에게 발우를 물리겠다는 말씀을 하셨다. 주지 자리를 내놓고 당신께서는 뒷방 늙은이로 남새밭이나 매며 살겠다는 것이었다. 교경은 사형인 처인이 받아야 할 자리라고 사양했으나 스승께서는 도리질하시며 못 박았다.

"처인은 주지 노릇을 옳게 할 중이 아니다."

둘이 있는 자리에서 오고간 말이었는데 처인의 귀에 들어갔던가. 봉안식을 이틀 앞둔 새벽에 서정스님이 깨어나지 않았다. 누운 채 홀로 열반에 든 것이었다. 처인이 스승의 숨통을 막았다는 증좌는 없었다. 아무 증좌가 없으므로 처인이 의심스러웠다. 그렇게 흔적 없이 사람 숨통을 막을 수 있는 사람이 누구이랴. 어릴 때 교경과 함께 산문에 들어 선무도로 심신을 닦으며 더불어 자란 처인이었다. 선무도란 몸놀림을 통해 참선하며 해탈궁극에 이르는 것일 제 처인의 동작은 언제나 지나치게 날카로웠다. 처인과 대련하다 몸을 다친 중들이 흔했다. 처인의 기량이 그만치 탁월하되 그 안에 있던 살기도 스스로 다스리지 못할 만치 높았다. 그이는 세속에 대한 욕망도 컸다. 무공이 아무리 높아도 여승의 몸이라 세속에서 풀어먹을 길이 없다는 것을 한했다. 그 한이 불사 과정에서 주장 노릇을 하는 동안 작용했다. 불영사가 그리 커지고 요란해진 까닭이었다. 제 힘으로 불영사를 세웠다고 생각했을 처인에게 주지 자리는 당연한 것이었는데 서정스님의 뜻이 달리 있는 것을 알고 일을 치고 만 것이었다.

교경은 스승을 다비하고 봉안식을 보지 않은 채 불영사를 떠났다.

뜻이 같았던 사제 안천스님과 함께였다. 그렇게 찾아온 실경사는 서정스님의 도반스님이 주지로 계셨다. 실경사는 불영사에 비하면 초라하다 할 만했다. 불영사 이전의 불영암에 비해도 단출했다. 식구는 다섯 명밖에 되지 않았다. 그런 실경사가 교경에게는 맞았다.

　이십여 년이 흐르는 동안 식구들이 별 수 없이 늘었다. 대 기근이 발생하고 도적이 횡행하면서 떠도는 사람이 많아진 탓이었다. 교경이 실경사로 옮겨온 지 여섯 해 되던 해에는 전국에 열병과 문둥병이 한꺼번에 돌아쳐서 아무데나 시체가 널리게 되었다. 부모 잃은 아이들도 사방에서 죽어갔다. 봉황부령에게서 아이들을 거두어 무극으로 키우라는 명이 내려온 게 그해였다. 명이 구체적이었다. 인재가 될 만한 아이들 몸에 무극이라는 글자를 새겨서 만단사 인재로서의 자부심을 갖게 하라는 것이었다. 동시에 돈이 왔다. 이미 들어와 있던 아이들로 실경사가 만원일 때였다. 그 이듬해와 그 삼 년 뒤에도 전염병이 돌았다. 더 몇 해 뒤 기사년 겨울에는 돌림병이 극악했다. 깊은 산속에서도 시신이 흔히 발견될 정도였다. 그 다음해인 경오년 여름에도 전년에 못치 않았다. 풍문으로 듣기에 기사년 겨울에서 경오년 여름에 이르는 동안 일백만여 명이 죽었다거나 조선 사람 오분지일이 죽어나갔다고 했다.

　지금 실경사의 젊은 중들은 경오년 즈음에 들어와서 나가지 않고, 만단사자로, 만단사의 인재인 무극으로 자란 아이들이다. 수국은 교경의 세 번째 제자다. 첫째인 자귀와 둘째인 부용은 무극으로 자랐으되 비구니가 되기 싫어했으므로 나가 살게 했다. 자귀는 단양 읍내의 약방에서 의녀로 지내며 한 달에 한 번꼴로 찾아와 하루이틀 묵고 간다. 부용은 예천 땅의 자식 달린 홀아비에게 시집가 농사지으며 산다. 부용은 가을걷이를 끝내고 나면 머슴들에게 양곡을 지워서 친정을 찾듯 실경사를 찾아왔다.

단전에다 무극이라는 글자를 새긴 서른한 명 중에 자귀나 부용처럼 나가 사는 사람이 열넷이다. 남아 있는 열일곱 명의 무극 중에서 사미계를 받은 중은 열 명이다. 남은 아이들은 수계를 받고 머리는 깎았으되 평생 중질을 할지는 아직 몰랐다. 교경 스스로 아이들이 열여섯 살이 되기 전에는 결정하지 못하게 했다.

수국이 보채며 나선다.

"어찌하여요, 스승님?"

"우리가 반야보살한테 오백 냥이 아니라 닷 냥쯤을 받았다고 치면, 아니 한 냥만 받았어도 충분히 고마워했을 터이지?"

"무, 물론이지요."

"한 냥으로 아랫말 사람들을 서너 차례 구완할 만하니 행복했을 것이고?"

"그렇지요."

"헌데 우리 식구들이 이 주머니에 든 돈이 얼마인지 알게 되면 당장 탁발을 나가기 싫을 것이다. 나물이 태반인 잡곡밥 대신 이밥을 먹게 되지 않을까 기대하게 될 터이고. 안천스님은 법당 지붕의 낡고 헤진 기와를 바꾸자 들지도 모르지. 식구가 많으니 목수들 불러다 집을 더 짓자고 나설지도 모르고. 올겨울 식구들한테 솜든 장삼을 입히고 싶어 할 것이다."

"그러시겠지요. 소승은 당장 이십여 년째 입고 계시는 스승님 장삼을 바꿔드리고 싶은걸요."

"네가 그렇듯이 또 누군가는 이 돈이 탐나 마음이 어지러워지기도 할 터이다."

"그렇지요. 소승의 마음이 어느새 이리 어지러운 것을요."

"어떻게, 얼마나 어지러우냐."

"땅재골쯤에다 전답을 사고 싶사와요. 탁발하는 대신 논밭에 가서 농사를 짓고요, 산속을 헤매 다니며 짐승들의 먹을거리를 덜어오는 시간에 경문을 조금이라도 더 읽고 싶습니다. 아이 참, 어떻게 해요, 나무관세음보살."

"허면 어찌할까, 너무 많은 이 돈을?"

"얻을 바가 없는 고로 빌 것이 없고, 빌 것이 없으매 빌어야 할 대상이 없다. 얻은 바가 없기에 거리낌이 없고 공포가 없으며 하여 멀리 몽상을 떠나 구경에 이른다, 하시었으니 도, 돌려주지요."

날마다 외고 사는 『반야심경』의 한 대목을 다시 읊어야 할 만큼 수국의 마음이 어지러운 모양이다.

"허면 네가 풀었으니 네가 도로 담아서 반야보살한테 갖다 주어라."

"보살이 다시 주면 그때는 어찌하옵니까? 불전에 올려놓으면요?"

"그건 그때 가서 생각해 보기로 하자. 대신 너는 그 기대를 버리고, 반야보살이 불전에 이미 바친 그 맘만 담고 있도록 해라. 다른 사람들이 이 돈에 대해서 절대 모르게 하고. 혹여 물어오면 엽전이 백 개 들어 있더라고 해."

"예, 스님."

"돌려주고 난 뒤에 반야보살한테 저녁 공양 끝났으면 내가 차 한 잔 나눌 수 있는지 묻더라고 해라. 나가면서 문 열어놓고."

"예, 스님."

순순히 응하면서도 한숨이 나는가 보다. 얼굴을 찡그리며 진저리 치며 나간다. 교경은 제자의 순한 마음이 어여뻐 한숨 대신 웃음이 난다. 잘 자란 제자들을 보노라면 중질하며 살기 잘했다 싶었다. 그럴 때면 불영사의 처인 아래서 자라고 있을 무극들이 걱정스러웠다. 불영사를 떠나올 때, 처인과 맞상대하고 싶지 않다고, 그런 족속과 상대하느니 경문이나 외고 살자고 스스로를 합리화했지만 실상은 그가 두려워 도망친 것인지도 몰랐다. 두고두고 그 무렵이 부끄러움 으로 떠오르는 걸 보면 달리 생각하기 어려웠다.

불영사에서 지내는 사제 적영이 만행卍行을 겸해 이삼 년에 한 번 씩 다녀가는데 그쪽 무극들은 이쪽과 다르다 했다. 무극이란 글자 를 왼쪽 어깨죽지에 새긴 그쪽 아이들은 중으로 자라는 게 아니라 봉황부령 이록과 그 딸 이온에게만 충성하도록 키워진다는 것이었 다. 이록이 사령에 오른 뒤에는 더욱 그렇고, 만단사에 칠성부가 새 로 생기면서 이온이 칠성부령에 오른 뒤에는 말할 것도 없다고 했 다. 더욱 기이한 건 무극들이 절 밖으로 나가기 위한 자격이 암암리 에 행해지는 살인인 것 같다는 것이었다. 불영사에서도 주지인 처 인과 뜻을 같이하는 패와 처인이 하는 일을 다 모르는 패로 나누어 지는바, 적영은 후자였다. 무극들이 그 일에서는 적영 등을 돌려놓 는다고 했다. 그런 불영사를 떠나 실경사로 오고 싶다는 적영을 교 경이 말렸다.

"누군가는 아이들을 옳게 보살펴야 하지 않겠는가."

그리 적영을 설득할 때 교경은 미안하고 안쓰러웠다. 더구나 처인 을 도와 불영사를 꾸리며 다음 불영사 주지가 될 게 틀림없는 완경 이 처인과 똑같은 중이었다. 교경 자신은 그런 불영사를 견디지 못하고 달아나듯 떠나왔으면서 사제한테는 그곳에 남아 감당하며 살라는 게 죄스러웠다. 교경의 부끄러움과 죄스러움을 끌어안은 적영은 여전히 불영사에서 살고 있었다.

사령이 매해 거금을 내리는 뜻은 만단사의 인재들을 키우라는 것인데, 언제 어떻게 쓸 인재들일지에 대한 말은 아직 없었다. 그저 갈데없는 아이들을 거두어 돌보라는 뜻이었을 것이라고 여기고 싶은데 그렇게 생각되지 않는 게 꺼림칙했다. 선의로만 여기기에 사령이 양쪽 무극들한테 쓰는 돈이 너무 많다 할 수 있었다. 반야가 내놓은 오백 냥의 시줏돈이 너무 많은 것과 같았다. 무슨 의도가 있는 게 분명했다.

"스님, 반야보살 드셨습니다."

구월 보름달이 아직 산을 넘어오지 않아 바깥이 어둡다. 절 안 곳곳이 수런거린다. 중들도 보름달 뜨는 밤이면 설렌다. 오늘은 낯선 손님들이 들어 새 바람이 든 듯 절 안이 활기에 넘친다. 모처럼 찾아든 손님들로 인해 풍등처럼 들뜬 것이다.

수국에 이끌려 온 반야와 그 딸들은 어느새 절에서 내준 승복으로 갈아입었다. 반야는 쪽쪘던 머리를 정수리로 말아올려 회색 댕기로 감춰놓았다. 여린 등잔불에 비친 얼굴이 누래야 함에도 희다. 실경사 식구들이 처음 보는 미색이듯 교경에게도 반야와 같은 사람은 처음이다. 수양딸들이라지만 호위로 보이는 처자 둘을 거느리고 단순히 기도하기 위해 이런 외진 절에 찾아들 여인이 아니다. 절 주변에 결계가 쳐진 듯 드리운 강력한 기운 속에 사람 기운이 없지 않았다. 절 주변에 호위들이 더 있는 것이다. 교경 자신이 늙어 무뎌졌을지라도 아직 그 정도는 느낄 수 있었다. 현재 이 절은 그 무언가에 의해 통째로 사로잡힌 상태였다.

마주앉은 반야가 "자인아." 한다. 자인이라 불린 처자가 저고리 안에서 불룩한 주머니를 꺼내더니 수국 앞으로 내놓는다. 아까 불전에 올려놨다가 되돌려 받았을 시줏돈 주머니다. 반야가 입을 연다.

"어제 아랫마을에서 쉴 때, 이 절 스님들께서 주변 마을 백성들과 더불어 사신다고 들었습니다. 스님들이 탁발하시어 배곯는 아이들과 노인들을 구완하신다고요. 아픈 사람들을 돌보시고 초상이 나면 장례도 거들어 주신다고. 그럼에도 제가 불전에 올린 시주를 과하다 여기시어 되돌려주신 그 깊은 뜻에 감읍하였습니다. 헌데 스님, 저는 부처님을 몸주로 모시는 무녀입니다. 평생 절에 다니면서 제가 할 수 있는껏 시주하면서 몸 땜을 해온 까닭입니다. 그 덕에 무녀로서의 저는 신기 높다는 소리 들으며 제법 돈을 법니다. 부처님의 자비로 신기를 유지하는 제가 부처님의 자비를 몸으로 행행하기 어려운바, 스님들께서 하시는 일에 조금이라도 보탬이 되고 싶습니다. 다시 부처님 전에 올리고 싶고요. 수국스님, 받으시어 부처님 전에 놓아 주시어요. 그리고 부처님의 자비를 펼치시는 데 써 주시어요."

수국이 어찌하냐는 눈길로 교경을 바라본다. 반야는 오백 냥을 내놓을 만한 이유가 있는 것이고, 실경사는 받을 만한 까닭이 생긴 것이다.

"이 또한 부처님의 뜻일 터, 받아 모셔라."

교경이 허락하자 순식간에 얼굴이 환히 핀 수국이 두 손으로 시주 주머니를 받아들고 물러난다. 반야도 제 딸들을 물러나게 한다.

교경은 화로의 찻주전자를 내려 다관에 물을 부었다. 반야는 교경이 차 우리는 모습을 가만히 지켜본다. 찻잔을 채워 주자 조심조심

손을 뻗어 잔을 받쳐 들고 깊이 흠향하더니 묻는다.

"이 산에도 차나무가 흔히 자라나이까?"

"남녘만큼은 차나무가 자라지 않는 것 같소. 씨를 뿌려도 쉽게 발아하지 않고. 골짜기 아래쪽 진땅에다 연못을 파서 연뿌리를 심어 연잎차를 만들어 마시고 있으나 턱없이 부족하지. 해서 꽃차나 야생초 잎차를 상용하고 진차眞茶는 불전에 올리거나 손님이 드셨을 때 접대용으로나 내오."

"저를 손님으로 대접해 주시니 감읍입니다."

"번번이 감읍도 잘 하시는구면."

"그러게요. 제가 철이 덜 들어 그렇답니다. 저를 조금이라도 어여삐 보아 주시는 분을 뵈면 이리 속이 없어지지 뭐예요."

"참말 속이 없어 뵈기는 하오."

또 소리 내어 웃는다. 계집 중보다 더 천하게 취급받는 무녀로 평생 살아왔을 계집이 천기나 속기가 전혀 없다. 오백 냥을 내놓을 만큼 돈을 잘 버는 무녀라면 신기가 그만큼 높을 것이고 신기 높은 무녀들은 신분 높고 돈 많은 사람들만 만나기 마련이라 저 스스로 이미 높다 여긴다. 이미 높은 그들은 낮은 곳에 있는 중 따위를 만날 이유가 없다.

"그래도, 스님. 철없는 제가 귀엽기는 하시지요?"

"그렇기는 하네. 내가 늙었어도 사내 중이라면 대번에 파계하고 이녁을 품고 싶겠어."

이히히, 몸을 흔들고 참말 좋아하며 웃는다. 한 소식이 아니라 여러 소식을 한 듯, 소식조차 넘어선 듯, 그물에 걸리지 않는 바람처럼, 진흙에 더럽히지 않는 연꽃처럼 어디에도 걸림이 없는 광대무변이다. 이 조선 땅에, 아니 사람이 사는 현실에 이와 같은 계집이 있었다니. 반야라는 거대한 이름이 그저 한 늙은 무녀의 바람으로 지어진 게 아닌 것이다. 희한한 계집이라 여겼던 호기심과 주변에다 사람들로 결계를 쳐 놓은 괴이한 인종이라 단정했던 게 가뭇없어진다. 그리고 나니 보살의 현신을 마주한 듯 교경의 늙은 가슴이 환희로 설렌다.

"해서, 그리 속없는 사람이, 불편한 몸으로 예까지 온 까닭이 뭘일까?"

교경이 정색하고 묻자 반야가 싱긋 웃더니 찻잔을 비우고 빈 잔을 내려놓는다. 교경이 차를 채워 주자 합장 읍하더니 숨을 고른다.

"며칠 지내보고 나서 말씀을 드리든가, 그냥 달아나든가 하렸는데 지금 말씀드리렵니다."

"어쩌려고 서설이 그리 비장하실꼬?"

"제가 오는 섣달 즈음에 이생을 떠날 성싶나이다."

교경은 그 무슨 황당한 소리냐고 따지는 대신 찻잔을 받쳐 든다.

"어째도 제 한 몸 죽는 것으로 끝나게 된다면 제 수명이 그뿐이라 여기게 될 터입니다. 문제는 제가 죽을 상황에 맞닥뜨리게 되면, 당장 이 방 밖에 있는 제 딸들을 위시한 제 식구 수십 명도 저와 함께 죽게 된다는 것이지요. 하온데 저는, 제게 닥칠 위험을 어느 정도 예감합니다. 제가 평생 한 자리에서 살지 못하고 달아나며 사는 이유이지요. 그래서 다시, 저와 제 식구를 죽이러 오는 자들을, 가만히 앉아 맞이할 수는 없지 않겠습니까. 또 달아나야지요. 헌데 평생 도망치며 살다 보니 더 이상 갈 곳이 없나이다, 스님. 제가 갈 곳이 없는바 제 식구들은, 저를 죽이러 오는 자들을 기어코 막으려 들 텐데,

그들은 저를 지키기에 이골이 난 사람들이지요. 저를 죽이러 올 자들에 못지않은 사람들이니까요. 살려는 자들과 죽이려는 자들. 비등한 양쪽 사람들이 맞부딪쳤을 때 어찌되겠나이까. 양쪽이 다 함께 죽게 되기 십상이지요. 그 때문에 제가 스님을 뵈러 왔습니다."

"이녁 말씀이 하도 어마어마하여 알아듣기가 퍽 난감하구먼. 이녁의 복잡한 죽음과 나와는 무슨 관련이 있기에?"

"스님과 스님의 제자들께서 저를 죽이러 화개로 찾아오실 것이기 때문입니다."

워낙 터무니없는 소리를 들으니 입이 마른다. 제가 혹시 만단사자가 아닌가 여기며 내심 반가웠건만 보람이 없다. 마른 입안을 차로 적시는 교경에게 불쑥, 너무 오래 살았다는 생각이 떠오른다. 너무 오래 살아 못 볼꼴을 또 보게 된 성싶다. 반야가 흔해 빠진 무녀가 아니매 그 어떤 존재일 것이므로, 교경에게는 미구에 반야를 죽여야 할 일이 생길 터였다. 그 일은 우연하게가 아니라 십수 년에 걸쳐 준비돼 왔다. 만단사령으로부터 한 해 쉰 냥의 거금이 내려오면서 무극을 기르라, 할 때부터였다.

"내가, 또 내 제자들이 어찌 이녁을 죽이러 나선다는 것이오? 우리가 무슨 원수사이라고? 내 이미 이녁한테 마음을 열고 있고, 이절 식구들이 벌써 이녁에게 죄 혹하여, 어찌할 줄 모르고 이 방안의 이야기에 귀를 기울이고 있을 것이거늘, 우리가 이녁을, 이녁 식구들을 어찌 죽이겠소?"

"스님께오서 이미 그 까닭을 짐작하셨을 줄 압니다. 스님이 속하여 계신 세상의 수장이 저를 죽이고 싶어하기 때문이지요."

볼수록 가관이고 넘을수록 태산이다.

"내 세상은 불가인바 내 세상의 수장은 부처님이신데, 부처께서 그리 어여뻐하시는 이녁을 죽이고 싶어하신다고?"

한번 뻗대보는 늙은 중의 속내를 다 안다는 듯 반야가 싱긋 웃고는 차를 마신다. 교경은 차로 입안을 축이며 한숨을 삼킨다.

"그래, 이녁이. 내가 속한 세상을 잘 안다고 전제하자. 내 세상의 수장이 어찌하여 이녁을 죽이려 든다는 게야?"

"스님 세상의 현재 수장. 제가 무녀로서 그를 네 번 만났나이다. 그이가 저의 신기가 높다 여기고 저를 탐내었습니다. 자신이 하고자 하는 일, 나아가고자 하는 길에 제 신기를 쓰고자 함이지요. 그가 하고자 하는 일, 나아가고자 하는 길은, 조선의 임금 되기입니다. 현임금과 세자와 세손, 그들의 신료들을 모조리 죽이고 임금이 되려는 게 그의 계획이지요. 그 일을 위해 그는, 스님이 속해 오신 세상, 만단사를 그 개인의 것으로 만드는 과정에 있습니다. 칠성부를 새로 만들어서 자신의 딸을 부령에 앉혔지요. 그리고 각부 부령도 자신의 사람들로 세워 놓았습니다. 그러는 중에 무녀인 저를 자신의 전도를 위한 소용품으로 쓰고 싶어했지요. 저는 그에 승복하지 못하고 달아났고요. 그는 달아난 저를 이태째 찾고 있사온데, 내달에 제가 그에게 발견될 것입니다."

"발견될 것이라고? 내달에?"

"예, 화개에서요."

"승복하지 못해 달아났다면서, 어디서 발견될지 알면서 그곳으로 간다고? 아니 가면 되지 않아?"

"제 양모께서 화개에 계시는데, 내달 중순경에 타계하실 듯합니다. 제가 아무것도 모르면 모를까, 모녀지연을 맺고 한 세상 살고 있는 중에, 어머니가 영영 가실 날을 느끼는데, 만단사령 이록의 눈이 무서워 어머니 임종을 피하겠습니까."

급기야 만단사령 이록이라고 한다. 만단사를 아는 건 물론이고 일급사자나 되어야 아는 사령의 이름까지 알고 있는 것이다.

"그러니, 이녁은 양모의 임종 때문에 어쩔 수 없이 화개로 가야 하고, 이녁은 죽이고자 하는 우리 세상의 눈에 발견되고, 이후 이녁을 죽이라는 명이 나한테 내려올 것이다? 내달에?"

"예, 스님. 하여, 저를 살려 달라고, 제 식구를 살리고, 스님과 스님의 제자들을 살리시라고 말씀드리기 위해 왔습니다."

"참말 어이가 없구나. 이녁이 우리 세상을 얼마나 아는지 모르나, 우리 세상은 그처럼 극악한 세상이 아니야. 우리는 만 사람이 아름다이 살아가는 세상을 꿈꾸면서 그 꿈을 현실에 이루기 위해 애쓰는 사람들이란 말이다. 그 안에 들어 있는 이 절이, 이 절의 식구들조차 그 세상이 지향하는 바를 펼치면서 살고 있는 이유다."

"물론 그렇습니다. 이록이 만단사령 자리에 오르기 전에는 그랬지요. 아니 그가 봉황부령 자리에 오르기 전까지 그랬습니다."

반야의 말이 이어진다. 현 만단사령 이록의 오대조가 광해라 불린 왕이었다는 사실부터 이록이 봉황부 일봉사자로서 봉황부령을 죽이고 그 자리에 오르고, 이후 만단사령에 오르기 위해 죽인 자들이 줄줄이 나왔다. 이록이 만단사령에 오른 뒤 각부를 장악하기 위해 죽인 자들도 죽 열거되었다. 현재 이록이 장악하지 못한 유일한 곳이 거북부인바 이번 겨울에 거북부령 황환이 이록에 의해 죽게 될 것이며 황환이 차기 부령으로 염두에 둔 상주의 일귀사자 구양견도 이록의 살수들에 의해 죽게 될 것이라 한다. 그 모든 내용이 교경에게는 생소했다. 생소하므로 인정할 수 없고, 인정하기 싫다. 인정하고 나면 육십여 평생이 헛것이 되지 않는가.

"이녁 말이 모두 사실이라 치자. 헌데 나는 그 모든 사실을 믿고 싶지 않고, 믿을 수도 없다. 이녁의 말을 다 믿는다면, 이 순간 내 세상의 이면을 까발린 이녁은 내 세상의 적인바 나는 이녁을 죽여야 마땅하다. 내가 이녁을 당장 죽일 수 있는데, 이녁 말을 믿는 게 이녁한테 온당한가?"

"저는 물론 스님 손에 죽고 싶지 않나이다. 하오나 제가 지금 이 자리에서 스님께 죽는다면 스님께서 행하실 살생은 최소한이 될 것입니다. 저와 제 두 딸만 죽이시면 될 터이니 말입니다. 이후는 만단사령 이록과 그의 딸인 칠성부령 이온의 행사가 될 텝니다."

"이보라, 반야야!"

"예, 스님."

"평생 절집에서 살아온 나는 속세 나이로도 환갑이 훨씬 넘었다. 내 이녁을 죽일 힘이 없거니와 내 제자들에게 살생을 가르치지 않았다. 우리가 솔잎을 따 먹고 도토리를 주워 먹을지라도 그 속에 사는 굼벵이 한 마리 먹지 않는 까닭은 살생하지 않기 위함이다. 살아 있는 모든 것을 내가 죽이거나, 남을 시켜 죽이거나, 수단을 써서 죽이거나, 칭찬을 해 죽게 하거나, 죽이는 것을 보고 기뻐하거나, 주문을 외워 죽여서는 안 된다는 불살생계를 지키며 살려 애쓴다는 것이다. 헌데 이녁이 이리 쳐들어와 내가 이녁을 죽이러 나설 것이라 말한다. 늙은 중의 머리가 어지럽구나."

"망극하옵니다, 스님."

"그래! 내가 미구에 내 세상의 수장으로부터 이녁을 죽이라는 명을 받는다 치자. 그 모든 것을 알고 미리 나를 찾아온 이녁은 누구냐?"

"저는 스님처럼, 제가 속한 세상에 대해 침묵하기로 맹세한 사람입니다."

"이녁이 만단사를 입에 올렸으니 만단사자는 아닌 게지?"

"저는 제가 속한 세상과 만단사가 다르지 않다고 알고 있나이다."

"허면, 이녁의 세상은, 혹시, 사신계인 것이야? 아까 말한 동등이니 자유니 하는 말들이 게서 나온 게고?"

"그 세상을 아시나이까?"

"부정하지 않는 걸 보니 그런 모양이구나. 내 어린 날 스승과 노스승으로부터 옛날이야기를 들은 일이 있다. 우리 세상과 같은 또 하나의 세상이 있었노라고. 그 세상의 이름이 사신계인데, 몇백 년 전까지는 두 세상이 사령계四靈界라는 하나의 세상이었다고. 하나였던 사령계가 만단사와 사신계로 갈라졌는바 사신계는 흔적이 없는 것 같으나, 어딘가에는 분명히 있을 것이라고. 원래 사령계 한가운데 있던 칠성부는 무녀가 수장이라 했지. 하여 사신계가 실재한다면 현 사신계 칠성부의 수장도 무녀일 것이라고. 그에게는 만파식령이 있는 고로 세상의 근심을 덜어줄 수 있는 힘이 있다는 말을 들었노라고. 그러니 그대는 사신계 칠성부인 것이야? 칠성부령?"

반야가 호르르 산새처럼 웃는다. 이쪽의 질문을 부정하기 위한 것이 아니라 수긍하는 웃음이다.

"저는 허공처럼 비어, 아무 것도 아닌 게 분명하와, 스님께서 어떤 짐작을 하시든 아마 다 맞을 것입니다. 상상하시는 대로, 짐작하시는 대로 여기소서. 분명한 한 가지는, 스님과 스님의 제자들이 저를 죽이려 나서시게 되면, 저와 스님이 비슷한 시기에, 이 세상을 떠나게 된다는 것을 느낄 수 있는 무녀라는 것이옵니다. 하여 스님 앞에 이르러 이 모든 것을 말씀드리며 더불어 조금만 더 살자고, 우리가 몸담아 온 세상이 원래 지녔던 뜻을 약간이라도 펼쳐 보자고 말씀드리고 있는 것이고요. 하온데 스님!"

"무어."

"차가 식었나이다."

"무어?"

"죽는 문제는 어떠하든지, 살아 있는 당장은 식은 차 마시기 싫사와요. 차를 데워 주시어요."

'저 계집을 당장 죽이는 게 저를 위해서나 나를 위해서나 맞지! 내가 너무 오래 살았어.'

속으로 거듭 뇌까린 교경은 한숨을 쉬며 찻주전자를 화로의 거치대에 올려놓는다. 부집게로 재를 뒤적이는데 또 한숨이 난다. 사신계에 대해 들어본 게 어린 시절 몇 번뿐이다. 그 몇 번의 이야기에서 사신계가 만단사의 적이라 배운 적이 없다. 그런데 작금 만단사령 이록이, 내 세상의 수장인 그가 사신계 칠성부령일 게 분명한 무녀 반야를 죽이고 싶어하는 것 같다. 그 일에 무극들을 쓰게 될 모양이고. 그런 일들을 위해서 만단사령은 무극들을 길러 온 것이다.

화로 맞은편에 앉은 계집은 소경이다. 저는 눈이 아주 어둡지는 않다고 하나 눈길 한 번 제대로 마주치지 못하고 허공을 더듬거린다. 저는 맞추려는 듯 건너편 사람을 바라보지만 건너편 사람의 눈길과 잇닿기까지는 한참씩 걸린다. 눈도 제대로 못 맞추는 병신 주제에 나부죽이 웃기는 잘도 웃는다. 웃는 눈동자에는 눈물이 차 있다. 서러움의 눈물이다. 그리 느껴진다. 저 눈을 어찌 죽이랴. 무슨 명을 받은들 저 환한 미소를 그치게 만들고 눈물이 흐르게 할 수 있겠는가. 죽어야 그칠 저 웃음과 눈물. 역시 내가 너무 오래 살았다. 다시 한 번 뇌까린 교경은 소리 내어 읊조린다. '나무아미타불, 나무관세음보살.'

– 반야 2부 6권에 계속

사신계(四神界)

사신총(四神總)

사신경(四神卿)

칠요(七曜)

靑龍部(令)	白虎部(令)	七星部(令)	朱雀部(令)	玄武部(令)
청룡선원	백호선원	칠성선원	주작선원	현무선원
각(角)	삼(參)	광(光)	진(軫)	벽(壁)
항(亢)	자(觜)	양(陽)	익(翼)	실(室)
저(氐)	필(畢)	형(衡)	장(張)	위(危)
방(房)	묘(昴)	권(權)	성(星)	허(虛)
심(心)	위(胃)	기(璣)	유(柳)	여(女)
미(尾)	누(婁)	선(璇)	귀(鬼)	우(牛)
긴(箕)	규(奎)	추(樞)	정(井)	두(斗)

사신계 강령(四神界 綱領)

凡人은 有同等自由而以己志로 享生底權利라.
모든 인간은 동등하고 자유로우며 스스로의 의지로
자신의 삶을 가꿀 권리가 있다.

誓願語

不問如何境遇 當經對沈默於四神界 不問如何境遇 當經對順從於 四神總令.
어떠한 경우에도 사신계에 대해 침묵하고, 어떠한 경우에도 사신총령을 따른다.

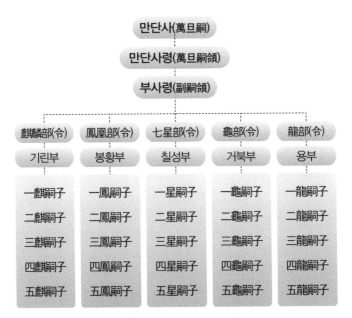

만단사(萬旦嗣)

만단사령(萬旦嗣領)

부사령(副嗣領)

麒麟部(令)	鳳凰部(令)	七星部(令)	龜部(令)	龍部(令)
기린부	봉황부	칠성부	거북부	용부
一麒嗣子	一鳳嗣子	一星嗣子	一龜嗣子	一龍嗣子
二麒嗣子	二鳳嗣子	二星嗣子	二龜嗣子	二龍嗣子
三麒嗣子	三鳳嗣子	三星嗣子	三龜嗣子	三龍嗣子
四麒嗣子	四鳳嗣子	四星嗣子	四龜嗣子	四龍嗣子
五麒嗣子	五鳳嗣子	五星嗣子	五龜嗣子	五龍嗣子

만단사 강령(萬旦嗣 綱領)

人自有其願 須活如其相 有權獲其生.
모든 인간은 스스로 간절히 원하는 바 그 모습으로 살아야 하며
그런 삶을 얻을 권리가 있다.

願乎? 有汝在. 去之!
그대 원하는가. 거기 그대가 있느니. 그곳으로 가라.

誓願語

不問如何境愚 當絕對沈默於 萬旦嗣. 不問如何境遇 當絕對順從於 萬旦嗣領令.
어떠한 경우에도 만단사에 대해 침묵하고, 어떠한 경우에도 만단사령의 명을 따른다.

반야 5

초판 1쇄 인쇄일 • 2017년 12월 10일
초판 1쇄 발행일 • 2017년 12월 15일

지은이 • 송은일
펴낸이 • 임성규
펴낸곳 • 문이당

등록 • 1988. 11. 5. 제 1-832호
주소 • 서울시 성북구 동소문로 65-2 삼송빌딩 5층
전화 • 928-8741~3(영) 927-4990~2(편)
팩스 • 925-5406
ⓒ송은일, 2017

전자우편 munidang88@naver.com

ISBN 978-89-7456-503-9 04810
978-89-7456-509-1 04810 (전10권)